중학생을 위한

단편소설 베스트 35 상

중학생을 위한
단편소설 베스트 35 상

초판 1쇄 발행 2015년 7월 13일
개정판 1쇄 발행 2022년 1월 3일
개정판 5쇄 발행 2024년 11월 1일

지은이	황순원 외
엮은이	김형주, 권복연, 성낙수
편집	최현영, 최다미, 안주영, 김은영, 정예림
삽화	이고은, 박민정
삽화^{어린 왕자}	김서영
인물관계도	창백한 기린
디자인	박민정, 이재호, 김혜진
마케팅	조병훈, 박민규, 김도언, 이다인

발행처	(주)리베르스쿨
주소	서울특별시 성동구 왕십리로58 서울숲포휴 11층
등록번호	제2013-16호
전화	02-790-0587, 0588
팩스	02-790-0589
홈페이지	www.liber.site
커뮤니티	blog.naver.com/liber_book(블로그)
	www.facebook.com/liberschool(페이스북)
e-mail	skyblue7410@hanmail.net
ISBN	978-89-6582-337-7(44800)
	978-89-6582-336-0(전 2권)

리베르(Liber 전원의 신)는 자유와 지성을 상징합니다.

중학생을 위한

단편소설 베스트 35 상

㈜리베르스쿨

문학은 배고픈 사람에게 따뜻한 밥 한 끼가 되어 주지는 못하지만 우리 사회에 배고픈 이들이 있다는 사실을 알림으로써 요란한 구호나 피켓이 없이도 우리의 잠든 양심을 깨우는 힘이 있습니다. 또한 아무것도 강요하지 않기 때문에 아무것도 얻는 것이 없을지 모르지만, "왜 사는지, 어떻게 살아야 하는지?" 삶의 의미와 태도를 돌아보게 만듭니다. 우리 아이들이 문학 작품을 읽어야 하는 까닭이 바로 여기에 있습니다. 어떻게 사는 것이 사람답게 사는 일인지 이해하기 위해서입니다.

다행인지 불행인지 매년 새 학기가 되면 수많은 문학 해설서가 쏟아져 나옵니다. 그만큼 문학 작품을 쉽게 접할 수 있는 환경이 조성되었지만, 원문만 제공하거나 해설과 질문이 부실한 책들이 대부분입니다. 책은 눈으로만 읽는 것이 아니라 때로는 머리로, 때로는 가슴으로 읽어야 하므로 "재미있게 읽었니?"라는 질문보다 "어떻게 생각하니?"라는 질문이 많아야 합니다.

『중학생을 위한 단편소설 베스트 35』에는 중학생이 반드시 읽어야 할 단편 소설이 실려 있습니다. 기본적인 어휘 풀이는 물론이고 '인물관계도, 작가 소개, 작품 정리, 구성과 줄거리, 생각해 보세요' 등 다양한 콘텐츠를 함께 제공해 작품을 보다 쉽게 읽을 수 있도록 구성했습니다.

『중학생을 위한 단편소설 베스트 35』의 특징은 다음과 같습니다.

1. 중학생이 반드시 읽어야 할 단편 소설 35편을 엄선해 수록했습니다. 이 작품들은 다양한 정서를 이해하는 데 도움을 줄 뿐만 아니라, 수행 평가를 비롯해 수능·논술·구술시험에 출제될 가능성이 높습니다.

2. 작품 원문 외에도 '인물관계도, 어휘 풀이, 작가 소개, 작품 정리, 구성과 줄거리, 생각해 보세요' 등 다양한 콘텐츠를 제공해 작품을 보다 쉽게 이해할 수 있도록 구성했습니다. 특히 작품마다 '인물관계도'를 그려 넣어 주요 등장인물을 한눈에 파악할 수 있도록 했고, '생각해 보세요'는 질문과 답변을 함께 실어 독서 효과를 극대화할 수 있도록 했습니다.

3. 작가가 사용한 예스러운 표현은 현대적인 표현으로 바꾸지 않고 원문에 충실하게 편집했습니다. 원문의 맛을 최대한 살리고 어휘 시험에 대비할 수 있도록 하기 위해서입니다.

4. 어휘 풀이는 각주가 아니라 내주로 처리해 가독성을 높였습니다. 일반적으로 학생들이 소설을 어려워하는 까닭은 생소한 어휘들 때문입니다. 그래서 한자어에는 한자를 표기하고 현대어 풀이를 덧붙였습니다.

· · ·

    우리 아이들이 10년 뒤 어떤 사람으로 성장하느냐는 현재 '만나는 사람'과 '읽고 있는 책'이 결정한다고 합니다. 그런데 주로 만나는 사람들이 또래이고, 주로 읽고 있는 책이 만화책이라면 어떻게 될까요? 사랑도, 성공도, 인생도 모두 또래와 만화책을 통해 배우지 않을까요?

    '중학생을 위한 베스트 문학' 시리즈는 이 땅의 모든 중학생에게 우리가 살아가는 이 세상과 이 세상 사람들에 대한 이야기를 들려주기 위해 기획되었습니다. 독서는 책을 통해 세상과 만나고 사람과 만나는 일입니다. 모쪼록 이 책이 중학생인 저의 둘째 딸과 여러분에게 좋은 만남으로 기억되기를 바랍니다.

김형주 씀

차례

머리말 … 4

남녀의 순수한 사랑, 풋사랑
김유정 • 동백꽃 … 10
황순원 • 소나기 … 26

남녀의 애틋한 사랑, 순애보
김유정 • 봄봄 … 48
이효석 • 메밀꽃 필 무렵 … 70
주요섭 • 사랑손님과 어머니 … 88

서툴러서 뭉클한 사랑, 父情
이범선 • 표구된 휴지 … 124
현덕 • 나비를 잡는 아버지 … 138

때 묻지 않은 어린아이의 마음, 우정
생텍쥐페리 • 어린 왕자 … 158
폴 빌라드 • 안내를 부탁합니다 … 240

성장통을 치르는 아이들, 사춘기
현덕 • 고구마 … 260
현덕 • 하늘은 맑건만 … 276
성석제 • 아무도 모르라고 … 296
헤르만 헤세 • 나비 … 304

혼신을 바친 인생, 장인 정신
김동인 • 광화사 … 316
알퐁스 도데 • 코르니유 영감의 비밀 … 346

자연과 생명의 어우러짐
김동인 • 배따라기 … 362
이효석 • 산 … 388

남녀의 순수한 사랑, 풋사랑

한 소녀가 굵은 감자를 소년에게 내밀었습니다. 또 한 소녀는 개울가의 징검다리를 가로막고 소년에게 길을 비켜 주지 않았습니다. 소녀는 소년을 사랑했지만 소년은 소녀의 마음을 몰라주었습니다. 화가 난 소녀를 보면서 소년은 어리둥절해합니다. 사람들은 이런 사랑을 가리켜 '풋사랑'이라고 하고 '첫사랑'이라고도 합니다. 프랑스의 작가 라브뤼예르 La Bruy`ere의 말처럼 우리 생애에는 단 한 번의 참사랑이 찾아오는데, 그것이 바로 첫사랑입니다. 아련한 첫사랑의 추억을 더듬어 보세요.

•동백꽃 •소나기

저희(나) 부모님은 소작농이고 점순네 부모님은 마름이에요. 그래서인지 부모님은 항상 저에게 일 저지르지 말라고 당부하시지요. 언젠가 점순이 저에게 감자를 주었는데 자존심이 상해서 받지 않았어요. 그랬더니 점순이 자기네 닭과 우리 닭을 싸움 붙여 놓은 거예요. 화가 난 저는 점순네 닭을 죽이고 말았지요. 점순과는 겨우 화해했답니다.

동백꽃

오늘도 또 우리 수탉이 막 쪼이었다. 내가 점심을 먹고 나무를 하러 갈 양으로 나올 때이었다. 산으로 올라서려니까 등 뒤에서 푸드득푸드득하고 닭의 횃소리날갯짓하는 소리가 야단이다. 깜짝 놀라서 고개를 돌려 보니 아니나 다르랴, 두 놈이 또 얼리었다서로 얽혀 한 덩어리가 되었다.

점순네 수탉(은 대강이'머리'의 속어가 크고 똑 오소리같이 실팍하게보기에 매우 실하게 생긴 놈)이 덩저리'덩치'의 속어 작은 우리 수탉을 함부로 해내는괴롭히는 것이다. 그것도 그냥 해내는 것이 아니라 푸드득하고 면두'볏'의 방언를 쪼고 물러섰다가 좀 사이를 두고 또 푸드득하고 모가지를 쪼았다. 이렇게 멋을 부려 가며 여지없이 닭아 놓는다못살게 군다. 그러면 이 못생긴 것은 쪼일 적마다 주둥이로 땅을 받으며 그 비명이 킥, 킥 할 뿐이다. 물론 미처 아물지도 않은 면두를 또 쪼이어 붉은 선혈鮮血 생생한 피은 뚝뚝 떨어진다.

이걸 가만히 내려다보자니 내 대강이가 터져서 피가 흐르는 것같이 두 눈에서 불이 번쩍 난다. 대뜸 지게막대기를 메고 달려들어 점순네 닭을 후려칠까 하다가 생각을 고쳐먹고 헛매질로 떼어만 놓았다.

이번에도 점순이가 쌈을 붙여 놨을 것이다. 바짝바짝 내 기를 올리느라고 그랬음에 틀림없을 것이다. 고놈의 계집애가 요새로 들어서서 왜 나를 못 먹겠다고 그렇게 아르렁거리는지 모른다.

나흘 전 감자 쪼간'사건'의 북한 말만 하더라도 나는 저에게 조금도 잘못한 것은 없다. 계집애가 나물을 캐러 가면 갔지 남 울타리 엮는 데 쌩이질한창 바쁠 때 쓸데없는 일로 남을 귀찮게 구는 짓을 하는 것은 다 뭐냐. 그것도 발소리를 죽여 가지고 등 뒤로 살며시 와서,

"얘! 너 혼자만 일하니?"

하고 긴치꼭 필요하지 않은 수작을 하는 것이다.

어제까지도 저와 나는 이야기도 잘 않고 서로 만나도 본척만척하고 이렇게 점잖게 지내던 터이련만 오늘로 갑작스레 대견해졌음은 웬일인가. 항차황차(況且). 하물며 망아지만 한 계집애가 남 일하는 놈 보구…….

"그럼 혼자 하지 떼루 하디?"

내가 이렇게 내배앝는 소리를 하니까,

"너 일하기 좋니?"

또는,

"한여름이나 되거든 하지 벌써 울타리를 하니?"

잔소리를 두루 늘어놓다가 남이 들을까 봐 손으로 입을 틀어막고는 그 속에서 깔깔댄다. 별로 우스울 것도 없는데 날씨가 풀리더니 이놈의 계집애가 미쳤나 하고 의심하였다. 게다가 조금 뒤에는 제 집께집 근처를 할끔할끔 돌아보더니 행주치마의 속으로 꼈던 바른손을 뽑아서 나의 턱밑으로 불쑥 내미는 것이다. 언제 구웠는지 아직도 더운 김이 홱 끼치는 굵은 감자 세 개가 손에 뿌듯이 쥐였다.

"느 집엔 이거 없지?"

하고 생색 있는 큰소리를 하고는 제가 준 것을 남이 알면 큰일 날 테니 여기서 얼른 먹어 버리란다. 그리고 또 하는 소리가,

"너 봄 감자가 맛있단다."

"난 감자 안 먹는다, 너나 먹어라."

나는 고개도 돌리려 하지 않고 일하던 손으로 그 감자를 도로 어깨너 머로 쑥 밀어 버렸다. 그랬더니 그래도 가는 기색이 없고, 뿐만 아니라 쌔근쌔근하고 심상치 않게 숨소리가 점점 거칠어진다. 이건 또 뭐야, 싶 어서 그때서야 비로소 돌아다보며 나는 참으로 놀랐다. 우리가 이 동리 에 들어온 것은 근 삼 년째 되어 오지만 여태껏 가무잡잡한 점순이의 얼 굴이 이렇게까지 홍당무처럼 새빨개진 법이 없었다. 게다 눈에 독을 올 리고 한참 나를 요렇게 쏘아보더니 나중에는 눈물까지 어리는 것이 아 니냐. 그리고 바구니를 다시 집어 들더니 이를 꼭 악물고는 엎어질 듯 자 빠질 듯 논둑으로 횡허케^{정신을 못 차릴 정도로} 달아나는 것이다.

어쩌다 동리 어른이,

"너 얼른 시집가야지?"

하고 웃으면,

"염려 마서유. 갈 때 되면 어련히 갈라구!"

이렇게 천연덕스레 받는 점순이었다. 본시 부끄럼을 타는 계집애도 아 니려니와 또한 분하다고 눈에 눈물을 보일 얼병이^{'어리보기'의 방언. 언행이 얼 뜬 사람}도 아니다. 분하면 차라리 나의 등어리를 바구니로 한 번 모질게 후 려 때리고 달아날지언정.

그런데 고약한 그 꼴을 하고 가더니 그 뒤로는 나를 보면 잡아먹으려 고 기를 복복 쓰는 것이다. 설혹 주는 감자를 안 받아 먹은 것이 실례라 하면, 주면 그냥 주었지 '느 집엔 이거 없지'는 다 뭐냐. 그렇잖아도 저희 는 마름^{지주를 대리하여 소작권을 관리하는 사람}이고 우리는 그 손에서 배재^{소작권를} 얻어 땅을 부치므로^{논밭을 이용하여 농사를 지으므로} 일상 굽실거린다. 우리가 이 마을에 처음 들어와 집이 없어서 곤란으로 지낼 제, 집터를 빌리고 그 위에 집을 또 짓도록 마련해 준 것도 점순네의 호의였다. 그리고 우리 어머니, 아버지도 농사 때 양식이 달리면^{모자라면} 점순네한테 가서 부지런히 꾸어다 먹으면서 인품 그런 집은 다시없으리라고 침이 마르도록 칭찬하곤 하는 것이다. 그러면서도 열일곱씩이나 된 것들이 수군수군하고 붙어 다니면 동리의 소문이 사납다고 주의를 시켜 준 것도 또 어머니였다. 왜냐하면 내가 점순이하고 일을 저질렀다가는 점순네가 노할 것이고, 그러면 우리는 땅도 떨어지고 집도 내쫓기고 하지 않으면 안 되는 까닭이었다. 그런데 이놈의 계집애가 까닭 없이 기를 복복 쓰며 나를 말려 죽이려고 드는 것이다.

눈물을 흘리고 간 담 날 저녁나절이었다. 나무를 한 짐 잔뜩 지고 산을 내려오려니까 어디서 닭이 죽는 소리를 친다. 이거 뉘 집에서 닭을 잡나, 하고 점순네 울^{울타리} 뒤로 돌아오다가 나는 고만 두 눈이 뚱그래졌다. 점순이가 저희 집 봉당^{封堂 안방과 건넌방 사이의 마루를 놓을 자리에 마루를 놓지 않고 흙바닥 그대로 둔 곳}에 홀로 걸터앉았는데 이게 치마 앞에다 우리 씨암탉을 꼭 붙들어 놓고는,

"이놈의 닭! 죽어라, 죽어라."

요렇게 암팡스레^{야무지게} 패 주는 것이 아닌가. 그것도 대가리나 치면 모른다마는 아주 알도 못 낳으라고 그 볼기짝께를 주먹으로 콕콕 쥐어박는 것이다.

나는 눈에 쌍심지가 오르고 사지가 부르르 떨렸으나 사방을 한번 휘돌아보고야 그제서 점순이 집에 아무도 없음을 알았다. 잡은 참 지게막대기를 들어 울타리의 중턱을 후려치며,

"이놈의 계집애! 남의 닭 알 못 낳으라구 그러니?"

하고 소리를 빽 질렀다.

그러나 점순이는 조금도 놀라는 기색이 없고 그대로 의젓이 앉아서 제 닭 가지고 하듯이 또 죽어라, 죽어라 하고 패는 것이다. 이걸 보면 내가 산에서 내려올 때를 겨냥해 가지고 미리부터 닭을 잡아 가지고 있다가 너 보란 듯이 내 앞에 쥐지르고주먹으로 힘껏 내지르고 있음이 확실하다.

그러나 나는 그렇다고 남의 집에 뛰어 들어가 계집애하고 싸울 수도 없는 노릇이고 형편이 썩 불리함을 알았다. 그래 닭이 맞을 적마다 지게 막대기로 울타리나 후려칠 수밖에 별도리가 없다. 왜냐하면 울타리를 치면 칠수록 울섶울타리를 만드는 데 쓰는 섶나무이 물러앉으며 뼈대만 남기 때문이다. 허나 아무리 생각하여도 나만 밑지는 노릇이다.

"야, 이년아! 남의 닭 아주 죽일 터이냐?"

내가 도끼눈을 뜨고 다시 꽥 호령을 하니까 그제야 울타리께로 쪼르르 오더니 울 밖에 서 있는 나의 머리를 겨누고 닭을 내팽개친다.

"에이, 더럽다! 더럽다!"

"더러운 걸 널더러 입때여태 끼고 있으랬니? 망할 계집애년 같으니!"

하고 나도 더럽단 듯이 울타리께를 횡허케 돌아내리며 약이 오를 대로 다 올랐다(라고 하는 것은 암탉이 풍기는 서슬날카로운 기세에 나의 이마빼기에다 물찌똥을 찍 깔겼는데 그걸 본다면 알집만 터졌을 뿐 아니라 골병은 단단히 든 듯싶다).

그리고 나의 등 뒤를 향하여 나에게만 들릴 듯 말 듯한 음성으로,

"이 바보 녀석아!"

"얘! 너 배냇병신'선천 기형'을 일상적으로 이르는 말이지?"

그만도 좋으련만,

"얘! 너 느 아버지가 고자라지?"

"뭐? 울 아버지가 그래 고자야?"

할 양으로 열벙거지^{매우 급하게 치밀어 오르는}화가 나서 고개를 홱 돌리어 바라봤더니 그때까지 울타리 위로 나와 있어야 할 점순이의 대가리가 어디 갔는지 보이지를 않는다. 그러다 돌아서서 오자면 아까에 한 욕을 울 밖으로 또 퍼붓는 것이다. 욕을 이토록 먹어 가면서도 대거리^{맞대응}한마디 못하는 걸 생각하니 돌부리에 채어 발톱 밑이 터지는 것도 모를 만치 분하고 급기야는 두 눈에 눈물까지 불끈 내솟는다.

그러나 점순이의 침해는 이것뿐이 아니다. 사람들이 없으면 틈틈이 제 집 수탉을 몰고 와서 우리 수탉과 쌈을 붙여 놓는다. 제 집 수탉은 썩 험상궂게 생기고 쌈이라면 홰를 치는^{날개를 퍼덕이며 좋아하는} 고로 으레 이길 것을 알기 때문이다. 그래서 툭하면 우리 수탉이 면두며 눈깔이 피로 흐드르하게 되도록 해 놓는다. 어떤 때에는 우리 수탉이 나오지를 않으니까 요놈의 계집애가 모이를 쥐고 와서 꾀어내다가 쌈을 붙인다.

이렇게 되면 나도 다른 배차를 차리지^{계획을 세우지} 않을 수 없다. 하루는 우리 수탉을 붙들어 가지고 넌지시 장독께로 갔다. 쌈닭에게 고추장을 먹이면 병든 황소가 살모사를 먹고 용을 쓰는 것처럼 기운이 뻗친다 한다. 장독에서 고추장 한 접시를 떠서 닭 주둥아리께로 들이밀고 먹여 보았다. 닭도 고추장에 맛을 들였는지 거스르지 않고 거의 반 접시 턱^{정도}이나 곧잘 먹는다.

그리고 먹고 금세는 용을 못 쓸 터이므로 얼마쯤 기운이 들도록 홰^{본래 닭장 속에 닭이 올라앉게 가로질러 놓은 나무 막대를 뜻하지만 여기서는 '닭장'의 뜻} 속에다 가두어 두었다.

밭에 두엄^{거름}을 두어 짐 져 내고 나서 쉴 참에 그 닭을 안고 밖으로 나왔다. 마침 밖에는 아무도 없고 점순이만 저희 울 안에서 헌 옷을 뜯는지 혹은 솜을 터는지 웅크리고 앉아서 일을 할 뿐이다.

나는 점순네 수탉이 노는 밭으로 가서 닭을 내려놓고 가만히 맥을 보았다상황을 살펴었다. 두 닭은 여전히 얼리어 쌈을 하는데 처음에는 아무 보람이 없다. 멋지게 쪼는 바람에 우리 닭은 또 피를 흘리고 그러면서도 날갯죽지만 푸드득푸드득하고 올라 뛰고 뛰고 할 뿐으로 제법 한 번 쪼아 보지도 못한다.

그러나 한번은 어쩐 일인지 용을 쓰고 펄쩍 뛰더니 발톱으로 눈을 하비고긁어 파고 내려오며 면두를 쪼았다. 큰 닭도 여기에는 놀랐는지 뒤로 멈씰하며'멈칫하다'의 방언 물러난다. 이 기회를 타서 작은 우리 수탉이 또 날쌔게 덤벼들어 다시 면두를 쪼니 그제서는 감때사나운억세고 사나운 그 대강이에서도 피가 흐르지 않을 수 없었다.

옳다 알았다, 고추장만 먹이면 되는구나, 하고 나는 속으로 아주 쟁그라워본래 '징그럽다'의 작은말이지만 여기서는 '고소하다'는 뜻 죽겠다. 그때에는 뜻밖에 내가 닭쌈을 붙여 놓는 데 놀라서 울 밖으로 내다보고 섰던 점순이도 입맛이 쓴지 눈살을 찌푸렸다.

나는 두 손으로 볼기짝을 두드리며 연방,

"잘한다! 잘한다!"

하고 신이 머리끝까지 뻗치었다.

그러나 얼마 되지 않아서 나는 넋이 풀리어 기둥같이 묵묵히 서 있게 되었다. 왜냐하면 큰 닭이 한 번 쪼인 앙갚음으로 호들갑스레 연거푸 쪼는 서슬에 우리 수탉은 찔끔 못하고 막 곯는다. 이걸 보고서 이번에는 점순이가 깔깔거리고 되도록 이쪽에서 많이 들으라고 웃는 것이다.

나는 보다 못하여 덤벼들어서 우리 수탉을 붙들어 가지고 도로 집으로 들어왔다. 고추장을 좀 더 먹였더라면 좋았을걸, 너무 급하게 쌈을 붙인 것이 퍽 후회가 난다. 장독께로 돌아와서 다시 턱밑에 고추장을 들이댔다. 흥분으로 말미암아 그런지 당최 먹질 않는다.

나는 하릴없이어떻게 할 도리가 없이 닭을 반듯이 누이고 그 입에다 궐련얇은 종이로 가늘고 길게 말아 놓은 담배 물부리담배를 끼워 빠는 물건를 물리었다. 그리고 고추장 물을 타서 그 구멍으로 조금씩 들이부었다. 닭은 좀 괴로운지 킥킥 하고 재채기를 하는 모양이나 그러나 당장의 괴로움은 매일같이 피를 흘리는 데 델 게 아니라 생각하였다.

그러나 한 두어 종지가량 고추장 물을 먹이고 나서는 나는 고만 풀이 죽었다. 싱싱하던 닭이 왜 그런지 고개를 살며시 뒤틀고는 손아귀에서 뻐드러지는굳어서 뻣뻣하게 되는 것이 아닌가. 아버지가 볼까 봐서 얼른 홰에 다 감추어 두었더니 오늘 아침에서야 겨우 정신이 든 모양 같다.

그랬던 걸 이렇게 오다 보니까 또 쌈을 붙여 놓으니 이 망할 계집애가 필연 우리 집에 아무도 없는 틈을 타서 제가 들어와 홰에서 꺼내 가지고 나간 것이 분명하다.

나는 다시 닭을 잡아다 가두고 염려스러우나 그렇다고 산으로 나무를 하러 가지 않을 수도 없는 형편이었다.

소나무 삭정이말라 죽은 가지를 따며 가만히 생각해 보니 암만해도 고년의 목쟁이를 돌려놓고 싶다. 이번에 내려가면 망할 년 등줄기를 한번 되게 후려치겠다 하고 싱둥겅둥건성건성 나무를 지고는 부리나케 내려왔다.

거지반거의 절반 가까이 집에 다 내려와서 나는 호드기버들가지 껍질이나 밀짚으로 만든 피리의 일종 소리를 듣고 발이 딱 멈추었다. 산기슭에 널려 있는 굵은 바 윗돌 틈에 노란 동백꽃'생강나무꽃'의 방언이 소보록하니빽빽하게 깔리었다.

그 틈에 끼어 앉아서 점순이가 청승맞게시리 호드기를 불고 있는 것이다. 그보다도 더 놀란 것은 그 앞에서 또 푸드득푸드득하고 들리는 닭의 홰소리다. 필연코 요년이 나의 약을 올리느라고 또 닭을 집어내다가 내가 내려올 길목에다 쌈을 시켜 놓고 저는 그 앞에 앉아서 천연스레 호드기를 불고 있음에 틀림없으리라.

나는 약이 오를 대로 다 올라서 두 눈에서 불과 함께 눈물이 핑 쏟아졌다. 나무 지게도 벗어 놀 새 없이 그대로 내동댕이치고는 지게막대기를 뻗치고 허둥지둥 달려들었다.

가까이 와 보니 과연 나의 짐작대로 우리 수탉이 피를 흘리고 거의 빈사지경瀕死地境 죽게 된 지경에 이르렀다. 닭도 닭이려니와 그러함에도 불구하고 눈 하나 깜짝 없이 고대로 앉아서 호드기만 부는 그 꼴에 더욱 치가 떨린다. 동리에서도 소문이 났거니와 나도 한때는 걱실걱실히성질이 너그러워 말과 행동이 시원스럽게 일 잘하고 얼굴 예쁜 계집애인 줄 알았더니 시방 보니까 그 눈깔이 꼭 여우 새끼 같다.

나는 대뜸 달려들어서 나도 모르는 사이에 큰 수탉을 단매단 한 번 때리는 매로 때려 엎었다. 닭은 푹 엎어진 채 다리 하나 꼼짝 못하고 그대로 죽어 버렸다. 그리고 나는 멍하니 섰다가 점순이가 매섭게 눈을 홉뜨고위로 치뜨고 닥치는 바람에 뒤로 벌렁 나자빠졌다.

"이놈아! 너 왜 남의 닭을 때려죽이니?"

"그럼 어때?"

하고 일어나다가,

"뭐 이 자식아! 누 집 닭인데?"

하고 복장가슴 한복판을 떼미는 바람에 다시 벌렁 자빠졌다. 그리고 나서 가만히 생각하니 분하기도 하고 무안스럽기도 하고 또 한편 일을 저질렀으니 인젠 땅이 떨어지고 집도 내쫓기고 해야 될는지 모른다. 나는 비슬비슬 일어나며 소맷자락으로 눈을 가리고는 얼김에정신이 얼떨떨한 상태에서 엉 하고 울음을 놓았다. 그러다 점순이가 앞으로 다가와서,

"그럼, 너 이담부턴 안 그럴 테냐?"

하고 물을 때에야 비로소 살길을 찾은 듯싶었다. 나는 눈물을 우선 씻고 뭘 안 그러는지 명색도 모르건만,

"그래!"

하고 무턱대고 대답하였다.

"요담부터 또 그래 봐라. 내 자꾸 못살게 굴 테니."

"그래그래, 인젠 안 그럴 테야."

"닭 죽은 건 염려 마라. 내 안 이를 테니."

그리고 뭣에 떠밀렸는지 나의 어깨를 짚은 채 그대로 퍽 쓰러진다. 그 바람에 나의 몸뚱이도 겹쳐서 쓰러지며 한창 피어 퍼드러진 노란 동백꽃 속으로 폭 파묻혀 버렸다.

알싸한 그속이 알알한 그리고 향긋한 그 냄새에 나는 땅이 꺼지는 듯이 온 정신이 고만 아찔하였다.

"너 말 마라?"

"그래!"

조금 있더니 요 아래서,

"점순아! 점순아! 이년이 바느질을 하다 말구 어딜 갔어?"

하고 어딜 갔다 온 듯싶은 그 어머니가 역정逆情 몹시 언짢아서 내는 성이 대단히 났다.

점순이가 겁을 잔뜩 집어먹고 꽃 밑을 살금살금 기어서 산 아래로 내려간 다음 나는 바위를 끼고 엉금엉금 기어서 산 위로 치빼지냅다 달아나지 않을 수 없었다. ✏

동백꽃

작가 소개

김유정(金裕貞, 1908~1937)

강원도 춘천에서 태어났다. 1935년 〈조선일보〉 신춘문예에 「소낙비」가 당선되면서 등단했다. 폐결핵으로 29세에 요절하기까지 2년 동안 30여 편에 가까운 작품을 남겼다. 김유정은 대부분 작품에서 빈곤에 시달리던 1930년대 식민지 현실을 묘사하고 있다. 주요 등장인물은 가난 속에서도 웃음을 잃지 않는 소작농, 노동자, 여급 등이다. 한국 현대 작가 가운데 김유정만큼 해학적이고 토속적인 문장을 구사한 작가는 드물다. 어두운 현실을 배경으로 펼쳐지는 김유정의 이야기에서 생기가 느껴지는 것은 그의 해학적인 문체 때문이다. 하지만 농촌의 문제점을 희화화했다는 지적을 받기도 한다. 주요 작품으로 「소낙비」(1935), 「만무방」(1935), 「금 따는 콩밭」(1935), 「봄봄」(1935), 「땡볕」(1937) 등이 있다.

작품 정리

- **갈래**   애정 소설, 농촌 소설
- **성격**   해학적, 토속적
- **배경**   시간 – 1930년대 봄날 / 공간 – 강원도 산골 마을
- **시점**   1인칭 주인공 시점
- **구성**   '발단 – 전개 – 위기 – 절정 – 결말'의 5단계 구성
- **특징**   • 방언을 사용하여 토속적인 분위기를 연출함
          • 현재와 과거가 교차되는 역순행적(입체적) 구성을 사용함
- **주제**   산골 마을 남녀의 순박한 사랑
- **출전**   〈조광〉(1936)

🖉 구성과 줄거리 -

- **발단** **점순이 닭싸움으로 '나'의 화를 돋움**

  소작인 아들인 '나'는 나무를 하려고 나오다가 '나'의 집 수탉이 마름네 수탉에게 쪼이고 있는 장면을 목격한다. 마름의 딸인 점순이 싸움을 붙인 것이다.

- **전개** **점순이 감자를 건네주지만 '나'는 받지 않음**

  나흘 전에 점순이 울타리를 엮는 '나'의 등 뒤로 와서 감자를 건넸지만 '나'는 받지 않았다. 그러자 점순은 눈물까지 흘리며 돌아갔다. 다음 날 점순은 자기 집 봉당에 걸터앉아 '나'의 집 씨암탉을 붙들어 놓고 때리기 시작한다. '나'는 화가 치밀지만 점순과 싸울 수도 없어 애꿎은 울타리만 지게막대기로 내리친다. 이때부터 점순은 걸핏하면 자기 집의 수탉을 몰고 와서 '나'의 집 수탉을 괴롭힌다.

- **위기** **'나'는 수탉에게 고추장을 먹이고 닭싸움에 도전하지만 실패함**

  '나'는 점순네 닭을 이길 수 있도록 '나'의 집 수탉에게 고추장을 먹이지만 점순네 닭과 제대로 싸워 보지도 못해 풀이 죽는다.

- **절정** **점순네 닭을 죽인 후 울음을 터뜨리자 점순이 '나'를 달래 줌**

  '나'는 나무를 하고 내려오다가 '나'의 집 수탉이 점순네 수탉에게 사정없이 쪼이는 것을 보고 화가 치민다. 그래서 점순네 수탉을 지게막대기로 때려서 단번에 죽여 버린다. 큰일을 저질렀다고 느낀 '나'는 점순네에게 땅과 집을 뺏길까 봐 겁이 나서 울음을 터뜨린다. 그러자 점순은 염려하지 말라며 달래 준다.

• **결말** '나'와 점순이 동백꽃 속으로 쓰러짐

순간 점순이 '나'의 어깨를 짚고 넘어지는 바람에 둘은 흐드러진 동백꽃 속에 파묻힌다. '나'는 향긋한 동백꽃 냄새에 정신이 아찔해진다. 이때 점순의 어머니가 점순을 부르는 소리가 들린다. 점순은 겁을 먹고 산을 내려가고 '나'는 산으로 내뺀다.

생각해 보세요

1 '나'와 점순의 갈등 원인은 무엇인가?

'나'는 점순을 부끄럼도 타지 않고 눈물도 흘리지 않는 아이라고 생각할 뿐, 여자로 대하지 않는다. 그래서 점순이 굵은 감자 세 개를 내민 행동이나 '나'의 수탉을 괴롭히는 행동의 의미를 제대로 파악하지 못한다. 이는 '나'의 어수룩함 때문일 수도 있지만, 막연한 피해 의식 때문이기도 하다. '나'의 어머니가 점순과 '나'의 관계를 마름과 소작인의 관계로 설명하는 대목에서 알 수 있듯이, 두 사람 사이에는 보이지 않는 벽이 있다. 점순은 '나'를 이성(수평적인 관계)으로 대하지만 '나'는 점순을 '마름의 딸'(수직적인 관계)로만 생각하고 있다. 두 사람의 갈등은 이러한 인식 차이에서 비롯된다고 할 수 있다.

2 이 작품에서 '닭싸움'이 갖는 상징적 의미는 무엇인가?

울타리를 엮고 있는 '나'에게 점순이 다가와 굵은 감자를 건네며 "느 집엔 이거 없지?"라고 말하며 호감을 표시한다. 하지만 어수룩한 '나'는 점순이 자신을 약 올리는 줄로만 알고 거절한다. 그 후로도 점순은 '나'의 관심을 받기 위해 계속 닭싸움을 걸어오는데 '나'는 화가 나서 점순네 닭을 죽이고 만다. 하지만 막상 점순네 닭이 죽어 버리자 '나'는 마름인 점순네에게 땅도 빼앗기고 집도 빼앗길 것이라는 생각이 들어 울음을 터뜨린다. 그런데 점순이 말하지 않겠다고 달래며 '나'를 은근슬쩍 동백꽃밭으로 밀어서 넘어뜨린다. 그러므로 이 작품에서 닭싸움은 갈등의 원인이자 갈등 해소의 계기가 된다.

3 이 작품의 마지막 장면에 등장하는 '노란 동백꽃'의 상징적 의미는 무엇인가?

이 작품에서는 동백꽃이 '봄에 한창 피어 퍼드러진 노란색 꽃'으로 묘사되고 있다. 일반적으로 동백꽃은 늦겨울에서 초봄에 피며, 그 빛깔은 희거나 붉은 색이 대부분이다. 그런데 김유정은 왜 늦은 봄에 노란 동백꽃이 피었다고 묘사했을까? 답은 의외로 엉뚱하다. 김유정이 말한 '동백꽃'은 우리가 알고 있는 '동백꽃'이 아니라 '생강나무꽃'을 가리키는 강원도 방언이다. 남녀의 뜨거운 사랑을 상징하는 듯한 '동백꽃'은 사실 남녀의 순수한 사랑을 나타내는 상징적 소재이다.

4 문학 작품에서 '마름'은 어떤 존재로 등장하는가?

마름은 양반 지주와 평민 소작농 사이에 위치한 평민인 경우가 많다. 보통 지주의 편에 서서 소작권을 행사하는 역할을 맡는다. 그 과정에서 소작권을 무기 삼아 힘없는 소작농들을 쥐어짜는 등 온갖 악행을 일삼기 때문에 부정적인 존재로 평가되곤 한다. 마름의 악행은 대부분 지주의 요구에 의한 것이지만, 소작농과 대면하는 사람은 마름이기 때문에 더 욕을 먹는다. 이 작품에서 점순의 아버지는 마름이지만 '나'의 아버지에게 집도 주고, 농사지을 땅도 내어 주는 존재이다. 이렇듯 이 작품에서는 가진 자와 가지지 못한 자의 사회적 갈등이 전면에 드러나지는 않았다. 다만 '나'의 닭과 점순의 닭을 통해 그러한 계급적 차이가 은연중에 드러나 있다.

이리 들어와 앉아.

소녀 ——— 소년

시골에 사는 저(소년)는 도시에서 온 한 소녀를 만나 조금씩 친해졌어요. 같이 산에 놀러 갔는데 갑자기 소나기가 내렸지요. 저는 급하게 수숫단을 세웠어요. 그 안이 좁아서 소녀만 들어가게 했는데 소녀가 들어와 앉으라고 하더라고요. 도랑물이 많이 불어서 제가 소녀를 업어 주기도 했지요. 그런데 소녀가 죽다니요? 잘못 들은 거겠지요?

소나기

소년은 개울가에서 소녀를 보자 곧 윤 초시^{과거의 첫 시험에 급제한 사람}네 증손녀^{曾孫女 손자의 딸} 딸이라는 걸 알 수 있었다. 소녀는 개울에다 손을 잠그고 물장난을 하고 있는 것이다. 서울서는 이런 개울물을 보지 못하기나 한 듯이.

벌써 며칠째 소녀는, 학교에서 돌아오는 길에 물장난이었다. 그런데 어제까지 개울 기슭에서 하더니, 오늘은 징검다리 한가운데 앉아서 하고 있다.

소년은 개울둑에 앉아 버렸다. 소녀가 비키기를 기다리자는 것이다.

요행^{僥倖 요행히. 뜻밖으로 운수가 좋게} 지나가는 사람이 있어, 소녀가 길을 비켜 주었다.

다음 날은 좀 늦게 개울가로 나왔다.

이날은 소녀가 징검다리 한가운데 앉아 세수를 하고 있었다. 분홍 스웨터 소매를 걷어 올린 팔과 목덜미가 마냥 희었다.

한참 세수를 하고 나더니, 이번에는 물속을 빤히 들여다본다. 얼굴이라도 비추어 보는 것이리라. 갑자기 물을 움켜 낸다. 고기 새끼라도 지나가는 듯.

소녀는 소년이 개울둑에 앉아 있는 걸 아는지 모르는지 그냥 날쌔게 물만 움켜 낸다. 그러나 번번이 허탕이다. 그대로 재미있는 양, 자꾸 물만 움킨다. 어제처럼 개울을 건너는 사람이 있어야 길을 비킬 모양이다.

그러다가 소녀가 물속에서 무엇을 하나 집어낸다. 하얀 조약돌이었다. 그러고는 벌떡 일어나 팔짝팔짝 징검다리를 뛰어 건너간다.

다 건너가더니만 홱 이리로 돌아서며,

"이 바보."

조약돌이 날아왔다.

소년은 저도 모르게 벌떡 일어섰다.

단발머리를 나풀거리며 소녀가 막 달린다. 갈밭갈대밭 사잇길로 들어섰다. 뒤에는 청량한 가을 햇살 아래 빛나는 갈꽃뿐.

이제 저쯤 갈밭머리로 소녀가 나타나리라. 꽤 오랜 시간이 지났다고 생각했다. 그런데도 소녀는 나타나지 않는다. 발돋움을 했다. 그러고도 상당한 시간이 지났다고 생각됐다.

저쪽 갈밭머리에 갈꽃이 한 옴큼 움직였다. 소녀가 갈꽃을 안고 있었다. 그리고 이제는 천천한 걸음이었다. 유난히 맑은 가을 햇살이 소녀의 갈꽃머리에서 반짝거렸다. 소녀 아닌 갈꽃이 들길을 걸어가는 것만 같았다.

소년은 이 갈꽃이 아주 뵈지 않게 되기까지 그대로 서 있었다. 문득 소녀가 던진 조약돌을 내려다보았다. 물기가 걷혀 있었다. 소년은 조약돌을 집어 주머니에 넣었다.

다음 날부터 좀 더 늦게 개울가로 나왔다. 소녀의 그림자가 뵈지 않았다. 다행이었다. 그러나 이상한 일이었다. 소녀의 그림자가 뵈지 않는 날이 계속될수록 소년의 가슴 한구석에는 어딘가 허전함이 자리 잡는 것이었다. 주머니 속 조약돌을 주무르는 버릇이 생겼다.

그러한 어떤 날, 소년은 전에 소녀가 앉아 물장난을 하던 징검다리 한가운데에 앉아 보았다. 물속에 손을 잠갔다. 세수를 하였다. 물속을 들여다보았다. 검게 탄 얼굴이 그대로 비치었다. 싫었다.

소년은 두 손으로 물속의 얼굴을 움키었다. 몇 번이고 움키었다. 그러다가 깜짝 놀라 일어나고 말았다. 소녀가 이리로 건너오고 있지 않느냐.

숨어서 내가 하는 일을 엿보고 있었구나. 소년은 달리기를 시작했다. 디딤돌을 헛디뎠다. 한 발이 물속에 빠졌다. 더 달렸다.

몸을 가릴 데가 있어 줬으면 좋겠다. 이쪽 길에는 갈밭도 없다. 메밀밭이다. 전에 없이 메밀꽃 냄새가 짜릿하니 코를 찌른다고 생각됐다. 미간이 아찔했다. 찝찔한 액체가 입술에 흘러들었다. 코피였다. 소년은 한 손으로 코피를 훔쳐 내면서 그냥 달렸다. 어디선가 '바보, 바보' 하는 소리가 자꾸만 뒤따라오는 것 같았다.

토요일이었다.

개울가에 이르니 며칠째 보이지 않던 소녀가 건너편 가에 앉아 물장난을 하고 있었다.

모르는 체 징검다리를 건너기 시작했다. 얼마 전에 소녀 앞에서 한 번 실수를 했을 뿐, 여태 큰길 가듯이 건너던 징검다리를 오늘은 조심스럽게 건넌다.

"얘."

못 들은 체했다. 둑 위로 올라섰다.

"얘, 이게 무슨 조개지?"

자기도 모르게 돌아섰다. 소녀의 맑고 검은 눈과 마주쳤다. 얼른 소녀의 손바닥으로 눈을 떨구었다.

"비단조개."

"이름도 참 곱다."

갈림길에 왔다. 여기서 소녀는 아래편으로 한 삼 마장_{거리의 단위. 오 리나 십}
리가 못 되는 거리쯤, 소년은 우대로_{위쪽으로} 한 십 리 가까운 길을 가야 한다.

소녀가 걸음을 멈추며,

"너, 저 산 너머에 가 본 일 있니?"

벌_{넓고 평평한 땅} 끝을 가리켰다.

"없다."

"우리 가 보지 않으련? 시골 오니까 혼자서 심심해 못 견디겠다."

"저래 봬도 멀다."

"멀면 얼마나 멀기에? 서울 있을 땐 사뭇 먼 데까지 소풍 갔었다."

소녀의 눈이 금세 바보, 바보, 할 것만 같았다.

논 사잇길로 들어섰다. 벼 가을걷이하는_{가을에 익은 곡식을 거두어들이는} 곁을
지났다.

허수아비가 서 있었다. 소년이 새끼줄_{짚으로 꼬아 만든 줄}을 흔들었다. 참새
가 몇 마리 날아간다. 참, 오늘은 일찍 집으로 돌아가 텃논_{집터에 딸리거나 마}
_{을 가까이 있는 논}의 참새를 봐야 할걸, 하는 생각이 든다.

"야, 재밌다!"

소녀가 허수아비 줄을 잡더니 흔들어 댄다. 허수아비가 대고_{계속하여 자}
_꾸 우쭐거리며 춤을 춘다. 소녀의 왼쪽 볼에 살포시 보조개가 패었다.

저만치 허수아비가 또 서 있다. 소녀가 그리로 달려간다. 그 뒤를 소년
도 달렸다. 오늘 같은 날은 일찌감치 집으로 돌아가 집안일을 도와야 한

다는 생각을 잊어버리기라도 하려는 듯이.

　소녀의 곁을 스쳐 그냥 달린다. 메뚜기가 따끔따끔 얼굴에 와 부딪친다. 쪽빛^{짙은 푸른빛}으로 한껏 개인 가을 하늘이 소년의 눈앞에서 맴을 돈다. 어지럽다. 저놈의 독수리, 저놈의 독수리, 저놈의 독수리가 맴을 돌고 있기 때문이다.

　돌아다보니 소녀는 지금 자기가 지나쳐 온 허수아비를 흔들고 있다. 좀 전 허수아비보다 더 우쭐거린다.

　논이 끝난 곳에 도랑이 하나 있었다. 소녀가 먼저 뛰어 건넜다.

　거기서부터 산 밑까지는 밭이었다.

　수숫단을 세워 놓은 밭머리를 지났다.

　"저게 뭐니?"

　"원두막."

　"여기 참외, 맛있니?"

　"그럼, 참외 맛도 좋지만 수박 맛은 더 좋다."

　"하나 먹어 봤으면."

　소년이 참외 그루에 심은 무밭으로 들어가, 무 두 밑을 뽑아 왔다. 아직 밑이 덜 들어^{자라} 있었다. 잎을 비틀어 팽개친 후 소녀에게 한 개 건넨다. 그러고는 이렇게 먹어야 한다는 듯이 먼저 대강이^{뿌리나 줄기의 윗부분}를 한 입 베물어 낸 다음, 손톱으로 한 돌이^{'바퀴'의 북한 말} 껍질을 벗겨 우쩍 깨문다.

　소녀도 따라 했다. 그러나 세 입도 못 먹고,

　"아, 맵고 지려."

하며 집어던지고 만다.

　"참, 맛없어 못 먹겠다."

　소년이 더 멀리 팽개쳐 버렸다.

산이 가까워졌다.

단풍이 눈에 따가웠다.

"야아!"

소녀가 산을 향해 달려갔다. 이번은 소년이 뒤따라 달리지 않았다. 그러고도 곧 소녀보다 더 많은 꽃을 꺾었다.

"이게 들국화, 이게 싸리꽃, 이게 도라지꽃……."

"도라지꽃이 이렇게 예쁜 줄은 몰랐네. 난 보랏빛이 좋아! ……근데 이 양산같이 생긴 노란 꽃이 뭐지?"

"마타리꽃."

소녀는 마타리꽃을 양산 받듯이 해 보인다. 약간 상기된 얼굴에 살포시 보조개를 떠올리며.

다시 소년은 꽃 한 옴큼을 꺾어 왔다. 싱싱한 꽃가지만 골라 소녀에게 건넨다.

그러나 소녀는,

"하나도 버리지 말어."

산마루께로 올라갔다.

맞은편 골짜기에 오순도순 초가집이 몇 모여 있었다.

누가 말한 것도 아닌데 바위에 나란히 걸터앉았다. 별로 ^{유달리} 주위가 조용해진 것 같았다. 따가운 가을 햇살만이 말라 가는 풀 냄새를 퍼뜨리고 있었다.

"저건 또 무슨 꽃이지?"

적잖이 비탈진 곳에 칡덩굴이 엉켜 끝물^{그 해의 맨 나중에 핀} 꽃을 달고 있었다.

"꼭 등꽃 같네. 서울 우리 학교에 큰 등나무가 있었단다. 저 꽃을 보니까 등나무 밑에서 놀던 동무들 생각이 난다."

소녀가 조용히 일어나 비탈진 곳으로 간다. 꽃송이가 달린 줄기를 잡고 끊기 시작한다. 좀처럼 끊어지지 않는다. 안간힘을 쓰다가 그만 미끄러지고 만다. 칡덩굴을 그러쥐었다.

소년이 놀라 달려갔다. 소녀가 손을 내밀었다. 손을 잡아 이끌어 올리며, 소년은 제가 꺾어다 줄 것을 잘못했다고 뉘우친다.

소녀의 오른쪽 무릎에 핏방울이 내맺혔다. 소년은 저도 모르게 생채기 긁혀서 생긴 작은 상처에 입술을 가져다 대고 빨기 시작했다. 그러다가 무슨 생각을 했는지 확 일어나 저쪽으로 달려간다.

좀 만에 숨이 차 돌아온 소년은,

"이걸 바르면 낫는다."

송진松津 소나무나 잣나무에서 나오는 끈적끈적한 액체을 생채기에다 문질러 바르고는 그 달음으로 칡덩굴 있는 데로 내려가 꽃 달린 몇 줄기를 이빨로 끊어 가지고 올라온다. 그러고는,

"저기 송아지가 있다. 그리 가 보자."

누렁 송아지였다. 아직 코뚜레소의 코를 꿰뚫어 끼는 고리도 꿰지 않았다.

소년이 고삐를 바투아주 짧게 잡아 쥐고 등을 긁어 주는 척 훌쩍 올라탔다. 송아지가 껑충거리며 돌아간다.

소녀의 흰 얼굴이, 분홍 스웨터가, 남색 스커트가 안고 있는 꽃과 함께 범벅이 된다. 모두가 하나의 큰 꽃묶음 같다. 어지럽다. 그러나 내리지 않으리라. 자랑스러웠다. 이것만은 소녀가 흉내 내지 못할 자기 혼자만이 할 수 있는 일인 것이다.

"너희, 예서 뭣들 하느냐?"

농부 하나가 억새풀 사이로 올라왔다.

송아지 등에서 뛰어내렸다. 어린 송아지를 타서 허리가 상하면 어쩌느냐고 꾸지람을 들을 것만 같다.

그런데 나룻^{수염}이 긴 농부는 소녀 편을 한번 훑어보고는 그저 송아지 고삐를 풀어내면서,

"어서들 집으로 가거라. 소나기가 올라."

참 먹장구름 한 장이 머리 위에 와 있다. 갑자기 사면이 소란스러워진 것 같다. 바람이 우수수 소리를 내며 지나간다. 삽시간^{매우 짧은 시간}에 주위가 보랏빛으로 변했다.

산을 내려오는데 떡갈나뭇잎에서 빗방울 듣는^{떨어지는} 소리가 난다. 굵은 빗방울이었다. 목덜미가 선뜻선뜻했다^{시원했다}. 그러자 대번에 눈앞을 가로막는 빗줄기.

비안개 속에 원두막이 보였다. 그리로 가 비를 그을^{잠시 피해 그치기를 기다리} ^는 수밖에.

그러나 원두막은 기둥이 기울고 지붕도 갈래갈래 찢어져 있었다. 그런 대로 비가 덜 새는 곳을 가려 소녀를 들어서게 했다. 소녀의 입술이 파랗게 질려 있었다. 어깨를 자꾸 떨었다.

무명 겹저고리를 벗어 소녀의 어깨를 싸 주었다. 소녀는 비에 젖은 눈을 들어 한번 쳐다보았을 뿐, 소년이 하는 대로 잠자코 있었다. 그러면서 안고 온 꽃묶음 속에서 가지가 꺾이고 꽃이 일그러진 송이를 골라 발밑에 버린다. 소녀가 들어선 곳도 비가 새기 시작했다. 더 거기서 비를 그을 수 없었다.

밖을 내다보던 소년이 무엇을 생각했는지 수수밭 쪽으로 달려간다. 세워 놓은 수숫단 속을 비집어 보더니 옆의 수숫단을 날라다 덧세운다. 다시 속을 비집어 본다. 그러고는 소녀 쪽을 향해 손짓을 한다.

수숫단 속은 비는 안 새었다. 그저 어둡고 좁은 게 안됐다. 앞에 나앉은 소년은 그냥 비를 맞아야만 했다. 그런 소년의 어깨에서 김이 올랐다.

소녀가 속삭이듯이, 이리 들어와 앉으라고 했다. 괜찮다고 했다. 소녀가 다시 들어와 앉으라고 했다. 할 수 없이 뒷걸음질을 쳤다. 그 바람에, 소녀가 안고 있는 꽃묶음이 우그러들었다. 그러나 소녀는 상관없다고 생각했다. 비에 젖은 소년의 몸 내음새가 확 코에 끼얹혀졌다. 그러나 고개를 돌리지 않았다. 도리어 소년의 몸기운으로 해서 떨리던 몸이 적이 꽤 누그러지는 느낌이었다.

소란하던 수숫잎 소리가 뚝 그쳤다. 밖이 멀개졌다.

수숫단 속을 벗어 나왔다. 멀지 않은 앞쪽에 햇빛이 눈부시게 내리붓고 있었다. 도랑 있는 곳까지 와 보니, 엄청나게 물이 불어 있었다. 빛마저 제법 붉은 흙탕물이었다. 뛰어 건널 수가 없었다.

소년이 등을 돌려댔다. 소녀가 순순히 업히었다. 걷어 올린 소년의 잠방이_{가랑이가 무릎까지 내려오도록 짧게 만든 홑바지}까지 물이 올라왔다. 소녀는, 어머나 소리를 지르며 소년의 목을 그러안았다.

개울가에 다다르기 전에 가을 하늘이 언제 그랬는가 싶게 구름 한 점 없이 쪽빛으로 개어 있었다.

그 뒤로 소녀의 모습이 보이지 않았다. 매일같이 개울가로 달려와 봐도 뵈지 않았다. 학교에서 쉬는 시간에 운동장을 살피기도 했다. 남몰래 5학년 여자 반을 엿보기도 했다. 그러나 보이지 않았다.

그날도 소년은 주머니 속 흰 조약돌만 만지작거리며 개울가로 나왔다. 그랬더니 이쪽 개울둑에 소녀가 앉아 있는 게 아닌가.

소년은 가슴부터 두근거렸다.

"그동안 앓았다."

알아보게 소녀의 얼굴이 해쓱해져 있었다.

"그날 소나기 맞은 탓 아냐?"

소녀가 가만히 고개를 끄덕였다.

"인제 다 낫냐?"

"아직도…….""

"그럼 누워 있어야지."

"하도 갑갑해서 나왔다. ……그날 참 재밌었어. ……근데 그날 어디서 이런 물이 들었는지 잘 지지 않는다."

소녀가 분홍 스웨터 앞자락을 내려다본다. 거기에 검붉은 진흙물 같은 게 들어 있었다.

소녀가 가만히 보조개를 떠올리며,

"이게 무슨 물 같니?"

소년은 스웨터 앞자락만 바라보고 있었다.

"내, 생각해 냈다. 그날 도랑을 건널 때 내가 업힌 일 있지? 그때 네 등에서 옮은 물이다."

소년은 얼굴이 확 달아오름을 느꼈다.

갈림길에서 소녀는,

"저, 오늘 아침에 우리 집에서 대추를 땄다. 낼 제사 지내려구…….""

대추 한 줌을 내어 준다. 소년은 주춤한다.

"맛봐라. 우리 증조할아버지가 심었다는데, 아주 달다."

소년은 두 손을 오그려 내밀며,

"참, 알도 굵다!"

"그리구 저, 우리 이번에 제사 지내고 나서 좀 있다 집을 내주게 됐다."

소년은 소녀네가 이사해 오기 전에 벌써 어른들의 이야기를 들어서,

윤 초시 손자가 서울서 사업에 실패해 가지고 고향에 돌아오지 않을 수 없게 됐다는 걸 알고 있었다. 그것이 이번에는 고향 집마저 남의 손에 넘기게 된 모양이었다.

"왜 그런지 난 이사 가는 게 싫어졌다. 어른들이 하는 일이니 어쩔 수 없지만……."

전에 없이 소녀의 까만 눈에 쓸쓸한 빛이 떠돌았다.

소녀와 헤어져 돌아오는 길에 소년은 혼잣속으로 소녀가 이사를 간다는 말을 수없이 되뇌어 보았다. 무어 그리 안타까울 것도 서러울 것도 없었다. 그렇건만 소년은 지금 자기가 씹고 있는 대추알의 단맛을 모르고 있었다.

이날 밤, 소년은 몰래 덕쇠 할아버지네 호두밭으로 갔다.

낮에 봐 두었던 나무로 올라갔다. 그리고 봐 두었던 가지를 향해 작대기를 내리쳤다. 호두송이 떨어지는 소리가 별나게 크게 들렸다. 가슴이 선뜩했다. 그러나 다음 순간, 굵은 호두야 많이 떨어져라, 많이 떨어져라, 저도 모를 힘에 이끌려 마구 작대기를 내리치는 것이었다.

돌아오는 길에는 열이틀 달이 지우는 그늘만 골라 짚었다. 그늘의 고마움을 처음 느꼈다.

불룩한 주머니를 어루만졌다. 호두송이를 맨손으로 깠다가는 옴이 오르기 쉽다는 말 같은 건 아무렇지도 않았다. 그저 근동近洞 가까운 이웃 동네에서 제일가는 이 덕쇠 할아버지네 호두를 어서 소녀에게 맛보여야 한다는 생각만이 앞섰다.

그러다 아차 하는 생각이 들었다. 소녀더러 병이 좀 낫거들랑 이사 가기 전에 한번 개울가로 나와 달라는 말을 못 해 둔 것이었다. 바보 같은 것, 바보 같은 것.

이튿날, 소년이 학교에서 돌아오니 아버지가 나들이옷으로 갈아입고 닭 한 마리를 안고 있었다.

어디 가시느냐고 물었다.

그 말에도 대꾸도 없이 아버지는 안고 있는 닭의 무게를 겨냥해^{가늠해} 보면서,

"이만하면 될까?"

어머니가 망태기를 내주며,

"벌써 며칠째 '걀걀' 하고 알 낳을 자리를 보든데요. 크진 않아도 살은 쪘을 거예요."

소년이 이번에는 어머니한테 어디 가시느냐고 물어보았다.

"저, 서당골 윤 초시 댁에 가신다. 제사상에라도 놓으시라고……."

"그럼, 큰 놈으로 하나 가져가지. 저 얼룩 수탉으루……."

이 말에 아버지는 허허 웃고 나서,

"인마, 그래도 이게 실속이 있다."

소년은 공연히 열적어^{좀 겸연쩍고 부끄러워}, 책보를 집어던지고는 외양간으로 가, 쇠잔등^{소의 등}을 한번 철썩 갈겼다. 쇠파리라도 잡는 척.

개울물은 날로 여물어 갔다.

소년은 갈림길에서 아래쪽으로 가 보았다. 갈밭머리에서 바라보는 서당골 마을은 쪽빛 하늘 아래 한결 가까워 보였다.

어른들의 말이, 내일 소녀네가 양평읍으로 이사 간다는 것이었다. 거기 가서는 조그마한 가겟방을 보게 되리라는 것이었다.

소년은 저도 모르게 주머니 속 호두알을 만지작거리며, 한 손으로는 수없이 갈꽃을 휘어 꺾고 있었다.

그날 밤, 소년은 자리에 누워서도 같은 생각뿐이었다. 내일 소녀네가 이사하는 걸 가 보나 어쩌나, 가면 소녀를 보게 될까 어떨까.

　그러다가 까무룩^{정신이 흐려지며} 잠이 들었는가 하는데,

　"허, 참 세상일도……."

　마을 갔던 아버지가 언제 돌아왔는지,

　"윤 초시 댁도 말이 아니야. 그 많던 전답^{田畓 논밭}을 다 팔아 버리고, 대대로 살아오던 집마저 남의 손에 넘기더니, 또 악상^{惡喪 자식이 부모보다 먼저 죽는 일}까지 당하는 걸 보면……."

　남폿불^{남포등에 켜 놓은 불. '남포'는 '램프'에서 유래한 말} 밑에서 바느질감을 안고 있던 어머니가,

　"증손이라곤 계집애 그 애 하나뿐이었지요?"

　"그렇지. 사내애 둘 있던 건 어려서 잃구……."

　"어쩌믄 그렇게 자식 복이 없을까."

　"글쎄 말이지. 이번 앤 꽤 여러 날 앓는 걸 약두 변변히 못 써 봤다더군. 지금 같아서는 윤 초시네두 대가 끊긴 셈이지. ……그런데 참, 이번 계집애는 어린것이 여간 잔망스럽지^{얄밉도록 맹랑한 데가 있지} 않어. 글쎄, 죽기 전에 이런 말을 했다지 않어? 자기가 죽거든 자기 입던 옷을 꼭 그대로 입혀서 묻어 달라구……." 🖋

소나기

🖊 작가 소개

황순원(黃順元, 1915~2000)

평안남도 대동군에서 태어났다. 1931년 〈동광〉에 시「나의 꿈」을 발표하면서 등단했다. 1961년 예술원상, 1983년 대한민국문학상, 1987년 제1회 인촌상 등을 수상했고, 1970년에는 국민훈장 동백장을 받았다. 황순원은 이야기를 풀어나 갈 때 직접적 대화보다 감각적 묘사와 서술적 진술을 주로 사용했으며, 현재형 문장과 간결체 문장을 즐겨 썼다. 아울러 서정적인 아름다움을 극대화함으로 써 소설을 시처럼 쓴다는 평가를 받기도 했다. 대표 작품으로는「별」(1941),「목 넘이 마을의 개」(1948),「독 짓는 늙은이」(1950),「카인의 후예」(1953),「나무들 비탈에 서다」(1960) 등이 있다.

🖊 작품 정리

- **갈래**　성장 소설
- **성격**　서정적, 낭만적, 향토적
- **배경**　시간 - 가을 / 공간 - 어느 시골
- **시점**　3인칭 작가 관찰자 시점(부분적으로 3인칭 전지적 작가 시점)
- **구성**　'발단 - 전개 - 위기 - 절정 - 결말'의 5단계 구성
- **특징**　• 영국의 단편 콩쿠르에 입상하여 우리 문학의 가치를 세계에 알림
　　　　• 순박한 동심을 잘 드러내는 간결하고 평이한 문체를 사용함
　　　　• 감정을 절제하여 표현함
- **주제**　소년과 소녀의 순수한 사랑
- **출전**　〈신문학〉(1953)

✍️구성과 줄거리 -

- **발단**   **소년과 소녀가 개울가에서 만남**

    소년은 징검다리에 앉아 물장난을 하는 소녀를 만난다. 하지만 며칠
    이 지나도록 소년이 말을 걸지 않자 소녀는 물속에서 조약돌 하나를
    집어 "이 바보." 하며 소년에게 던진다. 그리고 가을 햇빛이 부서지는
    갈밭 속으로 사라진다. 다음 날 소년이 개울가로 나와 보았으나 소녀
    는 보이지 않는다. 그날부터 소년은 소녀에 대한 애틋한 그리움에 사
    로잡힌다.

- **전개**   **소년과 소녀가 산에 놀러 갔다가 친해짐**

    어느 토요일, 소년과 소녀가 개울가에서 다시 만났을 때 소녀는 비단
    조개를 소년에게 보이면서 먼저 말을 건넨다. 좀 더 가까워진 둘은 황
    금빛으로 물든 가을 들판을 달려 산 밑까지 가게 되고 송아지를 타고
    놀다가 소나기를 만난다.

- **위기**   **소년과 소녀가 소나기를 만나 더욱 가까워짐**

    둘은 수숫단 속에 들어가 비를 피한다. 비가 그친 후 돌아오는 길에 소
    년은 소녀를 업고 물이 불은 도랑을 건넌다. 소년의 잠방이까지 물이
    차오르자 소녀는 "어머나" 하고 소리를 지르며 소년의 목을 그러안는
    다. 그 후 소년은 소녀를 오랫동안 보지 못한다.

- **절정**   **소녀가 이사 간다는 소식을 들은 소년은 서운함을 느낌**

    그러던 어느 날 소년과 소녀는 다시 만난다. 그때 소년은 소녀가 그날
    소나기를 맞아 앓았고 아직도 앓고 있다는 것을 알게 된다. 소녀는 소
    년에게 분홍 스웨터 앞자락을 보이며 흙물이 들었다고 말한다. 그것
    은 소년이 소녀를 업고 개울물을 건널 때 소년의 등에서 옮은 물이다.

그리고 소녀는 곧 이사를 가게 된다고 말한다. 그날 밤 소년은 소녀에게 주기 위해 덕쇠 할아버지네 호두밭에서 몰래 호두를 딴다.

- **결말**   아버지로부터 소녀의 죽음을 전해 들음

    소녀가 이사 가기로 한 전날 저녁, 소년은 마을에 갔다 온 아버지가 어머니에게 소녀가 죽었다는 말을 하는 것을 잠결에 듣게 된다.

🍵생각해 보세요

1 이 작품의 제목에는 어떤 의미가 담겨 있는가?

소년과 소녀는 산에서 갑자기 '소나기'를 만나 더욱 가까워진다. 이런 점에서 '소나기'는 두 사람의 관계를 맺어 준 매개체라고 할 수 있다. 또한 '소나기'의 사전적 의미는 '갑자기 세차게 쏟아지다가 곧 그치는 비'이므로 이 작품의 제목에는 소년과 소녀의 짧은 사랑이라는 의미가 담겨 있다고 할 수 있다. 즉 소녀의 죽음으로 인해 소년과 소녀의 만남이 짧게 끝날 수밖에 없었다는 의미를 내포하고 있는 것이다.

2 이 작품을 통해 작가가 전하려고 한 메시지는 무엇인가?

누구에게나 어린 시절이 있고 세월이 흐를수록 그 시절을 그리워하며 산다. 하지만 어른이 되는 동안 아름답고 행복한 기억만 있는 것은 아니다. 일종의 통과 의례처럼 많은 시련이 있다. 이 작품에서는 소년과 소녀의 가슴 떨리는 만남과 사랑이 아름답게 그려지고 있지만 동시에 소녀의 죽음도 다루고 있다. 이런 사건을 겪으면서 소년은 어른이 되어 가는 것이다.

남녀의 애틋한 사랑, 순애보

로미오와 줄리엣은 사랑에 목숨까지 걸었고, 심프슨 부인을 사랑한 영국의 윈저 공은 왕위까지 포기했습니다. 한 남자가 한 여자를 죽도록 사랑하는 것을 '순애보'라고 합니다. 우리가 순애보에 감동하는 까닭은 우리의 사랑이 세속적이고 세월의 무게를 견디지 못하기 때문입니다. 프랑스의 작가 서머싯 몸Somerset Maugham은 사랑이 쉽게 변하기 때문에 더욱 사랑해야 한다고 말했습니다. 사랑 때문에 울고 웃는 사람들을 만나 보세요.

·봄봄 ·메밀꽃 필 무렵 ·사랑손님과 어머니

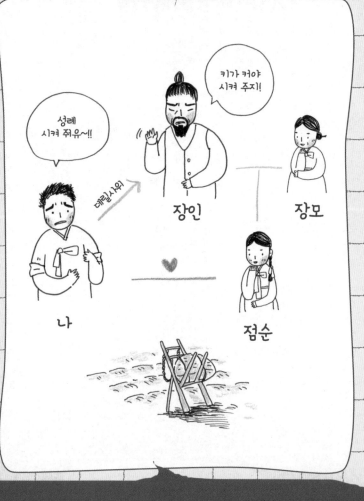

봄봄

"장인님! 인제 저……."

내가 이렇게 뒤통수를 긁고, 나이가 찼으니 성례成禮 혼인의 예식을 치름를 시켜 줘야 하지 않겠느냐고 하면, 그 대답이 늘

"이 자식아! 성례구 뭐구 미처 자라야지!"

하고 만다.

이 자라야 한다는 것은 내가 아니라 내 아내가 될 점순이의 키 말이다.

내가 여기에 와서 돈 한 푼 안 받고 일하기를 삼 년하고 꼬박 일곱 달 동안을 했다. 그런데도 미처 못 자랐다니까 이 키는 언제야 자라는 겐지 짜장과연 정말로 영문 모른다. 일을 좀 더 잘해야 한다든지, 혹은 밥을(많이 먹는다고 노상줄곧 걱정이니까) 좀 덜 먹어야 한다든지 하면 나도 얼마든지 할 말이 많다. 허지만 점순이가 아직 어리니까 더 자라야 한다는 여기에 는 어째 볼 수 없이 고만 병병하고명하고 만다.

이래서 나는 애최애초에 계약이 잘못된 걸 알았다. 이태두 해면 이태, 삼 년이면 삼 년, 기한을 딱 작정하고 일을 했어야 할 것이다. 덮어놓고 딸이 자라는 대로 성례를 시켜 주마, 했으니 누가 늘 지키고 서 있는 것도 아니고, 그 키가 언제 자라는지 알 수 있는가. 그리고 난 사람의 키가 무럭무럭 자라는 줄만 알았지 붙박이 키에 모로만옆으로만 벌어지는 몸도 있는 것을 누가 알았으랴. 때가 되면 장인님이 어련하랴 싶어서 군소리 없이 꾸벅꾸벅 일만 해 왔다. 그럼 말이다, 장인님이 제가 다 알아채서, "어참, 너 일 많이 했다. 고만 장가들어라." 하고 살림도 내주고 해야 나도 좋을 것이 아니냐. 시치미를 딱 떼고 도리어 그런 소리가 나올까 봐서 지레 펄펄 뛰고 이 야단이다. 명색이 좋아 데릴사위^{처가에서 데리고 사는 사위}지 일하기에 싱겁기도^{흥미를 끌지 못하기도} 할 뿐더러 이건 참 아무것도 아니다.

숙맥菽麥 ^{사리 분별을 못하고 세상 물정을 잘 모르는 사람}이 그걸 모르고 점순이의 키 자라기만 까맣게 기다리지 않았나.

언젠가는 하도 갑갑해서 자를 가지고 덤벼들어서 그 키를 한번 재 볼까 했다마는 우리는 장인님이 내외內外 ^{남녀 사이에 얼굴을 마주 대하지 않고 피함}를 해야 한다고 해서 마주 서 이야기도 한마디 하는 법 없다. 우물길에서 언제나 마주칠 적이면 겨우 눈어림으로 재 보고 하는 것인데 그럴 적마다 나는 저만큼 가서

"제에미^{'제기랄'의 방언} 키두!"

하고 논둑에다 침을 퉤, 뱉는다. 아무리 잘 봐야 내 겨드랑(다른 사람보다 좀 크긴 하지만) 밑에서 넘을락 말락 밤낮 요 모양이다.

개돼지는 푹푹 크는데 왜 이리도 사람은 안 크는지, 한동안 머리가 아프도록 궁리도 해 보았다.

'아하, 물동이를 자꾸 이니까 뼉다구가 움츠러드나 보다' 하고 내가 넌지시 그 물을 대신 길어도 주었다. 뿐만 아니라 나무를 하러 가면 서낭당^{토지와 마을을 지켜 준다는 서낭신을 모신 집}에 돌을 올려놓고 '점순이의 키 좀 크게 해 줍소사. 그러면 담엔 떡 갖다 놓고 고사 드립죠' 하고 치성致誠 ^{신이나 부처에게 지성으로 빎}도 한두 번 드린 것이 아니다. 어떻게 돼먹은 키인지 이래도 막무가내니…….

그래 내 어저께 싸운 것이지 결코 장인님이 밉다든가 해서가 아니다.

모를 붓다^{밭이나 논에 못자리를 만들고 씨를 촘촘하게 뿌리다}가 가만히 생각을 해 보니까 또 싱겁다. 이 벼가 자라서 점순이가 먹고 좀 큰다면 모르지만 그렇지도 못한 걸 내 심어서 뭘 하는 거냐. 해마다 앞으로 축 거불지는^{불룩하게 비어져 나오는} 장인님의 아랫배(가 너무 먹는 걸 모르고 내병이라나, 그 배)를 불리기 위하여 심으곤^{심고는} 조금도 싶지 않다.

"아이구 배야!"

난 몰 붓다 말고 배를 쓰다듬으면서도 그대루 논둑으로 기어올랐다. 그리고 겨드랑에 꼈던 벼 담긴 키^{곡식 따위를 까부르는 기구}를 그냥 땅바닥에 털썩 떨어치며 나도 털썩 주저앉았다. 일이 암만 바빠도 나 배 아프면 고만이니까. 아픈 사람이 누가 일을 하느냐. 파릇파릇 돋아 오른 풀 한 줌을 뜯어 들고 다리의 거머리를 쑥쑥 문대며 장인님의 얼굴을 쳐다보았다.

논 가운데서 장인님도 이상한 눈을 해 가지고 한참 날 노려보더니,

"너 이 자식, 왜 또 이래, 응?"

"배가 좀 아파서유!"

하고 풀 위에 슬며시 쓰러지니까 장인님은 약이 올랐다. 저도 논에서 철벙철벙 둑으로 올라오더니 잡은 참 내 멱살을 움켜잡고 뺨을 치는 것이 아닌가…….

"이 자식. 일허다 말면 누굴 망해 놀 속셈이냐. 이 대가릴 까놀 자식."

우리 장인님은 약이 오르면 이렇게 손버릇이 아주 못됐다. 또 사위에게 이 자식 저 자식 하는 이놈의 장인님은 어디 있느냐. 오죽해야 우리 동리에서 누굴 물론하고^{말할 것도 없고} 그에게 욕을 안 먹는 사람은 명이 짧다 한다. 조그만 아이들까지도 그를 돌려세워 놓고 욕필이(본이름이 봉

필이니까) 욕필이, 하고 손가락질을 할 만치 두루 인심을 잃었다. 허나 인
심을 정말 잃었다면 욕보다 읍의 배 참봉 댁 마름^{지주를 대리하여 소작권을 관리}으로 더 잃었다. 번^{하는 사람}이^{본래} 마름이란 욕 잘하고, 사람 잘 치고, 그리
고 생김 생기길 호박개^{뼈대가 굵고 털이 북슬북슬한 개} 같아야 쓰는 거지만 장인
님은 외양이 똑 됐다^{조금도 틀림이 없다}. 장인에게 닭 마리나 좀 보내지 않는
다든가 애벌논^{첫 김매기를 한 논} 때 품을 좀 안 준다든가 하면 그해 가을에는
영락없이 땅이 뚝뚝 떨어진다. 그러면 미리부터 돈도 먹이고 술도 먹이
고 안달재신^{몹시 속을 태우면서 여기저기를 다니는 사람}으로 돌아치던 놈이 그 땅을
슬쩍 돌려 안는다. 이 바람에 장인님 집 외양간에는 눈깔 커다란 황소 한
놈이 절로 엉금엉금 기어들고, 동리 사람들은 그 욕을 다 먹어 가면서도
그래도 굽실굽실하는 게 아닌가…….

그러나 내겐 장인님이 감히 큰소리할 계제^{階梯 형편}가 못 된다.

뒷생각은 못하고 뺨 한 개를 딱 때려 놓고는 장인님은 무색해서 덤덤
히 쓴침만 삼킨다. 난 그 속을 퍽 잘 안다.

조금 있으면 갈^{갈대}도 꺾어야 하고 모도 내야 하고, 한창 바쁜 때인데
나 일 안 하고 우리 집으로 그냥 가면 고만이니까.

작년 이맘때도 트집을 좀 하니까 늦잠 잔다구 돌멩이를 집어 던져서
자는 놈의 발목을 삐게 해 놨다. 사날^{사나흘}씩이나 건성 끙끙, 앓았더니 종
당^{從當 마지막}에는 거반^{거의 절반 가까이} 울상이 되지 않았는가…….

"얘, 그만 일어나 일 좀 해라. 그래야 올 갈^{가을}에 벼 잘되면 너 장가들지
않니."

그래 귀가 번쩍 띄어서 그날로 일어나서 남이 이틀 품 들일 논을 혼자
삶아^{논밭의 흙을 써레로 썰고 나래로 골라 노글노글하게 만들어} 놓으니까 장인님도 눈깔
이 커다랗게 놀랐다. 그럼 정말로 가을에 와서 혼인을 시켜 줘야 원 경우

가 옳지 않겠나. 볏섬을 척척 들여쌓아도 다른 소리는 없고 물동이를 이고 들어오는 점순이를 담배통으로 가리키며,

"이 자식아, 미처 커야지 조걸 무슨 혼인을 한다구 그러니 원!"
하고 남 낯짝만 붉혀 주고 고만이다.

골김에^{홧김에} 그저 이놈의 장인님, 하고 댓돌에다 메어꽂고 우리 고향으로 내뺄까 하다가 꾹꾹 참고 말았다.

참말이지 난 이 꼴 하고는 집으로 차마 못 간다. 장가를 들러 갔다가 오죽 못났어야 그대로 쫓겨 왔느냐고 손가락질을 받을 테니까…….

논둑에서 벌떡 일어나 한풀 죽은 장인님 앞으로 다가서며,

"난 갈 테야유. 그동안 사경私耕 주인이 머슴에게 한 해 동안 일한 대가로 주는 돈이나 물건 쳐 내슈."

"너 사위로 왔지, 어디 머슴 살러 왔니?"

"그러면 얼찐 성례를 해 줘야 안 하지유. 밤낮 부려만 먹구 해 준다, 해 준다…….."

"글쎄, 내가 안 하는 거냐, 그년이 안 크니까."
하고 어름어름^{우물쭈물} 담배만 담으면서 늘 하는 소리를 또 늘어놓는다.

이렇게 따져 나가면 언제든지 늘 나만 밑지고 만다. 이번엔 안 된다, 하고 대뜸 구장님한테로 판단 가자고 소맷자락을 내끌었다.

"아, 이 자식이 왜 이래 어른을."

안 간다구 뻗디디구^{힘을 주어 버티고} 이렇게 호령은 제 맘대로 하지만 장인님 제가 내 기운은 못 당한다. 막 부려먹고 딸은 안 주고, 게다 땅땅 치는 건 다 뭐야…….

그러나 내 사실 참, 장인님이 미워서 그런 것은 아니다. 그 전날, 왜 내가 새고개 맞은 봉우리 화전 밭을 혼자 갈고 있지 않았느냐. 밭 가생이^가

장자리'의 방언로 돌 적마다 야릇한 꽃내가 물컥물컥 코를 찌르고 머리 위에서 벌들은 가끔 붕, 붕, 소리를 친다. 바위틈에서 샘물 소리밖에 안 들리는 산골짜기니까 맑은 하늘의 봄볕은 이불 속같이 따스하고 꼭 꿈꾸는 것 같다. 나는 몸이 나른하고 몸살(을 아직 모르지만 병)이 나려구 그러는지 가슴이 울렁울렁하고 이랬다.

"어러이! 말이! 맘 마 마……."

이렇게 노래를 하며 소를 부리면 여느 때 같으면 어깨가 으쓱으쓱한다. 웬일인지 밭을 반도 갈지 않아서 온몸이 맥이 풀리고 대구'자꾸'의 방언 짜증만 난다. 공연히 소만 들입다세차게 마구 두들기며,

"안야! 안야! 이 망할 자식의 소(장인님의 소니까) 대리'다리'의 방언를 꺾어들라."

그러나 내 속은 정말 안야 때문이 아니라 점심을 이고 온 점순이의 키를 보고 울화가 났던 것이다.

점순이는 뭐 그리 썩 예쁜 계집애는 못 된다. 그렇다구 또 개떡이냐 하면 그런 것도 아니고, 꼭 내 아내가 돼야 할 만치 그저 툽툽하게멋이 없고 투박하게 생긴 얼굴이다. 나보다 십 년이 아래니까 올해 열여섯인데 몸은 남보다 두 살이나 덜 자랐다. 남은 잘도 훤칠히들 크건만 이건 위아래가 뭉툭한 것이 내 눈에는 하릴없이틀림없이 감참외속이 잘 익은 감빛이 도는 참외 같다. 참외 중에는 감참외가 제일 맛 좋고 예쁘니까 말이다. 둥글고 커다란 눈은 서글서글하니 좋고 좀 지쳐 찢어졌지만 입은 밥술이나 톡톡히 먹음직하니 좋다. 아따, 밥만 많이 먹게 되면 팔자는 고만 아니냐. 헌데 한 가지 파破 결점가 있다면 가끔가다 몸이(장인님이 이걸 채신이 없이행동이나 말이 가볍고 조심성 없이 들까분다고 하지만) 너무 빨리빨리 논다. 그래서 밥을 나르다가 때 없이 풀밭에서 깨빡을 쳐서세게 집어 던져서 흙투성이 밥을 곧

잘 먹인다. 안 먹으면 무안해할까 봐서 이걸 씹고 앉았노라면 으적으적 소리만 나고 돌을 먹는 겐지 밥을 먹는 겐지……. 그러나 이날은 웬일인지 성한 밥 채루 밭머리에 곱게 내려놓았다. 그리고 또 내외를 해야 하니까 저만큼 떨어져 이쪽으로 등을 향하고 웅크리고 앉아서 그릇 나기를 기다린다.

내가 다 먹고 물러섰을 때, 그릇을 챙기는데 난 깜짝 놀라지 않았느냐. 고개를 푹 숙이고 밥함지^{나무로 네모지게 짜서 만든 밥 담는 그릇}에 그릇을 포개면서 날더러 들으라는지, 혹은 제 소린지,

"밤낮 일만 하다 말 텐가!"

하고 혼자서 쫑알거린다. 고대^{'그동안'의 방언} 잘 내외하다가 이게 무슨 소린가, 하고 난 정신이 얼떨떨했다. 그러면서도 한편 무슨 좋은 수가 있는가 싶어서 나도 공중을 대고 혼잣말로,

"그럼 어떡해?"

하니까,

"성례시켜 달라지 뭘 어떡해."

하고 되알지게^{몹시 올차고 야무지게} 쏘아붙이고 얼굴이 빨개져서 산으로 그저 도망친다.

나는 잠시 동안 어떻게 되는 심판^{'셈판'의 방언. 어떤 일의 원인이나 형편}인지 맥을 몰라서 그 뒷모양만 덤덤히 바라보았다.

봄이 되면 온갖 초목이 물이 오르고 싹이 트고 한다. 사람도 아마 그런가 보다, 하고 며칠 내에 부쩍(속으로) 자란 듯싶은 점순이가 여간 반가운 것이 아니다. 이런 걸 멀쩡하게 아직 어리다구 하니까…….

우리가 구장님을 찾아갔을 때 그는 싸리문 밖에 있는 돼지우리에서 죽을 퍼 주고 있었다. 서울엘 좀 갔다 오더니 사람은 점잖아야 한다구 웃쉼

입술 위쪽에 난 수염이(얼른 보면 지붕 위에 앉은 제비 꼬랑지 같다) 양쪽으로 뾰족히 삐치고 그걸 에헴, 하고 늘 쓰다듬는 손버릇이 있다.

우리를 멀뚱히 쳐다보고 미리 알아챘는지,

"왜 일들 허다 말구 그래?"

하더니 손을 올려서 그 에헴을 한 번 후딱 했다.

"구장님! 우리 장인님과 츰'처음'의 방언에 계약하기를……."

먼저 덤비는 장인님을 뒤로 떠다밀고 내가 허둥지둥 달려들다가 가만히 생각하고,

"아니 우리 빙장다른 사람의 장인을 이르는 말님과 츰에."

하고 첫 번부터 다시 말을 고쳤다. 장인님은 빙장님, 해야 좋아하고 밖에 나와서 장인님, 하면 괜스레 골을 내려고 든다. 뱀두 뱀이래야 좋으냐구 창피스러우니 남 듣는 데는 제발 빙장님, 빙모다른 사람의 장모를 이르는 말님, 하라구 일상 말조짐말조심을 받아 오면서 난 그것두 자꾸 잊는다.

당장두 장인님, 하다 옆에서 내 발등을 꾹 밟고 곁눈질을 흘기는 바람에야 겨우 알았지만……. 구장님도 내 이야기를 자세히 듣더니 퍽 딱한 모양이었다. 하기야 구장님뿐만 아니라 누구든지 다 그럴 게다.

길게 길러 둔 새끼손톱으로 코를 후벼서 저리 탁 튀기며,

"그럼 봉필 씨! 얼른 성례를 시켜 주구려, 그렇게까지 제가 하구 싶다는 걸……."

하고 내 짐작대로 말했다. 그러나 이 말에 장인님이 삿대질로 눈을 부라리고,

"아, 성례구 뭐구 계집애 년이 미처 자라야 할 게 아닌가?"하니까 고만 멀쑤룩해져서머쓱해져서 입맛만 쩍쩍 다실 뿐이 아닌가.

"그것두 그래!"

"그래, 거진 사 년 동안에도 안 자랐더니 그 킨 언제 자라지유. 다 그만 두구 사경 내슈……."

"글쎄, 이 자식! 내가 크질 말라구 그랬니. 왜 날 보구 떼냐?"

"빙모님은 참새만 한 것이 그럼 어떻게 앨 낳지유(사실 빙모님은 점순이 보다도 귓배기 하나가 작다)?"

장인님은 이 말을 듣고 껄껄 웃더니(그러나 암만 해두 돌 씹은 상이다) 코를 푸는 척하고 날 은근히 곯리려고 팔꿈치로 옆 갈비께를 퍽 치는 것이다.

더럽다. 나두 종아리의 파리를 쫓는 척하고 허리를 구부리며 그 궁둥이를 콱 떼밀었다. 장인님은 앞으로 우찔근하고 싸리문께로 쓰러질 듯하다 몸을 바로 고치더니 눈총을 몹시 쏘았다. 이런 쌍년의 자식, 하곤 싶으나 남의 앞이라니 차마 못하고 섰는 그 꼴이 보기에 퍽 쟁그러웠다

'징그럽다'의 작은말.

그러나 이밖에는 별반 신통한 귀정歸正 그릇되었던 일이 바른길로 돌아옴을 얻지 못하고 도로 논으로 돌아와서 모를 부었다. 왜냐면 장인님이 뭐라구 귓 속말로 수군수군하고 간 뒤다. 구장님이 날 위해서 조용히 데리고 아래와 같이 일러 주었기 때문이다(뭉태의 말은 구장님이 장인님에게 땅 두 마지기 얻어 부치니까 그래 꾀었다고 하지만 난 그렇게 생각하지 않는다).

"자네 말두 하기야 옳지, 암 나이 찼으니 아들이 급하다는 게 잘못된 말은 아니야. 허지만 농사가 한창 바쁜 때 일을 안 한다든가 집으로 달아 난다든가 하면 손해 죄루 그것두 징역을 가거든(여기에 그만 정신이 번쩍 났다)! 왜 요전에 삼포 말서 산에 불 좀 놓았다구 징역 간 거 못 봤나. 제 산에 불을 놓아도 징역을 가는 이땐데 남의 농사를 버려두니 죄가 얼마나 더 중한가. 그리고 자넨 정장呈狀 고소장을 관청에 바침을(사경 받으러 정장 가

겠다 했다) 간대지만 그러면 괜스레 죄를 들쓰고[책임이나 허물을 억지로 넘겨 맡고 들어가는 걸세. 또 결혼두 그렇지. 법률에 성년이란 게 있는데 스물하나가 돼야지 비로소 결혼을 할 수가 있는 걸세. 자넨 물론 아들이 늦을 걸 염려하지만 점순이루 말하면 이제 겨우 열여섯이 아닌가. 그렇지만 아까 빙장님의 말씀이 올 갈에는 열 일을 제치고라두 성례를 시켜 주겠다 하시니 좀 고마울 겐가. 빨리 가서 모 붓든 거나 마저 붓게, 군소리 말구 어서 가."

그래서 오늘 아침까지 끽소리 없이 왔다.

장인님과 내가 싸운 것은 지금 생각하면 전혀 뜻밖의 일이라 안 할 수 없다.

장인님으로 말하면 요즈막 작인(作人)[소작인]들에게 행세를 좀 하고 싶다고 해서,

"돈 있으면 양반이지 별 게 있느냐!"

하고 일부러 아랫배를 쑥 내밀고 걸음도 뒤틀리게 걷고 하는 이 판이다. 이까짓 나쯤 두들기다 남의 땅을 가지고 모처럼 닦아 놓았던 가문을 망친다든가 할 어른이 아니다. 또 나로 논지면[말하자면] 아무쪼록 잘 봬서 점순이에게 얼른 장가를 들어야 하지 않느냐…….

이렇게 말하자면 결국 어젯밤 뭉태네 집에 마슬 간['마슬'은 '마을'의 방언. 이웃에 놀러 간] 것이 썩 나빴다. 낮에 구장님 앞에서 장인님과 내가 싸운 것을 어떻게 알았는지 대구 빈정거리는 것이 아닌가.

"그래 맞구두 그걸 가만둬?"

"그럼 어떡허니?"

"인마, 봉필일 모판에다 거꾸로 박아 놓지 뭘 어떡해?"

하고 괜히 내 대신 화를 내 가지고 주먹질을 하다 등잔까지 쳤다. 놈이

본시 괄괄은 하지만 그래 놓고 날더러 석유 값을 물라구 막 찌다우^{지다위,}
_{자기의 허물을 남에게 덮어씌우는 짓를} 붙는다. 난 어안이 벙벙해서 잠자코 앉았으
니까 저만 연신^{잇따라 자꾸} 지껄이는 소리가,

"밤낮 일만 해 주구 있을 테냐?"

"영득이는 일 년을 살구두 장갈 들었는데 넌 사 년이나 살구두 더 살아
야 해?"

"네가 세 번째 사윈 줄이나 아니? 세 번째 사위."

"남의 일이라두 분하다. 이 자식, 우물에 가 빠져 죽어."

나중에는 겨우 손톱으로 목을 따라고까지 하고, 제 아들같이 함부로
혹닥이었다^{꼴사납게 지껄이었다}. 별의별 소리를 다해서 그대로 옮길 수는 없
으나 그 줄거리는 이렇다.

우리 장인님 딸이 셋이 있는데 맏딸은 재작년 가을에 시집을 갔다. 정
말은 시집을 간 것이 아니라 그 딸도 데릴사위를 해 가지고 있다가 내보
냈다. 그런데 딸이 열 살 때부터 열아홉, 즉 십 년 동안에 데릴사위를 갈
아들이기를, 동리에선 사위 부자라고 이름이 났지마는 열 놈이란 참 너
무 많다.

장인님이 아들은 없고 딸만 있는 고로 그담 딸을 데릴사위를 해 올 때
까지는 부려먹지 않으면 안 된다. 물론 머슴을 두면 좋지만 그건 돈이 드
니까, 일 잘하는 놈을 고르느라고 연방^{연속해서 자꾸} 바꿔 들였다. 또 한편
놈들이 욕만 줄곧 퍼붓고 심히도 부려먹으니까 뱉^{'창자'의 속어로 '마음'을 뜻함}
이 상해서 달아나기도 했겠지. 점순이는 둘째 딸인데 내가 일테면 그 세
번째 데릴사위로 들어온 셈이다. 내 담으로 네 번째 놈이 들어올 것을 내
가 일도 잘하고, 그리고 사람이 좀 어수룩하니까 장인님이 잔뜩 붙들고
놓질 않는다. 셋째 딸이 인제 여섯 살, 적어두 열 살은 돼야 데릴사위를

할 테므로 그동안은 죽도록 부려먹어야 된다. 그러니 인제는 속 좀 채리고 장가를 들여 달라고 떼를 쓰고 나자빠져라, 이것이다.

나는 건으로 ^{건성으로} 엉, 엉, 하며 귓등으로 들었다. 뭉태는 땅을 얻어 부치다가 떨어진 뒤로는 장인님만 보면 공연히 못 먹어서 으릉거린다. 그것도 장인님이 저 달라고 할 적에 제 집에서 위한다는 그 감투(예전에 원님이 쓰던 것이라나, 옆구리에 뽕뽕 좀먹은 걸레)를 선뜻 주었다면 그럴 리도 없었던걸…….

그러나 나는 뭉태란 놈의 말을 전수히 ^{전수이. 모두 다} 곧이듣지 않았다. 꼭 곧이들었다면 간밤에 와서 장인님과 싸웠지 무사히 있었을 리가 없지 않은가. 그러면 딸에게까지 인심을 잃은 장인님이 혼자 나빴다.

실토이지 나는 점순이가 아침상을 가지고 나올 때까지는 오늘은 또 얼마나 밥을 담았나, 하고 이것만 생각했다. 상에는 된장찌개하고 간장 한 종지, 조밥 한 그릇, 그리고 밥보다 더 수부룩하게 담은 산나물이 한 대접, 이렇다. 나물은 점순이가 틈틈이 해 오니까 두 대접이고 네 대접이고 멋대로 먹어도 좋으나 밥은 장인님이 한 사발 외엔 더 주지 말라고 해서 안 된다. 그런데 점순이가 그 상을 내 앞에 내려놓으며 제 말로 지껄이는 소리가,

"구장님한테 갔다 그냥 온담 그래!"

하고 엊그제 산에서와 같이 되우 ^{아주 몹시} 좋알거린다. 딴은 내가 더 단단히 덤비지 않고 만 것이 좀 어리석었다, 속으로 그랬다.

나도 저쪽 벽을 향하여 외면하면서 내 말로,

"안 된다는 걸 그럼 어떡헌담!"

하니까,

"쉡을 잡아채지 그냥 둬, 이 바보야!"

하고 또 얼굴이 빨개지면서 성을 내며 안으로 샐쭉하니^{샐쭉하니. 마음에 들지} ^{않아 고까워하며} 튀들어가지 않느냐. 이때 아무도 본 사람이 없었게 망정이지 보았다면 내 얼굴이 에미 잃은 황새 새끼처럼 가엾다 했을 것이다.

사실 이때만치 슬펐던 일이 또 있었는지 모른다. 다른 사람은 암만 못생겼다 해두 괜찮지만 내 아내 될 점순이가 병신으로 본다면 참 신세는 따분하다. 밥을 먹은 뒤 지게를 지고 일터로 가려 하다 도로 벗어 던지고 바깥마당 공석^{빈 멍석} 위에 드러누워서 나는 차라리 죽느니만 같지 못하다 생각했다.

내가 일 안 하면 장인님 저는 나이가 먹어 못하고 결국 농사 못 짓고 만다. 뒷짐으로 트림을 꿀꺽하고 대문 밖으로 나오다 날 보고서,

"이 자식, 왜 또 이러니."

"관격^{關格 급하게 체하여 가슴이 막혀 위로는 계속 토하며 아래로는 대소변을 못 보는 위급한 병} 이 났어유, 아이구 배야!"

"기껀 밥 처먹구 무슨 관격이야, 남의 농사 버려두면 이 자식 징역 간다 봐라!"

"가두 좋아유, 아이구 배야!"

참말 난 일 안 해서 징역 가도 좋다 생각했다. 일후^{日後 뒷날} 아들을 낳아도 그 앞에서 바보, 바보, 이렇게 별명을 들을 테니까 오늘은 열 쪽이 난대도 결정을 내고 싶었다.

장인님이 일어나라고 해도 내가 안 일어나니까 눈에 독이 올라서 저편으로 힝하게 가더니 지게막대기를 들고 왔다. 그리고 그걸로 내 허리를 마치 돌 떠넘기듯이 쿡 찍어서 넘기고 넘기고 했다.

밥을 잔뜩 먹어 딱딱한 배가 그럴 적마다 통겨지면서 밸창^{'창자'의 속어}이 꼿꼿한 것이 여간 켕기지 않았다. 그래도 안 일어나니까 이번에는 배를

지게막대기로 위에서 쿡쿡 찌르고 발길로 옆구리를 차고 했다.

장인님은 원체 심술이 궂어서 그러지만 나도 저만 못하지 않게 배를 채였다. 아픈 것을 눈을 꽉 감고 넌 해라 난 재밌단 듯이 있었으나 볼기짝을 후려갈길 적에는 나도 모르는 결에 벌떡 일어나서 그 수염을 잡아챘다마는 내 골이 난 것이 아니라 정말은 아까부터 벽 뒤 울타리 구멍으로 점순이가 우리들의 꼴을 몰래 엿보고 있었기 때문이다.

가뜩이나 말 한마디 톡톡히 못한다고 바라보는데 매까지 잠자코 맞는 걸 보면 짜장 바보로 알 게 아닌가. 또 점순이도 미워하는 이까짓 놈의 장인님하곤 아무것도 안 되니까 막 때려도 좋지만 사정 보아서 수염만 채고(제 원대로 했으니까 이때 점순이는 퍽 기뻤겠지) 저기까지 잘 들리도록

"이걸 까셀라부다^{'그슬리다'의 방언!}"

하고 소리를 쳤다.

장인님은 더 약이 바짝 올라서 잡은 참 지게막대기로 내 어깨를 그냥 내려 갈겼다. 정신이 다 아찔하다. 다시 고개를 들었을 때 그때엔 나도 온몸에 약이 올랐다. 이 녀석의 장인님을, 하고 눈에서 불이 퍽 나서 그 아래 밭 있는 넝 알로^{언덕 아래로} 그대로 떠밀어 굴려 버렸다.

"부려만 먹구 왜 성례 안 하지유!"

나는 이렇게 호령했다. 허지만 장인님이 선뜻 오냐 낼이라두 성례시켜 주마, 했으면 나도 성가신 걸 그만두었을지 모른다. 나야 이러면 때린 건 아니니까 나중에 장인 쳤다는 누명도 안 들을 터이고 얼마든지 해도 좋다.

한번은 장인님이 헐떡헐떡 기어서 올라오더니 내 바짓가랑이를 요렇게 노리고서 단박 움켜잡고 매달렸다. 악, 소리를 치고 나는 그만 세상이 다 팽그르 도는 것이,

"빙장님! 빙장님! 빙장님!"

"이 자식! 잡아먹어라, 잡아먹어!"

"아! 아! 할아버지! 살려 줍쇼, 할아버지!"

하고 두 팔을 허둥지둥 내저을 적에는 이마에 진땀이 쭉 내솟고 인젠 참으로 죽나 보다 했다. 그래두 장인님은 놓질 않더니 내가 기어이 땅바닥에 쓰러져서 거진 까무러치게 되니까 놓는다. 더럽다, 더럽다. 이게 장인님인가? 나는 한참을 못 일어나고 쩔쩔 맸다. 그러나 얼굴을 드니(눈엔 참 아무것도 보이지 않았다) 사지四肢 두 팔과 두 다리가 부르르 떨리면서 나도 엉금엉금 기어가 장인님의 바짓가랑이를 꽉 움키고 잡아낚았다.

내가 머리가 터지도록 매를 얻어맞은 것이 이 때문이다. 그러나 여기가 또한 우리 장인님이 유달리 착한 곳이다. 여느 사람이면 사경을 주어서라도 당장 내쫓았지, 터진 머리를 불솜상처를 소독하기 위해 불에 그슬린 솜방망이으로 손수 지져 주고, 호주머니에 희연일제 강점기 때의 담배 이름 한 봉을 넣어 주고 그리고,

"올 갈엔 꼭 성례를 시켜 주마. 암말 말구 가서 뒷골의 콩밭이나 얼른 갈아라."

하고 등을 뚜덕여 줄 사람이 누구냐.

나는 장인님이 너무나 고마워서 어느덧 눈물까지 났다. 점순이를 남기고 인젠 내쫓기려니 하다 뜻밖의 말을 듣고,

"빙장님! 인제 다시는 안 그러겠어유!"

이렇게 맹세를 하며 부랴부랴 지게를 지고 일터로 갔다. 그러나 이때는 그걸 모르고 장인님을 원수로만 여겨서 잔뜩 잡아당겼다.

"아! 아! 이놈아! 놔라, 놔."

장인님은 헛손질을 하며 솔개미'솔개'의 방언에 챈 닭의 소리를 연해 질렀

다. 놓긴 왜, 이왕이면 호되게 혼을 내 주리라 생각하고 짓궂이 더 댕겼다마는 장인님이 땅에 쓰러져서 눈에 눈물이 피잉 도는 것을 알고 좀 겁도 났다.

"할아버지! 놔라, 놔, 놔, 놔, 놔."

그래도 안 되니까,

"얘, 점순아! 점순아!"

이 악장악을 쓰는 싸움에 안에 있었던 장모님과 점순이가 헐레벌떡하고 단숨에 뛰어나왔다. 나의 생각에 장모님은 제 남편이니까 역성편을 들어 주는 일을 할는지도 모른다. 그러나 점순이는 내 편을 들어서 속으로 고소해 하겠지……. 대체 이게 웬 속인지(지금까지도 난 영문을 모른다) 아버질 혼내 주기는 제가 내래 놓고 이제 와서는 달려들며,

"에그머니! 이 망할 게 아버지 죽이네!"

하고, 귀를 뒤로 잡아당기며 마냥 우는 것이 아니냐. 그만 여기에 기운이 탁 꺾이어 나는 얼빠진 등신이 되고 말았다. 장모님도 덤벼들어 한쪽 귀마저 뒤로 잡아채면서 또 우는 것이다.

이렇게 꼼짝도 못하게 해 놓고 장인님은 지게막대기를 들어서 사뭇 내려 조졌다아래를 향해 마구 두들겨 패다. 그러나 나는 구태여 피하려지도 않고 암만해도 그 속 알 수 없는 점순이의 얼굴만 멀거니 들여다보았다.

"이 자식! 장인 입에서 할아버지 소리가 나오도록 해?" ✎

봄봄

📝 작품 정리

- **작가**   김유정(22쪽 '작가 소개' 참조)
- **갈래**   순수 소설, 농촌 소설
- **성격**   향토적, 해학적
- **배경**   시간 – 1930년대 / 공간 – 강원도 농촌 마을
- **시점**   1인칭 주인공 시점
- **구성**   '발단 – 전개 – 절정 – 결말'의 4단계 구성
- **특징**   • 웃음 속에 날카로운 현실 비판이 숨어 있음
  - • 감각적인 토속어와 구어체를 사용해 해학적 분위기를 조성함
- **주제**   순박한 데릴사위와 영악한 장인 사이의 갈등과 대립
- **출전**   〈조광〉(1935)

✏️ 구성과 줄거리

- **발단**   **'나'는 아무런 대가 없이 장인을 위해 일을 함**

  배 참봉 댁 마름인 봉필은 데릴사위를 열이나 갈아 치우다가 재작년 가을에 맏딸을 시집보냈다. '나'는 둘째 딸 점순에게 장가를 들려고 하는 세 번째 데릴사위다. '나'는 사경 한 푼 안 받고 일한 지 벌써 삼 년하고 일곱 달이 됐지만 장인은 점순의 키를 핑계로 성례를 미루기만 한다.

- **전개**   **혼례를 미루는 장인을 구장에게 끌고 가 중재를 요청함**

  '나'는 모를 붓다가 점순이 이 벼를 먹고 키가 큰다면 모르지만 장인의

배만 불리고 싶지는 않다고 생각한다. '나'는 배가 아프다고 핑계를 대고 논둑으로 올라간다. 화가 나서 논둑으로 올라온 장인이 '나'의 뺨을 친다. 장인에게 대들고 싶지만 남을 의식해 그렇게 할 수도 없다. 봄이라서 그런지 점순도 아버지를 졸라 보라고 은근히 재촉한다. '나'는 장인을 끌고 구장에게 가 보지만 장인에게 땅을 붙이고 있는 구장은 장인의 편에 서서 '농번기에 농사일을 망치면 감옥에 간다'고 위협한다. 점순은 구장에게까지 갔다가 그냥 오는 법이 어디 있느냐면서 토라진다.

- **절정** '나'와 장인이 몸싸움을 크게 벌임

  '나'는 일터로 나가려다 말고 바깥마당 공석 위에 드러눕는다. 화가 난 장인은 지게막대기로 배를 찌르고 발길질을 한다. 점순이 엿보고 있는 것을 의식한 '나'는 벌떡 일어나서 장인의 수염을 잡아챈다. 약이 바짝 오른 장인은 '나'의 사타구니를 잡고 늘어진다. '나'가 거의 까무러치자 장인은 '나'의 사타구니를 놓아준다.

- **결말** '나'와 장인의 희극적인 싸움이 끝남

  이번에는 '나'가 장인의 사타구니를 잡고 늘어진다. 장인이 "할아버지!"라고 외치다가 점순을 부른다. 점순과 장모가 뛰어나온다. 장모는 그렇더라도 '나'의 편으로 알았던 점순까지 달려들자 '나'는 어이가 없어서 점순의 얼굴을 멀거니 들여다본다.

🖉 생각해 보세요 -

1 '나'는 무엇 때문에 장인과 갈등하는가?

이 작품은 자신의 이익을 위해 딸까지 이용하는 능글맞은 예비 장인과 다소 어리석지만 순수한 예비 사위의 갈등을 익살스러운 문체로 그리고 있다. 이들 사이의 갈등은 딸의 키가 미처 자라지 않았다는 이유를 들어 자꾸만 혼사를 뒤로 미루는 예비 장인 때문에 생긴다. 이는 마름이 소작농을 착취하는 양상으로 볼 수도 있다. 하지만 일반적으로 김유정 문학에 현실 비판 또는 세태 풍자의 의지가 강하게 드러난다고 보기는 어렵다. 단지 예비 장인의 행동을 통해 가진 자들의 이기적인 모습을 보여 주고 있다.

2 이 작품에서 점순의 역할은 무엇인가?

점순은 새로운 질서를 상징한다. 계절에 비유하자면 나뭇가지에 물이 오르는 따뜻한 봄과 같다. 이에 비해 봉필은 낡은 질서를 상징하고 계절에 비유하자면 나뭇가지가 앙상한 차가운 겨울과 같다. 두 사람 사이에 끼어 있는 '나'는 처음에는 낡은 질서에 순종하는 모습을 보이지만 얼마 지나지 않아 강력하게 저항한다. 여기에는 점순의 충동질도 한몫을 한다. 이 소설의 제목이 '봄봄'인 것처럼 낡은 질서가 가고 새로운 질서가 등장했음을 뜻한다.

3 풍자와 해학은 어떤 차이점이 있는가?

풍자의 사전적 의미는 '타인의 결점을 다른 것에 빗대어 비웃으면서 폭로하거나 현실의 부정적인 현상을 빗대어 비웃는 표현'이다. 반면에 해학은 '익살스럽고 품위가 있는 말이나 행동'을 뜻한다. 즉 풍자와 해학은 웃음을 동반하는 현실 비판의 방법이라는 점에서는 같지만, 풍자는 상대를 조롱하는 것이 중심이고, 해학은 재미와 익살을 제공하는 것이 중요하다는 점이 다르다. 흔히 풍자의 대상은 권력을 가진 사람이나 부유층이다.

인물관계도

성 서방네
처녀

허 생원

(장돌뱅이)

동이

조 선달

장돌뱅이인 저(허 생원)는 조 선달, 동이와 함께 봉평 장에서 대화 장으로 이동했어요. 달밤에 메밀밭을 지나니
봉평에서 있었던 성 서방네 처녀와의 추억이 자연스레 떠오르더군요. 물방앗간에서의 하룻밤 인연이었지만요.
길을 가면서 동이 어머니의 친정도 봉평이라는 이야기를 들었어요. 게다가 동이도 저처럼 왼손잡이더라고요.

메밀꽃 필 무렵

　여름 장이란 애시당초에 글러서, 해는 아직 중천에 있건만 장판은 벌써 쓸쓸하고 더운 햇발이 벌여 놓은 전^廛물건을 벌여 놓고 파는 곳 휘장^{揮帳} 천을 여러 폭으로 이어서 빙 둘러치는 장막 밑으로 등줄기를 훅훅 볶는다. 마을 사람들은 거지반_{거의 절반 가까이} 돌아간 뒤요, 팔리지 못한 나무꾼 패가 길거리에 궁싯거리고_{어찌할 바를 몰라 이리저리 머뭇거리고}들 있으나 석유 병이나 받고 고기마리나 사면 족할 이 축^{부류}들을 바라고 언제까지든지 버티고 있을 법은 없다. 춥춥스럽게_{보기에 너절하게} 날아드는 파리 떼도 장난꾼 각다귀_{각다귓과의 곤충을 통틀어 이르는 말. 여기서는 장난꾸러기 아이들을 가리킴}들도 귀찮다. 얼금뱅이_{얼굴이 얼금얼금 얽은 사람을 낮잡아 이르는 말}요 왼손잡이인 드팀전_{온갖 천을 팔던 가게}의 허 생원_{나이 많은 선비를 대접하여 이르던 말}은 기어코 동업의 조 선달을 나꾸어_{'낚다'의 방언} 보았다.

　"그만 거둘까?"

　"잘 생각했네. 봉평 장에서 한 번이나 흐붓하게_{흐뭇하게} 사_{물건을 팔아 돈을 장만해} 본 일 있을까. 내일 대화 장에서나 한몫 벌어야겠네."

　"오늘 밤은 밤을 새서 걸어야 될걸?"

　"달이 뜨렷다?"

　절렁절렁 소리를 내며 조 선달이 그날 산 돈을 따지는 것을 보고 허 생원은 말뚝에서 넓은 휘장을 걷고 벌여 놓았던 물건을 거두기 시작하였다. 무명필과 주단 바리^{마소의 등에 잔뜩 실은 짐}가 두 고리짝에 꼭 찼다. 명석 위에는 천 조각이 어수선하게 남았다.

다른 축들도 벌써 거진 전들을 걷고 있었다. 약빠르게 떠나는 패도 있었다. 어물 장수도, 땜장이도, 엿장수도, 생강 장수도 꼴들이 보이지 않았다. 내일은 진부와 대화에 장이 선다. 축들은 그 어느 쪽으로든지 밤을 새며 육칠십 리 밤길을 타박거리지 않으면 안 된다. 장판은 잔치 뒷마당 같이 어수선하게 벌어지고, 술집에는 싸움이 터져 있었다. 주정꾼 욕지거리에 섞여 계집의 앙칼진 목소리가 찢어졌다. 장날 저녁은 정해 놓고 계집의 고함 소리로 시작되는 것이다.

"생원, 시침을 떼두 다 아네…… 충줏집 말야."

계집 목소리로 문득 생각난 듯이 조 선달은 비죽이 웃는다.

"화중지병^{畵中之餠 그림의 떡}이지. 연소 패^{나이가 어린 무리}들을 적수로 하구야 대거리^{맞대응}가 돼야 말이지."

"그렇지두 않을걸. 축들이 사족을 못 쓰는 것두 사실은 사실이나, 아무리 그렇다군 해두 왜 그 동이 말일세, 감쪽같이 충줏집을 후린^{유혹하여 정신을 흐리게 한} 눈치거든."

"무어, 그 애숭이가? 물건 가지구 나꾸었나 부지. 착실한 녀석인 줄 알았더니."

"그 길만은 알 수 있나…… 궁리 말구 가 보세나그려. 내 한턱 씀세."

그다지 마음이 당기지 않는 것을 쫓아갔다. 허 생원은 계집과는 연분이 멀었다. 얼금뱅이 상판을 쳐들고 대어 설 숫기도 없었으나 계집 편에서 정을 보낸 적도 없었고, 쓸쓸하고 뒤틀린 반생^{半生 반평생}이었다. 충줏집을 생각만 하여도 철없이 얼굴이 붉어지고 발밑이 떨리고 그 자리에

소스라쳐 버린다. 충줏집 문을 들어서서 술좌석에서 짜장^{과연 정말로} 동이
를 만났을 때에는 어찌된 서슬^{날카로운 기세}엔지 발끈 화가 나 버렸다. 상 위
에 붉은 얼굴을 쳐들고 제법 계집과 농탕치는^{놀아나는} 것을 보고서야 견딜
수 없었던 것이다. 녀석이 제법 난질꾼<sup>술과 여자에 빠져 행실이 바르지 못한 사람을 낮
잡아 이르는 말</sup>인데 꼴사납다. 머리에 피도 안 마른 녀석이 낮부터 술 처먹고
계집과 농탕이야. 장돌뱅이<sup>'장돌림'을 낮잡아 이르는 말. '장돌림'은 여러 장을 돌아다니며
물건을 파는 장수</sup> 망신만 시키고 돌아다니누나. 그 꼴에 우리들과 한몫 보자
는 셈이지.

동이 앞에 막아서면서부터 책망이었다. 걱정두 팔자요 하는 듯이 빤
히 쳐다보는 상기된 눈망울에 부딪칠 때, 결김^{화가 난 나머지}에 따귀를 하나
갈겨 주지 않고는 배길 수 없었다. 동이도 화를 쓰고 팩하고 일어서기는
하였으나, 허 생원은 조금도 동색하는^{얼굴빛이 변하는} 법 없이 마음먹은 대
로는 다 지껄였다.

"어디서 주워 먹은 선머슴^{매우 거칠게 덜렁거리는 사내아이}인지는 모르겠으나,
네게도 아비, 어미 있겠지. 그 사나운 꼴 보면 맘 좋겠다. 장사란 탐탁하
게 해야 되지, 계집이 다 무어야. 나가거라, 냉큼 꼴 치워."

그러나 한마디도 대거리하지 않고 하염없이 나가는 꼴을 보려니, 도리
어 측은히 여겨졌다. 아직두 서름서름한^{서먹서먹한} 사인데 너무 과하지 않
았을까 하고 마음이 섬뜩해졌다.

"주제도 넘지, 같은 술손님이면서두 아무리 젊다구 자식 낳게 되는 것
을 붙들고 치고 닦아 셀 것은 무어야 원."

충줏집은 입술을 쭝긋하고^{뾰족 내밀고} 술 붓는 솜씨도 거칠었으나, 젊은
애들한테는 그것이 약이 된다나 하고 그 자리는 조 선달이 얼버무려 넘
겼다.

"너 녀석한테 반했지? 애숭이를 빨면 죄 된다."

한참 법석을 친 후이다. 담겁이 없고 용감한 기운도 생긴 데다가 웬일인지 흠뻑 취해 보고 싶은 생각도 있어서 허 생원은 주는 술잔이면 거의 다 들이켰다. 거나해짐을 따라술에 어지간히 취하자 계집 생각보다도 동이의 뒷일이 한결같이 궁금해졌다. 내 꼴에 계집을 가로채서는 어떡헐 작정이었누 하고 어리석은 꼬락서니를 모질게 책망하는 마음도 한편에 있었다. 그렇기 때문에 얼마나 지난 뒤인지 동이가 헐레벌떡거리며 황급히 부르러 왔을 때에는, 마시던 잔을 그 자리에 던지고 정신없이 허덕이며 충줏집을 뛰어나간 것이다.

"생원 당나귀가 바칡이나 삼으로 세 가닥을 지어 만든 줄를 끊구 야단이에요."

"각다귀들 장난이지, 필연코."

짐승도 짐승이려니와 동이의 마음씨가 가슴을 울렸다. 뒤를 따라 장판을 달음질하려니 거슴츠레한 눈이 뜨거워질 것 같다.

"부락스러운말을 잘 듣지 않는 녀석들이라 어쩌는 수 있어야죠."

"나귀를 몹시 구는 녀석들은 그냥 두지는 않을걸."

반평생을 같이 지내 온 짐승이었다. 같은 주막에서 잠자고, 같은 달빛에 젖으면서 장에서 장으로 걸어 다니는 동안에 이십 년의 세월이 사람과 짐승을 함께 늙게 하였다. 까스러진잔털이 거칠게 일어난 목 뒤 털은 주인의 머리털과도 같이 바스러지고, 개진개진눈에 물기가 묻어 있는 모양 젖은 눈은 주인의 눈과 같이 눈곱을 흘렸다. 몽당비끝이 거의 다 닳아서 없어진 빗자루처럼 짧게 쓸리운 꼬리는, 파리를 쫓으려고 기껏 휘저어 보아야 벌써 다리까지는 닿지 않았다. 닳아 없어진 굽을 몇 번이나 도려내고 새 철을 신겼는지 모른다. 굽은 벌써 더 자라나기는 틀렸고 닳아 버린 철 사이로는 피가 빼짓이 흘렀다. 냄새만 맡고도 주인을 분간하였다. 호소하는 목소리로 야단스럽게 울며 반겨 한다.

어린아이를 달래듯이 목덜미를 어루만져 주니 나귀는 코를 벌름거리고 입을 투르르거렸다. 콧물이 튀었다. 허 생원은 짐승 때문에 속도 무던히는 썩었다. 아이들의 장난이 심한 눈치여서 땀 배인 몸뚱어리가 부들부들 떨리고 좀체 흥분이 식지 않는 모양이었다. 굴레가 벗어지고 안장도 떨어졌다. 요 몹쓸 자식들, 하고 허 생원은 호령을 하였으나 패들은 벌써 줄행랑을 논 뒤요 몇 남지 않은 아이들이 호령에 놀라 비슬비슬 멀어졌다.

"우리들 장난이 아니우. 암놈을 보고 저 혼자 발광이지."

코흘리개 한 녀석이 멀리서 소리를 쳤다.

"고 녀석 말투가……."

"김 첨지 당나귀가 가 버리니까 온통 흙을 차고 거품을 흘리면서 미친 소같이 날뛰는걸. 꼴이 우스워 우리는 보고만 있었다우. 배를 좀 보지."

아이는 앵돌아진^{노여워서 토라진} 투로 소리를 치며 깔깔 웃었다. 허 생원은 모르는 결에 낯이 뜨거워졌다. 뭇시선을 막으려고 그는 짐승의 배 앞을 가리어 서지 않으면 안 되었다.

"늙은 주제에 암샘^{짐승의 발정기에 수컷이 암컷에게 끌리는 본능적인 행동}을 내는 셈이야. 저놈의 짐승이."

아이의 웃음소리에 허 생원은 주춤하면서 기어코 견딜 수 없어 채찍을 들더니 아이를 쫓았다.

"쫓으려거든 쫓아 보지. 왼손잡이가 사람을 때려."

줄달음에 달아나는 각다귀에는 당하는 재주가 없었다. 왼손잡이는 아이 하나도 후릴 수 없다. 그만 채찍을 던졌다. 술기^{술기운}도 돌아 몸이 유난스럽게 화끈거렸다.

"그만 떠나세. 녀석들과 어울리다가는 한이 없어. 장판의 각다귀들이란 어른보다도 더 무서운 것들인걸."

조 선달과 동이는 각각 제 나귀에 안장을 얹고 짐을 싣기 시작하였다. 해가 꽤 많이 기울어진 모양이었다.

드팀전 장돌림을 시작한 지 이십 년이나 되어도 허 생원은 봉평 장을 빼 논 적은 드물었다. 충주, 제천 등의 이웃 군에도 가고, 멀리 영남 지방도 헤매기는 하였으나 강릉쯤에 물건 하러 가는 외에는 처음부터 끝까지 군내를 돌아다녔다. 닷새만큼씩의 장날에는 달보다도 확실하게 면에서 면으로 건너간다. 고향이 청주라고 자랑삼아 말하였으나 고향에 돌보러 간 일도 있는 것 같지는 않았다. 장에서 장으로 가는 길의 아름다운 강산이 그대로 그에게는 그리운 고향이었다. 반날 동안이나 뚜벅뚜벅 걷고 장터 있는 마을에 거지반 가까워졌을 때, 거친 나귀가 한바탕 우렁차게 울면 — 더구나 그것이 저녁녘이어서 등불들이 어둠 속에 깜박거릴 무렵이면 늘 당하는 것이건만 허 생원은 변치 않고 언제든지 가슴이 뛰놀았다.

젊은 시절에는 알뜰하게 벌어 돈푼이나 모아 본 적도 있기는 있었으나, 읍내에 백중百中 음력 칠월 보름날. 이날은 여름철의 바쁜 농사일이 끝난다 하여 큰 놀이판을 벌이는 풍습이 있었음이 열린 해 호탕스럽게 놀고 투전을 하여 사흘 동안에 다 털려 버렸다. 나귀까지 팔게 된 판이었으나 애끓는 정분에 그것만은 이를 물고 단념하였다. 결국 도로아미타불로 장돌림을 다시 시작할 수밖에는 없었다. 짐승을 데리고 읍내를 도망해 나왔을 때에는 너를 팔지 않기 다행이었다고 길가에서 울면서 짐승의 등을 어루만졌던 것이었다. 빚을 지기 시작하니 재산을 모을 염念 무엇을 하려고 하는 생각이나 마음은 당초에 틀리고 간신히 입에 풀칠을 하러 장에서 장으로 돌아다니게 되었다.

호탕스럽게 놀았다고는 하여도 계집 하나 후려 보지는 못하였다. 계집이란 쌀쌀하고 매정한 것이었다. 평생 인연이 없는 것이라고 신세가 서글퍼졌다. 일신一身 자기 한 몸에 가까운 것이라고는 언제나 변함없는 한 필의 당나귀였다.

그렇다고는 하여도 꼭 한 번의 첫 일을 잊을 수는 없었다. 뒤에도 처음에도 없는 단 한 번의 괴이한 인연! 봉평에 다니기 시작한 젊은 시절의 일이었으나 그것을 생각할 적만은 그도 산 보람을 느꼈다.

"달밤이었으나 어떻게 해서 그렇게 됐는지 지금 생각해도 도무지 알수 없어."

허 생원은 오늘 밤도 또 그 이야기를 끄집어내려는 것이다. 조 선달은 친구가 된 이래 귀에 못이 박히도록 들어왔다. 그렇다고 싫증을 낼 수도 없었으나, 허 생원은 시치미를 떼고 되풀이할 대로는 되풀이하고야 말았다.

"달밤에는 그런 이야기가 격에 맞거든."

조 선달 편을 바라는 보았으나 물론 미안해서가 아니라 달빛에 감동하여서였다. 이지러는달이 한쪽으로 기울어는 졌으나 보름을 갓 지난 달은 부드러운 빛을 흐뭇이 흘리고 있다. 대화까지는 팔십 리의 밤길, 고개를 둘이나 넘고 개울을 하나 건너고 벌판과 산길을 걸어야 된다. 길은 지금 긴산허리에 걸려 있다. 밤중을 지난 무렵인지 죽은 듯이 고요한 속에서 짐승 같은 달의 숨소리가 손에 잡힐 듯이 들리며, 콩 포기와 옥수수 잎새가 한층 달에 푸르게 젖었다. 산허리는 온통 메밀밭이어서 피기 시작한 꽃이 소금을 뿌린 듯이 흐뭇한 달빛에 숨이 막힐 지경이다. 붉은 대궁'대'의

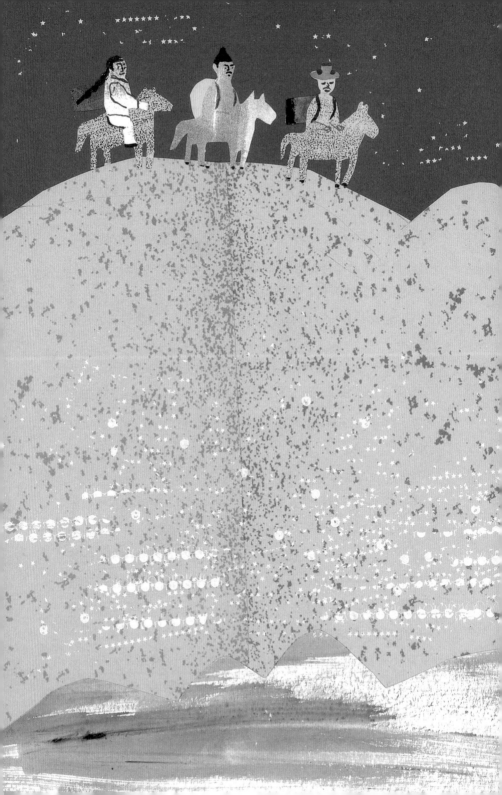

방언. 식물의 줄기이 향기같이 애잔하고 나귀들의 걸음도 시원하다. 길이 좁은 까닭에 세 사람은 나귀를 타고 외줄로 늘어섰다. 방울 소리가 시원스럽게 딸랑딸랑 메밀밭께로 흘러간다. 앞장선 허 생원의 이야기 소리는 꽁무니에 선 동이에게는 확적히는정확하게는 안 들렸으나, 그는 그대로 개운한 제멋에 적적하지는 않았다.

"장 선 꼭 이런 날 밤이었네. 객줏집나그네들에게 술이나 음식을 팔고 손님을 재우는 영업을 하던 집 토방방문 앞에 좀 높이 편평하게 다진 흙바닥이란 무더워서 잠이 들어야지. 밤중은 돼서 혼자 일어나 개울가에 목욕하러 나갔지. 봉평은 지금이나 그제나 마찬가지지. 보이는 곳마다 메밀밭이어서 개울가나 어디 없이 하얀 꽃이야. 돌밭에 벗어도 좋을 것을, 달이 너무나 밝은 까닭에 옷을 벗으러 물방앗간으로 들어가지 않았나. 이상한 일도 많지. 거기서 난데없는 성 서방네 처녀와 마주쳤단 말이네. 봉평서야 제일가는 일색이었지……."

"팔자에 있었나 부지."

아무렴 하고 응답하면서 말머리를 아끼는 듯이 한참이나 담배를 빨 뿐이었다. 구수한 자줏빛 연기가 밤기운 속에 흘러서는 녹았다.

"날 기다린 것은 아니었으나 그렇다고 달리 기다리는 놈팽이가 있는 것두 아니었네. 처녀는 울고 있단 말야. 짐작은 대고 있었으나 성 서방네는 한창 어려워서 들고날집 안의 물건을 팔려고 가지고 나갈 판인 때였지. 한집안 일이니 딸에겐들 걱정이 없을 리 있겠나? 좋은 데만 있으면 시집도 보내련만 시집은 죽어도 싫다지……. 그러나 처녀란 울 때같이 정을 끄는 때가 있을까. 처음에는 놀라기도 한 눈치였으나 걱정 있을 때는 누그러지기도 쉬운 듯해서 이럭저럭 이야기가 되었네……. 생각하면 무섭고도 기막힌 밤이었어."

"제천인지로 줄행랑을 놓은 건 그다음 날이렷다."

"다음 장도막장날과 장날 사이의 동안에는 벌써 온 집안이 사라진 뒤였네. 장판은 소문에 발끈 뒤집혀 고작해야 술집에 팔려 가기가 상수라고 처녀의 뒷공론이 자자들 하단 말이야. 제천 장판을 몇 번이나 뒤졌겠나. 허나 처녀의 꼴은 꿩 구워 먹은 자리일을 감쪽같이 처리해 흔적도 남지 않을 때 이르는 말야. 첫날밤이 마지막 밤이었지. 그때부터 봉평이 마음에 든 것이 반평생을 두고 다니게 되었네. 반평생인들 잊을 수 있겠나."

"수 좋았지. 그렇게 신통한 일이란 쉽지 않아. 항용恒用 흔히 늘 못난 것 얼어 새끼 낳고 걱정 늘고, 생각만 해두 진저리가 나지……. 그러나 늘그막바지까지 장돌뱅이로 지내기도 힘든 노릇 아닌가? 난 가을까지만 하구 이 생계와두 하직下直 무슨 일을 그만둠을 이르는 말하려네. 대화쯤에 조그만 전방廛房 가게이나 하나 벌이구 식구들을 부르겠어. 사시장철사계절 중 어느 때나 늘 뚜벅뚜벅 걷기란 여간이래야지."

"옛 처녀나 만나면 같이나 살까……. 난 거꾸러질 때까지 이 길 걷고 저 달 볼 테야."

산길을 벗어나니 큰길로 틔어졌다. 꽁무니의 동이도 앞으로 나서 나귀들은 가로 늘어섰다.

"총각두 젊겠다, 지금이 한창 시절이렷다. 충줏집에서는 그만 실수를 해서 그 꼴이 되었으나 섧게서럽게 생각 말게."

"처, 천만에요. 되려 부끄러워요. 계집이란 지금 웬 제격인가요. 자나 깨나 어머니 생각뿐인데요."

허 생원의 이야기로 실심失心 근심 걱정으로 맥이 빠지고 마음이 뒤숭숭함해 한 끝이라 동이의 어조는 한풀 수그러진 것이었다.

"아비, 어미란 말에 가슴이 터지는 것도 같았으나 제겐 아버지가 없어요. 피붙이라고는 어머니 하나뿐인걸요."

"돌아가셨나?"

"당초부터 없어요."

"그런 법이 세상에……."

생원과 선달이 야단스럽게 껄껄들 웃으니, 동이는 정색하고 우길 수밖에는 없었다.

"부끄러워서 말하지 않으려 했으나 정말예요. 제천 촌에서 달도 차지 않은 아이를 낳고 어머니는 집에서 쫓겨났죠. 우스운 이야기나, 그러기 때문에 지금까지 아버지 얼굴도 본 적 없고, 있는 고장도 모르고 지내와요."

고개가 앞에 놓인 까닭에 세 사람은 나귀에서 내렸다. 둔덕_{언덕}은 험하고 입을 벌리기도 대근하여^{견디기 힘들어} 이야기는 한동안 끊겼다. 나귀는 건듯하면 미끄러졌다. 허 생원은 숨이 차 몇 번이고 다리를 쉬지 않으면 안 되었다. 고개를 넘을 때마다 나이가 알렸다. 동이 같은 젊은 축이 그지없이 부러웠다. 땀이 등을 한바탕 쭉 씻어 내렸다.

고개 너머는 바로 개울이었다. 장마에 흘러 버린 널다리가 아직도 걸리지 않은 채로 있는 까닭에 벗고 건너야 되었다. 고의^{남자의 여름 홑바지}를 벗어 띠로 등에 얽어매고 반 벌거숭이의 우스꽝스런 꼴로 물속에 뛰어들었다. 금방 땀을 흘린 뒤였으나 밤물은 뼈를 찔렀다.

"그래 대체 기르긴 누가 기르구?"

"어머니는 하는 수 없이 의부를 얻어 가서 술장사를 시작했죠. 술이 고주^{술에 몹시 취하여 정신을 가누지 못하는 상태}래서 의부라고 전망나니'^{망나니' 앞에 '전(全)'이 붙은 말. '전'은 '지독한'의 뜻}예요. 철들어서부터 맞기 시작한 것이 하룬들 편한 날 있었을까. 어머니는 말리다가 채이고 맞고 칼부림을 당하고 하니 집 꼴이 무어겠소. 열여덟 살 때 집을 뛰쳐나서부터 이 짓이죠."

"총각 낫세'나이'의 속어론 심이 무던하다고 생각했더니 듣고 보니 딱한 신세로군."

물은 깊어 허리까지 찼다. 속 물살도 어지간히 센 데다가 발에 차이는 돌멩이도 미끄러워 금시에 훌칠뒤로 자빠질 듯하였다. 나귀와 조 선달은 재빨리 거의 건넜으나 동이는 허 생원을 붙드느라고 두 사람은 훨씬 떨어졌다.

"모친의 친정은 원래부터 제천이었던가?"

"웬걸요. 시원스레 말은 안 해 주나 봉평이라는 것만은 들었죠."

"봉평, 그래 그 아비 성은 무엇이구?"

"알 수 있나요. 도무지 듣지를 못했으니까."

"그, 그렇겠지."

하고 중얼거리며 흐려지는 눈을 까물까물하다가 허 생원은 경망하게도 발을 빗디디었다. 앞으로 고꾸라지기가 바쁘게 몸째 풍덩 빠져 버렸다. 허우적거릴수록 몸을 걷잡을 수 없어 동이가 소리를 치며 가까이 왔을 때에는 벌써 퍽이나 흘렀었다. 옷째 쫄딱 젖으니 물에 젖은 개보다도 참혹한 꼴이었다. 동이는 물속에서 어른을 해깝게'가볍게'의 방언 업을 수 있었다. 젖었다고는 하여도 여윈 몸이라 장정 등에는 오히려 가벼웠다.

"이렇게까지 해서 안됐네. 내 오늘은 정신이 빠진 모양이야."

"염려하실 것 없어요."

"그래 모친은 아비를 찾지는 않는 눈치지?"

"늘 한번 만나고 싶다고는 하는데요."

"지금 어디 계신가?"

"의부와도 갈라져서 제천에 있죠. 가을에는 봉평에 모셔 오려고 생각

중인데요. 이를 물고 벌면 이럭저럭 살아갈 수 있겠죠."

"아무렴, 기특한 생각이야. 가을이랬다?"

동이의 탐탁한 등어리가 뼈에 사무쳐 따뜻하다. 물을 다 건넜을 때에는 도리어 서글픈 생각에 좀 더 업혔으면도 하였다.

"진종일 실수만 하니 웬일이요, 생원."

조 선달은 바라보며 기어코 웃음이 터졌다.

"나귀야. 나귀 생각하다 실족失足 발을 헛디딤을 했어. 말 안 했던가. 저 꼴에 제법 새끼를 얻었단 말이지. 읍내 강릉집 피마성장한 암말에게 말일세. 귀를 쫑긋 세우고 달랑달랑 뛰는 것이 나귀 새끼같이 귀여운 것이 있을까. 그것 보러 나는 일부러 읍내를 도는 때가 있다네."

"사람을 물에 빠치울 젠, 딴은 대단한 나귀 새끼군."

허 생원은 젖은 옷을 웬만큼 짜서 입었다. 이가 덜덜 갈리고 가슴이 떨리며 몹시도 추웠으나 마음은 알 수 없이 둥실둥실 가벼웠다.

"주막까지 부지런히들 가세나. 뜰에 불을 피우고 훗훗이훈훈하게 쉬어. 나귀에겐 더운물을 끓여 주고, 내일 대화 장 보고는 제천이다."

"생원도 제천으로……?"

"오래간만에 가 보고 싶어. 동행하려나, 동이?"

나귀가 걷기 시작하였을 때, 동이의 채찍은 왼손에 있었다. 오랫동안 아둑시니'어둑서니'의 방언. 눈이 어두워서 사물을 제대로 분간하지 못하는 사람같이 눈이 어둡던 허 생원도 요번만은 동이의 왼손잡이가 눈에 띄지 않을 수 없었다.

걸음도 해깝고 방울 소리가 밤 벌판에 한층 청청하게 울렸다.

달이 어지간히 기울어졌다. 🖋

메밀꽃 필 무렵

작가 소개

이효석(李孝石, 1907~1942)

강원도 평창에서 태어났다. 1928년 〈조선지광〉에 「도시와 유령」을 발표하면서
등단했다. 초기에 유진오 등과 함께 동반자 작가로 불리며 신경향파적인 작품
활동을 했지만, 직접적으로 카프^{KAPF}에 가담한 적은 없다. 이후 이효석 문학에
서는 자연주의와 심미주의를 엿볼 수 있다. 나아가 작품 속에 애욕을 담아내는
데, 그의 에로티시즘은 자연주의와 마찬가지로 현실 도피라는 한계를 지니는
것으로 평가된다. 대표 작품으로는 「기우」(1929), 「돈(豚)」(1933), 「수탉」(1933),
「산」(1936) 등이 있다.

작품 정리

- **갈래** 순수 소설, 낭만주의 소설
- **성격** 서정적, 낭만적, 사실적
- **배경** 시간 – 1920년대 어느 여름날
  공간 – 강원도 봉평에서 대화 장터로 가는 길
- **시점** 3인칭 전지적 작가 시점
- **구성** • '발단 – 전개 – 절정 – 결말'의 4단계 구성
  • 역순행적 구성
- **특징** 토속적인 어휘 사용과 서정적인 묘사로 근대 단편 소설의 백미로 평
  가됨
- **주제** 떠돌이 삶의 애환과 혈육의 정
- **출전** 〈조광〉(1936)

🖊️ 구성과 줄거리 ----------------------------------

- **발단** **허 생원이 동이의 뺨을 때림**

  봉평의 어느 여름 장날. 파장 후 허 생원과 조 선달은 짐을 챙겨 충줏
  집으로 향한다. 허 생원은 그곳에서 여자들과 농지거리를 하고 있는
  동이를 보고 까닭 모를 화가 치밀어 따귀를 갈긴다. 허 생원은 별 대꾸
  없이 물러가는 동이에게 미안한 생각이 든다. 동네 각다귀들의 장난
  에 허 생원의 나귀가 놀라 날뛰는 것을 동이가 달려와 알려 준다.

- **전개** **허 생원이 성 서방네 처녀와의 추억을 떠올림**

  세 사람은 대화 장을 향해 길을 떠난다. 장에서 장으로 이어지는 아름
  다운 자연 풍경은 장돌뱅이 허 생원에게 고향의 풍경이나 다름없다.
  여자와는 인연이 없는 그에게도 잊을 수 없는 추억이 있다. 달밤의 분
  위기에 젖은 허 생원은 조 선달에게 그 이야기를 시작한다. 달빛이 흐
  드러진 밤, 허 생원은 목욕을 하기 위해 옷을 벗으러 물레방앗간에 들
  어갔다가 성 서방네 처녀와 마주친다. 그녀와 하룻밤을 함께 지낸 뒤
  다시는 만나지 못했다는 것이다.

- **절정** **동이가 자신의 어머니에 대해 이야기함**

  길을 가면서 허 생원은 동이에게 충줏집에서의 일을 사과한다. 동이
  는 자신의 이야기를 들려준다. 어머니가 달도 차기 전에 자신을 낳고
  집에서 쫓겨나 아버지의 얼굴도 모르고 자랐다는 것이다. 그 이후 어
  머니는 술집을 하면서 의부와 함께 살았지만 자신은 망나니 같은 의
  부를 떠나 장을 떠돈다고 말한다. 동이는 어머니의 고향이 봉평이라
  는 말도 덧붙인다. 허 생원이 개울을 건너다 물에 빠지자 동이가 업어
  서 건네준다. 허 생원은 동이에게 어머니가 아비를 찾지 않느냐고 물
  어보고 동이는 늘 만나고 싶어 한다고 대답한다.

- **결말**　허 생원은 동이가 왼손잡이라는 사실을 발견하고 놀람

　　　　세 사람은 다시 길을 떠난다. 허 생원은 내일 대화 장을 거쳐 동이의 어머니가 있다는 제천으로 가겠다고 말한다. 왼손잡이인 허 생원은 동이가 왼손으로 채찍을 들고 있는 것을 보고 놀란다.

🖎 생각해 보세요 -

1 허 생원에게 '나귀'는 어떤 존재인가?

　　요즘에는 집에서 기르는 동물을 애완동물이 아니라 사람과 더불어 살아가는 동물이라는 뜻으로 '반려동물'이라고 부른다. 허 생원에게 '나귀'는 장돌뱅이의 외로운 삶을 지탱해 준 동료이자 반려동물이며 자신의 분신과도 같다. '나귀'의 외모나 신세, 그리고 행동이 허 생원과 비슷하게 묘사된 점만 보더라도 이를 잘 알 수 있다. 작가는 '나귀'를 통해 인간의 애욕과 출생, 부성애 등을 서정적으로 그려 내고 있다.

2 이 작품의 구성상 특징은 무엇인가?

　　이 작품은 현재의 시간과 과거의 시간이 교차하는 역순행적 구성으로 이루어져 있다. 그런데 현재의 시간이 극적으로 서술되는 데 반해, 과거의 시간은 요약적으로 서술되어 있다. 이는 과거의 어느 한순간을 허 생원의 시각에서 서정적으로 묘사하기 위한 의도라고 볼 수 있다. 한편 얼굴이 추한 장돌뱅이 출신의 허 생원이 봉평 최고의 미인인 성 서방네 처녀와 꿈같은 하룻밤을 보냈던 일화가 과거와 현재를 이어 주고 있다.

돌아가신 아빠의 친구인 아저씨가 엄마랑 외삼촌, 그리고 제(옥희)가 사는 집에 하숙하러 오셨어요. 저는 아저씨 랑 금방 친해졌고, 아저씨가 우리 아빠였으면 좋겠다고 생각했지요. 유치원에서 가져온 꽃을 아저씨가 주었다며 엄마에게 드린 날, 엄마는 풍금을 연주하며 눈물을 흘리셨어요. 아저씨가 떠나자 엄마는 꽃을 버리셨답니다.

사랑손님과 어머니

나는 금년 여섯 살 난 처녀애입니다. 내 이름은 박옥희이고요. 우리 집 식구라고는 세상에서 제일 예쁜 우리 어머니와 단 두 식구뿐이랍니다. 아차 큰일 났군, 외삼촌을 빼놓을 뻔했으니.

지금 중학교에 다니는 외삼촌은 어디를 그렇게 싸돌아다니는지 집에는 끼니때 외에는 별로 붙어 있지를 않아, 어떤 때는 한 주일씩 가도 외삼촌 코빼기도 못 보는 때가 많으니까요, 깜빡 잊어버리기도 예사例事 보통 있는 일이지요, 무얼.

우리 어머니는, 그야말로 세상에서 둘도 없이 곱게 생긴 우리 어머니는, 금년 나이 스물네 살인데 과부랍니다. 과부가 무엇인지 나는 잘 몰라도 하여튼 동리 사람들은 날더러 '과부 딸'이라고들 부르니까 우리 어머니가 과부인 줄을 알지요. 남들은 다 아버지가 있는데 나만은 아버지가 없지요. 아버지가 없다고 아마 '과부 딸'이라나 봐요.

외할머니 말씀을 들으면 우리 아버지는 내가 이 세상에 나오기 한 달 전에 돌아가셨대요. 우리 어머니하고 결혼한 지는 일 년 만이고요. 우리 아버지의 본집은 어디 멀리 있는데, 마침 이 동리 학교에 교사로 오게 되었기 때문에 결혼 후에도 우리 어머니는 시집으로 가지 않고 여기 이 집을 사고(바로 이 집은 우리 외할머니 댁 옆집이지요) 여기서 살다가 일 년이 못 되어 갑자기 돌아가셨대요. 내가 세상에 나오기도 전에 아버지는 돌아가셨다니까 나는 아버지 얼굴도 못 뵈었지요. 그러기에 아무리 생각해 보아도 아버지 생각은 안 나요. 아버지 사진이라는 사진은 나두 한두 번 보았지요. 참말로 훌륭한 얼굴이야요. 아버지가 살아 계시다면 참말로 이 세상에서 제일가는 잘난 아버지일 거야요. 그런 아버지를 보지도 못한 것은 참으로 분한 일이야요. 그 사진도 본 지가 퍽 오래되었는데, 이전에는 그 사진을 늘 어머니 책상 위에 놓아두시더니 외할머니가 오시면 오실 때마다 그 사진을 치우라고 늘 말씀하셨는데, 지금은 그 사진이 어디 있는지 없어졌어요. 언젠가 한번 어머니가 나 없는 동안에 몰래 장롱 속에서 무엇을 꺼내 보시다가 내가 들어오니까 얼른 장롱 속에 감추는 것을 내가 보았는데, 그것이 아마 아버지 사진인 것 같았어요.

아버지가 돌아가시기 전에 우리가 먹고살 것을 남겨 놓고 가셨대요. 작년 여름에, 아니로군, 가을이 다 되어서군요. 하루는 어머니를 따라서 저 여기서 한 십 리나 가서 조그만 산이 있는 데를 가서 거기서 밤도 따 먹고 또 그 산 밑에 초가집에 가서 닭고깃국을 먹고 왔는데, 거기 있는 땅이 우리 땅이래요. 거기서 나는 추수로 밥이나 굶지 않게 된다고요. 그래도 반찬 사고 과자 사고 할 돈은 없대요. 그래서 어머니가 다른 사람의 바느질을 맡아서 해 주지요. 바느질을 해서 돈을 벌어서 그걸로 청어도 사고 달걀도 사고 또 내가 먹을 사탕도 사고 한다고요.

그리고 우리 집 정말 식구는 어머니와 나와 단둘뿐인데, 아버님이 계시던 사랑방남자 주인이 지내며 손님을 접대하는 곳이 비어 있으니까 그 방도 쓸 겸 또 어머니의 잔심부름도 좀 해 줄 겸 해서 우리 외삼촌이 사랑방에 와 있게 되었대요.

금년 봄에는 나를 유치원에 보내 준다고 해서 나는 너무나 좋아서 동무 아이들한테 실컷 자랑을 하고 나서 집으로 돌아오노라니까, 사랑에서 큰외삼촌이(우리 집 사랑에 와 있는 외삼촌의 형님 말이야요) 웬 낯선 사람 하나와 앉아서 이야기를 하고 있었습니다. 큰외삼촌이 나를 보더니

"옥희야."

하고 부르겠지요.

"옥희야, 이리 온. 와서 이 아저씨께 인사드려라."

나는 어째 부끄러워서 비슬비슬하니까, 그 낯선 손님이,

"아, 그 애기 참 곱다. 자네 조카딸인가?"

하고 큰외삼촌더러 묻겠지요. 그러니까 큰외삼촌은,

"응, 내 누이의 딸…… 경선 군의 유복녀遺腹女 태어나기 전에 아버지를 여읜 딸 외딸일세."

하고 대답합니다.

"옥희야, 이리 온, 응! 그 눈은 꼭 아버지를 닮았네그려."

하고 낯선 손님이 말합니다.

"자, 옥희야, 커단 처녀가 왜 저 모양이야. 어서 와서 이 아저씨께 인사해라. 너의 아버지의 옛날 친구신데 오늘부터 이 사랑에 계실 텐데 인사 여쭙고 친해 두어야지."

나는 이 낯선 손님이 사랑방에 계시게 된다는 말을 듣고 갑자기 즐거워졌습니다. 그래서 그 아저씨 앞에 가서 사붓이소리가 거의 나지 않을 정도로 발을 가볍게 얼른 내디디는 소리 절을 하고는 그만 안마당으로 뛰어 들어왔지요. 그 낯선 아저씨와 큰외삼촌은 소리를 내서 크게 웃더군요.

나는 안방으로 들어오는 나름으로 어머니를 붙들고,

"엄마, 사랑방에 큰삼촌이 아저씨를 하나 데리구 왔는데에, 그 아저씨

가아, 이제 사랑에 있는대."

하고 법석을 하니까,

"응, 그래."

하고 어머니는 벌써 안다는 듯이 대수롭잖게 대답을 하더군요. 그래서
나는,

"언제부텀 와 있나?"

하고 물으니까,

"오늘부텀."

"에구 좋아."

하고 내가 손뼉을 치니까 어머니는 내 손을 꼭 붙잡으면서,

"왜 이리 수선이야."

"그럼 작은외삼촌은 어디루 가나?"

"외삼촌두 사랑에 계시지."

"그럼 둘이 있나?"

"응."

"한방에 둘이 있어?"

"왜, 장지문_{방과 방 사이를 가려 막아 끼우는 문} 닫구 외삼촌은 아랫방에 계시구
그 아저씨는 윗방에 계시구, 그러지."

나는 그 아저씨가 어떤 사람인지는 몰랐으나 첫날부터 내게는 퍽 고맙
게 굴고 나도 그 아저씨가 꼭 마음에 들었어요. 어른들이 저희끼리 말하
는 것을 들으니까 그 아저씨는 돌아가신 우리 아버지와 어렸을 적 친구
라고요. 어디 먼 데 가서 공부를 하다가 요새 돌아왔는데, 우리 동리 학
교 교사로 오게 되었대요. 또 우리 큰외삼촌과도 동무인데, 이 동리에는
하숙도 별로 깨끗한 곳이 없고 해서 우리 사랑으로 와 계시게 되었다고

요. 또 우리도 그 아저씨한테서 밥값을 받으면 살림에 보탬도 좀 되고 한다고요.

그 아저씨는 그림책들을 얼마든지 가지고 있어요. 내가 사랑방으로 나가면 그 아저씨는 나를 무릎에 앉히고 그림책들을 보여 줍니다. 또 가끔 과자도 주고요.

어느 날은 점심을 먹고 이내 살그머니 사랑에 나가 보니까 아저씨는 그때에야 점심을 잡수셔요. 그래 가만히 앉아서 점심 잡숫는 걸 구경하고 있노라니까, 아저씨가,

"옥희는 어떤 반찬을 제일 좋아하누?"

하고 묻겠지요. 그래 삶은 달걀을 좋아한다고 했더니, 마침 상에 놓인 삶은 달걀을 한 알 집어 주면서 나더러 먹으라고 합니다. 나는 그 달걀을 벗겨 먹으면서,

"아저씨는 무슨 반찬이 제일 맛나우?"

하고 물으니까, 그는 한참이나 빙그레 웃고 있더니,

"나두 삶은 달걀."

하겠지요. 나는 좋아서 손뼉을 짤깍짤깍 치고,

"아, 나와 같네. 그럼, 가서 어머니한테 알려야지."

하면서 일어서니까, 아저씨가 꼭 붙들면서,

"그러지 말어."

그러시겠지요. 그래도 나는 한번 맘을 먹은 다음엔 꼭 그대로 하고야 마는 성미지요. 그래 안마당으로 뛰쳐 들어가면서,

"엄마, 엄마, 사랑 아저씨두 나처럼 삶은 달걀을 제일 좋아한대."

하고 소리를 질렀지요.

"떠들지 말어."

하고 어머니는 눈을 흘기십니다.

그러나 사랑 아저씨가 달걀을 좋아하는 것이 내게는 썩 좋게 되었어요. 그것은 그다음부터는 어머니가 달걀을 많이씩 사게 되었으니까요. 달걀 장수 노파가 오면 한꺼번에 열 알도 사고 스무 알도 사고 그래선 두고두고 삶아서 아저씨 상에도 놓고 또 으레 나도 한 알씩 주고 그래요. 그뿐만 아니라 아저씨한테 놀러 나가면 가끔 아저씨가 책상 서랍 속에서 달걀을 한두 알 꺼내서 먹으라고 주지요. 그래 그담부터는 나는 아주 실컷 달걀을 많이 먹었어요.

나는 아저씨가 아주 좋았어요마는, 외삼촌은 가끔 툴툴하는 때가 있었어요. 아마 아저씨가 마음에 안 드나 봐요. 아니, 그것보다도 아저씨 잔심부름을 꼭 외삼촌이 하게 되니까 그것이 싫어서 그러나 봐요. 한번은 어머니와 외삼촌이 말다툼하는 것까지 내가 들었어요. 어머니가,

"야, 또 어디 나가지 말구 사랑에 있다가 선생님 들어오시거든 상 내가야지."

하고 말씀하시니까, 외삼촌은 얼굴을 찡그리면서,

"제길, 남 어디 좀 볼일이 있는 날은 으레 끼니때에 안 들어오고 늦어지니……."

하고 툴툴하겠지요. 그러니까 어머니는,

"그러니 어짜갔니? 너밖에 사랑 출입할 사람이 어디 있니?"

"누님이 좀 상 들구 나가구려. 요새 세상에 내외內外 남녀 사이에 얼굴을 마주 대하지 않고 피함하니까!"

어머니는 갑자기 얼굴이 발개지시고 아무 대답도 없이 그냥 외삼촌을 향하여 눈을 흘기셨습니다. 그러니까 외삼촌은 흥흥 웃으면서 사랑으로 나갔지요.

나는 유치원에 가서 창가唱歌 갑오개혁 이후에 발생한 근대 음악 가운데 하나도 배우고 댄스도 배우고 하였습니다. 유치원 여자 선생님이 풍금風琴 페달을 밟아서 바람을 넣어 소리를 내는 건반 악기을 아주 썩 잘 타요. 그런데 우리 유치원에 있는 풍금은 우리 예배당에 있는 풍금과는 아주 다른데, 퍽 조그마한 것이지마는 소리는 썩 좋아요. 그런데 우리 집 윗간에도 유치원 풍금과 꼭 같이 생긴 것이 놓여 있는 것이 갑자기 생각이 났어요. 그래 그날 나는 집으로 오는 길로 어머니를 끌고 윗간온돌방에서 아궁이로부터 먼 부분으로 가서,

　"엄마, 이거 풍금 아니우?"

하고 물으니까, 어머니는 빙그레 웃으시면서,

　"그렇단다. 그건 어찌 알았니?"

　"우리 유치원에 있는 풍금이 이것과 꼭 같은데 무얼. 그럼 엄마두 풍금 탈 줄 아우?"

하고 나는 다시 물었습니다. 그것은 내가 이때껏 한 번도 어머니가 이 풍금 앞에 앉은 것을 본 일이 없기 때문입니다.

　어머니는 아무 대답도 아니하십니다.

　"엄마, 이 풍금 좀 타 봐!"

하고 재촉하니까, 어머니 얼굴은 약간 흐려지면서,

　"그 풍금은 너의 아버지가 날 사다 주신 거란다. 너의 아버지 돌아가신 후에는 그 풍금은 이때까지 뚜껑두 한 번 안 열어 보았다……."

　이렇게 말씀하시는 어머니 얼굴을 보니까 금방 또 울음보가 터질 것만 같아 보여서 나는 그만,

　"엄마, 나 사탕 주어."

하면서 아랫방으로 끌고 내려왔습니다.

아저씨가 사랑방에 와 계신 지 벌써 여러 밤을 잔 뒤입니다. 아마 한 달이나 되었지요. 나는 거의 매일 아저씨 방에 놀러 갔습니다. 어머니는 나더러 그렇게 가서 귀찮게 굴면 못쓴다고 가끔 꾸지람을 하시지만 정말인즉 나는 조금도 아저씨를 귀찮게 굴지는 않았습니다. 도리어 아저씨가 나를 귀찮게 굴었지요.

"옥희 눈은 아버지를 닮았다. 고 고운 코는 아마 어머니를 닮았지, 고 입하고! 응, 그러냐, 안 그러냐? 어머니도 옥희처럼 곱지, 응?"

이렇게 여러 가지로 물을 적도 있었습니다. 그래서 나는,

"아저씨, 입때^{여태} 우리 엄마 못 봤수?"

하고 물었더니, 아저씨는 잠잠합니다. 그래 나는,

"우리 엄마 보러 들어갈까?"

하면서 아저씨 소매를 잡아당겼더니, 아저씨는 펄쩍 뛰면서,

"아니, 아니, 안 돼. 난 지금 분주해서."

하면서 나를 잡아끌었습니다. 그러나 정말로는 무슨 그리 분주하지도 않은 모양이었어요. 그러기에 나더러 가란 말도 않고 그냥 나를 붙들고 앉아서 머리도 쓰다듬어 주고 뺨에 입도 맞추고 하면서,

"요 저고리 누가 해 주지? ……밤에 엄마하구 한자리에서 자니?"

하는 둥 쓸데없는 말을 자꾸만 물었지요.

그러나 웬일인지 나를 그렇게도 귀애해^{귀엽게 여겨 사랑해} 주던 아저씨도 아랫방에 외삼촌이 들어오면 갑자기 태도가 달라지지요. 이것저것 묻지도 않고 나를 꼭 껴안지도 않고 점잖게 앉아서 그림책이나 보여 주고 그러지요. 아마 아저씨가 우리 외삼촌을 무서워하나 봐요.

하여튼 어머니는 나더러 너무 아저씨를 귀찮게 한다고, 어떤 때는 저녁 먹고 나서 나를 꼭 방 안에 가두어 두고 못 나가게 하는 때도 더러 있

었습니다. 그러나 조금 있다가 어머니가 바느질에 정신이 팔리어서 골몰하고한 가지 일에만 정신을 쏟고 있을 때 몰래 가만히 일어나서 나오지요. 그런 때에는 어머니는 내가 문 여는 소리를 듣고서야 퍼뜩 정신을 차려서 쫓아와 나를 붙들지요. 그러나 그런 때는 어머니는 골은 아니 내시고,

"이리 온, 이리 와서 머리 빗고……."

하고 끌어다가 머리를 다시 곱게 땋아 주시지요.

"머리를 곱게 땋고 가야지. 그렇게 되는 대루 하구 가문 아저씨가 숭보시지흉보시지 않니?"

하시면서, 또 어떤 때에는 머리를 다 땋아 주시고는,

"응, 저고리가 이게 무어냐?"

하시면서 새 저고리를 내어 주시는 때도 있었습니다.

어떤 토요일 오후였습니다. 아저씨는 나더러 뒷동산에 올라가자고 하셨습니다. 나는 너무나 좋아서 가자고 그러니까, 아저씨가,

"들어가서 어머니께 허락 맡고 온."

하십니다. 참 그렇습니다. 나는 뛰쳐 들어가서 어머니께 허락을 맡았습니다. 어머니는 내 얼굴을 다시 세수시켜 주고 머리도 다시 땋고 그러고 나서는 나를 아스러지도록 한번 몹시 껴안았다가 놓아주었습니다.

"너무 오래 있지 말고, 응."

하고 어머니는 크게 소리치셨습니다. 아마 사랑 아저씨도 그 소리를 들었을 거야요.

뒷동산에 올라가서는 정거장을 한참 내려다보았으나 기차는 안 지나갔습니다. 나는 풀잎을 쭉쭉 뽑아 보기도 하고 땅에 누운 아저씨의 다리를 꼬집어 보기도 하면서 놀았습니다. 한참 후에 아저씨 손목을 잡고 내려오는데 유치원 동무들을 만났습니다.

"옥희가 아빠하구 어디 갔다 온다, 응."

하고 한 동무가 말하였습니다. 그 아이는 우리 아버지가 돌아가신 줄을 모르는 아이였습니다. 나는 얼굴이 빨개졌습니다. 그때 나는 얼마나 이 아저씨가 정말 우리 아버지였더라면 하고 생각했는지 모릅니다. 나는 정말로 한 번만이라도,

"아빠!"

하고 불러 보고 싶었습니다. 그리고 그날 그렇게 아저씨하고 손목을 잡고 골목골목을 지나오는 것이 어찌도 재미가 좋았는지요.

나는 대문까지 와서,

"난 아저씨가 우리 아빠래문 좋겠다."

하고 불쑥 말했습니다. 그랬더니 아저씨는 얼굴이 홍당무처럼 빨개져서 나를 몹시 흔들면서,

"그런 소리 하문 못써."

하고 말하는데 그 목소리가 몹시 떨렸습니다. 나는 아저씨가 몹시 성이 난 것처럼 보여서 아무 말도 못 하고 안으로 뛰어 들어갔습니다. 어머니가,

"어디까지 갔던?"

하고 나와 안으며 묻는데, 나는 대답도 못 하고 그만 훌쩍훌쩍 울었습니다. 어머니는 놀라서,

"옥희야, 왜 그러니? 응?"

하고 자꾸만 물었으나 나는 아무 대답도 못 하고 울기만 했습니다.

이튿날은 일요일인 고로 나는 어머니와 함께 예배당을 가려고 차리고 나서 어머니가 옷을 갈아입는 동안 잠깐 사랑에를 나가 보았습니다. '아저씨가 아직두 성이 났나?' 하고 가만히 방 안을 들여다보았더니 책

상에 앉아서 무엇을 쓰고 있던 아저씨가 내다보면서 빙그레 웃었습니다. 그 웃음을 보고 나는 마음을 놓았습니다. 아저씨가 지금은 성이 풀린 것이 확실하니까요. 아저씨는 나를 이리 보고 저리 보고 훑어보더니,

"옥희 오늘 어디 가노? 저렇게 곱게 채리구."

하고 물었습니다.

"엄마하고 예배당에 가."

"예배당에?"

하고 나서 아저씨는 잠시 나를 멍하니 바라다보더니,

"어느 예배당에?"

하고 물었습니다.

"요 앞에 예배당에 가지 뭐."

"응? 요 앞이라니?"

이때 안에서,

"옥희야."

하고 부드럽게 부르는 어머니 목소리가 들리었습니다. 나는 얼른 안으로 뛰어 들어오면서 돌아다보니까, 아저씨는 또 얼굴이 빨갛게 성이 났겠지요. 내 원, 참으로 무슨 일로 요새는 아저씨가 그렇게 성을 잘 내는지 알 수 없었습니다.

예배당에 가서 찬미하고 기도하다가 기도하는 중간에 갑자기 나는, '혹시 아저씨두 예배당에 오지 않았나?' 하는 생각이 나서 눈을 뜨고 고개를 들어 남자석을 바라다보았습니다. 그랬더니 하, 바로 거기에 아저씨가 와 앉아 있겠지요. 그런데 아저씨는 어른이면서도 눈 감고 기도하지 않고 우리 아이들처럼 눈을 번히^{뚜렷하게} 뜨고 여기저기 두리번두리번 바라봅니다. 나는 얼른 아저씨를 알아보았는데 아저씨는 나를 못 알아

보았는지 내가 방그레 웃어 보여도 웃지도 않고 멀거니 보고만 있겠지요. 그래 나는 손을 흔들었지요. 그러니까 아저씨는 얼른 고개를 숙이고 말더군요. 그때에 어머니가 내가 팔 흔드는 것을 깨닫고 두 손으로 나를 붙들고 끌어당기더군요. 나는 어머니 귀에다 입을 대고,

"저기 아저씨두 왔어."

하고 속삭이니까 어머니는 흠칫하면서 내 입을 손으로 막고 막 끌어 잡아다가 앞에 앉히고 고개를 누르더군요. 보니까 어머니가 또 얼굴이 홍당무처럼 빨개졌군요.

그날 예배는 아주 젬병형편없는 것을 속되게 이르는 말이었어요. 웬일인지 예배가 다 끝날 때까지 어머니는 성이 나서 강대講臺 책 따위를 올려놓고 강의나 설교를 할 수 있도록 만든 도구만 향하여 앞으로 바라보고 앉았고, 이전 모양으로 가끔 나를 내려다보고 웃는 일이 없었어요. 그리고 아저씨를 보려고 남자석을 바라다보아도 아저씨도 한 번도 바라다보아 주지도 않고 성이 나서 앉아 있고, 어머니는 나를 보지도 않고 공연히 꽉꽉 잡아당기지요. 왜 모두들 그리 성이 났는지! 나는 그만 으아 하고 한번 울고 싶었어요. 그러나 바로 멀지 않은 곳에 우리 유치원 선생님이 앉아 있는 고로 울고 싶은 것을 아주 억지로 참았답니다.

내가 유치원에 입학한 후 처음 얼마 동안은 유치원에 갈 때나 올 때나 외삼촌이 바래다주었습니다. 그러나 여러 밤을 자고 난 뒤에는 나 혼자서도 넉넉히 다니게 되었어요. 그러나 언제나 내가 유치원에서 돌아오는 때면 어머니가 옆 대문(우리 집에는 대문이 사랑 대문과 옆 대문 둘이 있어서 어머니는 늘 이 옆 대문으로만 출입하시는 것이었습니다) 밖에 기다리고 섰다가 내가 달음질쳐 가면, 안고 집 안으로 들어가곤 하는 것이었습니다.

그런데 하루는 어쩐 일인지 어머니가 대문간에 보이지를 않겠지요. 어떻게도 화가 나던지요. 물론 머릿속으로는, '아마 외할머니 댁에 가셨나 부다' 하고 생각했지마는 하여튼 내가 돌아왔는데 문간에서 기다리지 않고 집을 떠났다는 것이 몹시 나쁘게 생각되더군요. 그래서 속으로, '오늘 엄마를 좀 굶려야겠다' 하고 생각하고 있는데, 옆 대문 밖에서,

　"아이고, 얘가 원 벌써 왔나?"

하고 어머니 목소리가 들리더군요. 그 순간 나는 얼른 신을 벗어 들고 안방으로 뛰어 들어가서 벽장문을 열고 그 속에 들어가서 숨어 버렸습니다.

　"옥희야, 옥희 너, 여태 안 왔니?"

하는 어머니 목소리가 바로 뜰에서 나더니,

　"여태 안 왔군."

하면서 밖으로 나가는 모양이었습니다. 나는 재미가 나서 혼자 흐흥흐흥 웃었습니다.

　한참을 있더니 집에서는 온통 야단이 났습니다. 어머니 목소리도 들리고 외할머니 목소리도 들리고 외삼촌 목소리도 들리고!

　"글쎄, 하루 종일 집이라군 안 떠났다가 옥희 유치원 파하구*끝나고 오문 멕일 과자가 없기에 어머님 댁에 잠깐 갔다 왔는데 고 동안에 이런 변이 생긴 걸……."

하는 것은 어머니 목소리.

　"글쎄 유치원에서 벌써 이십 분 전에 떠났다는데 원 중간에서……."

하는 것은 외할머니 목소리.

　"하여튼 내 나가서 돌아댕겨 볼웨다. 원 고것이 어델 갔담?"

하는 것은 외삼촌의 목소리.

이윽고 어머니의 울음소리가 가늘게 들렸습니다. 외할머니는 무어라고 중얼중얼 이야기하는 모양이었습니다. '이젠 그만하고 나갈까?' 하고도 생각했으나, '지난 주일날 예배당에서 성냈던 앙갚음을 해야지' 하는 생각이 나서 나는 그냥 벽장 안에 누워 있었습니다. 벽장 안은 답답하고 더웠습니다. 그래서 이윽고 부지중不知中 알지 못하는 동안에 나는 슬며시 잠이 들고 말았습니다.

얼마 동안이나 잤는지요? 이윽고 잠을 깨어 보니 아까 내가 벽장 안으로 들어왔던 것은 잊어버리고 참 이상스러운 데에 내가 누워 있거든요. 어두컴컴하고 좁고 덥고……. 나는 갑자기 무서운 생각이 나서 엉엉 울기 시작했지요. 그러자 갑자기 어디 가까운 데서 어머니의 외마디 소리가 나더니 벽장문이 벌컥 열리고 어머니가 달려들어서 나를 안아 내렸습니다.

"요 망할 것아."

하면서 어머니는 내 엉덩이를 댓 번 때렸습니다. 나는 더욱더 소리를 내서 울었습니다. 그때에는 어머니는 나를 끌어안고 어머니도 따라 울었습니다.

"옥희야, 옥희야, 응 인제 괜찮다. 엄마 여기 있지 않니, 응, 울지 마라, 옥희야. 엄마는 옥희 하나문 그뿐이다. 옥희 하나만 바라구 산다. 난 너 하나문 그뿐이야. 세상 다 일이 없다. 옥희만 있으면 바라고 산다. 옥희야 응, 울지 마라. 응, 울지 마라."

이렇게 어머니는 나더러 자꾸 울지 말라고 하면서도 어머니는 그치지 않고 그냥 자꾸자꾸 울었습니다. 외할머니는,

"원 고것이 도깨비가 들렸단 말인가, 벽장 속엔 왜 숨는담."

하고 앉아 있고, 외삼촌은,

"에, 재수, 메유중국어로 '없다(沒有)'는 뜻다."

하면서 밖으로 나갔습니다.

　이튿날 유치원을 파하고 집으로 오게 된 때 나는 갑자기 어제 벽장 속에 숨었다가 어머니를 몹시 울게 했던 생각이 나서 집으로 돌아가기가 어쩐지 부끄러워졌습니다. '오늘은 어머니를 좀 기쁘게 해 드려야 할 텐데…… 무얼 갖다 드리면 기뻐할까?' 하고 생각했습니다. 그러자 문득 유치원 안에 선생님 책상 위에 놓여 있던 꽃병 생각이 났습니다. 그 꽃병에는 나는 이름도 모르나 곱고 빨간 꽃이 꽂히어 있었습니다. 그 꽃은 개나리도 아니고 진달래도 아니었습니다. 그런 꽃은 나도 잘 알고 또 그런 꽃은 벌써 피었다가 져 버린 후였습니다. 무슨 서양 꽃이려니 하고 나는 생각하였습니다. 나는 우리 어머니가 꽃을 사랑하는 줄을 잘 압니다. 그래서 그 꽃을 갖다가 드리면 어머니가 몹시 기뻐하려니 하고 생각하였습니다.

　그래서 나는 도로 유치원 방 안으로 들어갔습니다. 마침 방 안에는 아무도 없었습니다. 선생님도 잠깐 어디를 가셨는지 보이지 않았습니다. 그래 나는 그 꽃을 두어 개 얼른 빼 들고 달음질쳐 나왔지요.

　집에 오니 어머니는 문간에서 기다리고 있다가 나를 안고 들어왔습니다.

"그 꽃은 어디서 났니? 퍽 곱구나."

하고 어머니가 말씀하셨습니다. 그러나 나는 갑자기 말문이 막혔습니다. '이걸 엄마 드릴라구 유치원서 가져왔어' 하고 말하기가 어째 몹시 부끄러운 생각이 들었습니다. 그래 잠깐 망설이다가,

"응, 이 꽃! 저, 사랑 아저씨가 엄마 갖다 주라구 줘."

하고 불쑥 말했습니다. 그런 거짓말이 어디서 그렇게 툭 튀어나왔는지 나도 모르지요.

꽃을 들고 냄새를 맡고 있던 어머니는 내 말이 끝나기가 무섭게 무엇에 몹시 놀란 사람처럼 화닥닥하였습니다. 그러고는 금시에 어머니 얼굴이 그 꽃보다도 더 빨갛게 되었습니다. 그 꽃을 든 어머니 손가락이 파르르 떠는 것을 나는 보았습니다. 어머니는 무슨 무서운 것을 생각하는 듯이 방 안을 휘 한번 둘러보시더니,

"옥희야, 그런 걸 받아 오문 안 돼."

하고 말하는 목소리는 몹시 떨렸습니다. 나는 꽃을 그렇게도 좋아하는 어머니가 이 꽃을 받고 그처럼 성을 낼 줄은 참으로 뜻밖이었습니다. 어머니가 그렇게도 성을 내는 것을 보니까 그 꽃을 내가 가져왔다고 그러지 않고, 아저씨가 주더라고 거짓말을 한 것이 참 잘되었다고 나는 속으로 생각했습니다. 어머니가 성을 내는 까닭을 나는 모르지만 하여튼 성을 낼 바에는 내게 내는 것보다 아저씨에게 내는 것이 내게는 나았기 때문입니다. 한참 있더니 어머니는 나를 방 안으로 데리고 들어와서,

"옥희야, 너 이 꽃 얘기 아무보구두_{아무에게도} 하지 말아라, 응."

하고 타일러 주었습니다. 나는,

"응."

하고 대답하면서 고개를 여러 번 까닥까닥했습니다.

어머니가 그 꽃을 곧 내버릴 줄로 나는 생각했습니다마는 내버리지 않고 꽃병에 꽂아서 풍금 위에 놓아두었습니다. 아마 퍽 여러 밤 자도록 그 꽃은 거기 놓여 있어서 마지막에는 시들었습니다. 꽃이 다 시들자 어머니는 가위로 그 대는 잘라내 버리고 꽃만은 찬송가 갈피에 곱게 끼워 두었습니다.

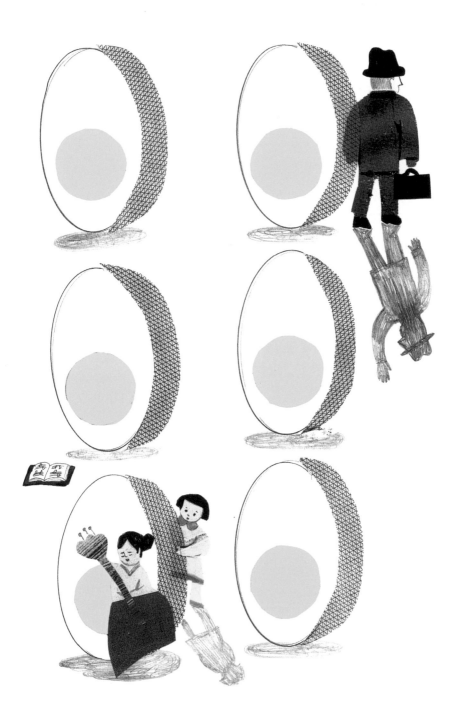

내가 어머니께 꽃을 갖다 주던 날 밤에 나는 또 사랑에 놀러 나가서 아저씨 무릎에 앉아서 그림책을 보고 있었습니다. 갑자기 아저씨 몸이 흠칫하였습니다. 그러고는 귀를 기울입니다. 나도 귀를 기울였습니다.

풍금 소리!

그 풍금 소리는 분명 안방에서 흘러나오는 것이었습니다.

"엄마가 풍금 타나 부다."

하고 나는 벌떡 일어나서 안으로 뛰어왔습니다. 안방에는 불을 켜지 않았습니다. 그러나 그때는 음력으로 보름께나 되어서 달이 낮같이 밝은데 은빛 같은 흰 달빛이 방 한 절반 가득히 차 있었습니다. 나는 그 흰옷을 입은 어머니가 풍금 앞에 앉아서 고요히 풍금을 타는 것을 보았습니다.

나는 나이 지금 여섯 살밖에 안 되었지마는 하여튼 어머니가 풍금을 타시는 것을 보는 것은 오늘이 처음이었습니다. 어머니는 우리 유치원 선생님보다도 풍금을 더 잘 타시는 것이었습니다. 나는 어머니 곁으로 갔습니다마는 어머니는 내가 곁에 온 것도 깨닫지 못하는지 그냥 까딱 아니하고 앉아서 풍금을 탔습니다. 조금 있더니 어머니는 풍금 곡조에 맞추어서 노래를 부르기 시작하였습니다. 어머니의 목소리가 그렇게도 아름다운 것도 나는 이때까지 모르고 있었습니다. 어머니는 참으로 우리 유치원 선생님보다도 목소리가 훨씬 더 곱고 또 노래도 훨씬 더 잘 부르시는 것이었습니다. 나는 가만히 서서 어머니 노래를 들었습니다. 그 노래는 마치 은실을 타고 저 별나라에서 내려오는 노래처럼 아름다웠습니다. 그러나 얼마 오래지 않아 목소리는 약간 떨리기 시작하였습니다. 가늘게 떨리는 노랫소리, 그에 따라 풍금의 가는 소리도 바르르 떠는 듯했습니다. 노랫소리는 차차 가늘어지더니 마지막에는 사르르 없어져 버렸습니다. 풍금 소리도 사르르 없어졌습니다. 어머니는 고요히 풍금에서 일어나시더니 옆에 섰는 내 머리를 쓰다듬었습니다. 그다음 순간 어머니는 나를 안고 마루로 나오셨습니다. 어머니는 아무 말씀도 없이 그냥 나를 꼭꼭 껴안는 것이었습니다. 달빛을 함빡 받는 내 어머니 얼굴은 몹시도 새하얗다고 생각되었습니다. 우리 어머니는 참으로 천사 같다고 생각하였습니다.

우리 어머니의 새하얀 두 뺨 위로 쉴 새 없이 두 줄기 눈물이 줄줄 흘러내리고 있는 것을 나는 보았습니다. 그것을 보니 나도 갑자기 울고 싶어졌습니다.

"어머니, 왜 울어?"

하고 나도 훌쩍거리면서 물었습니다.

"옥희야."

"응?"

한참 동안 어머니는 아무 말씀도 없었습니다. 그러나 한참 후에,

"옥희야, 난 너 하나문 그뿐이다."

"엄마."

어머니는 다시 대답이 없으셨습니다.

하루는 밤에 아저씨 방에서 놀다가 졸려서 안방으로 들어오려고 일어서니까 아저씨가 하얀 봉투를 서랍에서 꺼내어 내게 주었습니다.

"옥희, 이거 갖다가 엄마 드리고 지나간 달 밥값이라구, 응."

나는 그 봉투를 갖다가 어머니에게 드렸습니다. 어머니는 그 봉투를 받아 들자 갑자기 얼굴이 파랗게 질렸습니다. 그 전날 달밤에 마루에 앉았을 때보다도 더 새하얗다고 생각되었습니다. 어머니는 그 봉투를 들

고 어쩔 줄을 모르는 듯이 초조한 빛이 나타났습니다. 나는,

"그거 지나간 달 밥값이래."

하고 말을 하니까 어머니는 갑자기 잠자다 깨나는 사람처럼 "응?" 하고 놀라더니 또 금시에 백지장같이 새하얗던 얼굴이 발갛게 물들었습니다. 봉투 속으로 들어갔던 어머니의 파들파들 떨리는 손가락이 지전紙錢 지폐을 몇 장 끌고 나왔습니다. 어머니는 입술에 약간 웃음을 띠면서 후 하고 한숨을 내쉬었습니다. 그러나 그것도 잠깐, 다시 어머니는 무엇에 놀랐는지 흠칫하더니 금시에 얼굴이 다시 새하얘지고 입술이 바르르 떨렸습니다. 어머니의 손을 바라다보니 거기에는 지전 몇 장 외에 네모로 접은 하얀 종이가 한 장 잡혀 있는 것이었습니다.

어머니는 한참을 망설이는 모양이었습니다. 그러더니 무슨 결심을 한 듯이 입술을 악물고 그 종이를 차근차근 펴 들고 그 안에 쓰인 글을 읽었습니다. 나는 그 안에 무슨 글이 씌어 있는지 알 도리가 없었으나 어머니는 그 글을 읽으면서 금시에 얼굴이 파랬다 발갰다 하고 그 종이를 든 손은 이제는 바들바들이 아니라 와들와들 떨리어서 그 종이가 부석부석 소리를 내게 되었습니다.

한참 후에 어머니는 그 종이를 아까 모양으로 네모지게 접어서 돈과 함께 봉투에 도로 넣어 반짇고리에 던졌습니다. 그러고는 정신 나간 사람처럼 멀거니 앉아서 전등만 쳐다보는데 어머니 가슴이 불룩불룩합니다. 나는 어머니가 혹시 병이나 나지 않았나 하고 염려가 되어서 얼른 가서 무릎에 안기면서,

"엄마, 잘까?"

하고 말했습니다.

엄마는 내 뺨에 입을 맞추어 주었습니다. 그런데 어머니의 입술이 어

쩌면 그리도 뜨거운지요. 마치 불에 달군 돌이 볼에 와 닿는 것 같았습니다.

한잠을 자고 나서 잠이 채 깨지는 않았으나 어렴풋한 정신으로 옆을 쓸어 보니 어머니가 없었습니다. 가끔가다가 나는 그런 버릇이 있어요. 어렴풋한 정신으로 옆을 쓸면 어머니의 보드라운 살이 만져지지요. 그러면 다시 나는 잠이 들어 버리곤 하는 것이었습니다.

어머니가 자리에 없다는 것을 알게 되자 나는 갑자기 무서워졌습니다. 그래서 잠은 다 달아나고 눈을 번쩍 뜨고 고개를 돌려 살펴보았습니다. 방 안에는 불은 안 켰지만 어슴푸레하게 밝습니다. 뜰로 하나 가득한 달빛이 방 안에까지 희미한 밝음을 던져 주는 것이었습니다. 윗목^{온돌방에서 아궁이로부터 먼 쪽의 방바닥}을 보니 우리 아버지의 옷을 넣어 두고 가끔 어머니가 꺼내서 쓸어 보시는 그 장롱 문이 열려 있고, 그 아래 방바닥에는 흰 옷이 한 무더기 널려 있습니다. 그리고 그 옆에는 장롱을 반쯤 기대고 자리옷^{잠옷}만 입은 어머니가 주춤하고 앉아서 고개를 위로 쳐들고 눈은 감고 무엇이라고 입술로 소곤소곤 외고 있는 것이 보였습니다. 아마 기도를 하나 보다 하고 나는 생각했습니다. 나는 자리에서 일어나 기어가서 어머니 무릎을 뻐개고^{벌리고} 기어 들어갔습니다.

"엄마, 무얼 해?"

어머니는 소곤거리기를 그치고 눈을 떠서 나를 한참이나 물끄러미 들여다보십니다.

"옥희야."

"응?"

"가서 자자."

"엄마두 같이 자."

"응, 그래 엄마두 같이 자."

그 목소리가 어째 싸늘하다고 내게 생각되었습니다.

어머니는 돌아가신 아버지의 옷들을 한 가지씩 들고는 가만히 손바닥으로 쓸어 보고는 장롱 안에 넣었습니다. 하나씩 하나씩 쓸어 보고는 장롱에 넣곤 하여 그 옷을 다 넣을 때 장롱 문을 닫고 쇠를 채우고 그러고 나서 나를 안고 자리로 돌아왔습니다.

"엄마, 우리 기도하고 자?"

하고 나는 물었습니다. 어머니는 나를 밤마다 재워 줄 때마다 반드시 기도를 하는 것이었습니다. 내가 할 줄 아는 기도는 주기도문뿐이었습니다. 그 뜻은 하나도 모르지만 어머니를 따라서 자꾸자꾸 해 보아서 지금에는 나도 주기도문을 잘 외웁니다. 그런데 웬일인지 어젯밤 잘 때에는 어머니가 기도할 것을 잊어버리고 그냥 잤던 것이 지금 생각이 났기 때문에 나는 그렇게 물었던 것입니다. 어젯밤 자리에 들 때 내가,

"기도할까?"

하고 말하고 싶었으나 어머니가 너무도 슬픈 빛을 띠고 있는 고로 그만 나도 가만히 아무 소리 없이 잠이 들고 말았던 것입니다.

"응, 기도하자."

하고 어머니가 고요히 대답했습니다.

"엄마가 기도해."

하고 나는 갑자기 어머니의 기도하는 보드라운 음성이 듣고 싶어져서 말했습니다.

"하늘에 계신 우리 아버지시여."

어머니는 고요히 기도를 시작하였습니다.

"이름을 거룩하게 하옵시며 나라에 임하옵시며 뜻이 하늘에서 이루어

진 것처럼 땅에서도 이루어지이다. 오늘날 우리에게 일용할 양식을 주옵시고 우리가 우리에게 죄지은 자를 용서하여 준 것처럼 우리 죄를 사하여 주옵시고, 우리를 시험에 들지 말게 하옵시고…… 우리를 시험에 들지 말게 하옵시고…… 시험에 들지 말게…… 시험에 들지 말게……."

이렇게 어머니는 자꾸 되풀이하였습니다. 나도 지금은 막히지 않고 줄줄 외는 주기도문을 글쎄 어머니가 막히다니 참으로 우스운 일이었습니다.

"시험에 들지 말게…… 시험에 들지 말게……."

하고 자꾸만 되풀이하는 것을 나는 참다 못해서,

"엄마, 내 마저 할게."

하고,

"다만 악에서 구하옵소서. 대개 나라와 권세와 영광이 아버지께 영원히 있사옵나이다."

하고 내가 끝을 마쳤습니다. 어머니는 한참이나 가만있다가 오랜 후에야 겨우,

"아멘."

하고 속삭이었습니다.

요새 와서 어머니의 하는 일이란 참으로 알 수가 없는 노릇입니다. 어떤 때는 어머니도 퍽 유쾌하셨습니다. 밤에 때로는 풍금도 타고 또 때로는 찬송가도 부르고 그러실 때에는 나는 너무도 좋아서 가만히 어머니 옆에 앉아서 듣습니다. 그러나 가끔가끔 그 독창은 소리 없는 울음으로 끝을 맺는 때가 많은데, 그런 때면 나도 따라서 울었습니다. 그러면 어머니는 나를 안고 내 얼굴에 돌아가면서 무수히 입을 맞추어 주면서,

"엄마는 옥희 하나문 그뿐이야, 응, 그렇지……."

하시면서 언제까지나 언제까지나 우시는 것이었습니다.

어떤 일요일 날, 그렇지요, 그것은 유치원 방학하고 난 그 이튿날이었어요. 그날 어머니는 갑자기 머리가 아프시다고 예배당에를 그만두었습니다. 사랑에서는 아저씨도 어디 나가고 외삼촌도 나가고 집에는 어머니와 나와 단둘이 있었는데, 머리가 아프다고 누워 계시던 어머니가 갑자기 나를 부르시더니,

"옥희야, 너 아빠가 보고 싶니?"

하고 물으십니다.

"응, 우리두 아빠 하나 있으문."

하고 나는 혀를 까불고 어리광을 좀 부려 가면서 대답을 했습니다. 한참 동안을 어머니는 아무 말씀도 아니하시고 천장만 바라다보시더니,

"옥희야, 옥희 아버지는 옥희가 세상에 나오기도 전에 돌아가셨단다. 옥희두 아빠가 없는 건 아니지. 그저 일찍 돌아가셨지. 옥희가 이제 아버지를 새로 또 가지면 세상이 욕을 한단다. 옥희는 아직 철이 없어서 모르지만 세상이 욕을 한단다. 사람들이 욕을 해. 옥희 어머니는 화냥년_{남편이} _{아닌 남자와 정을 통하는 여자를 속되게 이르는 말}이다 이러구 세상이 욕을 해. 옥희 아버지는 죽었는데 옥희는 아버지가 또 하나 생겼대, 참 망측두 하지, 이러구 세상이 욕을 한단다. 그리되문 옥희는 언제나 손가락질 받구. 옥희는 커두 시집두 훌륭한 데 못 가구. 옥희가 공부를 해서 훌륭하게 돼두, 에 그까짓 화냥년의 딸, 이러구 남들이 욕을 한단다."

이렇게 어머니는 혼잣말하시듯 드문드문 말씀하셨습니다. 그러고는 한참 있더니,

"옥희야."

하고 또 부르십니다.

"응?"

"옥희는 언제나, 언제나 내 곁을 안 떠나지. 옥희는 언제나, 언제나 엄마하구 같이 살지. 옥희는 엄마가 늙어서 꼬부랑 할미가 되어두 그래두 옥희는 엄마하구 같이 살지. 옥희가 유치원 졸업하구, 또 소학교 졸업하구, 또 중학교 졸업하구, 또 대학교 졸업하구, 옥희가 조선서 제일 훌륭한 사람이 돼두 그래두 옥희는 엄마하구 같이 살지. 응! 옥희는 엄마를 얼만큼 사랑하나?"

"이만큼."

하고 나는 두 팔을 짝 벌리어 보였습니다.

"응? 얼마만큼? 응! 그만큼! 언제나, 언제나 옥희는 엄마만 사랑하지. 그리구 공부두 잘하구, 그리구 훌륭한 사람이 되구……."

나는 어머니의 목소리가 떨리는 것으로 보아 어머니가 또 울까 봐 겁이 나서,

"엄마, 이만큼, 이만큼."

하면서 두 팔을 짝짝 벌리었습니다.

어머니는 울지 않으셨습니다.

"응, 그래, 옥희 엄마는 옥희 하나문 그뿐이야. 세상 다른 건 다 소용없어, 우리 옥희 하나문 그만이야. 그렇지, 옥희야?"

"응!"

어머니는 나를 당기어서 꼭 껴안고 내 가슴이 막혀 들어올 때까지 자꾸만 껴안아 주었습니다.

그날 밤 저녁밥 먹고 나니까 어머니는 나를 불러 앉히고 머리를 새로 빗겨 주었습니다. 댕기도 새 댕기를 드려 주고, 바지, 저고리, 치마 모두

새것을 꺼내 입혀 주었습니다.

"엄마, 어디 가?"

하고 물으니까,

"아니."

하고 웃음을 띠면서 대답합니다. 그러더니 풍금 옆에서 새로 다린 하얀 손수건을 내리어 내 손에 쥐어 주면서,

"이 손수건, 저 사랑 아저씨 손수건인데, 이것 아저씨 갖다 드리구 와, 응. 오래 있지 말구 손수건만 갖다 드리구 이내 와, 응."

하고 말씀하셨습니다.

손수건을 들고 사랑으로 나가면서 나는 접어진 손수건 속에 무슨 발각 발각하는 종이가 들어 있는 것처럼 생각되었습니다마는 그것을 펴 보지 않고 그냥 갖다가 아저씨에게 주었습니다.

아저씨는 방에 누워 있다가 벌떡 일어나서 손수건을 받는데, 웬일인지 아저씨는 이전처럼 나보고 빙그레 웃지도 않고 얼굴이 몹시 파래졌습니다. 그러고는 입술을 질근질근 깨물면서 말 한마디 아니하고 그 수건을 받더군요.

나는 어째 이상한 기분이 들어서 아저씨 방에 들어가 앉지도 못하고 그냥 되돌아서 안방으로 도로 왔지요. 어머니는 풍금 앞에 앉아서 무엇을 그리 생각하는지 가만히 있더군요. 나는 풍금 옆으로 가서 가만히 그 옆에 앉아 있었습니다. 이윽고 어머니는 조용조용히 풍금을 타십니다. 무슨 곡조인지는 몰라도 어째 구슬프고 고즈넉한^{고요하고 아늑한} 곡조야요.

밤이 늦도록 어머니는 풍금을 타셨습니다. 그 구슬프고 고즈넉한 곡조를 계속하고 또 계속하면서…….

여러 밤을 자고 난 어떤 날 오후에 나는 오래간만에 아저씨 방엘 나가

보았더니 아저씨가 짐을 싸느라고 분주하겠지요. 내가 아저씨에게 손수건을 갖다 드린 다음부터는 웬일인지 아저씨가 나를 보아도 언제나 퍽 슬픈 사람, 무슨 근심이 있는 사람처럼 아무 말도 없이 나를 물끄러미 바라다만 보고 있는 고로 나도 그리 자주 놀러 나오지 않았던 것입니다. 그 랬었는데 이렇게 갑자기 짐을 꾸리는 것을 보고 나는 놀랐습니다.

"아저씨, 어데 가우?"

"응, 멀리루 간다."

"언제?"

"오늘."

"기차 타구?"

"응, 기차 타구."

"갔다가 언제 또 오우?"

아저씨는 아무 대답도 없이 서랍에서 예쁜 인형을 하나 꺼내서 내게 주었습니다.

"옥희, 이것 가져, 응. 옥희는 아저씨 가구 나문 아저씨 이내^곧 잊어버리구 말겠지!"

나는 갑자기 슬퍼졌습니다. 그래서,

"아니."

하고 얼른 대답하고 인형을 안고 안으로 들어왔습니다.

"엄마, 이것 봐. 아저씨가 이것 나 줬다우. 아저씨가 오늘 기차 타구 먼데루 간대."

하고 내가 말했으나 어머니는 대답이 없으십니다.

"엄마, 아저씨 왜 가우?"

"학교 방학했으니깐 가지."

"어디루 가우?"

"아저씨 집으루 가지, 어디루 가."

"갔다가 또 오우?"

어머니는 대답이 없으십니다.

"난 아저씨 가는 거 나쁘다."

하고 입을 쫑긋했으나, 어머니는 그 말은 대답 않고,

"옥희야, 벽장에 가서 달걀 몇 알 남았나 보아라."

하고 말씀하셨습니다.

나는 깡총깡총 방 안으로 들어갔습니다. 달걀은 여섯 알이 있었습니다.

"여스 알."

하고 나는 소리쳤습니다.

"응, 다 가지구 이리 나오너라."

어머니는 그 달걀 여섯 알을 다 삶았습니다. 그 삶은 달걀 여섯 알을 손수건에 싸 놓고 또 반지半紙 얇고 흰 일본 종이에 소금을 조금 싸서 한 귀퉁이에 넣었습니다.

"옥희야, 너 이것 갖다 아저씨 드리구, 가시다가 찻간에서 잡수시랜다구, 응."

그날 오후에 아저씨가 떠나간 다음 나는 방에서 아저씨가 준 인형을 업고 자장자장 잠을 재우고 있었습니다. 어머니가 부엌에서 들어오시더니,

"옥희야, 우리 뒷동산에 바람이나 쐬러 올라갈까?"

하십니다.

"응, 가, 가."

하면서 나는 좋아 덤비었습니다.

잠깐 다녀올 터이니 집을 보고 있으라고 외삼촌에게 이르고 어머니는 내 손목을 잡고 나섰습니다.

"엄마, 나 저, 아저씨가 준 인형 가지고 가?"

"그러렴."

나는 인형을 안고 어머니 손목을 잡고 뒷동산으로 올라갔습니다. 뒷동산에 올라가면 정거장이 빤히 내려다보입니다.

"엄마, 저 정거장 봐. 기차는 없군."

어머니는 아무 말씀도 없이 가만히 서 계십니다. 사르르 바람이 와서 어머니 모시 치맛자락을 산들산들 흔들어 주었습니다. 그렇게 산 위에 가만히 서 있는 어머니는 다른 때보다도 더한층 예쁘게 보였습니다.

저편 산모퉁이에서 기차가 나타났습니다.

"아, 저기 기차 온다."

하고 나는 좋아서 소리쳤습니다.

기차는 정거장에 잠시 머물더니 금시에 삑 하고 소리를 지르면서 움직였습니다.

"기차 떠난다."

하면서 나는 손뼉을 쳤습니다. 기차가 저편 산모퉁이 뒤로 사라질 때까지, 그리고 그 굴뚝에서 나는 연기가 하늘 위로 모두 흩어져 없어질 때까지, 어머니는 가만히 서서 그것을 바라다보았습니다.

뒷동산에서 내려오자 어머니는 방으로 들어가시더니 이때까지 뚜껑을 늘 열어 두었던 풍금 뚜껑을 닫으십니다. 그러고는 거기 쇠를 채우고 그 위에다가 이전 모양으로 반짇고리를 얹어 놓으십니다. 그러고는 그 옆에 있는 찬송가를 맥없이 들고 뒤적뒤적하시더니 빼빼 마른 꽃송이를 그 갈피에서 집어내시더니,

"옥희야, 이것 내다 버려라."

하고 그 마른 꽃을 내게 주었습니다. 그 꽃은 내가 유치원에서 갖다가 어머니께 드렸던 그 꽃입니다. 그러자 옆 대문이 삐걱하더니,

"달걀 사소."

하고 매일 오는 달걀 장수 노파가 달걀 광주리를 이고 들어왔습니다.

"인젠 우리 달걀 안 사요. 달걀 먹는 이가 없어요."

하시는 어머니 목소리는 맥이 한 푼어치도 없었습니다.

나는 어머니의 이 말씀에 놀라서 떼를 좀 써 보려 했으나 석양에 빤히 비치는 어머니 얼굴을 볼 때 그 용기가 없어지고 말았습니다. 그래서 아저씨가 주신 인형 귀에다가 내 입을 갖다 대고 가만히 속삭이었습니다.

"애, 우리 엄마가 거짓부리 썩 잘하누나. 내가 달걀 좋아하는 줄 잘 알문서 생 먹을 사람이 없대누나. 떼를 좀 쓰구 싶다만 저 우리 엄마 얼굴을 좀 봐라. 어쩌문 저리두 새파래졌을까? 아마 어디가 아픈가 보다."

라고요. 🖋

사랑손님과 어머니

작가 소개

주요섭(朱耀燮, 1902~1972)

평안남도 평양에서 태어났다. 1921년 〈개벽〉에「추운 밤」을 발표하면서 등단
했다. 신경향파 작가로 불린 제1기에는 주로 하층민의 생활과 저항 정신을 그
렸다. 대표작으로는「인력거꾼」(1925),「개밥」(1927) 등이 있다. 제2기에는 인
간의 내면세계와 애정을 섬세하게 그렸다. 대표작으로는「사랑손님과 어머니」
(1935)가 있다. 제3기에는 8 · 15 해방 직후의 무질서한 사회상을 그렸다. 대표
작으로는「입을 열어 말하라」(1946),「대학교수와 모리배」(1948) 등이 있다. 제
4기에는 삶과 죽음의 문제를 다루었다. 대표작으로는「세 죽음」(1965),「마음의
상채기」(1972) 등이 있다.

작품 정리

- **갈래** 순수 소설, 애정 소설
- **성격** 서정적, 사실적, 낭만적
- **배경** 시간 - 1930년대 / 공간 - 시골의 소도시
- **시점** 1인칭 관찰자 시점
- **구성** '발단 - 전개 - 위기 - 절정 - 결말'의 5단계 구성
- **특징** • 여성적 색채가 강하게 드러남
  - 서정적이고 사실주의적인 문체를 사용함
- **주제** 사랑손님과 어머니의 애틋한 사랑과 이별
- **출전** 〈조광〉(1935)

🖋 구성과 줄거리

- **발단** **'나'의 가족 소개**

  '나'는 어머니, 외삼촌과 함께 살고 있는 여섯 살 난 여자아이이다. 아버
  지는 '나'가 태어나기 전에 세상을 떠났고, 어머니는 아버지의 유산과
  바느질로 생계를 꾸려 가고 있다.

- **전개** **사랑방에 머물게 된 아저씨가 어머니에게 관심을 보임**

  외삼촌이 데리고 온 낯선 손님이 사랑방에 머물게 된다. 아버지의 친
  구인 아저씨가 이 동리의 학교 선생님으로 온 것이다. '나'는 아저씨와
  금방 친해진다. 어머니는 '나'가 아저씨 방에 놀러 갈 때마다 예쁘게
  단장시켜 보낸다. 아저씨가 삶은 달걀을 좋아한다는 말을 들은 어머
  니는 아저씨 밥상에 삶은 달걀을 놓는다. 어느 토요일 오후 아저씨와
  뒷동산에 올라갔다가 돌아오는 길에 '나'는 아저씨가 아빠였으면 좋
  겠다고 말한다. 아저씨는 얼굴을 붉히며 '못쓴다'고 '나'를 나무라지만
  목소리는 떨린다. 그 말에 '나'는 집으로 뛰어 들어가서 운다. 다음 날
  예배당에서 마주친 어머니와 아저씨는 서로 얼굴을 붉힌다.

- **위기** **'나'가 거짓말로 준 꽃으로 인해 어머니의 마음이 흔들림**

  '나'가 유치원 꽃을 몰래 가져다 아저씨가 준 거라고 거짓말을 하자 어
  머니는 당황해 하면서도 그 꽃을 풍금 위에 놓아둔다. 그날 밤 어머니
  는 한 번도 타지 않던 풍금을 연주하며 눈물을 흘린다. 그러면서 옥희
  하나면 된다고 말한다.

- **절정** **아저씨의 구애와 어머니의 거절**

  어머니는 아저씨가 밥값이라고 준 봉투를 보고 안절부절못한다. 어
  느 날 어머니는 '나'에게 손수건을 주며 아저씨에게 가져다주라고 한

다. 종이 같은 것이 들어 있는 손수건을 받아 든 아저씨는 얼굴이 파래진다.

- **결말** **아저씨가 떠나자 어머니는 마른 꽃을 갖다 버리라고 함**

   며칠 뒤, 아저씨는 짐을 챙겨 떠난다. '나'는 다시 오시느냐고 물어보지만 아저씨는 대답하지 않는다. 오후에 산에 올라간 어머니는 기차가 완전히 사라질 때까지 바라본다. 집으로 돌아온 어머니는 찬송가책에서 꽃을 꺼내 버리라고 말한다.

🖋 생각해 보세요 -

1 이 작품에서 '달걀'의 상징적 의미는 무엇인가?

   어머니는 아저씨가 삶은 달걀을 좋아한다는 말을 듣고 달걀을 많이 사기 시작한다. 그러다 아저씨가 떠나자 달걀을 더 이상 사지 않는다. 즉 달걀은 아저씨에 대한 어머니의 감정을 표현하는 소재이다.

2 이 작품에서 상징적으로 사용되고 있는 색채 이미지는 무엇인가?

   붉은색과 흰색이 등장인물의 심리를 대변해 주고 있다. 붉은색은 정열적인 사랑을 의미하고 흰색은 순수한 사랑을 의미한다. 어머니는 붉은 꽃을 받고는 사랑의 감정에 들떠 얼굴이 붉어진다. 또 어머니는 아저씨로부터 흰 봉투를 받고 아저씨에게 흰 쪽지가 든 흰 손수건을 보낸다.

3 서술자가 여섯 살 난 어린 소녀이기 때문에 나타나는 장점은 무엇인가?

   통속적으로 흐를 수 있는 내용이 과장 없이 순수하게 그려진 것은 천진난만한 어린 서술자 덕분이다. 작가는 어머니와 사랑손님의 감정을 어느 정도 알 수 있는 장면에서도 인물의 내면을 직접 드러내지 않고 '모르겠다'는 말로 얼버무림으로써 작품의 묘미를 극대화하고 있다.

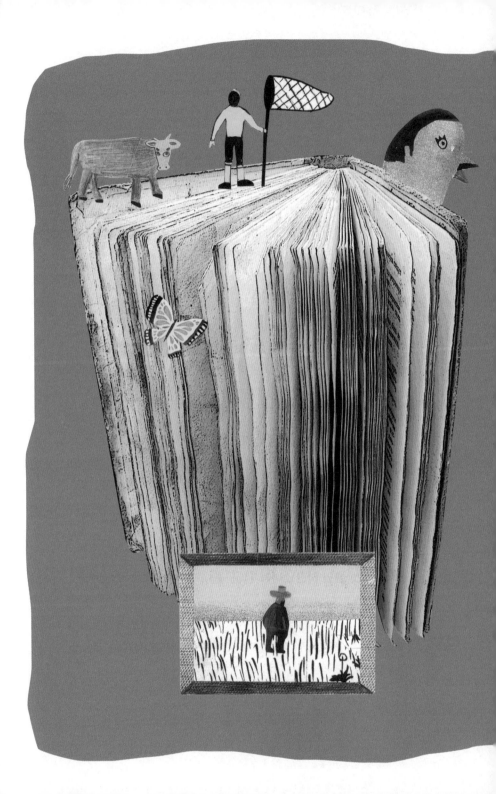

서툴러서 뭉클한 사랑, 父情

"세상이 시끄러우면 / 줄에 앉은 참새의 마음으로 / 아버지는 어린 것들의 앞날을 생각한다. / 어린 것들은 아버지의 나라다." 시인 김현승은 「아버지의 마음」이라는 시에서 이렇게 '부정父情'을 노래합니다. 큰 나무처럼 자식들에게 자신의 모든 것을 아낌없이 주는 아버지는 묵묵하게, 그러나 강하게 우리를 지켜주는 힘이지요. 문학 속에 담긴 서툴지만 단단한 '부정'의 아름다움을 느껴 보세요.

·표구된 휴지 ·나비를 잡는 아버지

어느 날, 은행에 다니는 친구가 구겨진 편지를 표구해 달라고 화가인 저(나)를 찾아왔어요. 이 편지는
은행 고객이었던 지게꾼 청년이 동전을 싸 온 종이였지요. 서툰 글씨로 채워진 편지에는 아들을 걱정하는 늙은
아버지의 사랑이 고스란히 담겨 있었어요. 친구가 외국으로 전근을 가서 이 편지는 제 화실 벽에 걸려 있답니다.

표구된 휴지

니무슨주변에고기묵건나. 콩나물무거라. 참기름이나마니처서무그라.

누렇게 뜬 창호지에다 먹으로 쓴 편지의 일절^{일부분}이다. 언제부터인가 나는 피곤할 때면 화실 안쪽 벽에 걸린 그 조그만 액자의 편지를 읽는 버릇이 생겼다. 그건 매우 서투른 글씨의 편지다. 앞부분과 끝 부분은 없고 중간의 일부분만인 그 편지는 누가 누구에게 보낸 것인지도 알 수 없다. 다만 그 내용으로 미루어 시골에 있는 늙은 아버지 ― 어쩌면 할아버지일지도 모른다 ― 가 서울에 돈 벌러 올라온 아들에게 쓴 편지라는 것이 대충 짐작될 따름이다. 사실은 그 편지가 노인이 쓴 것으로 생각되는 까닭은 그 내용도 내용이려니와 그보다 더 그 편지의 종이나 글씨에 있는지 모른다. 아마 어느 가을에 문을 바르고 반 장쯤 남았던 창호지를 용케 생각해 내어 벽장 속을 뒤져 먼지를 떨고 손바닥으로 몇 번이나 쓸어 펴서 적당히 두루마리 모양이 나게 오린 것이리라. 누렇게 뜬 종이 가장자리가 삐뚤삐뚤하다. 거기에 사연을 먹으로 썼다. 순 한글 ― 아니 이 편지에서만은 언문^{諺文 '상말을 적는 문자'라는 뜻. '한글'을 속되게 이르던 말}이라는 말이 좀 더 어울릴까 ― 로 쓴 그 글씨가 재미있다. 붓으로 썼다기보다 무슨 꼬챙이에다 먹을 찍어서 그린 것 같은 글자는 단 한 자도 그 획의 먹 농도가 고른 것이 없다. 그뿐만 아니라 글자의 획들이 모두 사개^{모퉁이가 서}로 맞물리는 끝 부분가 물러나서 이상스레 헐렁한데 그런 글자들이 또 제각기 제멋대로 방향을 잡고 아무렇게나 눕고 서고 했다. 그러니 글줄이 바를 리는 만무^{萬無 절대로 없음}이고.

니떠나고메칠안이서**송아지**낫다. 그녀석눈도큰게잘자란다. 애비보다제 에미를더달맛다고덜한다.

이 대문^{大文 글의 특정한 부분}에서는 송아지 석 자가 딴 글자보다 좀 크고 먹 색깔도 진하다. 나는 언제나 이 액자를 보면 그 사연보다 그 글씨로 하여 먼저 미소 짓게 된다.

베적삼^{베로 지은 여름에 입는 홑저고리} 고름은 헐렁하니 풀어 헤쳤고 잠방이^{가 랑이가 무릎까지 내려오도록 짧게 만든 홑바지} 허리는 흘러내려 배꼽이 다 드러난 촌 로^{村老 시골에 사는 늙은이}들이 마을 어귀 느티나무 그늘에 모여, 더러는 마주 하고 장기를 두고, 옆의 한 노인은 부채질을 하다 졸고, 또 어떤 노인은 장죽^{長竹 긴 담뱃대}을 쑤시는가 하면, 때가 새까만 목침^{木枕 나무로 만든 베개}을 베 고 누운 흰머리는 서툰 가락의 시조를 읊고.

그 크고 작고, 진하고 연하고, 삐뚤삐뚤한 글자들. 나는 거기서 노인들 의 구수한 농지거리를 들을 수 있다.

압논벼는전에만하다. 뒷밧콩은전해만못하다. 병정갓던덕이돌아왔다. 니서울돈벌레갓다니까, 소우숨하더라.

이 편지 액자는 사실은 내 것이 아니다.

3년 전 가을이었다. 저녁 무렵 친구가 찾아왔다. 어느 은행 지점장인가 지점장 대리인가 하는 그 친구는 퇴근길에 잠깐 들렀다는 것이었다.

"부탁이 있는데."

"부탁? 설마 은행가가 가난한 화가더러 돈을 꾸잔 건 아닐 게고."

나는 농담으로 그를 맞아들였다.

"그런 건 아니고⋯⋯ 이거 좀 보게."

그는 신문지로 돌돌 만 것을 불쑥 내밀었다.

"뭔데. 그림인가?"

"글쎄 펴 보게. 그림이라면 그림이고 글이라면 글인데 그게⋯⋯ 국보 급이야."

친구는 장난기 어린 눈으로 안경 속에서 웃고 있었다. 나는 조심조심 신문지를 폈다. 그건 아무렇게나 구겨져 던졌던 휴지를 다시 편 것이 었다.

"뭔가, 이건?"

"한번 읽어 보게나."

친구는 눈으로 내가 들고 있는 휴지를 가리켰다. 나는 그 구겨졌던 종 이 위에 먹으로 쓴 글자를 한 자 한 자 읽으면서 속으로 철자법을 교정해 야 했다.

"무슨 편지 같군."

"그래."

"무슨 편진가?"

"나도 모르지."

"그런데!"

"어쨌든 재미있지 않나. 뭔가 뭉클하는 게 있단 말야."

"바가지에 담아 내놓은 옥수수 냄새 같은, 뭐 그런 게 있잖아."

"흠, 자넨 역시 길을 잘못 들었어."

나는 웃었다. 그는 나와 중학교 동창이다. 그 시절 그는 문학 서적에 취해 있는 문학 소년이었다. 선생님들도 그의 소질을 인정하고 있었다. 그런데 그는 결국 상과 대학엘 갔다. 고등학교에서의 배치에 의해서였다.

"그거 표구表具 그림의 뒷면이나 테두리에 종이나 천을 발라서 꾸미는 일 할 수 있겠지?"

"표구?"

"그래."

"그야 할 수 있겠지. 창호지니까."

"난 그런 걸 잘 모르지 않나. 그래, 화가인 자네 생각을 했지 뭔가. 자네가 어디 적당한 표구사에 맡겨서 좀 해 주지 않겠나?"

"그야 어렵지 않지만…… 자네도 어지간히 호사가好事家 일을 벌이기를 좋아하는 사람군. 이걸 표구해서 뭘 하나. 도대체 어디서 주워 온 건가. 이 휴지는?"

"아닌 게 아니라 정말 휴지통에서 주운 거지."

그 친구 은행 창구에 저녁때면 날마다 빼지 않고 들르는 지게꾼이 있단다. 은행 문 앞에 지게를 벗어 세워 놓고는 매우 죄송스러운 태도로 조용히 은행 안으로 들어서는 스물댓 나 보이는 그 꺼먼 얼굴의 청년을 처음엔 안내원이 막았다.

"뭐지요?"

"예, 예, 저어……."

"여긴 은행이오, 은행!"

"예, 그러니까 저 돈을……."

청년은 어리둥절해서 말도 제대로 하지 못했다.

"글쎄, 은행이라니까!"

"예, 그런데 그 조금도 할 수 있습니까?"

"조금이라니 뭘 말이오?"

"저금을 조금두 할 수 있습니까?"

"저금요?"

은행 안의 모든 시선들이 그 지게꾼에게로 쏠렸다.

청년은 점점 더 당황하였다. 얼굴이 붉어져서 돌아서 나가려는 그를 불러 세운 것이 예금 창구의 여직원이었다. 청년은 손에 말아 쥐고 있던 라면 봉다리에서 꼬깃꼬깃한 백 원짜리 지폐 다섯 장과 새로 새긴 목도장을 꺼내어 떨리는 손으로 여직원에게 바쳤다. 청년은 저만큼 한구석으로 가 서서 불안스러운 눈으로 멀리 여직원을 지켜보고 있었다.

한참 만에 그는 흠칫 놀랐다. 생전 처음 그는 씨 자가 붙은 자기 이름을 들었던 것이다. 그는 여직원 앞으로 달려와 빳빳한 통장을 받았다. 청년은 여직원과 안내원에게 굽실굽실 절을 하고는 한 손에 통장을 받쳐 든 채 들어올 때처럼 조심스럽게 문을 열고 나갔다. 통장을 확인할 경황景況 정신적 · 시간적인 여유나 형편도 없이.

다음 날부터 그 청년은 매일 저녁 무렵이면 꼭꼭 들렀다. 하루에 이백 원 혹은 삼백 원 또 어떤 날은 오백 원, 그의 통장에는 입금만 있고 출금란은 비어 있었다. 이제는 제법 안내원과는 익숙해졌으나 여직원 앞에서는 여전히 얼굴을 붉히며 수고를 끼쳐서 대단히 죄송하다는 표정 그대로였다.

그러던 어떤 날이었다. 그날은 여느 날보다 조금 일찍 청년이 은행엘 들렀다.

"오늘은 일찍 오셨네요. 얼마 넣으시겠어요?"

여직원이 미소로 물었다.

"예, 기게 오늘은 좀……."

청년은 무언가 종이 뭉텅이를 들고 머뭇거렸다.

"왜요?"

"이거 정말 죄송합니다. 이거 얼마 되지도 않는 걸 동전으로…… 그동안 저금통에 넣었던 걸 오늘 깼죠. 기래 여기 이렇게……."

청년은 종이에 싼 것을 내밀었다.

"아이, 많이 모으셨네요."

"죄송합니다. 정말 이거……."

청년은 뒤통수를 긁적거리며 언제나 그가 서서 기다리던 구석으로 갔다.

"이게 바로 그 지게꾼 청년이 동전을 싸 가지고 온 종이지."

친구는 내 손의 편지를 가리켰다.

"그래, 그럼 그의 집에서 그 친구에게 보낸 편지란 말인가?"

"글쎄, 반드시 그렇다고는 할 수 없겠지. 동전을 세는 여직원을 거들어주다가 우연히 발견하고 재미있다고 생각돼서 가지고 온 것뿐이니까."

우물집할머니하루알고갔다. 모두잘갔다한다. 장손이장가갓다. 색씨는
너머마을곰보영감딸이다. 구장네탄실이 시집간다. 신랑은읍의서기라더
라. 압집순이가어제저녁감자살마치마에가려들고왔더라. 순이는시집안갈
끼라하더라. 니는빨리장가안들어야건나.

나는 비시시 웃음이 새어 나왔다. 편지 내용도 그렇고 친구의 장난기도 그랬다.

어쨌든 나는 그 창호지를 아는 표구사에 맡겼다. 그게 어떤 편지냐고 묻는 표구사 주인한테는,

"굉장한 겁니다. 이건 정말 국보급입니다."

하고 얼버무렸다. 표구사 주인은 머리를 기웃거렸다.

그 후 나는 그 창호지 편지를 감감히 잊어버리고 있었다. 그런데 은행 친구가 어느 외국 지점으로 전근이 되었다. 비행기가 떠날 때 나는 문득 그 편지 생각이 났다.

니떠나고메칠안이서**송아지**낫다.

그길로 나는 표구사로 갔다. 구겨진 휴지였던 그 편지는 깨끗이 펴져서 액자 속에 들어 있었다. 그렇게 치장하고 보니 그게 정말 무슨 국보나 되는 것 같았다.

돈조타. 그러나너거엄마는돈보다도너가더조타한다. 밥묵고배아프면소 금한줌무그라하더라.

그날부터 그 액자는 내 화실에 그냥 걸어 두었다. 그저 걸어둔 거다. 그런데 그게 이상하게도 차츰 내 화실의 중심점이 되어 갔다. 그건 그림 같기도 하고 글 같기도 하다. 아니 그건 분명 그 둘이 합쳐진 것이었다.

나는 친구가 외국으로 떠나고 이태두해 동안 그 액자를 간간 바라보고 있는 사이에 차츰 그 친구의 심정을 느껴 알 것 같아졌다.

니무슨주변에고기묵건나. 콩나물무거라. 참기름이나마니처서무그라.

순이는시집안갈끼라하더라. 니는빨리장가안들어야건나.
돈조타. 그러나너거엄마는돈보다도너가더조타한다.

그리고 채 이어지지 못하고 끊어진 맨 끝줄.

밤에는솟적다솟적다하며새는운다마는 ✏️

표구된 휴지

작가 소개

이범선(李範宣, 1920~1981)

평안남도 신안주에서 태어났다. 1955년 〈현대문학〉에 김동리의 추천으로 「암표」, 「일요일」이 발표되면서 등단했다. 1958년 현대문학상 신인상, 1959년 동인문학상, 1962년 오월문예상, 1970년 월탄문학상, 1981년 대한민국예술상 등을 수상했다. 초기에는 주로 소극적이고 평범한 서민의 삶을 다루었다. 하지만 이후에는 사회 고발성이 짙은 작품을 비롯하여 인간의 궁극적 모순과 존재의 허무를 그린 작품들이 주류를 이룬다. 주요 작품으로는 「학마을 사람들」(1957), 「오발탄」(1959), 「춤추는 선인장」(1967) 등이 있다.

작품 정리

- **갈래** 액자 소설
- **성격** 주관적
- **배경** 시간 – 1960년대 / 공간 – 화실
- **시점** 1인칭 주인공 시점
- **구성** '발단 – 전개 – 절정 – 결말'의 4단계 구성
- **특징** • 사소한 소재를 이용하여 삶의 의미를 이끌어 냄
          • 수필적인 특징이 나타남
- **주제** 사소한 것에서 느끼는 삶의 의미
- **출전** 〈문학사상〉(1972)

• **발단** '나'는 표구한 편지를 읽는 버릇이 있음

언제부터인가 '나'는 피곤할 때마다 창호지에 먹으로 쓴 편지를 읽는 버릇이 있다.

• **전개** 편지를 표구사에 맡김

어느 날 은행에 다니는 친구가 구겨진 편지를 갖고 찾아온다. 친구는 편지를 얻게 된 사연을 말하고 편지를 표구해 줄 것을 부탁한다. '나'는 편지 내용과 친구의 장난이 재밌다고 여겨져 웃음을 지으며 표구사에 편지를 맡긴다.

• **절정** 기억 속에서 편지가 잊혀져 감

그 후 '나'의 기억 속에서 편지가 사라진다. 편지 표구를 부탁한 친구가 외국으로 전근을 가는 바람에 '나'는 문득 그 편지를 떠올린다.

• **결말** 편지를 표구하려고 한 친구를 이해함

'나'는 점점 편지가 화실의 중심점이 되어 간다고 생각한다. 화실에 걸어 둔 편지를 보면서 그때 친구의 심정을 이해하게 된다.

● **생각해 보세요** -

1 '표구된 휴지'에는 어떤 의미가 담겨 있는가?

편지의 정체성은 편지지에 달려 있는 것이 아니다. 설령 구겨진 휴지에 쓴 글이라도 상대방의 안부를 진심으로 묻는 내용이라면 편지라고 할 수 있다. 이는 편지지에 건성으로 끼적끼적한 낙서보다 오히려 낫다. 다시 말해 그런 낙서는 편지지가 아니라 그 어떤 매체를 이용한다고 해도 휴지 그 이상이 될 수 없다. 마찬가지의 논리로 표구된 휴지는 더 이상 휴지라고 할 수 없다. 그것은 편지이자 위대한 사상을 담고 있는 예술 작품이라고도 할 수 있다. '밤에는 솟

적다 솟적다 하며 새는 운다마는'이라는 표현에는 자식을 그리워하는 아버지의 마음이 잘 담겨 있다. '나'는 이를 통해 당시 친구의 심정을 이해하게 된다.

2 정감 있고 구수한 내용의 편지를 국보급이라고 평가한 친구의 의도는 무엇인가?

누구나 이 편지를 읽는 순간 아버지의 얼굴이 떠오를 것이다. 그것은 시골 출신뿐만 아니라 서울 출신이라도 마찬가지일 것이다. 아버지가 사랑을 표현하는 방식은 비슷하다. 고향도 다르고, 아버지도 다르지만, 아버지들의 마음만은 다르지 않다. 특히 고향을 떠나 도시에서 살고 있는 자식들이라면 이런 편지를 보는 순간, 가슴이 먹먹해지면서 묘한 감동을 느끼게 될 것이다. 이런 감동은 그 어떤 명화에서 느낄 수 있는 감동보다도 크고 깊다는 점에서 국보급이라고 표현한 것이다.

3 구겨진 휴지 조각을 예술 작품이라고 부를 수 있는가?

이탈리아의 기호학자인 움베르토 에코는 "하나의 텍스트는 다른 어떤 메시지보다도 더 분명하게 독자 쪽의 능동적이고 의식적인 공조적 운동을 요구한다."라고 말했다. 그의 말 속에서 구겨진 휴지 조각이 어떻게 예술 작품이 될 수 있는지 답을 찾을 수 있다. 즉 예술 작품의 가치는 본래부터 그 안에 담겨져 있는 것이 아니라 독자가 발견하고 동의함으로써 결정되는 것이다.

인물관계도

저(바우)와 소학교 친구였던 경환이 여름 방학 때 집에 내려왔어요. 상급 학교에 다니는 걸 자랑하는 것도 싫은데 나비를 잡는다고 참외밭까지 망치자 싸움을 할 수밖에 없었지요. 소작농인 부모님은 마름인 경환네 부모님이 신경 쓰였나 봐요. 나비를 잡아서 용서를 구하라고 하셨는데 너무 억울해서 말을 안 들었어요. 그런데 저 대신 나비를 잡는 아버지를 보고는 울음이 터질 뻔했답니다.

나비를 잡는 아버지

황혼黃昏 해가 지고 조금 어둑한 때의 종로로 방향을 돌려서

삐스는 떠난다. 경쾌하게.

　건드러진목소리가 멋들어지게 부드럽고 가는 노랫소리가 푸른 언덕을 넘어온다. 바우는 송아지를 뜯기며, 밤나무 그늘에 앉아 그림 그리는 책을 펴 들었다. 송아지가 움직이는 대로 자리를 옮겨 왔으며, 옆으로 풀을 뜯는 송아지 모양을 그리느라 열심히 들여다보고 연필을 놀리고 하더니, 잠시 멈추고 귀를 기울인다. 그리고 "흥!" 하고 빈정거리는 웃음을 한번 웃고는, 그 소리가 듣기 싫다는 듯 그편에 등을 대고 돌아앉는다.

　'겨우 서울 가서 공부한다고 배워 가지고 온 것이 유행가 나부랭이어떤 사람이나 물건을 낮잡아 이르는 말 하고 나비 잡는 것하구.'

　지난해 봄에 바우와 경환이는 한날에 그곳 소학교小學校 초등학교를 이르던 말를 졸업을 하였다. 경환이는 서울로 상급 학교를 가고, 바우 자기는 집에서 꾸벅꾸벅 땅이나 파며 있지 않으면 아니될 때, 바우는 무척 슬퍼하고 억울해 하고, 따라서 경환이를 부러워도 하였다. 바우 자기가 값없이 보내는 그 하루하루에 경환이는 좋은 학교, 훌륭한 선생 아래서 날마다 새로워 가고 높아 갈 것을 생각할 때, 바우는 가만히 있지 못했다. 그 상

급 학교에 가지 못하는 벌충^{손실이나 모자라는 것을 보태어 채움}을 여기다 하려는
듯이 틈 있는 대로 그림을 그리었고, 그것으로 즐거움이 되었다.

그리고 얼마 전에 그 경환이가 하기휴가^{여름휴가}를 하고 서울서 집에 돌
아왔다. 그러나 전보다 얼굴빛이 희어지고, 바지통이 넓은 양복에 흰 테
두리의 모자를 멋있게 쓴 것이 달라졌을 뿐, 하는 일이라고는 고작, 서울
이 얼마나 좋고 자기 다니는 학교가 얼마나 훌륭한 곳인가를 자랑하는
것과 활동사진^{'영화'의 옛 용어} 배우 중 누구는 어떻고 누구는 어쩌고, 그리
고 잡된 유행가를 부르고, 동네 어린아이들을 몰고 다니며 나비를 잡는
것이 전부였다. 아마 경환이 자기는 이러는 것으로 전일 보통학교^{普通學校}
^{일제 강점기에 우리나라 사람들에게 초등 교육을 하던 학교} 때 늘 바우에게 성적으로 머
리를 눌려 오던 분풀이를 하려는 듯이 뻐기며 다니는 것이다. 바우는 그
꼴이 곱게 보일 수 없었다.

꽃피는 남산으로 방향을 돌려서
뻐스는 떠난다, 가로수 그늘.

노랫소리는 점점 가까워 온다. 그리고 잠시 언덕 너머가 떠들썩하더
니, 호랑나비 한 마리가 피로한 나래^{날개}로 갈팡질팡 날아와 밤나무 가지
에 야트막하게^{높이가 조금 얕은 듯하게} 앉는다. 바우는 그 나비를 쉽게 잡을 수
있었다. 그리고 잠깐 그 호사스런 모양, 찬란한 빛깔을 들여다보다가 도
로 날려 보내려 할 즈음, 언덕 위로 동네 아이들의 머리가 불쑥불쑥 나타
나며, 뒤미처^{그 뒤에 곧 잇따라} 경환이가 나비 잡는 채를 휘두르며 뛰어 내려
온다. 경환이는 바우가 앉아 있는 밤나무 그늘로 들어서며,

"너, 호랑나비 어디로 날아가는지 봤니?"

하다가는, 바우 손에 잡히어 있는 나비를 보고는 반색^{반가워하는}얼굴을 한다.

"나 다우."

하고 으레^{당연히} 줄 것으로 알고 손을 내미는 것이나, 바우는 그 손을 툭 쳐 버리고 몸을 돌린다.

"넌 무슨 까닭으로 어린애들을 몰고 다니며 앰한^{아무 잘못 없이 꾸중을 듣거나} ^{벌을 받아 억울한} 나비를 못살게 하는 거냐?"

"뭐?"

하고 경환이는 뜻하지 않은 말에 잠시 멍하니 바라보다가는

"누가 장난으로 잡는 거냐? 학교서 숙제를 냈어. 동물 표본^{標本 생물의 몸에} ^{적당한 처리를 하여 보존할 수 있게 한 것}을 만들어 오라고."

"장난 아니믄, 벌써 너 나비 잡기 시작한 지가 며칠이냐. 그동안에 못 잡아도 백 마리는 잡았겠구나. 거 다 동물 표본 만들고도 모자라서 또 잡는 거냐?"

"모두 못쓰게 잡았으니까 그렇지. 날개가 상하구."

하더니, 경환이는 변색을 하고 한 발자국 다가서며,

"넌 남이 나빌 잡건 말건 무슨 상관이냐, 건방지게."

"나두 상관할 만해서 그런다."

"무슨 상관이야?"

"너 때문에 담부턴 나비 구경을 못 하게 되겠으니까 허는 말이다."

하고, 바우는 경환이 얼굴을 마주 노리다가

"늬가 동물 표본을 만들기 위해 나비가 필요하다면 난 그림 그리는 데 필요한 나비야. 너만 위해서 생긴 나비는 아니지."

그러나 경환이는 "흥!" 하고 코웃음을 친다. 바우는 한층 음성을 높여 계속한다.

"그리고 어린아이들에게 잡된 유행가는 너 왜 가르치는 거냐? 부르고 싶으면 네나 부르지."

이 말엔 매우 패씸한 모양, 경환이는 낯을 붉히며 대든다.

"이 동네서 나 하는 거 시비할 사람 없어. 건방지게 왜 이래?"

하는 그 말 속엔 분명 자기는 마름^{지주를 대리하여 소작권을 관리하는 사람}집 외아들로서 지위가 높은 몸, 너 같은 소나 뜯기는 놈에게 시비를 받을 몸이 아니라는 빈정거림이 있다. 바우는 썩 비위가 상해서

"홍!"

하고 마주 코웃음을 치고, 그리고 좀 더 골을 올리려고 두 손가락에 날개를 접어 쥔 나비를 이것 너 줄까, 하는 시늉으로 경환이 등을 향해 두어 번 겨누다가 그대로 공중으로 날려 버린다. 나비는, 방향이 없이 어지러이 한 바퀴 맴을 돌더니 언덕 아래로 높았다 낮았다 날아간다. 경환이는 갑자기 몸을 날려 그 나비를 쫓아간다. 그러다가 나비가 아래 논 가운데로 날아가자 뒤돌아서 바우를 무섭게 한번 눈을 흘겨보고 그리고 돌 하나를 집어 근처에서 풀을 뜯고 있는 송아지를 때리고는 언덕 아래로 달아났다.

그러나 경환이의 심술은 이것만으로 고만두지 않았다. 송아지에게 먹을 만치 풀을 뜯기고, 언덕 아래로 몰고 내려와 수수밭 모퉁이를 돌아섰을 때, 바우는 다시금 놀랐다. 개울 건너 바우네 참외밭에서 경환이란 놈이 나비 잡는 채를 휘두르며 날뛰고 있다. 그까짓 송장 나비를 잡으려고 그러는 것이 아닐 텐데, 경환이는 그 나비를 쫓아 구두 신은 발로 지금 한창 참외가 열기 시작하는 넝쿨을 함부로 질겅질겅 밟으며, 이리 뛰고 저리 뛰고 한다. 일부러 그러는 것이 분명하다. 나비를 잡는 척 참외밭으로 몰아넣고 참외 넝쿨을 결딴내는^{어떤 일이나 물건을 망가뜨려 아예 못 쓰게 하는 것}

이리라. 바우는 눈이 뒤집혔다. 더욱이 그 참외밭은 장차 햇곡식 나기 전까지의 바우 집 식구들의 식량을 거기다 예산하고 있는 것이요, 바우 자기도 참외가 잘 열면 책 한 권쯤 사 달라려고 벼르고 있던 터다. 바우는 나는 듯 개울을 건너 뒤로 쫓아가 등줄기를 한 번 후리고 그리고

"인마, 눈 없어? 이거 못 봐?"

하고 낭자한^{여기저기 흩어져 어지러운} 그 자취를 손으로 가리키며,

"넌 남의 집 농사 결딴내두 상관없니, 인마?"

그러나 경환이는,

"우리 집 땅 내가 밟았기로 무슨 상관이야."

하고, 기가 막히다는 듯 "피이!" 하고 고개를 옆으로 돌린다. 그러나 사실 기가 막히기는 바우다.

"우리 집 땅?"

하고, "허 참!" 하늘을 쳐다보고 탄식하고는,

"땅은 너희 집 거라두 참이^{'참외'의 방언} 넝쿨은 우리 집 거 아니냐? 누가 이 집 땅을 밟는대서 말야. 우리 집 참이 넝쿨을 결딴내니까 말이지."

그러니 경환이는 머리에 썼던 운동모자를 벗으며 한 발자국 다가선다.

"너이 집 참이 넝쿨은 그렇게 소중히 알면서, 어째 남의 나비 잡는 건 훼방을 놓는 거냐? 나두 장난으로 잡는 건 아냐."

"장난이 아닌지는 몰라도 넌 나비를 잡는 거고, 우리 집 참이 넝쿨은 거기서 양식도 팔고 그래야 헐 것이거든. 그래, 나비가 중하냐, 사람 사는 게 중하냐?"

바우는 팔을 저어 시늉하며 어느 것이 소중하냐고 턱을 대는데, 경환이는

"나두 거기 학교 성적이 달린 거야."

하고 "피이!" 하며 업신여기는 웃음을 짓더니,

"너이 집 집안 살림을 내가 알 게 뭐냐."

하고 같은 웃음으로 좌우를 돌라본다. 개울 건너 길가에 동네 아이들이 모여 섰고, 그 뒤로 지게를 진 어른들도 섰다. 바우는 낯이 화끈 달았다.

"뭐, 인마?"

하고 대뜸 상대의 멱살을 잡고

"그래서 남의 참이밭 결딴내는 거냐? 나빈 우리 집 참이밭에만 있구 다른 덴 없어, 인마?"

경환이는 멱살을 잡힌 채 이리저리 목을 저으며,

"이게 유도 맛을 보지 못해 이래. 너, 다 그랬니, 다 그랬어?"

하고 어르다가 날래게 궁둥이를 들이대고 팔을 낚아 넘겨치려 하나 그러나 원체 나무통처럼 버티고 섰는 바우의 몸은 호리호리한 경환의 허리 힘으로는 꺾이지 않았다. 도리어 바우가 슬쩍 딴죽을 걸고[발로 상대편의 다리를 옆으로 치거나 끌어당기고] 밀자 경환이 자신이 쿵 나둥그러졌다. 그러나 쓰러졌다가 다시 일어설 때 경환이는 손에 돌을 집어 들고 얼굴에 울음을 만들고는

"이 자식아, 남 나비 잡는 사람, 왜 때리고 훼방을 놓는 거야, 왜!"

하고 비겁하게 돌 든 손을 머리 위로 쳐들어 겨누는 것이다. 결국 싸움은 이때껏 아이들 등 뒤에 입을 벌리고 서서 보고만 있던 동네 어른 하나가 성큼성큼 개울을 건너가 사이를 뜯어 놓고 그리고 경환이를 참외밭 밖으로 이끌어 나간 것으로 끝났으나, 그러나 경환이가 손목을 이끌려 가면서 연해 뒤를 돌아보며, 어디 두고 보자고 벼르던 그 말이 허사[虛辭 거짓말]가 아니었다.

바우가 자기 집 장독간 앞에서 벌통을 들여다보고 앉았는데, 경환이

집에서 부엌 심부름을 하는 계집아이가 왔다. 바우는 까닭 없이 가슴이 성큼했다.

"바우 어머니, 집에 있수?"

하고, 계집아이는 안방과 부엌을 기웃거리다가 마당에 섰는 바우를 보고,

"너, 우리 집 서울 학생 때렸니?"

하고 쳐다보다가 대답이 없으니까,

"너 야단났다. 우리 집 아씨가 막 역정逆情 몹시 언짢아서 내는 성이 나서 너이 어머니 불러오래, 얘."

마침 우물에서 돌아오는 바우 어머니를 보고 계집아이는 다시 한번 그 말을 옮겨 들리며 함께 문밖으로 사라졌다.

'난 잘못한 거 없으니까.'

하면서 바우는 가슴이 두근거리었다. 일없이아무런 까닭이나 실속 없이 뒤꼍으로 갔다, 마당으로 나왔다 하며 어머니가 돌아올 때를 기다리면서 조마조마한다.

먼저, 아버지가 뒷밭에서 돌아왔다. 이맛살을 찌푸린 얼굴로, 아버지는 기색이 좋지 못하다. 호미를 마당 가운데 던지더니 아버지는 갑자기 큰소리를 냈다.

"참이밭에서 누구하구 싸웠니?"

바우는 벌통 앞에 돌아앉아서 말이 없다.

"너두 눈 있거든 참이밭에 좀 가 봐. 넝쿨 하나 성한 게 있나. 인마, 그 밭에 도지賭地 남의 논밭을 빌려서 부치고 논밭을 빌린 대가로 해마다 내는 벼가 을만지 아니? 벼루 열 말야. 참이는 안 돼두 낼 것은 내야지. 그리고 허구한 날 먹을 건 먹어야지. 그런 걱정은 없구, 인마, 참이밭에서 싸움이 뭐냐, 싸움이."

바우는 벌통 앞에서 일어서며 볼멘소리서운하거나 성이 나서 통명스럽게 하는 말투로

"누가 싸웠나. 경환이가 나비를 잡는다고 참외밭에서 막 넝쿨을 밟길 래 말린 거지."

그러나 아버지는 일층^{한층} 음성을 거슬렸다.

"내가 뭐랬어. 참외밭 근처서 멀리 떠나지 말고 지키랬지. 그놈의 그림 책, 이리 내놔라. 그것만 잡고 앉았으면 정신없다가 참외밭을 결딴내는 것두 몰랐지, 인마."

하고, 그 그림책을 찾는 것처럼 두리번거리고 뒤꼍으로 가며 아버지는 혼잣말로, 서울 가서 공부한 것이 나비 잡는다고 남의 집 참외밭 결딴내 는 거냐고 중얼거리며 울타리에서 호박잎을 따고 있다. 아마 부러진 참 외 넝쿨을 그것으로 이어 보려는 것이리라. 조금 후, 아버지는 호박잎을 따 가지고 나오며,

"너이 어머니 어디 갔니?"

그러나 바우는 경환이 집에서 어머니를 불러 갔다는 말은 아니 나왔 다. 묵묵히 바우는 대답이 없다. 하지만 아버지는 더 묻지 않아도 좋았 다. 바로 그 어머니가 상기한 얼굴로 대문을 들어섰다.

어머니는 다짜고짜로 바우에게로 달려가 등줄기를 후리고는

"자식이 어떻게 했으면 어미 망신을 그렇게 시키니. 어서 나비 잡아 가 지고 가서 빌어라, 빌어."

그리고 아버지를 향하고는,

"당신도 가 보우. 바깥사랑^{바깥채나 바깥쪽에 있는, 남자 주인이 지내며 손님을 접대하는 곳. 여기서는 '경환이의 아버지'를 가리킴}에서 부릅디다."

아버지는 어리둥절하여 바우와 어머니를 번갈아 쳐다보다가,

"어떻게 된 일이야, 응?"

그러나 어머니는 바우를 향해서만 또,

"남 나빌 잡거나 말거나 내버려 두지 어쭙잖게^{분수에 맞지 않게} 훼방을 놓는 거냐?"

"남 나빌 잡거나 말거나 내버려 두지 어쭙잖게_{분수에 맞지 않게} 훼방을 놓는 거냐?"

"누가 훼방을 놓았나? 남의 참이밭에 들어가 그러기에 못 하게 말린 거지."

"아, 늬가 밤나뭇골 언덕에서 손에 잡았던 나비까지 날려 보내며 뭐라구 그랬다는데그래."

그리고 어머니는 경환이 집 안주인이 꾸중꾸중하더라는 것, 그리고 바우가 나비를 잡아 가지고 와서 경환이에게 빌지 않으면 내년부턴 땅 얻어 부칠 생각을 말라더란 말을 옮기며 또 바우에게

"어서 나비 잡아 가지고 가서 빌어라, 빌어."

아버지는 연해 꿍꿍 땅이 꺼지는 못마땅한 소리로 뒷짐을 지고 마당을 오락가락하며 무섭게 눈을 흘겨 바우를 본다. 그리고 바우는 어머니가 등을 미는 대로 부엌으로 뒤꼍으로 피하다가는 대문 밖으로 나갔다. 그러나 담 밑에 붙어 서서 움직이지 않는 바우를 어머니는 쫓아나와 다조진다^{일이나 말을 바짝 재촉한다}.

"이렇게 고집을 부리고 안 가면 어떡헐 셈이냐. 땅 떨어져도 좋겠니? 너두 소견^{所見 어떤 일이나 사물을 살펴보고 가지게 되는 생각이나 의견}이 있지."

그러나 바우는 어슬렁어슬렁 길로 나가더니 우물 앞 정자나무^{집 근처나 길가에 있는 큰 나무} 앞에 이르자 걸음을 멈추고 동네 노인들이 장기를 두고 앉았는 것을 넋을 놓고 들여다보고 섰다. 장기가 두 판이 끝나고 세 판이 끝나고 모였던 사람이 헤어져도 바우는 자리를 뜨지 않는다. 바우는 다만 자기가 조금도 잘못한 것이 없는 것, 그러니까 누구에게든 머리를 굽힐 까닭이 없다는 고집이 정자나무통만큼 뻣뻣할 뿐이었다.

해가 저물었다. 지붕 너머로 바우 집 굴뚝에도 연기가 오르고 그리고

그 연기가 잦아든 때에야 바우는 슬슬 눈치를 살피며 대문을 들어섰다. 그러나 건넌방 쪽에 눈이 갔을 때 바우는 크게 놀랐다. 아궁이 앞에 위하던 그림 그리는 책이 조각조각 찢기어 허옇게 흩어져 있다. 바우는 그 앞에 이르러 멍멍히 내려다보고 섰는데 등 뒤에서 아버지 음성이 났다.

"인마, 남은 서울 학교 다녀서 다 나비도 잡고 그러는 건데 건방지게 왜 다니며 훼방을 놓는 거냐, 훼방을."

그리고 바우가 그림 그리는 것과 그것은 아랑곳없는 일일 텐데 아버지는

"담부턴 내 눈앞에 그 그림 그리는 꼴 보이지 말아라. 네깐 놈이 그림 그걸루 남처럼 이름을 내겠니, 먹고살게 되겠니?"

하고, 돌아서 문밖으로 나가려다가 다시 돌아서며 아버지는

"나빈 잡아 갔지?"

하고 다져 묻는다. 바우는 고개를 숙인 채 묵묵하다. 아버지는 기가 막힌 듯 잠시 건너다보기만 하다가 언성을 높였다.

"이때껏 나가서 뭘 했어. 인마, 간 봄에 늙은 아비가 땅 얻어 부치느라고 갖은 애 다 쓰던 것을 네 눈으로도 보았지? 가뜩한데 너까지 말썽일 게 뭐냐. 어서 가서 빌지 못하겠어?"

아버지는 담뱃대 끝으로 바우의 수그린 머리를 찌를 듯 겨눈다. 그러는 대로 바우는 슬금슬금 피할 뿐, 조금도 걸음을 옮기려 하지 않는다.

"그래도 네 고집만 실 테냐. 그럴라거든 아주 나가거라. 아주 나가."

하고, 아버지는 빗자루를 들고 나섰다. 이런 때 어머니가 방에서 나와 그걸 빼앗아 던져 버리고,

"가서 빌기만 허면 뭘 하우. 나빌 잡아 가야지. 그리고 지금은 어두워서 잡겠수? 내일 잡아 가라지."

그리고 어머니는 바우의 등을 밀며

"어서 올라가 저녁이나 먹어라."

하지만 아버지는 여전히 못마땅한 눈으로 흘겨보며,

"저런 놈 저녁은 먹여 뭘 해. 아주 내쫓으라니깐그래."

하고, 자기가 먼저 문밖으로 나간다. 어머니는 그 아버지가 들어오기 전에 어서 저녁을 먹으라고 권한다. 그러나 바우는 섰는 자리에 그대로 고개를 숙이고 어머니가 달랠수록 더 짜증만 낸다. 한종일 아버지 어머니에게 애매한 미움을 받고 또 그림책을 찢기우고 한 그 억울한 심정이 가슴속에 벅차 다른 무엇이 들어갈 여지가 없었다.

이튿날 아침이다. 건넌방 모퉁이서 바우는 아버지와 얼굴이 마주쳤다. 아버지는 어제와 다름없는 그 얼굴 그 음성으로 부엌에서 아침을 짓는 어머니를 향해 소리쳤다.

"오늘도 저놈이 제 고집만 세고 나빌 잡아 가지 않거든, 밥 주지 말어."

그리고 바우를 향해서는

"오늘은 나빌 잡아 가지고 가 봐야 허지. 그러지 않으려거든 영 집에 들어올 생각 말어라, 인마."

아버지가 보이지 않는 곳에 이르자, 어머니는 부엌에서 나와 작은 음성으로 바우를 달랜다.

"아버지 속상하시게 하지 말고, 오늘은 나빌 잡아 가지고 가 봐라. 땅이 떨어지거나 하면 너는 좋겠니? 생각해 봐라."

바우는 여전히 말이 없다. 어머니는 그것을 바우가 순종하는 뜻으로 여긴 모양, 부엌에서 아침을 차리기에 분주하였다.

"얼른 밥 차려 줄게, 먹고 나가 봐."

그러나 바우는 어머니가 밥상을 날라 오기 전에 자기가 먼저 슬며시

집 밖으로 나갔다. 밥을 열 끼를 굶는 한이 있더라도 그 경환이 앞에 나비를 잡아 가지고 가서 머리를 숙이기는 무엇보다 싫었다. 아들의 그만한 체면쯤 보아줄 줄 모르고 자기네 요구만 고집하는 아버지가 그리고 어머니까지 바우는 무척 야속했다. 노여웠다.

바우는 동구 밖 아랫마을로 가는 길가 축동築垌 물을 막기 위하여 크게 쌓은 둑, 버드나무 그늘 밑을 고개를 숙여 생각에 잠기며 걷는다. 아침부터 요란스레 매미는 울고, 속상하게 눈에 보이는 것은 여기저기 풀 위로 너풀거리는 나비다. 바우는 그 나비를 피해 가는 듯 문득 걸음을 바꿔 뒷산으로 올라갔다. 거기서 바우는 일상 하던 버릇으로 풀을 베어 널고 그 위에 벌렁 나둥그러져 하늘을 쳐다본다. 집에서보다 갑절 어버이에게 대한 야속함과 노여움이 사무친다.

'아버지 말대로 정말 집을 나오고 말까? 그러면 아버지도 뉘우칠 때가 있겠지. 그리고 서울 같은 도회로 나가서 어떻게 고학苦學 학비를 스스로 벌어서 고생하며 배움이라도 해볼까?'

바우는 정말 그렇게 해볼 것처럼 벌떡 일어선다. 그리고 걸음 걸리는 대로 따라 산 아래로 내려간다. 산 중턱쯤 이르렀다. 건너다보이는 맞은편 언덕을 너머 메밀밭 두덩우묵하게 들어간 땅의 가장자리에 약간 두두룩한 곳에 허연 사람의 그림자가 엎드렸다 일어섰다 하며 무엇을 쫓는 모양으로 움직인다.

'흥! 경환이 저놈이 또 나비를 잡는구나.'

하고, 바우는 입가에 업신여기는 웃음을 짓는다. 산을 또 좀 내려와 바라볼 때 경환이로 본 그것은 어른이 분명했다.

'흥! 경환이란 놈이 저이 집 머슴을 시켜 나비를 잡게 하는구나.'

그리고 바우는 또 한번 같은 웃음을 웃는다.

바우는 산을 내려와 맞은편 언덕 위로 올라섰다. 그리고 가까운 거리에서 메밀밭을 내려다보았을 때, 그는 놀라 벌린 입을 다물지 못했다. 경환이 집 머슴으로 본 사람은 남 아닌 바로 자기 아버지였다. 아버지는 농립農笠 여름에 농사일을 할 때 쓰는 모자을 벗어 들고 나비를 쫓아 엎드렸다 일어섰다 하며 그 똑똑지 못한 걸음으로 밭두덩을 지척지척힘없이 다리를 끌면서 억지로 돌고 있다.

바우는 머리를 얻어맞은 듯 멍하니 아래를 바라보고 섰다. 그러다가 갑자기 언덕 모래 비탈을 지르르 미끄러져 내려가며 그렇게 빠른 속력으로 지금까지 잠기어 있던 어둔 마음에서 벗어나 그 아버지가 무척 불쌍하고 정답고 그리고 그 아버지를 위하여서는 어떠한 어려운 일이든지 못할 것이 없을 것 같고, 바우는 울음이 되어 터져 나오려는 마음을 가슴 가득히 참으며 언덕 아래 메밀밭을 향해 소리쳤다.

"아버지!"

"아버지!"

"아버지!"✐

나비를 잡는 아버지

🖊️ 작가 소개

현덕(玄德, 1909~?)

서울에서 태어났다. 본명은 현경윤이다. 1938년 〈조선일보〉 신춘문예에 소설 「남생이」가 당선되면서 등단했다. 현덕은 일제 강점기의 고통스러운 시간 속에서도 웃고, 꿈꾸고, 고민하고, 갈등하며, 성장해 가는 아이들을 그리고 있다. 또한 그의 소설·동화·소년소설 등 작품 전반에는 아이들을 상처 입히는 불합리하고 폭력적인 사회에 대한 비판 의식이 강하게 배어 있다. 주요 작품으로 「경칩」(1938), 「하늘은 맑건만」(1938), 「집을 나간 소년」(1939), 「군맹」(1940) 등이 있다. 6·25전쟁 중 월북해 1951년 종군작가단에 참여했고, 북한에서 단편 소설집 『수확의 날』을 출간했다.

🖊️ 작품 정리

- **갈래** 성장 소설
- **성격** 사실적
- **배경** 시간 – 일제 강점기 / 공간 – 농촌 마을
- **시점** 3인칭 전지적 작가 시점
- **구성** '발단 – 전개 – 위기 – 절정 – 결말'의 5단계 구성
- **특징** 인물 간의 갈등이 분명하게 나타남
- **주제** 깊고 뜨거운 아버지의 사랑
- **출전** 미상

- **발단** 　**바우는 경환이 나비를 잡는 것을 못마땅하게 여김**

　　　　바우의 심기가 무척이나 좋지 않다. 소학교를 함께 다닌 경환이 여름 방학이 되어 집으로 내려온 것이다. 상급 학교를 진학한 경환을 볼 때마다 바우는 속이 상하고, 경환이 나비를 잡는 것을 못마땅하게 여 긴다.

- **전개** 　**경환이 바우네 참외밭을 망치며 나비를 잡자 싸움이 벌어짐**

　　　　나비로 인해 바우와 경환은 말다툼을 하고, 바우는 나비를 잡느라고 소중한 참외밭을 망가뜨린 경환에게 화를 낸다. 바우와 경환은 급기 야 몸싸움을 한다.

- **위기** 　**바우의 부모는 소작이 떨어질까 봐 바우에게 빌러 가라고 강요함**

　　　　바우 어머니는 싸움 때문에 마름집에 불려 가고, 바우 아버지는 바우 에게 나비를 잡아 가지고 가서 빌라고 한다. 바우는 자존심 때문에 빌 러 가지 않고, 바우 아버지는 바우의 그림 그리는 책을 찢어 버린다. 아버지는 말을 듣지 않는 바우에게 화를 내고, 바우는 억울해 한다.

- **절정** 　**집을 나온 바우는 자기 대신 나비를 잡고 있는 아버지를 발견함**

　　　　바우는 자존심을 세워 주지 않는 부모에 대해 야속함을 느낀다. 집을 나온 바우는 메밀밭 근처에서 나비를 잡고 있는 아버지를 발견한다.

- **결말** 　**아버지의 사랑을 깨달음**

　　　　바우는 아버지에 대한 연민과 사랑을 느끼고 아버지를 부른다.

● **생각해 보세요** -

1 바우가 그림 그리는 책을 찢은 아버지의 행동에 담긴 의미를 여러 가지로 해석해 보자.

1) 바우 아버지는 바우가 훌륭한 농사꾼이 되어야 한다고 생각해서 그와 상관없는 그림 그리는 일을 하는 것에 반대하기 때문이다.

2) 그림 그리는 시간에 나비를 잡아 오게 하기 위해서이다.

3) 그림 그리는 것 때문에 아버지 말을 안 듣고 반항한다고 생각했기 때문이다.

4) 그림 그리는 일은 가난하고 바쁜 생활에는 아무런 도움이 되지 않는, 쓸모없는 일이라고 생각했기 때문이다.

2 바우는 왜 아버지가 잡으라는 나비를 잡지 않았을까?

잘못한 것이 없는데도 나비를 잡아 경환에게 가서 사과하는 것은 억울하고 자존심 상하는 일이기 때문이다. 오히려 경환이 나비를 잡기 위해 소중한 참외 농사를 망치는 잘못을 저질렀는데, 아무리 마름집 외아들이라고 하더라도 그럴 권리는 없다고 여겨서이다. 또한 자신의 입장을 충분히 이해해 주지 않는 부모님에게 야속하고 서운한 마음도 있었을 것이다.

· 어린 왕자 · 안내를 부탁합니다

때 묻지 않은 어린아이의 마음, 우정

대부분의 사람이 가족 외에 처음으로 마음을 나누는 상대는 아마 친구일 것입니다. 친구와 맺은 유대감과 신뢰, 애정은 어린아이의 가슴속에 우정의 싹을 틔웁니다. 친구와 우정을 나눔으로써 기쁨은 두 배로 늘어나고, 슬픔을 반으로 줄어들게 되지요. 자신의 음악을 알아주던 친구인 종자기鍾子期가 세상을 떠나자 거문고의 현을 끊어 버렸던 백아伯牙처럼, 친구는 나를 존재하게 하는 이유가 되기도 합니다. 아무런 이해관계도 따지지 않는 순수한 어린아이들의 우정을 통해 우정의 진정한 의미를 되새겨 봅시다.

어린 왕자

레옹 베르트에게

이 책을 어른들에게 바치는 것에 대해 이 책을 읽을 어린이들에게 용서를 구한다.

나에겐 그럴만한 중대한 이유가 있다. 내가 이 세상에서 사귄 가장 좋은 친구가 이 어른이기 때문이다. 또 다른 이유는 이 어른이 모든 것, 심지어 어린이들에 관한 책까지도 이해할 수 있다는 점에 있다. 세 번째 이유는 프랑스에 살고 있는 그가 지금 굶주림과 추위에 시달리고 있기 때문이다.

그에게는 위로가 필요하다. 이 모든 이유로도 충분한 설명이 되지 않는다면 나는 이 책을 그 어른의 유년 시절에 바치겠다. 어른들은 누구나 한때 어린아이였다. 비록 그것을 기억하는 어른이 드물다 할지라도. 그래서 나는 나의 헌사獻辭 지은이나 발행자가 그 책을 다른 사람에게 바치는 뜻을 적은 글를 이렇게 고쳐 쓴다.

유년 시절의 레옹 베르트에게

1

　여섯 살 때 나는 원시림에 관해서 쓰여진 『자연에서 체험한 이야기』라는 제목의 책에서 굉장한 그림을 본 적이 있다. 그것은 짐승을 집어삼키고 있는 보아 구렁이의 그림이었다. 여기에 그 그림을 그대로 옮겨 본다.

　그 책에는 이렇게 쓰여 있었다. "보아 구렁이는 먹이를 씹지 않고 통째로 삼킨다. 그리고 나서는 움직일 수가 없어서 그 먹이를 소화하느라 여섯 달 동안 잠을 잔다."

　나는 밀림 속에서의 모험에 대해 곰곰이 생각해 보다가 색연필로 난생 처음 그림을 완성시켜 보았다. 나의 그림 제1호, 그것은 이런 그림이었다.

나는 내 걸작傑作 매우 훌륭한 작품을 어른들에게 보여 주면서 무섭지 않느냐고 물었다.

그러나 어른들은 "모자를 무서워하는 사람이 어디 있겠어?"라고 대답할 뿐이었다.

나는 모자를 그린 게 아니었다. 그것은 코끼리를 소화시키고 있는 보아 구렁이였다. 어른들이 그것을 이해하지 못했기 때문에 나는 그림을 다시 그렸다. 이번에는 어른들이 똑똑히 알아볼 수 있도록 보아 구렁이의 배 속을 그렸다. 어른들에게는 항상 설명을 해 주어야 한다. 나의 그림 제2호는 다음과 같았다.

어른들은 보아 구렁이의 배 속인지 거죽물체의 겉 부분인지 하는 그림은 집어치우고 지리학과 역사, 산수, 문법이나 열심히 공부하라고 충고했다. 이렇게 해서 나는 여섯 살 때 화가라는 멋진 직업을 포기하게 되었다. 나는 내 그림 1, 2호의 실패로 몹시 마음이 상해 있었다. 어른들은 스스로는 결코 아무것도 이해하지 못한다. 어른들이 그럴 때마다 아이들이 일일이 설명을 해 줘야 하는 것은 무척 피곤한 일이다.

다른 직업을 선택하기로 한 나는 비행기 조종하는 법을 배웠다. 세계 곳곳을 안 가 본 데 없이 비행했으니 지리학이 도움이 된 것은 사실이다. 나는 한눈에 중국과 애리조나 주를 구별할 수 있게 되었다. 그런 지식은 밤에 길을 잃었을 때 무척 도움이 되었다.

나는 이렇게 생활하는 동안 중요한 일들을 하고 있는 많은 사람을 만나며 살아왔다. 어른들 사이에서 살았고, 가까이에서 그들을 지켜보았다. 그렇다고 어른에 대한 내 생각이 나아진 것은 아니었다.

조금이라도 명석해^{생각이나 판단력이 분명하고 똑똑해} 보이는 사람을 만나면 나는 늘 지니고 다니던 내 그림 제1호를 보여 주었다. 그가 정말로 뭔가 이해할 줄 아는 사람인가를 나는 알고 싶었던 것이다. 그러나 그 사람이 남자이건 여자이건 이구동성^{異口同聲 입은 다르나 목소리는 같다는 뜻으로, 여러 사람의 말}_{이 한결같음을 이르는 말}으로 이렇게 대답할 뿐이었다.

"그건 모자로군요."

나는 그 사람들과 보아 구렁이나 원시림은 물론이고 별에 대한 이야기는 하지 않았다. 내 수준을 낮춰 그들이 이해할 수 있는 브리지^{카드 게임 가}_{운데 하나}, 골프, 정치, 넥타이 같은 것에 대해서만 이야기했다. 그러면 어른들은 꽤 분별^{分別 세상 물정에 대한 바른 생각이나 판단} 있는 사람을 만나게 되었다며 몹시 기뻐했다.

2

6년 전 사하라 사막에서 비행기 사고를 당할 때까지 나는 속 이야기를 털어놓을 상대도 없이 혼자 지냈다. 비행기 엔진 어딘가가 고장이 나 버렸는데 정비사도, 승객도 없어서 나 혼자 수리를 해야 했다. 죽느냐 사느냐 하는 문제였다. 마실 물도 일주일분 밖에 남아 있지 않았다.

그래서 첫날 저녁에는 인가^{人家 사람이 사는 집}에서 1,000마일^{거리의 단위. 1마일}_{은 약 1.6km}이나 떨어진 사막에서 잠을 잤다. 나는 망망대해^{茫茫大海 한없이 크}_{고 넓은 바다}의 한복판에서 배가 난파되어^{배가 항해 중에 폭풍우 따위를 만나 부서지거나}

뒤집히게 되어 **뗏목을 타고 표류하는**물 위에 떠서 정처 없이 흘러가는 **선원보다 더 고**립되어 있었다. 그러니 해가 뜰 무렵 이상한 작은 목소리를 듣고 깨어났을 때 내가 얼마나 놀랐는지 여러분은 짐작할 수 있을 것이다.

"저, 양 한 마리를 그려 주세요!"

나는 기겁을 해서 벌떡 일어났다. 눈을 간신히 깜박거리며 뜨고는 조심스레 주위를 둘러보았다. 이상하게 생긴 조그만 사내아이가 나를 뚫어지게 바라보며 서 있었다. 다음 그림은 훗날 내가 그를 그린 초상화 가운데에서 가장 잘 된 것이다. 물론 실물보다는 훨씬 못하다.

하지만 그것은 내 잘못이 아니다. 여섯 살 때 어른들은 내가 화가로서 출세할높은 지위에 오르거나 유명하게 될 수 없다며 기를 꺾어 놓았다. 그래서 나는 보아 구렁이의 배 속과 겉모습 외에는 아무것도 그리지 않았다.

어쨌든 나는 이 아이의 느닷없는 출현에 놀라 눈을 휘둥그레 뜨고 그를 바라보았다. 그 아이는 사막에서 길을 잃고 방황하는 것 같지도 않았고 피로에 지쳐 있거나 굶주림에 시달리는 것 같지도 않았다. 그렇다고 목이 마르다거나 무서워 떠는 것 같지도 않았다. 아무리 보아도 인가에서 1,000마일 떨어져 있는 사막의 한복판에서 길을 잃고 방황하는 아이로 보이지는 않았다.

"너 여기서 뭘 하고 있는 거니?"

그는 아주 천천히, 대단히 심각한 이야기라도 하듯 되풀이해서 말했다.

"저, 양 한 마리만 그려 주세요……."

뜻밖의 신비한 일을 당하게 되면 누구나 순순히 거기에 따르게 마련이다. 사람이 사는 곳에서 1,000마일이나 떨어진 곳에서, 더구나 언제 죽을지 모르는 곳에서 양을 그린다는 것은 참으로 터무니없는 짓이라고 생각하면서도 나는 주머니에서 종이 한 장과 만년필을 꺼냈다. 하지만 내가

공부한 것은 지리학과 역사, 산수와 문법뿐이라는 생각이 들었다. 나는 그 조그만 녀석에게 그림을 그릴 줄 모른다고 시무룩하게 말했다.

"괜찮아요. 양 한 마리를 그려 주세요……."

나는 양이라고는 그려 본 적이 없었기 때문에 내가 자주 그리던 두 가지 그림 중 하나를 그려 주었다. 그것은 보아 구렁이의 겉모습이었다. 그런데 놀랍게도 그 어린아이가 이렇게 말하는 게 아닌가.

"아니, 이게 아니에요. 나는 배 속에 코끼리가 들어 있는 보아 구렁이를 원하는 게 아니란 말이에요. 보아 구렁이는 아주 위험한 동물이고, 코끼리는 너무 거추장스러워요. 내가 사는 곳에서는 모든 게 아주 작거든요. 내게 필요한 것은 양이에요. 양을 그려 주세요."

그래서 나는 양을 그렸다. 그는 그것을 유심히 들여다보았다.

"이 양은 벌써 병이 들었는걸요. 다른 양을 그려 주세요."

나는 다른 그림을 그렸다.

소년은 봐주기라도 하듯이 씽긋 웃었다.

"잘 봐요. 이건 양이 아니라 염소예요. 뿔이 나 있잖아요."

나는 또다시 그림을 그렸다. 그러나 그 역시 퇴짜를 맞았다.

"이 양은 너무 늙었어요. 나는 오래 살 수 있는 양을 갖고 싶어요."

이쯤 되자 내 인내심도 바닥이 났다. 게다가 나는 고장 난 엔진을 서둘러 수리해야 했다. 나는 아무렇게나 그림을 그려 놓고 설명을 덧붙였다.

"이건 상자야. 네가 원하는 양은 그 안에 있어."

나는 내 어린 심판관의 얼굴이 환해지는 것을 보고는 어리둥절했다.

"내가 원한 게 바로 이거예요! 이 양에겐 풀을 많이 주어야 하나요?"

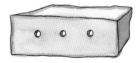

"왜?"

"내가 사는 곳에서는 모든 게 아주 작거든요······."

"거기에 있는 것으로도 충분할 거야. 너에게 그려 준 건 아주 작은 양이니까."

그는 고개를 숙여 그림을 들여다보고 있었다.

"그렇게 작은 건 아닌데요. 보세요! 잠이 들었어요······."

이렇게 해서 나는 어린 왕자를 알게 되었다.

3

어린 왕자가 어디에서 왔는지를 알기까지는 꽤 오랜 시간이 걸렸다. 그는 많은 것을 물어보면서도 내 질문에는 귀를 기울이는 것 같지 않았다. 그가 우연히 한마디 한마디 내뱉는 말을 통해 나는 조금씩 그에 대해 여러 가지를 알게 되었다.

이를테면 왕자가 내 비행기를 처음 봤을 때(나에게 비행기를 그리라고 했다면 나는 그리지 않았을 것이다. 그건 너무 복잡한 그림이니까) 이렇게 물었다.

"저 물건은 대체 뭐죠?"

"이건 물건이 아니라 날아다니는 거야. 비행기라고 하지. 내 비행기지."

나는 새처럼 날 수 있는 사람이라고 우쭐대며 말했다.

그러자 왕자는 큰 소리로 말했다.

"뭐라구요! 그럼 아저씨는 하늘에서 떨어졌다는 거예요? 야! 그거 재미있네!"

어린 왕자가 까르르 웃어 대서 나는 좀 언짢았다. 내가 당한 불행한 사고를 그가 진지하게 생각해 주기를 바랐던 것이다.

"그러면 아저씨도 하늘에서 온 거로군요! 어느 별에서 온 거죠?"

그 순간 그를 어렴풋이나마 이해할 수 있는 실마리를 찾은 것 같았다.

"그렇다면 너는 다른 별에서 왔니?"

그는 내 비행기에서 시선을 떼지 않은 채 대답 대신 조용히 고개를 끄덕였다.

"저걸 타고 왔다면 그렇게 멀리서 온 것은 아니겠군요……."

그는 오랫동안 생각에 잠겨 있다가 호주머니에서 내가 그려 준 양의 그림을 꺼내 보물을 보듯 유심히 들여다보았다.

'다른 별에서 왔나 보구나' 하는 반신반의^{半信半疑 얼마쯤 믿으면서도 한편으로는 의심함}가 나의 호기심을 불러일으켰다. 그래서 나는 이 문제에 대해 좀 더 자세히 알아보려고 노력했다.

"너는 도대체 어디에서 온 거니? '네가 사는 곳'이란 어디를 말하는 거지? 내가 그린 양을 어디로 데려가려는 거지?"

한참 동안 말없이 생각하더니 어린 왕자는 이렇게 대답했다.

"아저씨가 준 상자를 밤에는 집으로 쓸 수 있으니 다행이에요."

"그렇겠구나, 네가 좋다면 낮에 양을 매어 둘 수 있도록 끈이랑 말뚝도 줄게."

내가 이렇게 말하자 어린 왕자는 충격을 받은 것처럼 보였다.

"매어 둔다고요! 참 이상한 생각을 하시네요!"

"매어 놓지 않으면 양이 아무 데나 가서 길을 잃어버릴지도 몰라."

어린 왕자는 다시 까르르 웃음을 터뜨렸다.

"아니, 양이 가면 어디로 가겠어요?"

"아무 데나. 쭉 앞으로 갈 수 있지."

그러자 어린 왕자가 진지하게 말했다.

"괜찮아요. 내가 사는 곳은 모든 게 아주 작으니까요!"

그러고는 조금 서글퍼졌는지 이렇게 말했다.

"쭉 앞으로만 간다고 해도 누구도 그렇게 멀리 갈 수는 없어요⋯⋯."

4

이렇게 해서 나는 두 번째 중대한 사실을 알아냈다. 어린 왕자의 별이 겨우 집 한 채만 하다는 사실이었다.

놀랄 일은 아니었다. 지구, 목성, 화성, 금성처럼 큰 별들 외에도 수많은 작은 별이 있고 어떤 것들은 망원경으로 관측하기도 힘들 만큼 작다는 것을 나는 알고 있었다. 천문학자는 그런 별들을 발견하면 이름 대신 번호를 매긴다. '소혹성小惑星 중심 별의 강한 인력의 영향으로 타원 궤도를 그리며 중심 별의 주위를 도는 작은 천체 325호' 하는 식으로 말이다.

나는 어린 왕자가 떠나온 별이 소혹성 B-612호라고 생각한다. 그렇게 생각하는 데는 그럴 만한 이유가 있다. 1909년 터키 천문학자가 이 소혹성을 망원경으로 딱 한 번 관측한 적이 있다. 당시 그는 국제 천문 학회에서 자신이 발견한 사실을 당당하게 증명해 보였다. 그러나 그가 터키 옷을 입고 있었다는 것 때문에 아무도 그의 말을 믿으려 하지 않았다.

어른들이란 다 그런 것이다⋯⋯.

그러나 다행스럽게도 터키의 독재자가 소혹성 B-612의 평판을 듣고는 자기 국민들이 유럽식 옷을 입지 않으면 사형에 처하겠다는 법을 만들었다. 그 천문학자는 1920년에 멋진 옷을 입고 그의 발견을 다시 증명해 보였다. 이번에는 모두 그의 보고를 받아들였다.

내가 소혹성 B-612호에 관해 이렇게 자세히 설명하고 그 번호까지

적는 것은 어른들의 잘못된 생활 태도 때문이다. 어른들은 숫자를 좋아한다.

새로 사귄 친구들에 관해 이야기를 하면 어른들은 가장 중요한 일은 묻지도 않는다.

"목소리가 어떤 친구니? 그 친구는 어떤 놀이를 가장 좋아하니? 나비 채집을 하니?"이런 말들은 묻지도 않고 다음과 같은 질문만 한다.

"그 친구 몇 살이지? 형제는 몇이니? 몸무게는 얼마나 되지? 그 친구 아버지는 돈을 많이 버시니?" 어른들은 이런 숫자를 통해서 그 아이에 대해 다 알게 됐다고 생각한다.

만약 여러분이 어른들에게 "저는 장밋빛 벽돌로 지어지고, 창가에는 제라늄 화분이 있고, 지붕에는 비둘기가 앉아 있는 예쁜 집을 봤어요."라고 말한다면 어른들은 아무것도 떠올리지 못할 것이다.

차라리 "2만 달러짜리 집을 보았어요"라고 말하는 게 낫다. 그러면 어른들은 "오, 정말 예쁜 집이구나!"라고 감탄할 것이다.

그러므로 "어린 왕자는 정말 매력적이었어. 그는 생글생글 웃었어. 그리고 양 한 마리를 찾고 있었어. 바로 이것이 어린 왕자가 이 세상에 있었다는 증거야."라고 말하거나, "어떤 사람이 양을 갖고 싶어 한다면 그것이 그가 이 세상에 있다는 증거야."라고 어른들에게 말한들 무슨 소용이 있겠는가? 아마 어른들은 말도 안 된다는 표정으로 어깨를 한 번 으쓱해 보이며 당신을 어린애 취급할 것이다. 하지만 "그는 소혹성 B-612호에서 왔어요."라고 말한다면 어른들은 알았다는 표정을 지으며 더 이상 아무 질문도 하지 않을 것이다.

어른들이란 다 그런 것이다. 그렇다고 어른들을 나쁘게 생각해서는 안 된다. 아이들은 항상 어른들을 너그럽게 봐주지 않으면 안 된다.

하지만 인생을 이해하는 우리에게는 숫자 같은 것은 그리 중요한 문제가 아니다. 나는 이 이야기를 옛날이야기처럼 시작하고 싶었다. "옛날에 어린 왕자가 자기보다 약간 클까 말까 한 별에서 살고 있었는데, 그는 양 한 마리를 갖고 싶어 했다……."

이렇게 말해도 인생을 이해하는 사람들에게는 내 이야기가 정말인 것처럼 들렸을 것이다.

나는 누구든 이 책을 아무렇게나 읽는 것을 바라지 않기 때문에 어린 왕자와의 지난 추억을 적으면서 슬픔으로 몹시 괴로워했다. 내 친구가 양을 데리고 떠난 지도 벌써 6년이 지났다. 내가 지금 여기에서 이 친구에 대한 이야기를 쓰는 이유는 그를 잊어버리지 않기 위해서다. 그 친구를 잊는다는 것은 슬픈 일이다. 누구나 친구다운 친구를 갖는 것은 아니다. 만약 내가 그를 잊는다면 나 역시 숫자 이외의 어떤 것에도 흥미를 느끼지 못하는 어른들처럼 될지 모른다.

그를 잊지 않기 위해 나는 다시 그림물감 한 상자와 연필을 샀다. 여섯 살 때 보아 구렁이의 겉모양과 배 속을 그린 것 외에는 어떤 그림도 그려본 적이 없는 내가 지금 이 나이에 다시 그림을 그린다는 건 쉽지 않은 일이었다. 잘 될지 모르겠다. 다만 최선을 다해 그려 보겠다.

나도 초상화는 가능한 한 실물에 가깝게 그리려고 하지만 잘 될지 자신이 없다. 어떤 그림은 잘 되어도 어떤 그림은 실물과 비슷하지도 않다. 나는 어린 왕자의 키에 있어서도 여러 번 실수를 했다. 어린 왕자는 어떤 곳에서는 키가 너무 크고, 또 어떤 곳에서는 너무 작았다. 그리고 옷의 색깔에 있어서도 자신이 없다. 그러나 나는 서투른 솜씨이지만 최선을 다해 그럭저럭 그럴듯하게 그려놓았다.

내가 중요한 부분에서 역시 실수할지 모른다. 그러나 그런 것은 내 잘못은 아닐 것이다. 어린 왕자는 나에게 아무것도 설명해 주지 않았다. 내가 자기와 비슷하다고 생각했는지도 모른다. 그러나 슬프게도 나는 상자 안에 있는 양을 보는 법을 알지 못한다. 어쩌면 나도 어른들과 비슷한지 모르겠다. 나도 나이를 먹어야만 했던 것이다.

5

시간이 지나감에 따라 나는 대화를 통해 어린 왕자의 별과 그의 여행에 대해 조금씩 알게 되었다. 이런 사실은 어린 왕자가 무심결에 뱉은 말들을 통해 아주 천천히 알게 된 것이다. 사흘째 되는 날, 바오바브나무의 비극에 대해 알게 된 것도 그렇게 해서였다.

이런 이야기를 듣게 된 것은 모두 양 덕분이었다. 어린 왕자가 심각한 의문에 사로잡힌 듯한 표정으로 느닷없이 나에게 이렇게 물었기 때문이다.

"양이 작은 나무를 먹는다는 것이 정말이에요?"

"그럼, 정말이지."

"아! 잘됐다!"

양이 작은 나무를 먹는 일이 뭐 그렇게 중요한 일인지 나는 이해할 수 없었다. 그러나 어린 왕자는 이어서 말했다.

"그럼 바오바브나무도 먹겠네요?"

나는 어린 왕자에게 바오바브나무는 작은 나무가 아니라 성당만큼이나 큰 나무이고, 코끼리 한 떼를 몰고 간다 해도 바오바브나무 한 그루를 다 먹어 치울 수는 없을 거라고 일러 주었다.

코끼리 한 떼라는 말에 어린 왕자는 웃었다.

"코끼리를 포개 놓으면 되겠군." 하고 왕자가 말했다.

그러고는 제법 재치 있는 말을 했다.

"바오바브나무도 커다랗게 자라기 전에는 작은 나무이지요?"

"물론이지. 하지만 왜 양이 바오바브나무를 먹어야 되는 거지?"

어린 왕자는 당연한 것을 다 묻는다는 투로 "그것도 몰라요!" 하고 대꾸했다. 나는 혼자 머리를 짜내 수수께끼를 풀어야만 했다.

내가 아는 바로는, 어린 왕자의 별에는 다른 별들과 마찬가지로 좋은 식물과 나쁜 식물이 있었다. 그러므로 좋은 식물의 좋은 씨앗과 나쁜 식물의 나쁜 씨앗이 있었다. 이 씨앗들은 눈에 보이지 않는다. 씨앗들이 땅속 깊은 곳에 잠들어 있는 가운데 어떤 씨앗이 얼른 눈을 떠 볼 욕심에 사로잡힌다. 눈을 뜬 그 씨앗은 기지개를 켜고 처음에는 조심조심 태양을 향해 조그맣고 예쁜 싹을 쏘옥 내민다. 그것이 무나 장미처럼 좋은 식물의 싹이라면 그대로 자라게 해도 좋다. 하지만 나쁜 식물일 경우에는 눈에 띄는 대로 뽑아 버려야 한다.

어린 왕자의 별에는 나쁜 씨앗이 있었는데 바오바브나무의 씨앗이었다. 그 별의 땅에는 바오바브나무의 씨앗이 온통 퍼져 있었다. 바오바브나무는 빨리 없애 버리지 않으면 나중에는 결코 제거할 수 없는 식물이다. 별 전체에 퍼진 바오바브나무는 뿌리로 별에 구멍을 뚫어 버린다. 만약 별이 너무 작고 바오바브나무가 너무 많으면 그 작은 별은 산산조각이 나 버린다.

어린 왕자는 나중에 나에게 이렇게 말했다.

"그건 훈련의 문제예요. 아침에 몸단장을 마치고 나면 그다음에는 별을 정돈해 주는 거죠. 작은 바오바브나무의 가지는 장미와 비슷하지만 조금만 더 자라면 구별이 되니까 그때 뽑아 버리는 거예요. 무척 귀찮은 일이지만 그렇게 어려운 일은 아니에요.

어느 날 어린 왕자는 나에게 말했다. "그 나무가 어떤 것인지 정확히 알 수 있도록 아저씨는 그림을 잘 그려야 해요. 언젠가 여행을 할 때 그 그림은 도움이 될 수도 있을 테니까요." 그는 다시 말을 이었다. "일을 뒤로 미루었다고 해도 아무렇지도 않을 때가 가끔 있지만 바오바브나무를 그렇게 뒤로 미뤘다가는 큰 재난을 피하기 어려워요. 저는 게으름뱅이 한 명이 살고 있는 별을 알고 있지요. 그 사람은 바오바브나무가 아직 어리다고 세 그루를 무심히 내버려 두었다가……"

그래서 나는 어린 왕자가 설명해 주는 대로 바오바브나무의 그림을 그렸다.

나는 도덕가같이 큰 소리로 이야기하고 싶지는 않다. 그러나 바오바브나무의 위험성에 대해서는 거의 알려져 있지 않기 때문에 어느 별에서 길 잃은 사람에게 이러한 중대한 위험이 닥치게 될 것이다. 그래서 나는 이번 한 번만 침묵을 깨고 이렇게 말하려 한다. "어린이 여러분, 바오바브나무를 조심하세요!"

나와 같이 내 친구들은 오랫동안 바오바브나무를 모른 채 이 위험을 피해 오고 있었다. 그래서 나는 그들을 위해 애써 이 그림을 그렸다. 그들에게 경각심을 준다면 이 그림을 그리느라 아무리 힘들었다 하더라도 그만한 가치가 있을 것이다.

아마도 당신은 나에게 이런 질문을 할 것이다.

"바오바브나무 그림처럼 훌륭하고 인상적인 다른 그림들이 이 책에는 왜 없는 거죠?"

그 대답은 극히 간단하다. 나는 나름대로 노력했지만 다른 그림은 뜻대로 되지 않았을 뿐이다. 하지만 바오바브나무를 그릴 때는 절실히 필요했기 때문에 온갖 정성을 쏟아 평소 이상의 힘을 냈던 것이다.

6

오, 어린 왕자! 나는 네가 서글프고 단조로운 생활을 해 온 까닭을 조금씩 알게 되었다. 오랫동안 너에게는 해 질 녘 석양夕陽 저녁때의 햇빛을 바라보는 고요한 기쁨밖에 없었다. 나흘째 되는 날 아침, 나는 그 사실을 알게 되었다.

"나는 해 질 무렵을 무척 좋아해요. 해가 지는 걸 보러 가요."

"하지만 기다려야지."

"기다려요? 무엇을요?"

"해가 지는 것을. 우리는 해가 질 때까지 기다려야 해."

내가 이렇게 말하자 어린 왕자는 처음에는 놀란 기색이었지만 이내 웃음을 터뜨렸다.

"나는 언제나 내 집에 있는 것으로 생각하지 뭐예요!"

그럴 수도 있었다. 미국에서 낮 12시일 때 프랑스에서는 해가 진다. 만약 1분 안에 프랑스로 달려갈 수만 있다면 해 지는 광경을 볼 수 있을 테지만 안타깝게도 프랑스는 너무 먼 곳에 있다. 그러나 어린 왕자, 너의 조그만 별에서는 의자를 몇 발짝 뒤로 물리기만사람이나 물건을 다른 자리로 옮겨 놓기만 하면 언제라도 석양을 볼 수 있겠지…….

"어떤 날은 해가 지는 걸 44번이나 보았어요!"

그러고는 잠시 후 이런 말을 덧붙였다.

"사람들은 슬플 때 해 지는 모습을 좋아하지요……."

"얼마나 슬펐기에 하루에 44번이나 해가 지는 것을 보았니?"

어린 왕자는 아무 대답도 하지 않았다.

7

닷새째 되는 날, 또다시 양 덕분에 어린 왕자가 지닌 비밀을 하나 더 알게 되었다. 그는 오랫동안 곰곰이 생각하다가 물었다.

"양이 작은 나무를 먹는다면 꽃도 먹겠네요?"

"양은 닥치는 대로 먹지."

"가시가 있는 꽃도요?"

"가시가 있는 꽃도 먹고말고."

"그렇다면 가시는 있으나마나겠네요?"

그건 나도 모르는 일이었다. 그때 나는 엔진에 꽉 조여 있는 나사를 빼내는 일에 정신이 팔려 있었다. 비행기 고장이 쉽게 고쳐질 것 같지 않아 여간 초조한 게 아니었다. 게다가 먹을 물까지 떨어지고 있어 꼼짝없이 죽게 생겼구나 하는 불안에 떨었다.

"가시가 무슨 소용이 있을까요?"

어린 왕자는 일단 묻기 시작하면 포기하는 법이 없었다. 나사 빼는 일에 신경이 곤두서 있던 나는 아무렇게나 대답해 버렸다.

"가시는 아무짝에도 쓸모가 없어. 꽃들이 공연히 심술부리는 거지."

얼마 동안 침묵이 흘렀다. 이윽고 어린 왕자는 원망스럽다는 듯 나에게 쏘아붙였다날카로운 말투로 상대를 몰아붙였다.

"그렇지 않아요! 꽃들은 연약하고 순진해요. 꽃들은 할 수 있는 한 스스로 자신들을 지키려 한다구요. 꽃들은 가시가 무서운 무기라고 생각하고 있어요……."

나는 아무 대답도 하지 않았다. 그 순간 나는 속으로 '이 나사가 계속 말을 듣지 않으면 망치로 부수어 버려야지.' 하고 생각하고 있었다.

다시 어린 왕자가 내 생각을 흔들어 놓았다.

"그럼 아저씨는 정말로 꽃들이……."

"그만! 그만해 둬! 나는 그렇게 생각하지 않아. 생각나는 대로 아무렇게나 대답했을 뿐이야. 보다시피 지금 나는 중요한 일에 정신이 팔려 있잖아!"

왕자는 어이없다는 표정으로 내 얼굴을 쏘아보았다.

"중요한 일이라니요?"

나는 손에는 망치를 들고 손가락에는 시커먼 기름을 묻힌 채 흉측하게 보이는 물체 위로 몸을 기울이고 있었다.

"아저씨는 마치 어른들처럼 말하는군요!"

나는 그 말을 듣고 좀 부끄러웠다. 그러나 어린 왕자는 아랑곳없이 말을 계속했다.

"아저씨는 모든 걸 혼동하고^{구별하지 못하고 뒤섞어서 생각하고} 있다구요!"

어린 왕자는 정말 화가 나 있었다. 그의 금빛 머리카락이 바람에 흩날렸다.

"나는 얼굴이 붉은 신사가 사는 별을 알아요. 그는 꽃향기를 맡아 본 적도, 별을 바라본 적도 없고 누구를 사랑해 본 일도 없어요. 오로지 숫자만 더하면서 살았지요. 아저씨처럼 '나는 중요한 일로 바빠!' 그러면서 말이에요. 그 말이 무슨 자랑이나 되는 듯이. 하지만 그는 사람이 아니에요, 버섯이에요! 버섯이라구요!"

"뭐라고?"

"버섯이라고요!"

어린 왕자는 분노로 얼굴이 하얗게 질려 있었다.

"수백만 년 전부터 꽃들은 가시를 길러 왔어요. 양도 수백만 년 전부터 꽃을 먹어 왔고요. 그런데 아무짝에도 쓸모없는 가시를 꽃들이 왜 그렇게 애써 키우는지 그 의미를 알려고 하는 게 중요한 일이 아니라는 거지요? 양과 꽃의 싸움이 중요하지 않다구요? 얼굴이 붉은 뚱보 신사가 하는 계산보다 중요하지 않다는 건가요? 내 별에는 다른 곳에서는 절대 자라지 않는, 이 세상에서 유일한 꽃이 하나 있는데, 그 꽃을 어느 날 아침 작은 양이 무심코 먹어 버릴 수 있는데도 그런 일은 중요하지 않다는 말인가요?"

이제는 창백하던 어린 왕자의 얼굴이 새빨개졌다.

"만약 어떤 사람이 수백만 개의 별에서 자라고 있는 단 한 송이의 꽃을 사랑한다면, 그 사람은 그 많은 별을 바라보는 것만으로도 행복해질 거예요. 그 사람은 '내 꽃이 어딘가에 있겠지.' 하고 생각할 수 있거든요. 하지만 양이 그 꽃을 먹어 버린다면, 순식간에 모든 별이 어두워질 거예요……. 그런데도 그게 중요하지 않다는 거죠!"

어린 왕자는 더 이상 말을 잇지 못했다. 흐느낌으로 목이 메었던 것이다.

밤이었다. 나는 손에서 연장_{어떤 일을 하는 데 사용하는 도구}을 놓았다. 지금 이 순간 망치나 나사, 갈증이나 죽음이 도대체 무슨 의미가 있단 말인가! 어떤 별, 어떤 행성, 나의 별, 이 지구 위에 내가 위로해야 할 어린 왕자가 있었다. 나는 두 팔로 그를 부둥켜안고 조용히 달래면서 말했다.

"네가 사랑하는 꽃은 위험하지 않아. 네 양에게 씌워 줄 입마개를 그려 줄게. 네 꽃을 둘러쌀 울타리도 그려줄 거야. 나는……."

나는 무슨 말을 해야 할지 몰라 머뭇거렸다. 어떻게 하면 어린 왕자의 기분을 풀어 주어 다시 전처럼 다정한 사이로 돌아갈 수 있을까.

눈물의 나라는 정말 알 수 없는 곳이다.

8

나는 곧 그 꽃이 무슨 꽃인지 더 자세히 알게 되었다. 어린 왕자의 별에는 늘 소박한 꽃들이 피고 지었다. 꽃잎이 한 겹이고 자리도 많이 차지하지 않아 누구에게도 방해가 되지 않았다. 그 꽃들은 어느 날 아침 풀 속에서 피어났다가 저녁이면 사라져 버렸다.

그러던 어느 날 어디에선가 씨앗이 날아와 싹을 틔웠다. 어린 왕자는 그 싹을 주의 깊게 관찰했다. 그 싹은 자기 별에 있는 조그마한 싹들과는 달랐다. 그것은 어쩌면 새로운 종류의 바오바브나무인지도 모를 일이었다.

그 작은 나무는 성장을 멈추고 꽃을 피울 준비를 시작했다. 탐스럽고 커다란 꽃망울이 맺히는 것을 지켜보면서 어린 왕자는 거기에서 어떤 기적 같은 것이 나타날 거라고 느꼈다. 그러나 꽃은 연초록색 방 속에 꼭 들어앉은 채 좀처럼 자신의 아름다움을 드러내 보이지 않았다. 꽃은 세심하게 옷 색깔을 고르고 있었다. 그리고 천천히 옷을 입고 있었다. 꽃잎도 하나둘 다듬었다. 그 꽃은 양귀비꽃처럼 털북숭이 같은 모습으로 세상에 모습을 드러내고 싶지는 않았다. 눈이 부실 정도로 아름다운 모습이 아니고는 얼굴을 드러내고 싶지 않았던 것이다. 오, 정말 요염한^{정신을 흐리게} ^{할 만큼 아리따운} 꽃이로군! 이렇게 신비한 치장은 며칠이고 계속되었다.

그러던 어느 날 아침 태양이 떠오를 때 꽃은 마침내 제 모습을 드러냈

다. 그런데 그토록 공들여^{정성과 노력을 많이 들여} 치장을 끝내 놓은 꽃이 정작
하품을 하는 것이었다.

"아! 아직 잠이 덜 깼나봐. 용서하세요. 제 꽃잎이 아직도 헝클어져 있
지요……."

그러나 어린 왕자는 그 꽃의 아름다움에 감탄하지 않을 수 없었다.

"오! 정말 아름답구나!"

"그래요?" 꽃은 상냥하게 대답했다. "저는 해님과 함께 태어났어
요……."

어린 왕자는 이 꽃이 그다지 겸손하지는 않다고 생각했지만 그 아름다
움에는 마음이 설레었다

"아침 식사할 시간이군요. 제게 아침 식사를 가져다줄 수 있나요……."

어린 왕자는 수줍어 머뭇거리다가 물뿌리개를 찾아 꽃에게 맑은 물을
뿌려 주었다.

꽃은 피어나자마자 변덕스러운 허영심으로 왕자를 괴롭혔다. 여간
다루기가 곤란한 일이 아니었다. 어떤 날은 자기가 가진
네 개의 가시에 대해 이야기하면서 어린 왕자에게 이
렇게 말하기도 했다.

"호랑이들이 발톱을 세우고 덤벼 보라지요!"

"내 별에는 호랑이가 없어." 어린 왕자
는 반박했다. "호랑이들은 풀을 먹지도
않아."

"저는 풀이 아니에요."

꽃은 상냥하게 말했다.

"미안……."

"저는 호랑이 따위는 무섭지 않지만 바람은 질색이거든요. 혹시 바람막이 가지고 있어요?"

'바람을 무서워하다니……. 식물로서는 안된 일이군. 어쨌든 이 꽃은 아주 까다로워.' 어린 왕자는 속으로 이렇게 생각했다.

"밤에는 유리 덮개를 씌워 주세요. 여긴 무척 춥군요. 내가 살던 곳은……."

꽃은 말을 더 잇지 못했다. 씨앗으로 여기에 왔으니 다른 세상에 대해 아는 게 있을 리 없었다. 그렇게 곧 들통이 날 거짓말을 하려던 꽃은 당황한 나머지 잘못을 얼버무리려고_{말이나 행동을 불분명하게 대충 하려고} 기침을 두세 번 했다.

"바람막이가 있냐고 물었잖아요?"

"찾아보려는 참이었는데 네가 계속 말을 하는 바람에……."

그때 꽃이 일부러 기침을 하자 어린 왕자는 꽃이 불쌍하다는 생각이 들어 괴로워했다.

다정다감한 어린 왕자였지만 곧 꽃을 의심하게 되었다. 꽃이 대수롭지 않게 지껄인 말들을 심각하게 받아들인 어린 왕자는 그만 우울해지고 말았다.

"나는 그 꽃이 하는 말을 듣지 말았어야 했어요."

어느 날 어린 왕자는 나에게 속마음을 털어놓았다.

"꽃이 지껄이는 말은 들을 필요가 없어요. 꽃은 단지 바라보고 향기를 맡기만 해야 하는 거지요. 꽃은 내 별을 향기로 뒤덮었는데 나는 그걸 즐길 줄 몰랐어요. 발톱 이야기가 나오면 나는 가만히 듣고 있을 수가 없었어요. 그런 말을 들으면 공감하고 동정해 줬어야 하는데."

어린 왕자는 계속 말을 이었다.

"사실 나는 아무것도 이해할 줄 몰랐어요. 꽃의 말이 아니라 행동을 보고 판단했어야 했어요. 꽃은 나에게 향기를 뿜어 주었고 눈부신 아름다움을 보여 주었어요. 그러니 나는 꽃으로부터 도망치지 말았어야 했어요……. 꽃의 불쌍한 거짓말 뒤에 애정이 감추어져 있다는 것을 나는 눈치채지 못했던 거예요. 꽃은 정말 모순덩어리예요! 하지만 난 너무 어려서 그 꽃을 사랑할 줄 몰랐어요."

9

나는 어린 왕자가 철새들의 이동을 이용하여 별을 떠나왔으리라고 생각한다. 어린 왕자는 떠나던 날 아침에 별을 말끔히 정돈했다. 불을 뿜는 화산들도 정성스레 청소했다. 어린 왕자의 별에는 활화산活火山 화산 활동을 계속하고 있는 화산이 두 개 있었으므로 아침 식사를 위한 음식을 익히는 데 매우 편리했다. 그의 별에는 사화산死火山 활동이 끝난 화산도 하나 있었다. 어린 왕자는 "언제 폭발할지 알 수 없는 일이지."라고 말하면서 사화산도 청소해 놓았다. 화산들은 청소만 깨끗이 되어 있으면 폭발하지 않고 서서히 일정하게 타올랐다. 화산 폭발은 굴뚝에서 뿜는 불과 같은 것이다.

이 지구상에는 우리 인간이 너무 작기 때문에 화산을 깨끗이 청소할 수는 없었다. 그래서 우리는 화산 폭발로 인해 끊임없이 어려움을 당한다.

어린 왕자는 서글픈 마음으로 바오바브나무의 마지막 싹들도 뽑아냈다. 다시는 돌아오지 않으리라고 생각하고 있었던 것이다. 마지막 날 아침, 늘 하던 일들 하나하나가 어린 왕자에게는 유난히 소중하게 느껴졌다. 마지막으로 꽃에 물을 주고 유리 덮개를 씌워 줄 때 왕자는 그만 울 뻔했다.

"안녕."

어린 왕자는 꽃에게 작별 인사를 했다.

그러나 꽃은 대답하지 않았다.

"잘 있어."

어린 왕자는 다시 인사를 건넸다. 꽃은 기침을 했다. 감기에 걸려서 그런 것은 아니었다.

"내가 어리석었어요." 마침내 꽃이 왕자에게 말했다. "나를 용서해요. 그리고 부디 행복하세요."

어린 왕자는 꽃이 자신을 조금도 원망하지 않는 것에 놀랐다. 그는 바람막이 유리 덮개를 손에 든 채 멍하니 서 있었다. 꽃의 그 조용하고 다정한 모습을 왕자는 이해할 수 없었다.

"물론 난 당신을 사랑해요." 꽃이 어린 왕자에게 말했다. "그동안 당신이 그걸 알지 못했던 건 내 잘못이에요. 하지만 이젠 상관없어요. 당신도 나처럼 어리석었어요. 부디 행복하세요……. 유리 덮개는 내버려 둬요. 그런 건 이제 필요 없어요."

"하지만 바람이 불면……."

"내 감기는 그렇게 심한 게 아니에요……. 서늘한 밤공기는 오히려 나에게 좋을 거예요. 나는 꽃이니까."

"그래도 짐승이……."

"나비와 친해지려면 두세 마리의 쐐기벌레쯤은 견뎌 내야죠. 그나마 나비가 아니라면 누가 나를 찾겠어요? 당신은 멀리 떠날 테고……. 큰 짐승들은 두렵지 않아요. 나에게는 가시가 있으니까."

꽃은 네 개의 가시를 천진난만하게 보여 주며 말을 이었다.

"그렇게 우물쭈물하지 말아요. 떠나기로 했으면 어서 가세요!"

꽃은 울고 있는 자신의 모습을 어린 왕자에게 보이고 싶어 하지 않았다. 그만큼 자존심이 강한 꽃이었다……

10

어린 왕자의 별은 소혹성 325, 326, 327, 328, 329, 330호의 별과 이웃해 있었다. 왕자는 견문見聞 보거나 들어 깨달아 얻은 지식을 넓힐 생각으로 그 별들을 찾아가 보기로 했다.

첫 번째 별에는 왕이 살고 있었다. 왕은 붉은 옷에 흰 담비족제빗과의 동물 모피로 만든 옷을 입고 검소하면서도 위엄威嚴 존경할 만한 위세가 있어 점잖고 엄숙함 있는 옥좌에 앉아 있었다.

"신하가 한 명 왔구나!"

어린 왕자가 오는 것을 보자 왕이 큰 소리로 외쳤다. 왕에게는 모든 사람이 다 신하였다.

그러자 어린 왕자는 속으로 생각했다.

"나는 한 번도 왕을 만난 일이 없는데 그는 어떻게 나를 알고 있을까?"

왕들에게는 세상이 매우 단순하다는 것을 어린 왕자는 몰랐던 것이다. 왕들에게는 모든 사람이 신하인 것이다.

"너를 좀 더 자세히 볼 수 있도록 가까이 다가오라."

이 왕은 마침내 누군가의 왕 노릇을 하게 된 것이 무척 자랑스러워졌다.

어린 왕자는 앉을 곳을 찾기 위해 사방을 둘러보았다. 그 별은 왕의 호화스러운 흰 담비 모피로 온통 뒤덮여 있었다. 어린 왕자는 똑바로 서 있을 수밖에 없었다. 그는 피곤해서 하품을 했다.

"왕 앞에서 하품하는 것은 예절에 어긋나는 일이다. 하품을 금하노라."

"하품을 참을 수가 없어요. 긴 여행 탓에 잠을 자지 못했거든요……."

어리둥절해진 어린 왕자가 대답했다.

"그렇다면 하품을 해도 좋다. 하품하는 걸 본 지도 여러 해가 되었구나. 하품하는 모습은 짐朕 임금이 자기를 가리키는 말에게는 신기한 구경거리니까. 자! 또 하품하라. 명령이다."

"그렇게 말씀하시니까 하품이 안 나와요……."

얼굴을 붉히며 어린 왕자가 말했다.

"어흠! 어흠! 그렇다면 짐이…… 짐이 명하노니 어떤 때는 하품을 하고 또 어떤 때는……."

왕은 성급하게 얼버무렸다. 화가 난 것 같았다. 왕은 무엇보다도 자신의 권위가 존중되기를 원하고 있었다. 불복종不服從 명령이나 결정에 대하여 그대로 따라서 좇지 아니함은 용서할 수 없었다. 왕은 절대적인 군주였지만 인품 있는 사람이었으므로 터무니없는 명령은 내리지 않았다.

"내가 만일 대장에게 명령하여," 왕은 이와 같은 예를 곧잘 들었다. "내가 만일 대장에게 바닷새로 변하라고 명령했을 때 대장이 나의 명령을 따르지 않는다면 그것은 대장의 잘못이 아니고 내 잘못이니라."

"앉아도 될까요?" 어린 왕자는 머뭇거리며 물었다.

"네게 앉기를 명하노라." 왕은 흰 담비 모피로 된 망토 한 자락을 위엄 있게 끌어올리며 대답했다.

그러나 어린 왕자는 이상한 생각이 들기 시작했다. 별은 아주 조그마한데 왕은 무엇을 다스린다는 것일까?

"폐하, 한 가지 여쭈어 봐도 괜찮을까요."

"네게 명하노니 질문하라."

"폐하는 무엇을 다스리고 계신지요?"

"모든 것을 다스리느니라." 왕은 위엄 있게 대답했다.

"모든 것이라고요?"

왕은 위엄 어린 몸짓으로 그의 별과 다른 모든 별을 가리켰다.

"저 모든 것을 다요?"

"물론 전부 다이니라."

왕은 온 우주의 군주이기도 했던 것이다.

"그럼 별들도 폐하에게 복종하나요?"

"물론이지. 별들도 나에게 즉시 복종하지. 짐은 규율을 어기는 것을 용서치 않느니라."

어린 왕자는 왕의 권력에 놀라지 않을 수 없었다. 만일 자신이 그런 권력을 가질 수 있다면, 앉아 있는 의자를 뒤로 물리지 않고도 하루에 44번, 아니 72번, 100번, 200번까지도 해 지는 것을 볼 수 있을 게 아닌가! 자신의 별이 생각나서 약간 서글퍼진 어린 왕자는 용기를 내서 왕에게 청을 했다.

"저는 해가 지는 것을 보고 싶어요……. 제 소원을 들어주세요……. 해가 지도록 명령을 내려 주세요……."

"만일 내가 대장을 보고 나비처럼 이 꽃에서 저 꽃으로 날아다니라고 명령하거나 비극을 쓰라고 명령하거나 바다의 새가 되라고 명령한다고 하자. 그런데 대장이 그 명령을 이행하지 못한다면 누가 잘못이냐? 대장이냐, 아니면 짐이냐?"

"그야 폐하이시지요." 어린 왕자는 똑똑히 대답했다.

"바로 그거다. 누구에게든 그 사람이 할 수 있는 것을 요구해야 하는 법이다. 정당한 권력은 무엇보다 합리적이어야 한다. 네가 만일 국민에게 바다에 가서 물속으로 뛰어들라고 명령한다면 국민은 혁명을 일으킬 것이다. 내 명령이 이치理致 사물의 정당한 조리에 맞을 때에만 나는 복종을 요구할 권한을 갖게 되는 것이다."

"그런데 해 지는 것을 보여 주시는 일은요?"

어린 왕자는 한 번 한 질문은 절대 잊어버리지 않았다.

"그렇게 해 주겠다. 하지만 내 통치 철학에 따라서 조건이 갖추어지기를 기다리기로 하자."

"언제요?"

"에헴, 에헴!" 왕은 대답하기 전에 두툼한 책력冊曆 일 년 동안의 월일, 해와 달의 운행, 월식과 일식, 절기, 특별한 기상 변동 등을 날의 순서에 따라 적은 책을 뒤적였다.

"음, 그때쯤이면 되겠군. 오늘 저녁…… 7시 40분쯤이면 되겠다! 짐의 명령이 실제로 행해지는 것을 너는 보게 될 것이다."

어린 왕자는 하품을 했다. 자신의 별에서 보았던 석양이 그리워졌다. 게다가 지루하기도 했다.

"이제 저는 여기서 할 일이 없어요. 그러니 저는 또 여행을 떠나야겠어요."

"가지 마라." 왕은 신하가 한 사람 생겨 몹시 자랑스럽게 생각하던 참이었다.

"떠나지 마라. 너를 대신大臣 군주 국가에서 '장관'을 이르는 말으로 삼겠다!"

"무슨 대신요?"

"음……. 법무 대신이다!"

"하지만 재판 받을 사람이 아무도 없는데요! 제가 벌써 다 둘러보았어요!"

"그야 알 수 없지." 왕은 어린 왕자에게 말했다. "나는 아직 나의 왕국을 전부 돌아본 일이 없다. 이젠 나이가 많아서 걷기도 어렵고 그렇다고 마차를 둘 장소도 없으니 말이다."

"아, 그래요. 하지만 저는 이미 둘러보았어요!" 어린 왕자는 허리를 굽혀 별 저쪽을 다시 힐끗 쳐다보면서 말했다. 여기는 물론 별 저쪽에도 아무도 없었다.

"그럼 너 자신을 재판하라. 남을 재판하는 것보다 자기 자신을 재판하는 게 훨씬 더 어려운 법이다. 자신을 공정하게 재판할 수 있다면 참으로 지혜로운 사람일 게다."

"어느 곳에서든 저 자신을 재판할 수 있어요. 그러니 이 별에서 살 필요는 없습니다."

"에헴! 에헴! 내 별 어딘가에 늙은 쥐 한 마리가 있느니라. 밤만 되면 쥐 소리가 들려. 그 늙은 쥐를 심판하는 게 어때. 가끔 그놈을 사형에 처하는 거야. 쥐의 운명이 네 심판에 달리게 되는 것이다. 그러나 매번 그에게 특사特赦 형(刑)의 선고를 받은 특정인에 대하여 형의 집행을 면제하거나 유죄 선고의 효력을 상실하게 하는 조치를 내려라. 단 한 마리밖에 없는 쥐니까 아껴 둬야지."

"저는 사형 선고를 내리는 건 싫습니다. 가겠습니다."

"안 돼."

어린 왕자는 떠날 채비를 끝마쳤지만 늙은 왕을 섭섭하게 하고 싶지는 않았다.

"폐하에게 복종하기를 원하신다면 제게 정당한 명령을 내려 주시면 되지 않겠습니까. 이를테면 1분 내로 떠나라고 제게 명령을 내리실 수 있습니다. 제가 보기에는 조건이 마련된 것 같은데요……."

왕은 아무 대답도 하지 않았다. 어린 왕자는 머뭇거리다 한숨을 내쉬고 곧 길을 떠났다.

"너를 대사로 삼겠다." 왕이 황급히 외쳤다.

왕은 여전히 권위에 가득 찬 표정이었다.

'어른들은 정말 이상해.' 어린 왕자는 중얼거리며 여행을 계속했다.

11

두 번째 별에는 잘난 체하는 사람이 살고 있었다.

"오! 나를 찬미讚美 아름답고 훌륭한 것이나 위대한 것 따위를 기리어 칭송함하는 사람이 오고 있구나!" 잘난 체하는 사람은 어린 왕자를 보자마자 멀리서 소리쳤다.

잘난 체하는 사람에게는 다른 사람들이 모두 자기를 찬미하는 사람으로 보인다.

"안녕하세요. 이상한 모자를 쓰고 계시는군요."

"답례하기 위한 거지. 사람들이 나에게 환호를 보낼 때 모자를 살짝 쳐들고 인사한단다. 그런데 애석하게도 지나가는 사람이 없어."

"그래요?" 어린 왕자는 이렇게 말은 했지만 그 잘난 체하는 사람이 무슨 말을 하는지 알지 못했다.

"자, 손뼉을 쳐봐. 짝짝짝."

잘난 체하는 사람이 지시했다. 어린 왕자는 손뼉을 짝짝 쳤다. 그러자 잘난 체하는 사람이 모자를 살짝 쳐들고 점잖게 인사했다.

'왕을 방문했을 때보다는 재미있군.'

어린 왕자는 속으로 중얼거리며 다시 손뼉을 쳤다. 잘난 체하는 사람이 살짝 모자를 들어 올리며 답례했다. 그러나 그렇게 5분쯤 지나고 나니 이런 단조로운 장난도 재미가 없어졌다.

"그 모자를 떨어뜨리려면 어떻게 해야 하는 거죠?"

잘난 체하는 사람은 어린 왕자의 말을 듣지 못했다. 그는 찬미하는 말이 아니면 귀담아 듣지 않았다.

"너는 정말로 나를 찬미하는 거지?"

"찬미한다는 게 뭔가요?"

"찬미한다는 건 네가 나를 이 별에서 제일 잘생긴 데다 옷도 잘 입고, 가장 부자일 뿐 아니라 누구보다 지적인 사람이라고 생각하고 인정해 주는 거지."

"하지만 이 별에는 아저씨 혼자뿐이잖아요!"

"나를 기쁘게 해 다오. 어쨌건 나를 찬미해 줘."

"아저씨를 찬미해요." 어린 왕자는 못마땅하다는 듯이 어깨를 으쓱해 보이며 말했다. "하지만 그게 뭐 그리 재미있나요?"

그러고는 어린 왕자는 그곳을 떠나 버렸다.

'어른들은 확실히 별난 데가 있단 말이야.' 어린 왕자는 이렇게 중얼거리며 여행을 계속했다.

12

그다음 별에는 술꾼이 살고 있었다. 어린 왕자는 이 별을 아주 잠깐 동안 방문했을 뿐이지만 몹시 우울해지고 말았다.

"거기서 뭘 하고 계세요?"

술꾼은 빈 병과 술이 가득 찬 병을 앞에 수북이 늘어놓고 말없이 앉아 있었다.

"술을 마시고 있지." 술꾼은 침울한 표정을 지으며 대꾸했다.

"왜 술을 마시죠?"

"잊기 위해서지."

"무엇을 잊기 위해서요?" 어린 왕자는 딱한 생각이 들어서 물었다.

"내가 부끄럽다는 것을 잊기 위해서." 술꾼은 사형대에 서 있는 것처럼 고개를 숙인 채 고백했다.

"뭐가 부끄럽다는 건가요?" 어린 왕자는 그를 도와주고 싶어 캐물었다.

"술을 마시는 게 부끄러워!" 그러고 나서 술꾼은 입을 다물어 버렸다.

어리둥절해진 어린 왕자는 다시 길을 떠났다.

'어른들은 정말 이상해.' 그는 혼잣말을 하며 여행을 계속했다.

13

네 번째 별은 사업가의 별이었다. 그는 어찌나 바빴던지 어린 왕자가 도착했을 때도 고개조차 들지 않았다.

"안녕하세요. 담뱃불이 꺼졌네요."

어린 왕자가 말했다.

"3에 2를 더하면 5, 5에 7을 더하면 12, 12에 3을 더하면 15. 안녕. 15에 7을 더하면 22, 22에 6을 더하면 28. 담뱃불 붙일 시간도 없군. 26에 5를 더하면 31. 휴우! 그러니까 5억 162만 2,731이 되는구나."

"5억 뭐라구요?"

어린 왕자가 물었다.

"아? 너 아직 거기 있었니? 5억 100만……. 가만히 좀 있어. 나는 할 일이 많아! 나는 지금 중요한 일을 하고 있다구. 쓸데없는 이야기를 할 틈이 없어! 2에다 5를 더하면 7……."

"5억 100만이 어쨌다는 거예요?"

어린 왕자는 다시 물었다. 그는 일단 한 번 질문하면 답을 얻지 않고는 물러서질 않았다.

사업가가 고개를 들고 말했다.

"나는 54년 동안 이 별에 살고 있는데, 일에 방해를 받은 건 딱 세 번밖에 없었어. 첫 번째는 22년 전에 현기증을 일으킨 거위가 어디선가 날아와서 떨어졌을 때야. 그 놈의 푸덕거리는 소리가 어찌나 요란하던지 사방으로 울려 퍼져 네 번이나 덧셈을 잘못했지. 두 번째는 11년 전이었는데, 류머티즘^{뼈, 관절, 근육 등이 굳거나 아프며 운동하기가 곤란한 증상을 보이는 병} 때문이었어. 물론 운동 부족으로 생긴 병이지. 빈둥거릴 시간이 없었으니까. 지금이 바로 세 번째야! 가만, 내가 5억 100만이라고 했었지……."

"대체 뭐가 5억 100만이라는 건가요?"

사업가는 질문에 대답하지 않고는 조용히 앉아 일할 수 없겠구나 하는 생각이 들었다.

"가끔씩 하늘에 보이는 수많은 저 작은 물체 말이다."

"파리 말인가요?"

"아니야. 반짝반짝하는 조그만 것들 말이야."

"그럼 꿀벌 말인가요?"

"아니. 게으름뱅이들에게 쓸데없는 공상에 빠져들게 하는 금빛 나는 작은 물체 말이야. 하지만 나는 중요한 일을 하는 사람이거든. 공상에 빠져 있을 틈이 없어."

"별 말이군요?"

"그래, 맞았어. 별이야."

"5억 개나 되는 별들을 가지고 뭘 하는 건데요?"

"5억 162만 2,731개야. 나는 중요한 일을 하고 있어. 이 숫자는 틀림없어"

"그 별들로 뭘 할 셈인데요?"

"무엇을 하겠느냐고?"

"네."

"아무것도 하지 않아. 단지 소유하는 거야."

"별들을 소유한다구요?"

"그럼."

"하지만 내가 전에 본 어떤 왕은……."

"왕은 아무것도 소유하지 않아. 다스릴 뿐이지. 소유한다는 것과 지배 한다는 것은 아주 다른 문제야."

"그 별들을 소유하는 게 아저씨에게 무슨 도움을 주나요?"

"부자가 되는 데 필요하지."

"부자가 되면 뭐가 좋은데요?"

"누군가 별을 발견하면 그걸 살 수 있지."

'이 사람도 그 술꾼처럼 말하는구나.' 어린 왕자는 속으로 의아하게 생 각하며 계속 질문했다.

"어떻게 별들을 소유한다는 거지요?"

"도대체 별들은 누구 거지?" 투덜대듯 사업가가 되물었다.

"몰라요. 누구의 것도 아니겠지요."

"그러니까 별들은 내 것이 되는 거야. 내가 제일 먼저 그 생각을 했으 니까. 누군가 임자 없는 다이아몬드를 발견했다면 그건 발견한 사람의 것이지. 주인 없는 섬도 그것을 발견한 사람의 소유가 되는 거지. 만약 어떤 좋은 아이디어를 제일 먼저 생각해 냈다면 특허를 내서 그 아이디 어를 자기 것으로 만들 수 있는 거지. 그런 식으로 나도 별들을 갖는 거 야. 왜냐면 나보다 먼저 별을 가질 생각을 한 사람은 아무도 없었거든."

"아, 그렇군요. 그럼 아저씨는 그 별들을 가지고 뭘 하시는데요?"

"관리하지. 별을 세어 보고 또 세어 보는 거야. 힘든 일이긴 하지만 나는 중대한 일에 관심이 많거든!"

"저는요, 실크 스카프를 가지게 되면 그걸 목에 두르고 다녀요. 또 꽃이 내 것이라면 꺾어 가지고 다닐 수 있겠지요. 하지만 아저씨는 하늘에서 별을 딸 수는 없잖아요……."

"그럴 수는 없지. 하지만 그것들을 은행에 맡길 수는 있어."

"그건 무슨 말이에요?"

"조그만 종이에 내 별들의 수를 적어 놓고 그걸 서랍에 넣어 잠가 두는 거야."

"그것뿐인가요?"

"그것으로 족하지."

'그것 참 재미있군. 시적詩的 시의 정취를 가진 것이기도 하고. 하지만 그렇게 대단한 일은 아니군.' 어린 왕자가 중요하게 여기는 것과 어른들이 중요하게 여기는 것 사이에는 상당한 차이가 있었다.

"저는 꽃을 가지고 있어요. 매일 물을 주지요. 화산도 세 개나 가지고 있어서 매주 청소를 해요.(사화산도 청소하지요. 언제 폭발할지 모르니까요.) 내가 꽃과 화산을 가지고 있는 건 내 화산이나 내 꽃에게 큰 도움을 주는 일이에요. 하지만 아저씨는 별들에게 무슨 도움을 주고 있는 것은 아니죠……."

사업가는 입을 벌렸지만 딱히 할 말이 없었다.

"어른들은 정말 이상하단 말이야." 어린 왕자는 혼잣말을 하며 다시 여행길에 올랐다.

14

다섯 번째 별은 아주 이상했다. 그 별은 다른 모든 별들 중에서 제일 작았다. 가로등 하나와 가로등을 켜는 사람 한 명이 있을 정도의 공간밖에 없었다. 하늘 어딘가에, 집도 없고 사람도 살지 않는 별에 가로등 켜는 사람이 무슨 필요가 있는 것인지 어린 왕자는 아무리 생각해도 알 수가 없었다. 그렇지만 그는 이렇게 혼잣말을 했다.

"이 사람도 어리석은 사람인지 몰라. 그렇지만 내가 만났던 왕이나 잘난 체하는 사람, 또 사업가와 술고래처럼 그렇게 터무니없지는 않을 테지. 그래도 그가 하는 일에는 의미가 있어. 가로등에 불을 켜는 것은 별 하나를 더 반짝반짝 빛나게 하는 것과 같거나 꽃 한 송이를 피어나게 하는 것과 같으니까. 그가 가로등을 끄면 그 꽃이나 별은 잠들게 되겠지. 아름다운 직업이야. 아름다운 일이기 때문에 정말 유익할 테지."

어린 왕자는 그 별에 도착하자마자 가로등 켜는 사람에게 공손히 인사했다.

"안녕하세요. 방금 왜 가로등을 끄신 건가요?"

"명령이기 때문이야." 가로등 켜는 사람이 대답했다. "좋은 아침이야."

"무슨 명령인데요?"

"가로등을 끄라는 명령이지. 잘 자."

그는 다시 가로등 불을 켰다.

"지금은 왜 가로등을 다시 켰나요?"

"명령이야."

"무슨 말인지 모르겠어요."

"이해하지 못할 것도 없어. 명령은 명령인 거야. 좋은 아침."

가로등 켜는 사람은 그렇게 말하면서 또다시 가로등을 껐다. 그러고는 붉은 바둑판무늬 손수건으로 이마의 땀을 닦았다.

"나는 정말 힘든 직업을 가졌어. 전에는 괜찮았는데. 아침에 불을 끄고 저녁이면 불을 다시 켰지. 그래서 낮에는 쉬고 밤에는 잠을 잘 수 있었거든……"

"그때 이후로 명령이 바뀐 거군요?"

"명령은 바뀌지 않았어. 그게 비극이야! 이 별은 해마다 점점 빨리 돌고 있는데 명령은 바뀌지 않았단 말이야! 그래서 이제는 이 별이 1분마다 한 바퀴를 돌게 되었고, 1초도 쉴 틈이 없게 된 거야. 나는 1분마다 한 번씩 가로등 불을 켰다 껐다 해야 돼!"

"그것 참 이상하네요! 아저씨네 별에서는 하루가 1분이라니!"

"조금도 이상할 것 없어." 가로등 켜는 사람이 말했다. "우리가 지금 이야기하는 동안 한 달이라는 세월이 흘러갔어."

"한 달이라구요?"

"그래. 30분은 30일이 되는 거지! 잘 자."

그는 다시 가로등을 켰다.

어린 왕자는 명령에 충실한 가로등 켜는 사람이 좋아졌다. 의자를 뒤로 물리면 계속해서 석양을 볼 수 있는 곳을 찾아가던 지난날이 떠올랐다. 어린 왕자는 그를 돕고 싶었다.

"저, 나는 아저씨가 쉬고 싶을 때 쉴 수 있는 방법을 알고 있어요……"

"나는 늘 쉬고 싶어."

사람은 누구나 충실해질 수도 있고 게을러질 수도 있다.

어린 왕자가 계속해서 말했다.

"아저씨의 별은 아주 작으니까 세 발짝이면 한 바퀴를 돌 수 있어요.

천천히 걷기만 해도 늘 해를 볼 수 있지요. 쉬고 싶어지면 걷도록 하세요……. 그러면 아저씨가 원하는 만큼 낮이 계속될 거예요."

"그건 나에게 별로 도움이 안 되는군. 내가 원하는 것은 잠자는 거니까."

"그렇다면 안 됐네요."

"그래, 나는 정말 운이 없어. 좋은 아침이야."

그는 다시 가로등을 껐다.

'저 사람은,' 어린 왕자는 여행을 계속하면서 속으로 생각했다. '사람들에게서 비웃음을 살 거야. 왕이나 잘난 체하는 사람, 술꾼, 사업가 같은 사람들은 그를 경멸하겠지. 하지만 내가 보기에는 저 사람이 제일 착실한 사람 같아. 그건 저 사람이 자신은 제쳐 놓고 일만 생각하고 있기 때문이겠지.'

어린 왕자는 뭔가 아쉬운 듯 한숨을 쉬었다.

'내 친구가 될 수 있는 사람은 저 사람뿐이었어. 그렇지만 그의 별은 너무 작아. 두 사람이 있을 자리도 없으니 말이야…….'

어린 왕자가 자신의 생각을 그대로 말하지 않은 것은, 날마다 1,440번이나 아름답게 해가 지던 자신의 별을 떠나온 것을 아쉬워하고 있었기 때문이다.

15

여섯 번째 별은 막 다녀온 별보다 열 배나 더 컸다. 이 별에는 커다란 책을 쓰고 있는 노신사가 살고 있었다.

"오! 탐험가가 오는군!" 그는 어린 왕자가 오는 것을 보고 큰 소리로 외쳤다.

어린 왕자는 테이블에 걸터앉아 숨을 몰아쉬었다. 지금까지 너무 먼 거리를 여행했던 것이다.

"너는 어디서 왔니?" 노신사가 어린 왕자에게 물었다.

"그 두꺼운 책은 뭐죠?" 어린 왕자가 물었다. "여기서 뭘 하고 계세요?"

"나는 지리학자란다."

"지리학자가 뭘 하는 사람인데요?"

"바다, 강, 도시, 산 그리고 사막이 어디에 있는지 알고 있는 사람이지."

"그것 참 재미있군요. 정말 멋있는 직업을 가지고 계신 분을 만나게 됐군요."

어린 왕자는 지리학자의 별을 둘러보았다. 지금까지 보아 온 별 가운데 가장 장엄한씩씩하고 웅장하며 위엄 있고 엄숙한 별이었다.

"별이 참 아름답군요. 바다도 있나요?"

"그런 건 몰라." 지리학자가 대답했다.

"그래요! 그럼 산은 있나요?" 어린 왕자는 실망해서 되물었다.

"그것도 몰라."

"그럼 도시와 강과 사막은요?"

"그 역시 알 수 없는걸."

"할아버지는 지리학자잖아요!"

"그렇지. 하지만 나는 탐험가가 아니야. 도시나 강과 산, 바다와 태양과 사막을 세러 다니는 건 지리학자의 일이 아니거든. 지리학자는 중요한 일을 너무 많이 하기 때문에 그런 곳을 한가하게 돌아다닐 수가 없어. 책상을 떠날 수가 없단 말이야. 대신 서재로 탐험가들이 오면 여러 가지 질문을 하고 그들이 여행에 대해 기억하고 있는 것을 기록하는 거지. 탐험가가 기억해 내서 말한 것 가운데 흥미로운 게 있으면 지리학자는 그 탐험가가 양심적인지 아닌지를 조사하기도 해."

"왜 그렇게 하지요?"

"탐험가가 거짓말을 하면 지리학자의 책이 엉터리가 될 테니 말이야. 탐험가가 술을 너무 마셔도 그렇지. 술에 잔뜩 취한 사람에겐 모든 게 둘로 보이거든. 그렇게 되면 지리학자는 산이 하나밖에 없는 곳에다 산 두 개를 기록하게 될 지도 몰라."

"저는 어떤 사람을 알고 있는데 그는 나쁜 탐험가가 되겠네요."

"그럴 수도 있지. 그래서 지리학자는 탐험가가 양심적인 사람처럼 보이더라도 일단 그가 발견한 것에 대해 조사를 해 보는 거지."

"누가 그걸 보러 가나요?"

"아니, 보러 가지는 않아. 보러 가면 너무 번잡스러워지니까. 대신 증거를 요구하지. 예컨대 큰 산을 발견했다면 그 산에서 커다란 돌멩이 몇 개를 가져오라고 하는 거야."

"그런데 너는 멀리서 왔지? 그렇다면 너는 탐험가야! 너의 별에 대해 자세히 설명해 다오!"

지리학자는 갑자기 흥분해 큰 기록장을 펼쳐 놓고 연필을 깎았다. 탐험가의 이야기를 처음에는 연필로 적어 놓았다가 증거를 가져오면 그때서야 잉크로 쓰는 것이다.

"자, 어떤 곳이지?" 지리학자는 조급하게 물었다.

"제가 사는 별에는 별로 흥미로운 게 없어요. 아주 작거든요. 화산이 셋 있어요. 두 개는 활화산이고 하나는 사화산이지요. 사화산은 언제 폭발할지 몰라요."

"그건 알 수 없겠군."

"꽃도 한 송이 있어요."

"꽃은 기록하지 않아."

"왜죠? 그 꽃은 내 별에서 가장 아름다운 건데요!"

"꽃은 덧없는 것이니까."

"'덧없다'는 게 뭔가요?"

"지리책은," 지리학자가 대답했다. "세상에서 가장 중요한 책이야. 결코 유행을 타거나 하지 않아. 산이 옮겨 가거나 바닷물이 말라 버리거나 하지는 않으니까. 우리는 그렇게 영원히 변하지 않는 것만 기록해."

"하지만 사화산이 되살아날 수도 있잖아요." 어린 왕자가 말을 가로막았다. "'덧없다'는 게 뭐예요?"

"화산이 죽어 있든 살아 있든 우리에게는 마찬가지야. 우리에게 중요한 것은 산이야. 산은 변하지 않거든."

"그런데 '덧없다'는 건 무슨 뜻이죠?"

"그건 '곧 사라져 버릴 위험에 처해 있다'는 뜻이지."

"그럼 내 꽃도 곧 사라질 위험에 처해 있다는 건가요?"

"물론 그렇지."

'내 꽃이 덧없는 존재라니!' 어린 왕자는 속으로 생각했다. '내 꽃은 세상에 대항해 자기 몸을 보호할 수 있는 무기라고는 가시 네 개뿐이지. 그런데 나는 그 꽃을 혼자 내버려 두고 왔어!'

어린 왕자는 처음으로 후회하고 있었다. 그러나 그는 다시 용기를 냈다.

"이제 저는 어느 별을 방문하는 게 좋을까요?"

"지구라는 별로 가봐. 평이 좋은 곳이니까."

어린 왕자는 먼 곳에 두고 온 꽃에 대해 생각하면서 그 별을 떠났다.

이렇게 하여 일곱 번째로 방문한 별은 지구였다.

지구는 평범한 별이 아니었다! 그곳에는 111명의 왕(물론 흑인 나라의 왕을 포함해서), 7,000명의 지리학자, 90만 명의 사업가, 750만 명의 술꾼, 3억 1,100만 명의 잘난 체하는 사람, 다시 말해 20억 명쯤 되는 어른들이 살고 있었다.

전기가 발명되기 전까지는 여섯 대륙을 통틀어 가로등 켜는 사람이 46만 2,511명이나 필요했다고 하니 지구가 얼마나 큰지 여러분도 짐작할 수 있을 것이다.

좀 멀리 떨어진 곳에서 보면 그건 대단히 멋진 광경이었다. 그들이 무리지어 움직이는 모습은 오페라에서 춤추는 무희舞姬 춤을 잘 추거나 춤추는 것을 직업으로 하는 여자들처럼 질서 정연했다.

맨 처음 뉴질랜드와 오스트레일리아의 가로등 켜는 사람들이 불을 켜고 나서 잠을 자러 갔다. 다음에는 중국과 시베리아의 가로등 켜는 사람들이 춤곡춤을 출 때에 맞추어 추도록 연주하는 악곡에 발을 맞추며 나타났다가는 무대 뒤로 손을 흔들며 사라졌다. 그다음에는 러시아와 인도의 사람들이, 이어 아프리카와 유럽, 남아메리카와 북아메리카의 사람들이 차례로 무대에 나타났다가 사라졌다. 그들이 무대에 나타나는 순서를 바꾸는 일은 단 한 번도 없었다.

다만 북극에 하나밖에 없는 가로등을 켜는 사람과 남극에 하나밖에 없는 가로등을 켜는 사람만이 태평스럽게 지내고 있었다. 두 사람은 1년에 두 번만 바빴다.

재치를 부리려다 보면 때때로 거짓말을 하게 된다. 나는 가로등 켜는 사람에 대한 이야기를 했지만 내가 전적으로 정직했다고는 생각하지 않는다. 어쩌면 내가 말하는 이야기는 지구를 모르는 사람들에게 지구에 대한 잘못된 생각을 심어 줄지도 모른다. 그런 위험을 무릅쓰고 나는 대담하게 이야기할 수밖에 없다. 사람들이 지구에서 차지하는 자리란 사실 매우 좁다. 20억 명에 달하는 지구의 사람들이 어떤 큰 모임에 모일 때처럼 모두 어떤 장소에 밀집해 바짝 붙어 선다면 세로 20마일, 가로 20마일 크기의 광장에도 충분히 들어갈 수 있을 것이다. 태평양의 작은 섬 하나에 지구의 모든 사람을 차곡차곡 쌓아 올릴 수 있을지도 모른다.

이렇게 말하면 어른들은 물론 거짓말이라고 생각할 것이다. 자신들이 굉장히 넓은 장소를 차지하고 있는 것으로 생각하고 있기 때문이다. 어른들은 바오바브나무처럼 자신을 제일이라고 생각하고 있다. 그럴 때 여러분은 어른들에게 계산을 해 보라고 충고해야 한다. 어른들은 숫자를 숭배하기^{우러러 보기} 때문에 그런 말을 하면 무척 기뻐할 것이다. 그러나 여러분은 이런 쓸데없는 일로 시간을 낭비해서는 안 된다. 그것은 정말 불필요한 일이다.

어린 왕자는 지구에 왔을 때 사람이라고는 전혀 보이지 않아 무척 놀랐다. 다른 별에 잘못 찾아온 게 아닌가 걱정하기 시작했다. 그때 달빛을 띤 황금색 고리 모양의 물체가 반짝거리며 모래 위를 지나가고 있었다.

"안녕." 어린 왕자가 공손하게 인사했다.

"안녕." 뱀이 대답했다.

"여기는 무슨 별이지?" 어린 왕자가 물었다.

"여기는 지구야. 아프리카지." 뱀이 대답했다.

"그렇구나! 그런데 지구에는 사람이 살지 않는가 보지?"

"여긴 사막이야. 사막에는 아무도 없어. 지구는 커."

어린 왕자는 돌 위에 앉아 하늘을 쳐다보았다.

"하늘에서 별들이 환하게 빛나고 있는 것은 모두가 언젠가는 자신의 별을 찾아낼 수 있도록 하기 위한 것일까……. 내 별을 좀 봐. 바로 우리 머리 위에서 빛나고 있어……. 그런데 어쩌면 저렇게 멀까!"

"아름다운 별이구나. 그런데 여기엔 왜 온 거니?"

"어떤 꽃과 좀 다투었거든."

"아!" 뱀이 어이없다는 듯이 말했다.

얼마 동안 침묵이 흘렀다.

"사람들은 어디에 있지?" 이윽고 어린 왕자가 말문을 열었다. "사막이란 곳은 좀 쓸쓸한데……."

"사람들 사이에서도 외롭기는 마찬가지야." 뱀이 말했다.

어린 왕자는 그를 한참 동안 물끄러미 바라보았다.

"너는 아주 재미있게 생겼구나. 손가락처럼 가느다랗네……."

"그래도 나는 왕의 손가락보다도 강해."

이 말에 어린 왕자는 빙긋 웃었다.

"너는 그렇게 강하지 못해. 다리도 없잖아. 여행도 할 수 없고……."

"나는 어떤 배보다도 너를 먼 곳으로 데려다줄 수 있어."

뱀은 어린 왕자의 발목을 팔찌처럼 휘감으며 말했다.

"누구라도 내 몸에 닿으면 나는 그 사람을 태어난 땅으로 돌려보내 주지. 하지만 너는 순진하고 정직한 데다 다른 별에서 왔으니까……."

어린 왕자는 아무 말도 하지 않았다.

"너처럼 약한 애가 화강암으로 된 이 지구에 와 있는 것을 보니 가엾은 생각이 드는구나. 만일 네가 너의 별이 못 견디게 그리워져 돌아가고 싶어지면, 언젠가 너를 도와줄 수 있을 거야. 나는 할 수 있다니까……."

"아, 잘 알았어." 어린 왕자가 말했다. "그런데 너는 왜 그렇게 수수께끼 같은 말만 하니?"

"나는 무슨 문제든 해결할 수 있지." 뱀이 말했다.

다시 둘 사이에는 침묵이 흘렀다.

18

어린 왕자는 사막을 가로질러 갔으나 꽃 한 송이밖에 만나지 못했다. 꽃잎 세 장을 가진 볼품없는 꽃이었다.

"안녕." 어린 왕자가 인사했다.

"안녕." 꽃도 인사했다.

"사람들은 어디에 있지?" 어린 왕자가 상냥하게 물었다.

그 꽃은 어느 날 대상隊商 교통이 발달하지 않은 지방에서, 낙타나 말에 짐을 싣고 먼 곳으로 다니면서 특산물을 교역하는 상인의 무리가 지나가는 것을 본 적이 있었다.

"사람들?" 꽃이 대답했다. "예닐곱 사람 정도 있는 것 같아. 몇 년 전에 그들을 본 일이 있어. 하지만 지금은 어디에 있는지 몰라. 사람들은 바람을 따라 이리저리 밀려다니거든. 그들은 뿌리가 없기 때문에 살아가는 데 힘이 많이 들 거야."

"안녕, 잘 있어." 어린 왕자가 말했다.

"잘 가." 꽃이 대답했다.

19

그 뒤 어린 왕자는 높은 산 위로 올라갔다. 그때까지 그가 아는 산이라고는 무릎에 닿는 세 개의 화산이 고작이었다.

어린 왕자는 사화산을 돋움높아지도록 밑을 괴는 물건으로 곧잘 사용했었다.

'이렇게 높은 산에서는 이 별과 이 별에 사는 모든 사람을 한눈에 볼 수 있겠지…….' 어린 왕자는 속으로 생각했다.

그러나 바늘처럼 뾰족뾰족한 산봉우리만 보일 뿐이었다.

"안녕." 어린 왕자가 상냥하게 인사했다.

"안녕…… 안녕…… 안녕……." 메아리가 여기저기서 대답했다.

"너는 누구지?" 어린 왕자가 물었다.

"너는 누구지…… 너는 누구지…… 너는 누구지……." 메아리가 대답했다.

"내 친구가 되어 줘. 나는 외로워." 어린 왕자가 말했다.

"나는 외로워…… 나는 외로워…… 나는 외로워……." 메아리가 대답했다.

'참 이상한 별이야! 건조하고 뾰족하고 험악한 곳이야. 게다가 사람들은 상상력이 없어서 남이 한 말을 그대로 따라 하고……. 내 별에는 꽃이 있었지. 그 꽃은 늘 나에게 먼저 말을 걸어왔는데…….'

어린 왕자가 모래와 바위와 눈을 헤치고 얼마 동안 걸어가자 마침내 길 하나가 나타났다. 길은 사람들이 사는 곳으로 통하게 마련이다.

"안녕." 어린 왕자가 인사했다.

어린 왕자는 장미가 가득 피어 있는 정원에 서 있었다.

"안녕." 장미꽃들이 대답했다.

어린 왕자는 장미꽃들을 뚫어지게 바라보았다. 놀랍게도 이 꽃들은 자신의 꽃과 쏙 빼닮았다.

"너희는 누구니?" 어린 왕자가 놀라며 물었다.

"우리는 장미꽃이야." 장미들이 대답했다.

어린 왕자는 슬퍼졌다. 멀리 두고 온 그의 꽃은 이 세상에 자기 같은 꽃은 오직 하나뿐이라고 뽐내지 않았던가. 그런데 이 정원에는 똑같은 꽃이 5,000송이 넘게 가득 피어 있지 않은가!

'내 꽃이 이 모습을 보면 몹시 괴로워할 거야.' 어린 왕자는 속으로 생각했다.

'터무니없는 이야기로 비웃음을 사지 않으려고 기침을 지독히 해 대면서 죽어 가는 시늉을 하겠지. 내가 그 꽃을 살려 놓기 위해 간호해 주는 척이라도 하지 않으면 나의 오만한 콧대를 꺾어 주려고 정말로 죽어 버릴지도 몰라……'

어린 왕자는 이런 생각도 했다.

'나는 이 세상에서 하나밖에 없는 꽃을 가진 부자인 줄 알았어. 하지만 내가 가진 장미는 흔한 꽃이었어. 흔해 빠진 장미꽃 한 송이와 무릎 높이밖에 되지 않는 화산 세 개……. 그중 하나는 완전히 불이 꺼져 버린 화산일지도 몰라……. 겨우 이런 것들을 가지고 어떻게 위대한 왕자가 되겠어……'

어린 왕자는 풀밭에 엎드려 흐느껴 울었다.

21

여우가 나타난 것은 바로 그때였다.

"안녕." 여우가 인사했다.

"안녕." 어린 왕자도 공손하게 인사하며 주위를 돌아보았으나 아무것도 보이지 않았다.

"나는 여기에 있어. 사과나무 아래야." 조금 전의 그 목소리가 들렸다.

"너는 누구니? 참 예쁘게 생겼구나." 어린 왕자가 물었다.

"나는 여우야."

"이리 와 함께 놀자. 나는 지금 우울하거든……." 어린 왕자가 말했다.

"나는 너와 함께 놀 수 없어. 나는 길들여져 있지 않거든."

"아! 그러니." 어린 왕자는 잠깐 생각하다가 다시 말했다.

"'길들인다'는 게 무슨 말이니?"

"너는 여기 사는 애가 아니구나. 네가 찾고 있는 게 뭐지?"

"사람들을 찾고 있어. 그런데 '길들인다'는 게 무슨 뜻이지?"

"사람들은 총을 가지고 사냥을 하지. 정말 질색이야. 사람들은 닭도 길러. 그런 것들이 유일한 관심사야. 너, 닭을 찾고 있는 거니?"

"아니야. 나는 친구들을 찾고 있어. '길들인다'는 게 무슨 뜻이니?"

"'길들인다'는 말은 너무 소홀하게 여겨지고 있지만, '관계를 맺는다'는 뜻이야."

"관계를 맺다니?"

"그래. 나에게 너는 수많은 다른 소년과 다를 바 없는 소년에 지나지 않아. 너에게도 나는 수많은 다른 여우와 다를 바 없는 여우에 지나지 않을 테지. 그래서 나는 네가 없어도 괜찮아. 너 또한 내가 없어도 괜찮을 거야. 하지만 네가 나를 길들인다면 우리는 서로를 필요로 하게 돼. 나에게 너는 세상에 오직 하나밖에 없는 존재가 되는 거고, 나 역시 너에게 이 세상에 단 하나뿐인 존재가 되는 거야……."

"이제 좀 알 것 같아. 꽃이 하나 있는데……. 그 꽃이 나를 길들인 것 같아……." 어린 왕자가 자신의 꽃에 대한 생각을 말했다.

"그럴 수도 있지." 여우가 말했다. "지구에서는 온갖 일들이 다 일어나니까……."

"하지만 이건 지구에서의 일이 아니야."

여우는 어리둥절한 표정이었지만 무척 알고 싶어 하는 기색이었다.

"그럼 다른 별에서의 일이라는 거야?"

"응."

"그 별에도 사냥꾼들이 있니?"

"아니, 없어."

"그거 이상하네! 그럼 닭은?"

"닭도 없어."

"완전한 곳은 아니군." 여우는 한숨을 내쉬고는 하던 이야기로 다시 돌아왔다.

"내 생활은 아주 단조로워. 나는 닭을 사냥하고 사람들은 나를 사냥하지. 닭은 다 비슷하고 사람들도 모두 비슷해. 그래서 나는 좀 지루해. 하지만 네가 나를 길들인다면 내 삶은 환하게 바뀔 거야. 나는 네 발자국 소리와 다른 발자국 소리를 구별하게 되겠지. 다른 사람들의 발자국 소리를 들으면 나는 땅 밑으로 기어들어 가겠지만, 네 발자국 소리를 들으면 음악이라도 들은 것처럼 굴에서 뛰어나올 거야. 저길 봐. 푸른 밀밭이 보이지? 나는 빵을 먹지 않으니까 밀밭을 봐도 아무것도 떠오르지 않아.

서글픈 일이지. 하지만 넌 금빛 머리칼을 가졌어. 네가 나를 길들인다면 황금색 밀을 보고 너를 떠올리게 되겠지. 그러면 나는 밀밭을 일렁이며 지나가는 바람 소리조차도 사랑하게 될 거야…….”

여우는 말을 멈추고 어린 왕자를 한참 동안 넋을 잃고 쳐다보더니 “부탁이야……. 나를 길들여 줘!” 하고 말했다.

“나도 그러고 싶어. 하지만 시간이 별로 없어. 친구를 찾아야 하고 알아봐야 할 일도 많거든.”

“사람들은 이미 길들인 것 이외에는 아무것도 몰라. 그들은 지금 무얼 알 시간이 없어. 그래서 상점에서 이미 만들어져 있는 것을 사지. 그런데 우정을 파는 상점이 없으니 사람들에게는 친구가 없는 거야. 친구가 필요하다면 나를 길들여 줘…….”

“너를 길들이려면 어떻게 해야 하는 거지?” 어린 왕자가 물었다.

“인내심이 필요해. 우선 나와 좀 떨어져서 풀숲에 앉아 있어. 나는 너를 곁눈질할 거야. 너는 아무 말도 하지 마. 말은 오해만 불러일으키니까. 그냥 날마다 조금씩 나한테 더 가까이 다가앉는 거야…….”

다음 날 어린 왕자는 다시 그곳으로 갔다.

“언제나 같은 시각에 찾아오는 게 더 좋을 거야. 이를테면 네가 오후 4시에 온다면 난 3시부터 행복해질 거야. 시간이 갈수록 점점 더 행복해지겠지. 4시가 되면 나는 안절부절못할지도 몰라. 너는 행복에 가득 찬 내 모습을 보게 되겠지. 하지만 네가 아무 때나 온다면 나는 언제 너를 맞을 마음의 준비를 해야 할지 알 수 없게 돼……. 그러니까 적절한 ‘의례’를 지켜야 해. 뭔가 정해 놓을 필요가 있는 거지.”

“‘의례’란 게 뭐지?”

“그것도 다들 아무렇게나 잊고 지내는 것 중의 하나야. 그건 어느 하루를 다른 날들과 다르게 만들고, 어느 한 시간을 다른 시간들과 다르게 만드는 것을 의미해. 예컨대 나를 쫓는 사냥꾼에게도 '의례'가 있어. 사냥꾼들은 매주 목요일에는 마을의 처녀들과 춤을 춰. 덕분에 목요일은 나에게 신나는 날이 되었어! 이날만 되면 나는 포도밭까지도 산책을 나갈 수 있지. 하지만 사냥꾼들이 아무 때나 춤을 춘다면, 그날이 그날일 테니까 나에게는 하루도 휴가가 없게 되는 거야."

어린 왕자는 여우를 길들여 친구로 삼았다. 어린 왕자가 떠날 시간이 가까워지자 여우는 "나는 울 것만 같아." 하고 말했다.

"그건 네 탓이야. 나는 너를 괴롭히고 싶지 않았어. 하지만 길들여 달라고 한 건 너야……."

"그건 그래." 여우가 말했다.

"그런데 너 울려고 하잖아!" 어린 왕자가 말했다.

"그래." 여우가 말했다.

"그러기에 이런 일이 너에게 무슨 소용이 있는 거니!"

"그렇지 않아. 소용이 있어. 황금색 밀밭을 보면 너를 생각할 테니까." 여우는 계속 말을 이었다. "한 번 더 장미꽃들을 보러 가 봐. 네 장미꽃이 이 세상에 단 하나뿐이라는 걸 깨닫게 될 거야. 그때 다시 돌아와서 나에게 작별 인사를 해 줘. 그러면 선물로 비밀을 가르쳐 줄게."

어린 왕자는 또 한 번 장미꽃을 보러 갔다.

"너희는 내 장미와 전혀 달라." 어린 왕자가 말했다. "나에게 너희는 아무 의미도 없어. 아무도 너희를 길들이지 않았고 너희 역시 아무도 길들이지 않았기 때문이야. 너희는 나와 처음 만났을 때의 내 여우와 같아. 내 여우도 수많은 다른 여우와 다를 바 없는 여우였어. 하지만 나는 여우를 길들여 친구로 삼았지. 이제 그 여우는 이 세상에 단 하나밖에 없는 여우가 되었지."

이런 말을 듣자 장미꽃들은 어쩔 줄 몰라 했다.

"너희는 아름답지만 속은 텅 비어 있어." 어린 왕자가 말을 이었다. "어느 누구도 너희를 위해 죽을 생각은 없을 거야. 나의 장미꽃도 지나가는 사람들에게는 너희처럼 보이겠지. 내 것이 된 그 장미꽃 말이야. 그러나 먼 곳에서 혼자 있는 내 장미꽃 한 송이가 너희 수천 송이 장미꽃 전부보다 훨씬 소중해. 내가 물을 주고 유리 덮개를 씌워 준 꽃이니까. 울타리를 씌워 바람도 막아 주었기 때문이지. 쐐기벌레를 잡아 준 것도(그러나 나비가 되라고 두세 마리는 남겨 두었지), 불평하거나 자랑하는 것을 들어 준 것도, 심지어 침묵을 지킬 때 이해해 준 것도 그 꽃이 내 장미꽃이기 때문이야."

어린 왕자는 여우에게로 돌아갔다.

"잘 있어." 어린 왕자가 말했다.

"잘 가." 여우가 말했다. "이제 내 비밀을 말해 줄게. 아주 단순한 거야. 마음으로 봐야만 제대로 볼 수 있다는 거야. 정말 중요한 것은 눈에 보이지 않아."

"중요한 것은 눈에 보이지 않는다." 어린 왕자는 잊어버리지 않으려고 따라서 말했다.

"네 장미가 그토록 소중한 건 그 꽃에 바친 시간 때문이지."

"내 장미를 위해 바친 시간 때문이라……." 어린 왕자는 또 잊지 않기 위해 되풀이해서 말했다.

"사람들은 이 사실을 잊어버리고 말았어. 하지만 너는 그걸 잊어서는 안 돼. 너는 네가 길들인 것에 대해 끝까지 책임을 져야 하는 거야. 너는 네 장미를 책임져야 해……."

"나는 내 장미를 책임져야 해……." 그 말을 기억하기 위해 어린 왕자는 따라서 말했다.

22

"안녕하세요." 어린 왕자가 인사했다.

"안녕." 철도 전철 기사가 대답했다.

"여기서 무슨 일을 하고 있어요?" 어린 왕자가 물었다.

"기차 승객들을 1,000여 명씩 나눠 보내는 일을 하고 있지." 전철 기사가 말했다. "기차를 어느 때는 오른쪽으로, 어느 때는 왼쪽으로 보내는 거지."

불을 환하게 밝힌 급행열차 한 대가 천둥소리를 내며 전철 기사의 조종실을 뒤흔들며 지나갔다.

"저 사람들은 굉장히 바쁘군요. 무엇을 찾고 있는 건가요?"

"나도 몰라."

그러자 불을 환하게 밝힌 두 번째 급행열차가 엄청난 소리를 내며 반대 방향으로 달려갔다.

"그들이 벌써 돌아오는 건가요?" 어린 왕자가 물었다.

"이 사람들은 아까 그 사람들이 아니야." 전철 기사가 대답했다. "이건 아까 그 기차와 서로 엇갈려 가고 있는 거야."

"그들은 자신이 있던 곳이 마음에 들지 않았나 보지요?" 어린 왕자가 물었다.

"사람들은 자기가 있는 자리를 마음에 들어 하지 않는단다." 전철 기사가 대답했다.

불을 환하게 밝힌 세 번째 급행열차가 우렁차게 지나갔다.

"저 사람들은 조금 전의 승객들을 뒤쫓아 가고 있나 보지요?" 어린 왕자가 물었다.

"뒤쫓아 가고 있는 게 아니야." 전철 기사가 대답했다. "기차 안에서 자고 있지 않으면 하품하고 있을 거야. 어린아이들만이 유리창에 코를 납작 대고 바깥을 내다보지."

"어린아이들만이 자기가 무얼 찾고 있는지를 알고 있는 거로군요. 아이들은 누더기 같은 인형과 함께 시간을 보내지요. 인형은 아이들에게 아주 소중한 것이에요. 그래서 누가 인형을 빼앗으면 아이들은 울게 되지요……."

"아이들은 행복하단다." 전철 기사가 말했다.

23

"안녕하세요." 어린 왕자가 인사했다.

"어서 오너라." 장사꾼이 대답했다.

이 장사꾼은 갈증을 없애는 특효약을 팔고 있었다. 일주일에 한 알만 먹으면 그 후로는 아무것도 더 마시고 싶지 않게 된다고 했다.

"왜 그런 약을 파는 거죠?" 어린 왕자가 물었다.

"이 약을 먹으면 엄청난 시간을 아낄 수가 있게 되거든. 전문가들의 계산으로는 일주일에 53분이나 절약할 수 있다고 해."

"그럼 절약한 53분으로 무엇을 하지요?"

"뭐든 하고 싶은 것을 하지……."

'나보고 만일 그 53분을 마음대로 쓰라고 하면 나는 시원한 물이 솟아

오르는 샘을 향해 천천히 걸어갈 텐데…….'

어린 왕자는 속으로 생각했다.

24

내 비행기가 사막에서 고장을 일으킨 지 8일째 되는 날이었다. 나는 마지막으로 남겨 두었던 물을 마시면서 장사꾼에 대한 이야기를 들었다.

"네 이야기들은 정말 재미있구나." 나는 어린 왕자에게 말했다. "하지만 나는 아직도 비행기를 고치지 못했고 마실 물도 없어. 시원한 물이 있는 샘으로 한가하게 걸어갈 수 있다면 얼마나 좋을까!"

"내 친구 여우는……." 어린 왕자가 나에게 말을 꺼냈다.

"이봐, 꼬마 친구, 여우와 관련된 이야기는 더 이상 꺼내지 마!"

"왜 하면 안 되나요."

"지금 목이 말라 죽을 지경이라니까……."

어린 왕자는 내 말뜻을 몰라서 이렇게 대답했다.

"사람이 죽을 지경에 처해 있다 할지라도 친구를 가졌다는 것은 다행스런 일이에요. 나는 여우 친구가 있다는 게 정말 기뻐요……."

'이 꼬마는 지금 얼마나 위험한 상황인지 모르는군.' 나는 속으로 중얼거렸다. '이 아이는 배가 고프지도, 목이 마르지도 않은 거야. 햇볕만 조금 내리쬐면 충분한가 보군.'

어린 왕자가 잠자코 나를 지켜보더니 내 속마음을 읽은 듯이 이렇게 말하는 것이었다.

"저도 목이 말라요. 우물을 찾으러 가요……."

나는 몹시 지쳐 있는 시늉을 했다. 이런 끝없는 사막 한가운데서 무턱

대고 우물을 찾아 나선다는 것은 어리석기 짝이 없는 일이었다. 그렇지만 우리는 걷기 시작했다.

몇 시간 동안 터덜터덜 걷다 보니 어둠이 내리고 별들이 하나둘 반짝였다. 나는 갈증 때문에 열이 오르기 시작했다. 별을 바라보았다. 마치 꿈속에서 별을 보는 것 같았다. 조금 전에 어린 왕자가 한 말들이 기억 속에서 가물거렸다.

"너도 물이 먹고 싶니?" 나는 어린 왕자에게 물어보았다.

그러나 그는 내 질문에는 대답하지 않고 다만 이렇게 말했다.

"물은 마음에게 좋을지도 몰라……."

나는 그가 왜 이런 말을 하는지 이해할 수 없었다. 그러나 나는 묻지 않고 입을 다물었다. 내가 되묻는다고 해도 속 시원한 대답이 나오리라고는 생각지 않았다.

어린 왕자는 지쳐서 주저앉았다. 나도 어린 왕자 곁에 앉았다. 침묵을 지키고 있던 그가 다시 입을 열었다.

"별들이 아름다운 것은 보이지 않는 꽃 한 송이 때문이에요."

"맞아, 정말 그래." 나는 이렇게 대답하고는 더 이상 아무 말도 하지 않고 달빛 아래 펼쳐져 있는 모래 언덕을 바라보았다.

"사막은 아름다워요." 어린 왕자가 말했다.

그건 사실이었다. 나도 사막을 좋아했다. 모래 언덕 위에 앉아 있으면 아무것도 보이지 않고 아무 소리도 들리지 않았다. 그러나 그 침묵 속에 무엇인가 빛나는 것이 있었다.

"사막이 아름다운 건 어딘가에 우물을 감추고 있기 때문이에요." 어린 왕자가 말했다.

나는 흠칫 놀랐다. 나는 사막의 모래가 신비롭게 빛나는 까닭이 무엇인지를 문득 깨달았던 것이다. 어렸을 때 내가 살던 낡은 집만 해도 그랬다. 다들 그 집에 보물이 감춰져 있다고 했다. 물론 아무도 그것을 발견한 사람은 없었다. 또 그것을 찾으려고 해 본 사람도 없었다. 그 보물로 인해 우리 집 전체가 묘한 마술에 걸려 있는 듯 했다. 우리 집은 마음속 깊숙이 비밀을 감추고 있었던 것이다…….

"그래." 나는 어린 왕자에게 말했다. "집이든 별이든 사막이든 그것을 아름답게 하는 것은 눈에 보이지 않는 어떤 것 때문일 거야!"

"너무 기뻐요." 어린 왕자가 말했다. "아저씨가 내 친구 여우와 같은 말을 하는 것을 들으니 너무 기쁘네요."

어린 왕자가 잠이 들어 나는 그를 품에 안고 걸었다. 나는 크게 감동되어 가슴이 뭉클해짐을 느꼈다. 나는 마치 깨지기 쉬운 보물을 안고 가는 것 같았다. 그보다 더 연약한 게 이 지구에는 없을 것 같았다. 창백한 이마, 감은 눈, 바람에 날리는 머리카락을 달빛 아래에서 바라보며 나는 생각했다. '지금 내가 보고 있는 것은 껍데기에 불과해. 중요한 것은 눈에 보이지 않아.'

어린 왕자의 살짝 벌어진 입술에 희미한 미소가 어리는 것을 보며 나는 또 생각했다.

'여기 잠들어 있는 어린 왕자에게 내가 이렇게까지 감동하는 것은 꽃 한 송이에 대한 그의 진지한 마음 때문이야. 잠들어 있을 때조차 그의 가슴속에는 램프의 불꽃처럼 장미꽃 한 송이가 빛나고 있어…….'

이렇게 생각하니 어린 왕자가 더욱 더 연약하게 느껴졌다. 나는 어린 왕자가 마치 한 줄기 바람만 불어와도 꺼져 버릴 듯한 등불처럼 느껴져서 그를 더욱 소중히 보호해야겠다는 생각이 들었다…….

이런 생각을 하며 걷다 보니 동이 트기 시작했고 나는 우물을 발견했다.

어린 왕자가 말했다. "사람들은 급행열차를 타고 가면서도 그들이 무엇을 찾고 있는지 몰라요. 그래서 그들은 급하게 돌아다니고 공연히 흥분해서 여기저기 돌고 또 도는 거지요……."

어린 왕자는 덧붙여 말했다.

"그건 다 부질없는 짓이에요……."

우리가 찾은 우물은 사하라 사막의 여느 우물과는 달랐다. 모래에 파놓은 구멍이 아니라 마치 마을에 있는 우물 같았다. 그러나 주위에는 마을 같은 것은 전혀 없었다. 나는 꿈을 꾸고 있는 게 아닌가 생각했다.

"이건 정말 이상해." 나는 어린 왕자에게 말했다. "모든 것이 다 갖추어져 있잖아. 도르래_{바퀴에 홈을 파고 줄을 걸어서 돌려 물건을 움직이는 장치}도, 두레박_{줄을 길게 달아 우물물을 퍼 올리는 데 쓰는 도구}도, 밧줄도……."

어린 왕자는 웃으면서 줄을 잡고 도르래를 움직였다. 그러자 오랫동안 바람을 잊고 있었던 바람개비처럼 도르래가 마치 신음하듯 삐걱거리며 돌아갔다.

"이 소리가 들리세요?" 어린 왕자가 말했다. "우리가 잠을 깨우니까 이 우물이 노래를 하네요."

줄을 잡아당기는 일로 어린 왕자를 힘들게 하고 싶지는 않았다.

"내가 할게. 너한테는 너무 무거워."

나는 두레박을 천천히 우물 가장자리로 들어 올렸다. 이렇게 물을 퍼 올리느라 피곤했지만 마음은 무척 흐뭇했다. 도르래의 노랫소리가 여전히 귓전을 맴돌고 있었고, 출렁이는 물에는 햇살이 일렁이고 있었다.

"목이 말라요. 마실 물을 조금만 줘요." 어린 왕자가 말했다.

나는 두레박을 어린 왕자의 입술에 갖다 댔다. 그는 눈을 지그시 감고 물을 마셨다. 물은 축제날의 음식처럼 맛이 있었다. 이 물은 정말 보통 음식과는 달랐다. 이 물이 이토록 맛있는 것은 별빛 아래서 밤길을 걸어왔고 도르래의 노랫소리를 들으며 내 두 팔로 길어 올린 물이었기 때문이다. 이 물은 마치 선물처럼 마음을 흐뭇하게 해 주었다. 내가 아주 어렸을 때 크리스마스트리에는 불빛이 반짝반짝 빛나고, 자정 미사가톨릭에서, 예수의 최후의 만찬을 기념하여 행하는 제사 의식의 성가 음악이 흐르고, 사람들이 다정스럽게 미소 지을 때 그랬듯이 눈부신 선물을 받는 것 같았다.

　"아저씨가 사는 별의 사람들은 정원에 장미꽃을 5,000송이나 가꾸지만 그들은 그 정원에서 무엇을 찾고 있는지 알지 못해요."

　"그래, 그들은 모르고 있어." 나는 대답했다.

　"꽃 한 송이나 물 한 모금에서도 그들이 찾고 있던 것을 볼 수도 있을 텐데……."

　"그래, 그건 그래" 나는 대꾸했다.

　그러자 어린 왕자가 말했다.

　"하지만 눈으로는 아무것도 볼 수 없어요. 마음으로 봐야지요."

　나도 물을 마셨다. 그제야 좀 살 것 같았다. 동틀 무렵이 되자 모래가 벌꿀 빛깔을 띠었다. 그 벌꿀 빛 모래를 바라보면서 행복을 느꼈다.

　"약속을 지켜줘요." 어린 왕자는 내 옆에 와 앉으며 조용히 말했다.

　"무슨 약속?"

　"내 양에게 입마개를 씌워 준다고 했지요? 나는 내 꽃을 책임져야 해요……."

　나는 주머니에서 대충 그려 두었던 그림을 꺼냈다. 어린 왕자는 그림을 보고 웃었다.

"아저씨가 그린 바오바브나무들은 양배추랑 비슷해요……."

"오! 그건 너무해."

나는 적어도 바오바브나무 그림만은 잘 그렸다고 자부하고 있었던 것이다.

"이것은 여우 같아요. 여우 귀가 꼭 뿔처럼 생겼네. 너무 길어요."

이렇게 말하면서 어린 왕자는 또 웃었다.

"어린 왕자, 그건 너무 해." 나는 말했다. "보아 구렁이의 배 속 아니면 겉모습밖에 그릴 줄 몰라서 그래."

"아, 그건 괜찮아요. 아이들은 이해할 테니까요."

그래서 나는 연필로 입마개를 그렸다. 그것을 어린 왕자에게 줄 때 가슴이 미어지는 것 같았다.

"너는 내가 모르는 뭔가를 하려고 하는구나." 내가 말했다.

어린 왕자는 내 말에는 대답하지 않고 이렇게 말했다.

"제가 지구에 온 지……. 내일이면 꼭 1년이 돼요."

이렇게 말하고는 잠자코 있다가 다시 말을 이었다.

"바로 이 근처에 내려왔었지요."

어린 왕자는 얼굴을 붉혔다.

나는 왠지 모르게 슬픔에 사로잡혔다. 그때 한 가지 질문을 하고 싶은 생각이 들었다.

"일주일 전 내가 너를 처음 만났던 날 아침 너는 사람이 사는 지역에서 1,000마일이나 떨어진 곳에서 혼자 걷고 있었는데 그것은 우연한 일이 아니었군. 네가 내려왔던 곳으로 돌아가고 있던 중이었니?"

어린 왕자는 다시 얼굴을 붉혔다.

그래서 나는 머뭇거리며 말을 이었다.

"기념일이어서 그랬던 거지?"

어린 왕자는 또 한 번 얼굴을 붉혔다. 어린 왕자는 아무런 대답도 하지 않았다. 하지만 얼굴을 붉힌다는 것은 '그렇다'는 뜻이 아닐까?

"아, 약간 두려워지는군……."

어린 왕자는 나의 말을 가로막았다.

"아저씨는 비행기로 돌아가 일을 하세요. 나는 여기서 아저씨를 기다릴게요. 내일 저녁에 다시 여기서 만나요……."

나는 안심이 되지 않았다. 문득 여우가 한 말이 생각났다.

'길들여진 사람은 울 각오를 해야 한다.'

26

우물 옆에 무너진 낡은 돌담이 있었다. 다음 날 저녁 내가 일을 마치고 돌아오면서 보니 어린 왕자가 그 위에 앉아 다리를 늘어뜨리고 있었다. 그리고 어린 왕자가 이렇게 말하는 소리가 들렸다.

"기억하지 못하는구나. 여기가 아니야."

누군가가 대답한 게 틀림없었다. 어린 왕자가 또 이렇게 대꾸했으니까.

"그래, 그래! 바로 오늘이야. 하지만 여기는 아니야."

나는 담 쪽으로 걸어갔다. 가까이 걸어갔지만 아무것도 보이지 않았고, 들리는 소리도 없었다. 그러나 어린 왕자는 여전히 대꾸하고 있었다.

"……물론이지. 모래 속에 내 발자국이 어디에서부터 시작되는지 봐 둬. 거기에서 나를 기다리면 돼. 오늘 밤 그리로 갈게."

나는 담에서 겨우 20미터쯤 떨어진 거리에 있었지만 눈에 띄는 것은 없었다.

잠시 동안 말이 없더니 다시 어린 왕자의 목소리가 들렸다.

"네 독은 효과가 있는 거니? 나를 오랫동안 아프게 하지 않을 자신이 있니?"

나는 우뚝 멈춰 섰다. 가슴이 찢어지는 것 같았다. 나는 무슨 말들이 오고 가는지 알 수가 없었다.

"자, 이제 가 봐." 어린 왕자가 말했다. "담에서 내려갈 거야."

그때 나는 담 밑을 내려다보다가 기겁을 했다. 30초면 사람의 목숨을 끊을 수 있는 노란 뱀 한 마리가 어린 왕자를 향해 머리를 쳐들고 있었던 것이다. 나는 권총을 꺼내려고 주머니를 마구 뒤적였다. 내가 달려가는 발소리를 들은 뱀은 샘물의 꺼지는 물보라처럼 모래 위로 스르르 미끄러져 가더니 가벼운 금속성 소리를 내며 돌담으로 사라져 버렸다.

나는 담 밑으로 가서 하얗게 질린 어린 왕자를 품에 받아 안았다.

"도대체 어떻게 된 일이야? 왜 뱀과 이야기를 하고 있는 거지?"

나는 그가 늘 목에 두르고 있던 금빛 머플러를 느슨하게 해 주었다. 나는 어린 왕자의 관자놀이 귀와 눈 사이의 맥박이 뛰는 곳에 물을 축이고 물을 마시게 했다. 하지만 더 이상 무엇을 물어볼 엄두는 나지 않았다. 어린 왕자는 나를 진지하게 쳐다보다가 두 팔로 내 목을 끌어안았다. 총에 맞아 죽어 가는 새처럼 그의 심장이 가늘게 뛰는 게 느껴졌다.

"엔진 고장 문제를 해결하게 돼서 기뻐요. 이젠 집에 돌아가실 수 있겠네요……."

"어떻게 알았지?"

나는 가망이 없어 보이던 것을 고치는 데 성공했다고 그에게 막 알리려던 참이었다.

어린 왕자는 묻는 말에는 대답하지 않고 이렇게 말했다.

"저도 오늘 집으로 돌아가려고 해요······."

그러고는 슬픈 듯이,

"훨씬 더 멀고······. 더 힘들겠지만······."

어린 왕자에게 뭔가 심상치 않은 일이 일어나고 있는 게 틀림없었다. 그래서 나는 어린 왕자를 품 안에 꼭 껴안았다. 그러는 사이에도 나는 어린 왕자가 걷잡을 수 없는 깊은 심연深淵 좀처럼 빠져나오기 힘든 구렁 속으로 빠져들어 가고 있는 것만 같았다.

"나한테는 아저씨가 그려 준 양이 있구요. 양이 살 수 있는 상자도 있고, 입마개도 있고······."

어린 왕자가 쓸쓸히 미소 지었다. 나는 오랫동안 어린 왕자를 지켜보았다. 그가 조금씩 기운을 차리는 것 같았다.

"꼬마 신사 나리," 나는 어린 왕자에게 말했다. "두려워하고 있구나······."

어린 왕자는 분명히 겁을 먹고 있었지만 빙긋이 웃었다.

"오늘 밤엔 더 무서울 거예요."

이제는 돌이킬 수 없는 어떤 일이 일어나고 있다는 생각이 들자 온몸이 얼어붙는 듯했다. 어린 왕자의 웃음소리를 더 이상 들을 수 없겠구나 하는 생각을 하니 더욱 견딜 수 없을 것 같았다. 어린 왕자의 웃음소리는 내게 사막의 우물 같은 것이었다.

"나는 네 웃음소리를 다시 한 번 듣고 싶어."

그러자 어린 왕자는 나에게 이렇게 말했다.

"오늘 밤이면 제가 여기 온 지 꼭 1년이 돼요······. 작년에 내가 지구에 내려왔던 곳 바로 위에 내 별이 나타날 거예요······."

"뱀이니 만날 장소니 별이니 하는 이야기는 모두 터무니없는 얘기지, 그렇지······."

어린 왕자는 내 질문에는 대답하지 않고 이렇게 말했다.

"중요한 것은 눈에 보이지 않아요…….."

"그래, 나도 알고 있어…….."

"꽃도 마찬가지예요. 아저씨가 어떤 별에 있는 꽃 한 송이를 사랑한다면 밤에 하늘을 올려다보는 일이 무척 즐거울 거예요. 모든 별에 꽃이 피어 있을 테니까…….."

"나도 알고 있어."

"물도 그래요. 아저씨가 우물에서 물을 퍼 올려 줄 때 도르래랑 두레박 줄의 삐그르르 하는 소리 때문에 마치 음악을 듣는 것 같았어요. 그래서 물맛도 참 좋았지요."

"응, 그랬지…….."

"밤이 되면 아저씨는 별들을 바라보겠죠. 내 별은 너무 작아서 어디 있는지 가리킬 수는 없어요. 그 편이 더 나을지도 몰라요. 아저씨한테는 여러 별들 중의 하나가 곧 내 별이 될 테니까요. 그럼 아저씨는 하늘에 있는 어떤 별을 바라보든 즐거워질 거예요…….. 그 별들이 다 아저씨의 친구가 되는 셈이니까요. 아저씨에게 드릴 선물이 하나 있어요…….."

어린 왕자가 또 웃었다.

"아, 나의 어린 왕자! 나는 네 웃음소리가 듣고 싶어."

"그게 바로 제 선물이에요…….. 우리가 우물의 물을 마신 것처럼 말이에요."

"그게 무슨 말이지?"

"사람들은 제각기 자신들의 별을 가지고 있지요." 어린 왕자가 대답했다. "그러나 사람마다 다르듯이 별을 바라보는 눈도 가지각색이지요. 여행하는 사람에겐 별이 길잡이가 되지만, 어떤 사람에겐 그저 조그만 빛에 불과하죠. 학자에게는 별이 연구 과제가 되지만 내가 만난 사업가는 별을 돈으로 알고 있어요. 하지만 이 모든 별은 아무런 말이 없어요. 오직 아저씨만이 어느 누구도 가지지 못한 별을 가지게 될 거예요."

"그게 무슨 말이지?"

"그 별들 중의 하나에서 나는 살게 될 거예요. 그 중의 한 별에서 나는 웃고 있을 거구요……. 그래서 아저씨가 밤에 하늘을 바라보면 모든 별이 웃고 있는 것처럼 보일 거예요. 오직 아저씨만 웃을 수 있는 별들을 가지게 되는 거지요."

어린 왕자는 다시 웃었다.

"아저씨의 슬픔이 가라앉고 나면(시간이 흐르면 모든 슬픔은 사라지지요.) 나를 알게 된 것을 무척 만족스럽게 여길 거예요. 아저씨는 늘 나의 친구가 될 테니 나와 함께 웃고 싶을 거예요. 아저씨는 이따금 창문을 열고 즐거워하겠지요. 아저씨가 하늘을 바라보며 웃는 걸 보고 아저씨의 친구들은 놀랄지도 몰라요. '별을 보면 웃고 싶어져!' 아저씨가 그렇게 말하면 친구들은 아저씨가 미쳤나 보다 하고 생각하겠죠. 그럼 나는 아저씨에게 쓸데없는 장난을 한 셈이 되는 거네요……."

그러고는 어린 왕자가 또 웃었다.

"그러면 나는 별 대신 웃을 줄 아는 조그만 방울들을 아저씨에게 잔뜩 준 셈이 되겠네요……."

어린 왕자는 또다시 웃더니 곧 심각한 표정이 되었다.

"오늘 밤엔……. 오시면 안 돼요."

"네 곁을 떠나지 않을 거야." 나는 말했다.

"나는 몹시 괴로워 보일 거예요. 죽는 것처럼 보일지도 몰라요. 그런 모습을 보러 오지 마세요. 그러실 필요가 없어요."

"나는 네 곁을 떠나지 않겠어."

어린 왕자는 근심스러운 얼굴을 하고 있었다.

"제가 이런 말을 하는 것은……. 뱀 때문이에요. 뱀은……. 사나워서 장난삼아 아저씨를 물지도 몰라요……."

"그래도 네 곁을 떠나지 않을 거야."

어린 왕자는 무슨 생각을 했는지 안심하는 것처럼 보였다.

"뱀이 두 번째 물 때는 독이 없다고 했어요."

그날 밤 나는 어린 왕자가 떠나는 것을 보지 못했다. 그는 소리도 없이 사라졌다. 내가 겨우 뒤쫓아 갔을 때 어린 왕자는 단호한 결심이라도 한 듯 잰걸음으로 걷고 있었다. 어린 왕자는 나에게 이런 말만 했다.

"아! 아저씨군요……."

어린 왕자는 내 손을 잡았다. 그는 여전히 걱정하고 있었다.

"아저씨가 오시지 않았으면 좋았을 텐데. 아저씨는 내가 죽는 것처럼 보여서 괴로워하실 텐데. 정말로 죽는 건 아닌데……."

나는 아무 말도 하지 않았다.

"아시겠지만……. 내 별은 너무 먼 곳에 있어서 거기까지 내 몸을 끌고 갈 수가 없어요. 너무 무거워서요."

나는 아무 말도 하지 않았다.

"내 몸은 버려진 낡은 조개껍데기 같을 거예요. 조개껍데기를 보고 슬퍼할 이유는 없는 거죠."

나는 아무 말도 하지 않았다. 어린 왕자는 낙담한 것 같았다. 그러나 그는 다시금 기운을 내어 이렇게 말했다.

"참 좋은 일이지요. 나도 별들을 볼 거예요. 모든 별이 녹슨 도르래가 있는 우물로 보이겠죠. 별들이 저한테 마실 물을 부어 줄 거예요……."

나는 잠자코 있었다.

"재미있겠죠! 아저씨는 5억 개의 조그만 방울들을 가지게 됐고 나는 5억 개의 시원한 샘을 가지게 됐으니까……."

어린 왕자 역시 아무 말이 없었다. 그는 울고 있었다…….

"자, 이젠 혼자 가게 해 주세요."

그는 자리에 주저앉았다. 겁이 났던 것이다. 그는 다시 말을 이었다.

"내 꽃……. 그 꽃을 책임져야 해요. 그 꽃은 너무 약하거든요! 순진하구요! 별것도 아닌 가시 네 개로 온 세상과 맞서 자신을 지키고 있어요……."

나 역시 앉았다. 더 이상 서 있을 수가 없었기 때문이다.

"자……. 이제 더 이상 할 말이 없어요……."

어린 왕자는 무슨 말을 하려고 조금 망설이더니 일어서서 한 발짝 걸음을 내디뎠다. 나는 꼼짝도 할 수 없었다.

잠시 후 어린 왕자의 발목 근처에서 노란빛이 반짝하는 것이 보였다. 어린 왕자는 잠시 동안 꼼짝도 하지 않고 서 있었다. 그는 비명도 지르지 않았다. 어린 왕자는 마치 나무가 쓰러지는 것처럼 조용히 쓰러졌다. 모래밭이라 아무 소리도 들리지 않았다.

27

그로부터 6년이 지났다. 그동안 나는 이 이야기를 누구에게도 해 본 적이 없다. 내가 사막에서 돌아온 후 나를 만난 친구들은 내가 살아 있는 것을 보고 무척 기뻐했다. 나는 슬펐지만 친구들에게는 "나는 피곤해."라고 말했다.

이제 내 슬픔도 조금 가라앉았다. 그렇다고 해서 깨끗이 잊을 수 있는 일은 아니다. 나는 어린 왕자가 그의 별로 돌아갔다는 것을 알고 있다. 다음 날 날이 밝았을 때 그의 몸을 찾을 수 없었으니까……. 사실 그렇게 무거운 몸은 아니었는데……. 밤이 되면 별들이 속삭이는 소리에 귀를 기울인다. 마치 5억 개의 조그만 방울이 울려 퍼지는 것 같다…….

한 가지 걱정이 있기는 하다……. 어린 왕자에게 그려 준 입마개에 가죽끈을 붙여야 한다는 것을 잊어버렸던 것이다. 어린 왕자가 끈 없이 양에게 입마개를 씌울 수는 없을 것이다. 그래서 나는 늘 이런 걱정을 하고 있다. '어린 왕자의 별에서 무슨 일이 일어나고 있는 것은 아닐까? 혹시 양이 그 꽃을 먹어 버리면 어쩌나…….'

또 어떤 때는 이런 생각을 한다.

'그렇지 않을 거야! 어린 왕자는 매일 밤 유리 덮개로 꽃을 잘 덮어 주고 양이 가까이 가지 못하도록 지켜볼 테니까…….' 이렇게 생각하니 안심이 되었다. 그러면 모든 별이 다정스럽게 웃는다.

또 어떤 때는 이런 생각도 한다.

'하지만 방심하면 끝장인데! 어느 날 저녁 어린 왕자가 유리 덮개 씌우는 것을 잊었거나 밤중에 양이 밖으로 나온다면…….' 이런 생각에 사로잡히면 조그만 방울들은 모두 눈물로 변해 버린다…….

이건 정말 커다란 수수께끼다. 어린 왕자를 사랑하고 있는 여러분과 나에게는 우리가 보지도 못한 어떤 양이 우리가 모르는 곳에 피어 있는 장미꽃 한 송이를 먹었느냐 먹지 않았느냐에 따라 세상에 있는 모든 것이 달라진 것처럼 보일 수가 있다.

하늘을 바라보라. 그리고 자신에게 물어보라. 양이 그 꽃을 먹었을까 먹지 않았을까? 그 대답에 따라 모든 게 달라지는 것이다. 그러나 어른들은 이것이 얼마나 중요한 문제인지 한 사람도 이해하지 못한다.

이것이 나에게는 세상에서 가장 아름답고도 슬픈 풍경이다. 앞 페이지에 있는 것과 똑같은 그림이지만 여러분의 기억에 되새기기 위해 다시 한 번 그렸다. 어린 왕자가 나타났다가 사라진 곳이 바로 여기다.

이 그림을 찬찬히 보아 두었다가 언제고 아프리카 사막을 여행할 때 이와 똑같은 풍경을 보게 되면 즉시 알아볼 수 있기를 바란다. 혹시 이곳을 지나게 되면 바로 지나쳐 버리지 말고 별빛 아래에서 잠시 기다려 보기를! 그때 만약 금빛 머리칼을 한 어린아이가 나타나 웃는다면, 그가 당신이 묻는 말에 대답을 하지 않는다면 여러분은 그가 누구인지 금방 알아볼 수 있을 것이다. 그러면 어린 왕자가 돌아왔다는 말을 나에게 꼭 전해주기 바란다. 🖉

어린 왕자

작가 소개

앙투안 드 생텍쥐페리(Antoine de Saint-Exupery, 1900~1944)

프랑스 리옹에서 태어났다. 죽음에 직면한 상황에서도 분투하는 조종사들의 모습을 진지하게 그려 낸 「야간 비행」은 프랑스 3대 문학상 가운데 하나인 페미나 상을 받았다. 비행사이자 작가인 생텍쥐페리는 행동의 한계가 사유의 한계와 일치한다는 믿음을 지닌 행동주의 작가였다. 그 행동의 공간이 그에게는 하늘이었다. 조종사로서의 경험은 그가 작가로서 사고의 지평을 넓히는 데 큰 영향을 주었다. 주요 작품으로 「인간의 대지」(1939), 「전투 조종사」(1942) 등이 있다.

작품 정리

- **갈래**　동화
- **성격**　환상적, 우의적, 비판적
- **배경**　시간 – 제2차 세계 대전 무렵 / 공간 – 사하라 사막
- **시점**　1인칭 관찰자 시점
- **구성**　'발단 – 전개 – 위기 – 절정 – 결말'의 5단계 구성
- **특징**　• 어린아이의 시선을 통해 현실을 비판함
  - 우의적인 동화의 형식으로 깊이 있는 통찰을 보여 줌
- **주제**　현대인의 물질주의적인 가치관 비판 및 관계의 본질에 대한 통찰
- **출전**　『어린왕자』(1943)

📝 구성과 줄거리

- **발단** **어린 왕자를 만난 '나'는 그에 대해 조금씩 알게 됨**

  비행기 조종사인 '나'는 엔진이 고장으로 사막에 불시착한다. 이때 어린 왕자가 나타나 양 한 마리를 그려 달라고 조른다. '나'는 그의 부탁을 들어준다. '나'는 어린 왕자가 소혹성 B-612호라는 작은 별에서 왔다는 것을 알게 된다. 어린 왕자는 같이 살고 있던 장미꽃의 거짓말과 오만함 때문에 자신의 별을 떠나 여행에 나서게 되었다는 사실도 알게 된다.

- **전개** **어린 왕자는 자신의 별과 이웃해 있던 별들을 방문함**

  어린 왕자는 여러 별을 여행한다. 권위만 내세우는 왕과 잘난 척하는 사람, 자책만 하는 술꾼과 소유하는 것만이 중요하다고 생각하는 사업가, 책상에만 앉아 세상의 지도를 그리는 지리학자와 작은 별에서 가로등을 켜는 사람 등 다양한 사람을 만나게 되고 그들이 이상하다고 느낀다.

- **위기** **어린 왕자는 지구의 여러 곳을 방문함**

  지구에 온 어린 왕자는 사람들을 찾아다니다가 뱀과 사막에 핀 꽃을 만난다. 한편, 어떤 정원에 5,000송이도 넘는 장미꽃이 피어 있는 것을 보고 놀란다. 어린 왕자는 자신의 장미꽃이 세상에서 단 하나뿐인 존재가 아니라는 사실에 슬퍼하며 운다.

- **절정** **여우를 만나 길들인다는 것에 대한 의미를 깨달음**

  어린 왕자가 풀밭에 엎드려 울고 있을 때 여우가 말을 걸어 오고, 둘은 친구가 된다. 여우는 중요한 것은 눈에 보이지 않으며 상대방을 길들이는 일이란 책임이 뒤따르는 것임을 일러 준다. 어린 왕자는 자신의 장미가 소중한 이유를 깨닫고 장미를 책임져야 한다고 다짐한다.

- **결말**　뱀의 도움으로 어린 왕자가 자기 별로 돌아감

어린 왕자는 뱀의 도움을 받아 자신의 별로 돌아가고자 한다. 때마침 비행기 수리를 마친 '나'는 어린 왕자와의 이별을 몹시 슬퍼하며 그가 모래 언덕에서 사라지는 것을 지켜본다. 시간이 지나 '나'는 밤하늘을 바라보면서 어린 왕자의 별과 그의 장미꽃에 대해 생각한다. 그리고 어떤 마음으로 바라보느냐에 따라 세상이 달라질 수 있다는 것을 깨달으며 어린 왕자를 그리워한다.

생각해 보세요

1 이 작품에서 어린 왕자와 어린 왕자의 여행은 어떤 의미를 지니는가?

어린 왕자는 인간의 마음속에 존재하는 어린아이, 즉 순수한 동심을 일깨우기 위한 존재로 그려진다. 어린 왕자는 편견과 쓸데없는 고집, 허황된 것에 매달려 있는 어른들을 차분하게 바라본다. 이 시선은 어린아이들이 어른들의 세계를 바라보며 느끼는 낯섦 또는 의아함과 맥락을 같이한다. 어린 왕자가 여행하면서 다양한 사람을 만나고 여러 가지 일들을 경험하는 것은 그런 의미에서 성장의 한 과정으로 이해할 수 있다. 생텍쥐페리는 어린아이가 어른으로 성장하면서 잊어버린 소중한 가치를 어린 왕자의 입을 통해 일깨우고 있다.

2 작가는 이 작품 속의 어른들의 모습을 통해 무엇을 전달하고자 하는가?

어린 왕자는 여행하면서 만난 사람들이 모두 이상하다고 말한다. 그들은 위엄이나 허영심에만 신경을 쓰기도 하고, 공허한 계산에 몰두하며 "난 지금 중요한 일을 하고 있다."라고 말하기도 한다. 급행열차를 타고 이리저리 바쁘게 움직이면서도 자신이 무엇을 찾고 있는지 모른다. 갈증을 달래는 알약으로 시간을 절약한다 하더라도 아낀 시간을 사용할 줄을 모른다. 작가는 눈에 보이지 않는 소중한 가치를 잊고 사는 현대인의 삶을 보여 주고자 한 것이다.

(우정)

나

'안내를
부탁합니다'

우리 집 전화기 속에는 '안내를 부탁합니다'가 살고 있어요. '안내'는 무엇을 물어봐도 척척 대답해 주지요. 어느 날, 저(나)는 손가락을 다쳐 '안내'의 도움을 받게 되었어요. 이후로 제가 기르던 카나리아가 죽은 소식 등 많은 일을 '안내'에게 이야기했답니다. 대학생이 되었을 때 직접 '안내'를 만났지만 얼마 후 그녀의 사망 소식을 듣게 되었어요.

안내를 부탁합니다

내가 아주 어렸을 때의 일이다. 우리 집은 동네에서 제일 먼저 전화를 놓은 집이었다. 2층으로 올라가는 계단 옆의 벽에 붙어 있던 참나무 전화기가 지금도 기억에 생생하다. 반질반질 윤이 나는 수화기가 전화기 옆에 걸려 있었다. 우리 집 전화번호도 생각난다. 정확히 켄우드-3105번이다. 나는 일곱 살밖에 안 된 꼬마라서 전화통에 손이 닿지는 않았지만 어머니가 전화기에 대고 무슨 말을 할 때면 마치 귀신에 홀린 듯이 귀를 기울이곤 했다. 한번은 어머니가 나를 번쩍 들어 올려 지방에 출장 중인 아빠와 통화할 수 있게 해 주었다. 아빠의 다정한 목소리가 들려오자 나는 머뭇거리면서 "아, 아빠, 안녕."이라고 인사했다. 정말 요술 같은 일이었다.

이윽고 나는 이 멋진 기계 속 어딘가에 놀라운 인물이 살고 있다는 것을 알게 되었다. 그녀의 이름은 '안내를 부탁합니다'였다. 그녀는 무엇이든 알고 있었다. 어머니가 어떤 사람의 전화번호를 물어도 척척 대답해 주었다. '안내를 부탁합니다'는 이 세상에서 가장 머리가 좋은 사람임에 틀림없다고 생각했다.

심지어 밥을 주지 않아 우리 집 괘종시계掛鐘時計 시간마다 종이 울리는 시계가 멎었을 때도 그녀는 즉시 정확한 시간을 알려 주었다.

내가 이 전화기 속의 요정과 처음으로 직접 이야기를 나눈 때는 어머니가 이웃집에 볼일을 보러 가느라 집에 안 계신 어느 날이었다. 그날 나는 지하실에 꾸며 놓은 작업대 앞에서 놀다가 그만 망치로 손가락을 찧었다. 너무 아팠지만 집 안에는 나를 달래 줄 사람이 아무도 없어서 울어 봤자 소용이 없을 것 같았다. 나는 쿡쿡 쑤시는 손가락을 입으로 빨면서 집 안을 헤매다가 어느덧 층계 옆에 이르렀다. 그래, 전화통이다! 나는 얼른 응접실로 달려가 발 받침대를 끌고 와서 그 위에 올라섰다. 수화기를 들고 귀에 갖다 대자 누군가가 물었다.

"몇 번 바꿔 드릴까요?"

나는 키가 작아 가까스로 전화에 대고 말했다.

"안내를 부탁합니다."

한두 번 짤깍거리는 소리가 나더니 작지만 또렷한 음성이 귀에 들려왔다.

"안내입니다."

"손가락을 다쳤어, 잉⋯⋯."

나는 전화기에 대고 울음을 터뜨렸다. 이제 하소연을 들어줄 사람이 생기자 기다렸다는 듯이 눈물이 펑펑 쏟아졌다.

"엄마가 안 계시나요?"

'안내를 부탁합니다'가 물었다.

"나 말고는 아무도 없어⋯⋯."

나는 훌쩍거리며 대답했다.

"피가 나나요?"

"아냐, 망치로 손가락을 쳤는데 그냥 막 아파요."

"냉장고를 열 수 있나요?"

"네."

"그럼, 얼음을 조금 꺼내서 손가락에 대고 있어요. 그렇게 하면 금방 아픔이 가실 거예요. 참, 얼음을 꺼낼 때는 조심해야 해요."

'안내를 부탁합니다'는 상냥하게 덧붙였다.

"이제 그만 울어요. 금방 나을 테니깐……."

그녀의 말대로 했더니 정말 아프지 않았다. 그런 일이 있은 후 나는 무슨 일이든 모르는 게 있으면 '안내를 부탁합니다'를 불러 도움을 요청했다. 지리 공부를 하다가 모르는 게 있어 전화를 걸면 그녀는 필라델피아가 어디 있는지, 오리노코 강은 어디로 흐르는지 자세히 가르쳐 주었다. 오리노코 강은 내가 이다음에 크면 꼭 가 봐야겠다고 마음먹은 멋진 곳이다. 그녀는 철자법 숙제도 도와주었고, 우리 집 고양이가 석탄 담는 통 안에서 새끼를 낳았을 때 처음 며칠 동안은 가까이 가서는 안 된다는 사실도 일러 주었다. 내가 공원에서 잡은 다람쥐에게는 과일이나 땅콩을 먹이면 된다고 가르쳐 주기도 했다.

우리 가족이 애지중지하던 매우 사랑하고 소중히 여기던 카나리아 우는 소리가 아름다워 집에서 많이 기르는 새인 패티가 죽었을 때도 마찬가지였다.

나는 즉시 '안내를 부탁합니다'를 불러 이 슬픈 소식을 전했다. 가만히 듣고 있던 그녀는 어른들이 흔히 어린아이를 달랠 때 하는 말로 나를 위로했다. 하지만 내 마음은 풀어지지 않았다. 그토록 아름답게 노래하며 온 가족에게 기쁨을 선사하던 카나리아가 어떻게 한낱 깃털 뭉치로 변해 새장 바닥에 누워 있을 수 있단 말인가! 그녀는 내 마음을 읽었는지 가만히 말했다.

"폴, 죽어서도 노래 부를 수 있는 다른 세상이 있다는 것을 잊지 말아요."

그 말을 듣자 왠지 기분이 한결 나아졌다.

어느 날 나는 또 전화기에 매달렸다.

"안내입니다."

이제는 귀에 익은 목소리였다.

"픽스'수리하다'는뜻의영어단어라는 말은 어떻게 쓰죠?"

"픽스 말인가요? 에프 아이 엑스fix예요."

내가 고맙다는 인사를 하려는데 갑자기 누나가 뒤에서 나를 향해 달려들며 '왁' 하고 소리쳤다. 나는 깜짝 놀라 수화기를 쥔 채 의자에서 굴러 떨어졌다.

그 바람에 수화기는 뿌리째 전화통에서 뽑히고 말았다. 내가 놀라는 것을 보고 깔깔대던 누나는 내가 전화선을 움켜쥐고 있는 것을 보자 이내 겁에 질려 소리를 질렀다.

"그걸 그냥 잡고 있으면 어떻게 해. 전화선이 뽑혔잖아!"

내게는 전화선이 문제가 아니었다. '안내를 부탁합니다'의 음성이 더 이상 들려오지 않았기 때문이다. 내가 전화선을 뽑아내 혹시 그녀가 다치지 않았는지 걱정되었다. 누나는 어디론가 사라져 버렸다. 훌쩍거리며 혼자 계단에 앉아 있었는데, 누군가가 현관문을 두드렸다. 문을 열어보니 한 남자가 현관에 서 있었다.

"뭐가 잘못됐니?"

나는 눈물을 흘리면서 고개를 끄덕였다.

"나는 전화를 수리하는 아저씨란다. 저 아래 동네에서 일하고 있지. 전화 안내하는 분이 이 집 전화에 문제가 생긴 것 같다면서 가 보라고 하더라."

그는 아직도 내 손에 들려 있는 수화기를 잡으며 물었다.

"무슨 일이 있었니?"

나는 조금 전에 일어난 일에 대해 말해 주었다.

"아, 그런 건 잠깐이면 고칠 수 있어."

그는 내게서 수화기를 받아 들고는 전화통을 열었다.

얽히고설킨 전선과 코일나사나 원통 모양으로 여러 번 감은, 전류를 통하게 하는 쇠붙이 줄이 드러났다. 그는 끊어진 전화선을 어디엔가 대고 잠시 만지작거리더니 조그만 드라이버로 조여서 고정시켰다. 이어서 수화기 걸이를 몇 번 위 아래로 흔든 다음 전화에 대고 말했다.

"저, 피터예요. 3105번 전화는 이제 괜찮아요. 누나가 동생을 놀라게 하는 바람에 전화선이 뽑혔더군요. 이젠 신경 쓸 것 없어요. 다시 연결했으니까. 그럼, 수고하세요."

그는 수화기를 전화통에 걸고는 빙그레 웃으면서 내 머리를 한 번 쓸어 주고 밖으로 나갔다.

이 모든 일은 태평양 연안沿岸 바다와 맞닿아 있는 땅에 있는 시애틀의 한 작은 마을에서 일어났다. 내가 아홉 살이 되던 해에 우리는 대륙을 가로질러 보스턴으로 이사했다. 몸은 멀어졌지만 '안내를 부탁합니다'는 여전히 내 마음속에 친절한 만물박사萬物博士 여러 방면에 모르는 것이 없는 매우 박식한 사람로 남아 있었다. 나는 새로 이사 가는 집의 전화통 안에도 그녀가 있을 거라고 생각했으므로 그녀에게 작별 인사도 하지 않았다.

이사를 하고 며칠 지나서 짐이 거의 다 정리되었을 때의 일이다. 엄마가 거실 소파에 앉아 테이블 위에 있는 이상한 검은 물건을 들고 이야기를 하기 시작했다. 엄마가 말을 마치자 나는 그게 뭐냐고 물었다.

"뭐긴 뭐야, 새 전화지."

나는 공포에 질린 채 그 검은 물건을 뚫어지게 쳐다보았다. '안내를 부탁합니다'는 그 홀쭉하고 흉측한 물건 속에 들어가 있을 수는 없을 것이다. 계단 옆의 벽에 걸려 있던 반짝반짝 빛나던 아름다운 참나무 전화통은 이제 더 이상 볼 수 없었다. 내 귀에 대고 속삭이던 작고 부드러운 목소리도 사라졌다.

나는 심한 배신감을 느꼈다. 이제는 내가 모르는 게 있어도 '안내를 부탁합니다'에게 물어볼 수 없게 된 것이다.

나는 새 전화기를 사용하고 싶지 않았다. 아니, 새 전화기가 미웠다. 내 인생에서 소중한 것을 빼앗아 간 새 전화기는 더 이상 친구가 아니라 적이었다.

나는 심통이 나서 새 전화기를 밀쳤다. 전화기가 테이블에서 떨어져 바닥에 나뒹굴었지만 내버려 둔 채 밖으로 나가 버렸다.

세월이 흘러 십 대가 되어서야 전화기가 어떻게 작동되는지를 알게 되었다.

'안내를 부탁합니다'는 점점 기억에서 희미해졌지만 내 마음속 깊은 곳에 여전히 남아 있었다.

간혹 어려운 문제나 난처한 일이 생기면 그 옛날의 '안내를 부탁합니다'가 떠올랐다. 내가 모르는 것을 물어보면 언제나 척척 대답을 해 주던 그녀가 있었기에 내 마음은 얼마나 든든했던가!

새 전화기의 '안내'는 나의 질문에 대답을 해 주려 하지 않았다. 전화를 해서 '안내'를 찾으면 "미안합니다만, 우리는 그런 정보는 가지고 있지 않아요."라고 대답하기 일쑤였다. 이제는 나도 알 것 같다……. 얼굴도 모르는 호기심 많은 꼬마에게 자신의 귀중한 시간을 내어 준 그녀는 얼마나 참을성 있고 이해심이 깊은 사람이었던가!

누나가 결혼을 한 뒤 어릴 적에 살던 켄우드에서 그리 멀지 않은 곳에 살게 되었다. 몇 년 후 나는 대학에 입학하기 전에 누나 집에 며칠 머물렀다. 누나가 사는 동네의 전화국도 켄우드에 있었다. 어느 날 오후, 별 생각 없이 누나의 전화를 집어 들고 귀에 갖다 댔다. 그러자 "몇 번을 바꿔 드릴까요?"라고 하는 목소리가 들려왔다.

나는 마법에 홀린 듯 무의식적으로 대답했다.

"안내를 부탁합니다."

한두 번 짤깍거리는 소리가 나더니 이어서 낯익은 목소리가 들려왔다.

"안내입니다."

그 한마디에 나는 타임머신이라도 탄 듯 어린 시절로 되돌아갔다. 목소리는 전혀 변하지 않았다. 시간도, 공간도 그 옛날 그대로인 것 같았다.

"저, '픽스'라는 단어를 어떻게 쓰는지 가르쳐 주시겠어요?"

그때 나는 들었다. 급하게 숨을 들이쉬다 멈추는 소리를. 한참 동안 침묵이 흐른 후 그녀가 물었다.

"……손가락은 다 나았겠지요?"

나도 잠깐 숨을 들이켠 다음 그녀에게 물었다.

"안내하시는 분은 누구신가요? 만나고 싶습니다."

"나는 샐리 존슨이에요. 원래 이름은 샐리지만 사람들은 나를 오리 Orrie. 작가인 폴 빌라드가 만들어 낸 단어로, '여사제'를 뜻함라고 불러요. 여기 있는 직장 사람들 말고 옛날 친구들이 그렇게 부르지요."

잠시 후 그녀는 말을 이었다.

"그냥 나를 오리라고 불러 주세요."

"왜요?"

"나도 만나고 싶어요. 직접 만나서 그 이유를 말해 주는 게 어떨까 해요."

내가 물었다.

"오늘 저녁 식사는 어떠세요? 괜찮으시다면 남편 분인 존슨 씨도 함께 말이죠."

그녀는 조용히 대답했다.

"존슨 씨는 몇 년 전에 돌아가셨답니다."

그녀는 다시 생기 있는 목소리로 말을 이었다.

"그래요, 우리 함께 저녁 식사를 해요. 나는 저녁 6시에 퇴근합니다."

"그럼 어디서 만날까요?"

"우리 집이 어떨까요? 식당에 가는 것보다는 편안할 거예요. 함께 아름다운 오리노코 강에 대해 이야기를 나누고 싶네요."

그녀는 내게 집 주소를 알려 주었다. 옛날에 내가 살던 바로 그 동네였다.

"조금 있다 다시 전화를 드릴게요, 존슨 부인."

전화 속의 목소리에게 '안내를 부탁합니다'라고 부르지 않고 존슨 부인이라고 부르는 것이 왠지 어색하게 느껴졌다.

나는 전화를 끊고 여행사에 전화를 걸어 비행기 시간을 이튿날 같은 시간으로 변경했다. 다시 '안내를 부탁합니다'에게 전화를 해서 약속 시간을 정했다.

나는 마치 파티에라도 초대 받은 것처럼 그날 오후 내내 들떠 있었다.

외출 준비를 하는 내 모습을 보고 누나가 막 놀려 댔다.

"어이구, 우리 도련님. 여자 친구와 데이트라도 하시나요?"

나는 잠시 누나를 쳐다보며 말했다.

"그래, 맞아. 나는 데이트하면 안 돼?"

존슨 부인의 집은 아담했고 정원은 예쁘게 가꾸어져 있었다. 나는 설렌 마음으로 벨을 눌렀다. 괜히 방문하는 것은 아닌가 하는 생각도 들었다. 잠시 후 문이 열렸고 '안내를 부탁합니다'가 모습을 드러냈다.

그녀는 생각했던 것보다 젊어 보였다. 50대 후반은 된 것 같았다. 머리는 생기 있는 백발이었고, 눈가의 주름은 미소를 머금고 살아온 듯 인자하게 보였다. 그녀는 지금도 웃고 있었다. 그녀의 빛나는 갈색 눈은 착하게 살아온 지난날을 말해 주는 것 같았다.

그녀가 말했다.

"어서 오세요, 어서 들어오세요."

그녀는 나를 거실로 안내했다. 그런데 나를 거실 한가운데 세워 놓고는 작은 의자에 앉아 나를 유심히 쳐다보았다.

"어디 한번 볼까요. 이런, 정말 멋진 청년이네!"

그러다 애써 우울한 표정을 지으며 말했다.

"하지만 내가 생각했던 모습과는 다른데!"

내가 물었다.

"어떤 모습일 거라고 생각하셨는데요?"

그녀는 미소를 지으며 대답했다.

"아폴로 신로마 신화에 나오는 광명·예언·의술·궁술의 신이나 백마 탄 왕자님 정도는 될 줄 알았죠."

우리는 함께 웃었다.

"사실 저는 복장도 불량하고 장난이나 좋아하는 문제아인데 어쩌죠."

우리는 또다시 웃었다.

나는 거실을 둘러보았다. 서가에는 책들이 잘 정돈되어 있었다. 존슨 부인(이 호칭은 내게 여전히 불편하다)이 내 옆에 서서 서가의 한쪽을 가리키며 말했다.

"이 책들은 나의 '델피언 그룹Delphian group. 작가가 만들어 낸 단어로, '조언자 집단'을 뜻함'이에요."

내가 의아해서 물었다.

"델피언 그룹이 도대체 무엇을 말하는 건가요?"

"학생과 관련이 있어요. 또 다른 내 이름인 오리와도 관련이 있지요."

내가 그녀를 바라보자 그녀가 말했다.

"자, 식사가 준비되었으니 먹으면서 이야기하죠."

음식은 정말 맛있었다. 내가 존슨 부인에게 "일류 요리사입니다."라고 하며 엄지를 올리자 매우 흡족해하는 듯했다.

그녀는 자랑스럽게 말했다.

"내 남편 월터도 내가 만든 음식을 좋아했지요."

그녀는 한숨을 쉬더니 말을 이었다.

"무슨 이유인지는 모르겠지만 우리에게는 아기가 없었어요. 그래서 인지 켄우드의 꼬마가 전화를 걸기 시작했을 때, 그 꼬마가 마치 내 아이처럼 느껴졌답니다. 나는 늘 다시 전화가 오기를 기다렸지요. 그런데 말이죠……."

그녀는 갑자기 이야기를 멈추고 내게 물었다.

"픽스의 철자가 어떻게 된다고 생각했나요?"

내가 대답했다.

"F-i-c-s, 아니면 F-i-k-s나 F-i-c-k-s 정도로 생각했어요. 정확히 기억하지는 못하지만 제게 x는 이상한 글자였거든요."

그녀가 기다렸다는 듯이 말했다.

"나도 그럴 거라고 생각했어요. 어쨌든 나는 남편과 저녁을 먹으면서 학생이 던진 질문에 대해 이야기를 나누었지요. 그는 질문 내용을 듣고 는 한바탕 크게 웃고 나를 막 놀려 댔어요. 내가 아폴로 신의 성역인 델 포이의 정식 여사제가 됐다고 말이에요. 결국 나를 오리라고 부르기 시작했죠. 처음에는 장난으로 부르다가 나중에는 나의 또 다른 이름으로 굳어졌지요.”

그녀는 회상回想 지난 일을 생각함에 잠긴 듯 이야기를 이어 나갔다.

“켄우드의 꼬마가 내가 모르는 걸 물으면 어떻게 해야 할지 고민했어요. 그래서 주로 묻는 질문에 관한 책들을 모으기 시작했죠. 지리, 자연, 동물 등에 관한 책들이지요. 내가 새로운 책을 사 가지고 집에 올 때마다 남편은 나를 짓궂게 놀려 댔죠. ‘오우, 여사제님, 신전의 서가에 또 새로운 조언자를 모시는군요.’ 그렇게 해서 ‘델피언 그룹’이 형성된 거죠.”

우리는 즐거운 저녁 시간을 보냈다. 그녀가 내게 물었다.

“그때 죽은 카나리아 페티는 어떻게 되었죠?”

“아버지의 시가담뱃잎을 통째로 돌돌 말아서 만든 담배 상자에 넣어 체리 나무 아래에 묻어 주었어요. 작은 비석 하나도 세워 주었지요.”

나는 떠나면서 말했다.

“저는 내일 집으로 돌아갈 거예요. 하지만 학기가 끝나면 다시 누나 집에 올 거예요. 그때 전화해도 되지요?”

그녀가 웃으며 대답했다.

“켄우드에 있는 아무 전화나 집어 들고 ‘안내를 부탁합니다’를 찾으세요. 나는 오후에 근무해요.”

몇 달 뒤 나는 다시 시애틀로 돌아왔다. 공항에 내리자마자 제일 먼저 ‘안내를 부탁합니다’에게 전화를 걸었다.

“안내입니다.”

‘다른 목소리’가 대답했다. 나는 샐리 씨를 찾는다고 말했다.

“샐리 씨의 친구이신가요?”

“오랜 친구입니다. 폴 빌라드라고 전해 주세요.”

'다른 목소리'가 가라앉은 음성으로 말했다.

"유감스럽지만 말씀드리지 않을 수가 없군요. 샐리 씨는 몸이 좋지 않아 지난 몇 달 동안 오후에만 근무를 해 오셨어요. 그러다 5주 전에 돌아가셨어요."

내가 전화를 끊으려 하자 그녀가 물었다.

"잠깐만요, 혹시 폴 빌라드 씨라고 했던가요?"

"그렇습니다."

"샐리 씨가 마지막 출근하던 날 빌라드 씨에게 남긴 메모가 있어요. 빌라드 씨가 전화를 걸어 오면 그때 읽어 주라고 부탁을 하셨거든요."

"무슨 메모인데요?"

그녀가 대답하지 않아도 순간적으로 나는 그게 무슨 말인지 알 것 같았다.

"여기 있군요. 읽어 드리겠습니다. '폴에게 말해 줘요. 내게는 여전히 죽어서도 노래를 부를 수 있는 다른 세상이 있다고. 그는 내 말뜻을 이해할 거예요.'"

나는 감사하다고 말하고 전화를 끊었다. '안내를 부탁합니다'가 남긴 말이 무엇을 뜻하는지 나는 잘 알고 있었다. 하지만 눈시울이 붉어지는 것은 어쩔 수 없었다. ✐

안내를 부탁합니다

✏ 작가 소개

폴 빌라드(Paul Villiard, 1910~1974)

미국 뉴욕 주의 소거티스라는 작은 도시에서 생활했다. 작가이자 공학자, 수의학자, 생태연구가이기도 하다. 휴머니즘을 바탕으로 한 따뜻하고 잔잔한 이야기를 주로 썼다. 그의 작품 속에는 서로에 대한 이해와 배려를 보여 주는 사람들이 등장한다. 주요 작품으로 「이해의 선물」, 「기차 여행」, 「사랑에는 끝이 없다」, 「어머니의 운전」, 「이웃집 할아버지」 등이 있다.

✏ 작품 정리

- **갈래** 성장 소설
- **성격** 회고적, 서정적
- **배경** 시간 – 1920년대 / 공간 – 시애틀의 한마을
- **시점** 1인칭 주인공 시점
- **구성** '발단 – 전개 – 위기 – 절정 – 결말'의 5단계 구성
- **특징** 자전적 이야기를 바탕으로 함
- **주제** 소년과 전화 안내원 사이의 우정과 인간애
- **출전** 〈리더스 다이제스트〉(1966)

✏ 구성과 줄거리

- **발단** '나'는 전화기 속에 '안내를 부탁합니다'가 산다고 생각함

  유년기의 '나'는 전화기 속에 '안내를 부탁합니다'라는 놀라운 사람이 살고 있다고 생각한다.

- **전개** '나'는 '안내를 부탁합니다'와 자주 전화 통화를 함

  손가락을 다친 일로 '안내를 부탁합니다'와 대화를 하게 되고 그 이후 '나'는 카나리아의 죽음 등 내게 일어난 많은 일을 그녀와 이야기한다.

- **위기** '나'는 '안내를 부탁합니다'가 다친 줄 알고 슬퍼함

  누나가 장난을 쳐서 수화기가 전화기에서 뽑히자 그녀가 다쳤다고 생각한 '나'는 슬퍼한다.

- **절정** 고향을 떠난 후에도 '안내를 부탁합니다'를 그리워함

  보스턴으로 이사한 뒤 새 전화를 놓게 되고, '나'는 새 전화기가 소중한 옛 친구를 빼앗아 갔다고 생각해 적대감을 느낀다. 어른이 되어서도 '나'는 '안내를 부탁합니다'를 그리워한다.

- **결말** 대학생이 된 '나'는 '안내'와 통화하지만 얼마 후 그녀의 사망 소식을 들음

  대학에 입학하기 전 고향을 방문한 '나'는 '안내를 부탁합니다'인 샐리 존슨 부인을 만나게 되고, 몇 달 후 그녀의 사망 소식을 듣는다.

✎ 생각해 보세요 -

1 '내게는 여전히 죽어서도 노래를 부를 수 있는 다른 세상이 있다'는 샐리 존슨 부인의 말에는 어떤 의미가 담겨 있는가?

'나'는 가족이 애지중지하며 기르던 카나리아가 죽었을 때 전화 교환원인 샐리 존슨 부인에게 전화를 걸어 위로를 받는다. 그녀는 '죽어서도 노래 부를 수 있는 다른 세상이 있다는 것을 잊지 말아요'라는 말로 나의 상실감을 달래 주고, 죽음에 대한 새로운 인식을 심어 주었다. 샐리 존슨 부인은 자신의 사망 소식을 들은 '나'가 느낄 상실감을 미리 위로하고, 둘이 나누었던 죽음과 인생에 대한 이해를 다시 한 번 확인하기 위해 메모를 남긴 것이다.

2 주인공이 새 전화기에 대해 느낀 감정과 그렇게 느낀 이유를 설명해 보자.

시애틀에서 보스턴으로 이사한 나는 '반짝반짝 빛나던 아름다운 참나무 전화통'과 그 전화통에서 나오는 '작고 부드러운 목소리'를 잃어버리게 된다. '검고 홀쭉하고 흉측한 물건'으로 묘사되는 새 전화기는 아직 전화기의 작동 원리를 모르는 어린 나에게 옛 전화기를 빼앗아 간 원흉으로 인식된다. 그래서 나는 새 전화기를 친구를 빼앗아 간 적으로 생각하게 되고 공포와 적대감, 미움, 이질감을 가지고 전화기를 바라보게 된다. 친숙한 대상을 잃고 느끼는 상실감이 새 것에 대한 거부감으로 나타나게 된 것이다.

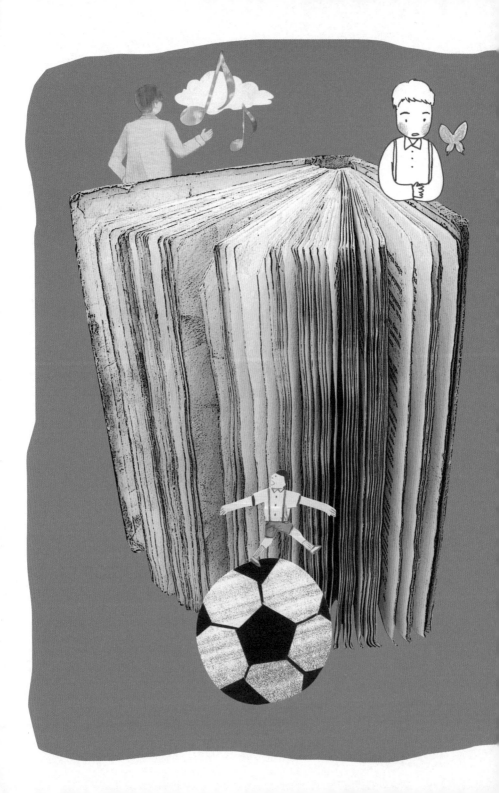

성장통을 치르는 아이들, 사춘기

러시아의 작가 도스토옙스키Fyodor Dostoevsky는 '괴로움을 피하지 마라. 괴로움은 인생의 본질 중의 하나이다. 인생에 괴로움이 없다면 어떻게 만족할 수 있겠는가? 깊은 골짜기가 있을 때 비로소 산이 높은 법이다.'라는 말을 남겼습니다. 이 말은 고통을 통해 삶의 본질에 한 발짝 다가갈 수 있다는 것을 뜻합니다. 신을 믿는다면 고통을 없애 달라고 기도하지 말고, 고통을 슬기롭게 이겨 낼 수 있는 힘을 달라고 기도해야 합니다. 고통을 이겨 낸 사람만이 진정한 의미의 어른이 될 수 있기 때문입니다.

· 고구마 · 하늘은 맑건만 · 아무도 모르라고 · 나비

인물관계도

농업 실습용 고구마가 없어졌어요. 인환은 수만이 범인이라고 의심했지만 저(기수)는 수만을 믿었지요. 수만의 옷 주머니가 불룩한 것을 보고 친구들이 무엇이 들었느냐고 물었어요. 수만은 대답하지 않고 당황해했지요. 저도 조금씩 수만을 의심하게 되었어요. 하지만 수만의 주머니에 있던 것은 누룽지였답니다. 친구를 의심한 제 자신이 너무 부끄러웠어요.

고구마

　농업 실습으로 심은 고구마밭이었다. 더욱이 6학년 갑조 을조가 각기 한 고랑씩 맡아 가지고 경쟁적으로 가꾸는 그 밭 한 모퉁이 넝쿨 밑의 흙이 어지러이 헤집어지고 누구의 짓인지, 못 돼도 서너 개는 고구마를 캐냈을 성싶다.

　"거 누가 그랬을까?"

하고 밭 기슭에 둘러섰는 아이들 등 뒤에서 넘어다보고 섰던 기수가 입을 열자 "흥!" 하고 인환이는 코웃음을 웃으며 다 알고 있다는 얼굴을 한다.

　"누구란 말야?"

　"누구란 말야?"

하고 인환이 편으로 눈이 모이며 아이들은 제각기 한마디씩 묻는다. 인환이는 여전히 그런 웃음을 얼굴에 지으며 말이 없이 섰더니

　"누구긴 누구야."

하고 퉁명스럽게 한마디 하고, 그리고 음성을 낮추어서

　"수만이지, 뭐."

　"뭐, 수만이야?"

하고 기수는 의외라는 듯 눈을 크게 뜬다.

"그건 똑똑히 네 눈으로 보고 하는 말이냐?"

"보지 않아도 뻔하지, 뭐. 설마 조무래기들이 그랬을 리는 없고 우리들 중에서 그런 짓 할 애가 누구야. 수만이밖에."

"그렇지만 똑똑한 증거 없인 함부로 말할 수 없지 않어?"

그러나 인환이는 피이 하는 표정으로 입을 삐쭉한다.

"똑똑한 증건, 남 오지 않는 아침에 일찍 학교에 오는 놈이 한 짓이지 뭐야. 어제 난 소제掃除 청소 당번으로 맨 나중에 돌아갈 제 보았을 땐 아무렇지도 않았는데."

하고 인환이는 틀림없이 수만이라는 듯 아주 자신 있는 얼굴을 한다. 그리고 다른 아이들도 인환이 말에 응해서 제각기들 아무도 없을 때 오는 놈이 한 짓이라고 입을 모아 말한다.

하긴 수만이는 매일 아침 교장선생님 댁의 마당도 쓸고 물도 긷고 하고, 거기서 나는 것으로 월사금月謝金 다달이 내던 수업료을 내가는 터이라, 남보다 일찍이 학교엘 왔다. 그러나 아이들이 수만이에게 의심을 두기는 다만 아무도 없는 때 학교엘 온다는 이 까닭만이 아니다. 보다는 지나치게 가난한 그 집 형편과 헐벗은 그 주제꼴이 아이들로 하여금 말은 아니하나 까닭 모르게 이번 일과 수만이를 부합해 보게 되는 은근한 원인이 되었다.

그러나 기수만은 아니라는 뜻으로 머리를 젓는다.

"학교엘 먼저 온다는 이유만으로는 정녕 수만이가 그랬단 증거가 못 돼. 그리고 수만이는 내가 잘 알지만 그런 짓 할 애가……."

하고 아니라는 말도 하기 전에 인환이는 듣기 싫다는 듯 손을 젓는다.

"수만이를 잘 알긴 누가 잘 알어?"

하고 기수 앞으로 가까이 다가서며

"그 애 집 근처에 사는 내가 잘 알겠니, 한 동네 떨어져 사는 늬가 더 잘 알겠니?"

그리고 인환이는 전에 수만이 누이동생이 남의 집 밭의 감자를 캐는 걸 자기 눈으로 보았다는 것, 또는 남의 것 몰래 훔쳐 가기로 동네에서 유명하다는 등을 말하며 수만이까지 한통으로 몰아 인환이는 얼굴에 업신여기는 표를 짓는다. 그리고

"넌 수만이 일이라면 뭐든지 덮어 주려고만 하니, 그 애가 무슨 네 집 상전이냐? 상전이라도 잘하고 못한 건 가려야지."

"뭐, 수만일 덮어 주려고 그러는 게 아냐. 잘허지 못했단 무슨 증거가 없으니까 허는 말이다. 그리고……."

하고 잠시 인환이 얼굴을 쳐다보다가, 기수는 다시 말을 이어

"네 말대루 정말 수만이 동생이 남의 집 밭에 감자를 캤을지 몰라도, 어린애니까 그러기도 예사例事 보통 있는 일고, 또 그걸로 오늘 수만이가 고구마를 캤다는 증거가 될 수는 없지 않느냐 말이다."

그러나 아무리 기수의 말이 경우에 옳다 하더라도, 수만이를 의심하는 아이들의 마음을 풀게 하는 힘이 되지는 못했다. 도리어 아이들은 기수가 수만이 허물을 덮어 주려고 그러는 줄 아는 모양, 아이들은 더욱 인환이 편으로 기울어 간다. 그리고 인환이가

"그럼 넌 수만이의 짓이 아니란 무슨 똑똑한 증거가 있니?"

하고 턱을 대는 데는 기수도 할 말이 없었다. 다만

"수만이 그 애의 인격을 믿고 말이다."

"인격?"

하고 여러 아이들의 비웃음을 받고 말았다.

그러나 다음 하학下學 학교에서 그날의 수업을 마침 시간에도 기수는 고구마밭

에 헤집어진 자리도 전처럼 매만져 놓고, 그리고 벌써 수만이의 짓이란 것이 드러나기나 한 것처럼 떠드는 아이들의 입을 삼가도록 타이르기에 힘을 쓴다.

"너희들 저렇게 떠들다가 나중에 선생님까지 아시게 되고, 그리고 아니면 어쩔 셈이냐?"

"겁날 게 뭐야. 수만이가 아닐세 말이지."

"어떻게 넌 네 눈으로 똑똑히 본 것처럼 말하니?"

"그럼 넌 어떻게 수만이가 아닐 걸 네 눈으로 본 것처럼 우기니?"

하고 인환이와 기수는 서로 싸우기나 할 것처럼 얼굴을 붉히며 대들다가 무춤하고 물러선다. 바로 당자인 수만이가 이쪽을 향하고 온다.

아이들은 일시에 조용해졌다. 수만이는 한 손에 찻주전자를 들고 그편으로 고개를 기우듬 땅만 보며 교장선생님 댁에서 나온다. 그 걸음이 밭가까이 이르러 아이들 옆을 지나치게 되자, 겨우 얼굴을 들어 어색한 웃음을 지어 보이고는 지나간다. 아이들의 가득하게 의심을 품은 여러 눈은 수만이 한 몸에 모여 아래위를 훑어본다. 그 한편 양복 주머니가 유난히 불룩하다. 겉으로 드러난 것만 보아도 고구마나 거기 가까운 것이 들어 있을 성싶다.

밭두둑을 올라 교실을 향해 가는 수만이 등 뒤를 노려보고 있던 인환이는 갑자기 소리를 친다.

"수만이 너, 주머니에 든 게 뭐야?"

"뭐 말야."

"양복 주머니의 불룩한 것 말이다."

"뭐."

하고 주머니를 굽어보며

"운동모자다."

그러나 운동모자가 아닌 것은 갑자기 얼굴빛이 붉어지는 것이며, 끔찍이 당황해하는 것으로 넉넉히 알 수 있다. 그리고 걸음을 빨리 교실 모퉁이를 돌아가는 등 뒤를 향해 인환이는

"먹을 것이거든 나두 좀 주렴."

그리고 또

"그 고구마 혼자만 먹을 테야?"

하고 소리친다. 수만이는 못 들은 척 대꾸도 없이 피해 달아나듯 뒤도 안 돌아본다.

아이들은 다시 와자하고 제각기 입을 열어 떠든다.

"틀림없는 고구마지."

"고구마 아니면 뭐야."

"멀쩡하게 고구마를 운동모자라지."

그리고 인환이는 신이 나서

"내 말이 어때. 수만이래지 않었어."

하고 기수를 향해 오금을 주듯_{함부로 말이나 행동을 하지 못하게 이르듯} 말한다. 그러나 기수는 이번에도 머리를 젓는다.

"설마 고구마라면 양복 주머니에 넣구 다니겠니? 생각해 봐라."

"그럼, 운동모자란 말야?"

"정말 운동모잔지도 모르지."

"운동모자가 그렇게 퉁퉁해?"

"그야 운동모자도 들고 다른 것도 들었으면 그렇지 뭐."

"그렇지, 암 운동모자도 들고 고구마도 들고 말이지."

하고 인환이는 빈정거린다. 끝끝내 기수는 말을 하면 할수록 도리어 아

이들로 하여금 더욱 수만이를 의심하게 하는 도움이 되게 하고 말았다.

그리고 그다음 운동장에서 수만이를 만나서 기수 자기 역^{亦또한} 얼마큼 수만이를 의심하는 눈으로 고쳐 보지 않을 수 없었다. 교실 모퉁이를 돌아 나오는 수만이 얼굴이 마주치자, 기수는 먼저 수만이 양복 주머니로 갔다. 그리고 기수는 다시금 눈을 크게 떴다.

아까는 퉁퉁하던 그 호주머니가 홀쭉해졌다. 그 안에 들었던 걸 꺼낸 모양. 그리고 또 좀 이상한 것은 운동모자 같은 것을 넣었다 꺼냈다면 그다지 어색해할 것이 없을 텐데, 기수의 눈이 자기 호주머니로 가는 것을 알자 수만이는 아주 계면쩍어하며 어색하게도 그 호주머니에 두 손을 찌르고 기수 옆에 와서 모로^{비껴} 선다.

두 소년은 한동안 말이 없이 땅만 내려다보고 섰다. 마침내 기수는 망설이던 입을 열었다.

"너 혹 고구마밭에 누가 손을 댔는지 알겠니?"

"왜?"

하고 수만이는 그걸 왜 내게 묻느냐는 듯한 얼굴을 들더니

"난 몰라."

하고 다시 얼굴을 돌린다.

"누가 서너 개나 캐낸 흔적이 났으니 말야?"

수만이는 고개를 숙인 채 아무 대꾸가 없다. 기수는 다시

"거 누가 그랬을까?"

혼잣말처럼 하고 슬슬 수만이 눈치를 살핀다.

수만이는 여전히 고개를 숙이고 묵묵히 섰다. 차츰 기수는 어떤 의심을 두고 그 수만이 아래위를 흘끔흘끔 본다. 낡고 찌든 양복 주머니에 손을 찌르고 수그린 머리, 약간 찌푸린 미간. 그 언젠가 수만이 누이동생이

남의 고추를 캐다 들키고 주인 앞에 고개를 숙이고 섰던 그 모양과 지금 수만이에게서도 같은 것을 느끼며 기수는

'아무리 집안이 가난하기로 사람이 어쩌면 이처럼 변한단 말이냐.'

하고 자못 업신여겨 보기도 한다.

수만이 아버지가 살아 있고 집안이 넉넉하였을 적 수만이는 퍽 쾌활하고 명랑한 아이였었다. 공부도 잘하고 그리고 기수와도 무척 친하게 지냈다. 그러던 아이가 자기 아버지가 다니던 회사에서 나오게 되고, 그리고 그 진티_{일이 잘못되어 가는 빌미나 원인}로 병을 얻어 돌아가시자 갑자기 집안이 어려워져 수만이 어머니는 남의 집 삯바느질이며 부엌일까지 하게 되고, 수만이는 차츰 사람이 달라갔다. 몸에 입은 주제가 남루해지며_{옷 따위가 낡아 해지고 차림새가 너저분해짐에} 따라 풀이 죽어 활기가 없고, 남과 사귀기를 싫어하고 혼자 떨어져 담 밑 같은 데 앉아 생각에 잠기고 하는 사람이 되어 갔다. 그러나 기수만은 전과 다름없이 가까이 대하려 하나 역시 수만이는 벙어리가 된 듯 언제든 다문 입을 열려 하지 않는다.

그래도 지금 자기 옆에 고개를 숙이고 섰는 수만이를 대하고 볼 때 기수는 업신여김이나 미움은 잠시고 보다 가엾은 동정이 앞을 섰다. 그래 넌지시 지금 남들이 고구마 일설로 너를 의심하는 중이니 조심하라고 일러주고 싶으면서 어떻게 말을 할지 몰라 주저하고 있는데, 마침 인환이를 선두로 여러 아이들이 우르르 몰려왔다.

수만이를 가운데 두고 아이들은 주르르 둘러선다. 잠시 수만이 아래위만 훑어보고 섰더니 인환이는 말을 건다.

"너 혹시 고구마 누가 캤는지 알겠니?"

"어딨는 거 말이냐."

"저 농업 실습 밭의 것 말이다."

"난 그런 것 지키는 사람이냐? 못 봤다."

"아니, 넌 남보다 일찍이 학교엘 오니 말이다."

수만이는 더는 입을 열지 않고 외면을 한다. 그 성난 듯한 말 없는 얼굴을 인환이는 흘끔흘끔 곁눈질해 보고 섰더니, 갑자기 옆에 섰는 한 아이의 양복 주머니를 가리키며

"너 인마, 그 속에 든 게 뭐야?"

"뭐긴 뭐야, 운동모자지."

"운동모자가 그렇게 통통해. 고구마 아니냐?"

아마 그 아이는 인환이가 정말 그러는 줄 아는 모양, 주머니 속에서 운동모자를 털어 보인다.

"자, 이것밖에 더 있어?"

그러나 인환이는 그걸 날래게 툭 차 쳐들고

"이게 운동모자야? 고구마지. 아, 멀쩡하다."

그리고 또 한 아이가 인환이 손에서 그 운동모자를 가로차 들고

"고구마, 나도 좀 먹자. 너만 먹니?"

하고 그걸 고구마처럼 먹는 시늉을 하며 가지고 달아난다. 그 뒤를 모자 임자가 쫓아 따라가고 잡힐 듯하게 되면 또 다른 아이에게 던져 주고, 그걸 받은 아이가 또

"아, 그 고구마 맛있다."

하고 맛있는 시늉으로 달아나고 이렇게 모자 임자를 가운데 두고 머리 너머로 던지고 받고 하더니, 인환이 손에 들어가자 그걸 수만이에게 던져 주며

"옛다, 너두 좀 먹어 봐라."

그러나 수만이는 어깨 위에 떨어지는 모자를 못마땅한 듯 "쳇!" 하고

혀끝을 차며 땅바닥에 집어 버리고는 어슬렁어슬렁 자리를 피해 간다. 그 등 뒤를 향하고 연해 운동모자가 날아간다.

"옜다, 고구마 너두 좀 먹어 봐라."

"옜다, 고구마 너두 좀 먹어 봐라."

하고 제각기 떠들며 수만이 뒤를 따라간다. 그 꼴을 보다 못해 기수는 선두로 선 인환이 앞을 가로막았다. 그리고 수만이가 듣는 앞에서 소리를 크게

"너희들 가만있는 사람 왜 지근덕거리니 성가실 정도로 끈덕지게 귀찮게 구니?"

그리고 음성을 낮추어

"아, 글쎄 왜들 떠드니? 증거도 없이."

그러나 인환이는 눈을 부릅뜬다.

"증거가 왜 없어?"

하고 바로 수만이 뒤 책상에 앉은 아이를 이끌어 세우며

"증거는 이 애한테 물어봐라."

하고 득의양양한 우쭐거리며 뽐내는 얼굴을 한다. 그 아이 말인즉, 수만이 책상 속에 고구마 같은 것이 있는 걸 책상 뚜껑을 열 때마다 보았다는 것이다.

그러나 기수는

"그게 정말 고구마라면 어디다 못 둬서 책상 속에다 두겠니? 고구마가 아니다. 아냐."

"책상 속에 못 둘 건 어딨어. 도리어 다른 데 두는 거보다 안전하지."

그래도 기수는 아니라고 머리를 저으니까, 그럼 정말 그건가 아닌가 가서 밝히자고 인환이는 기수의 팔을 잡아끈다. 수만이는 건너편 담 밑에서 양복 주머니에 손을 찌른 그 모양으로 오락가락하며 흘끔흘끔 이

편을 본다. 그 수만이가 보는 데서 기수는 그의 책상 뚜껑을 열어 보러 갈 수는 없었다. 인환이에게 팔을 잡아끌리며 주춤주춤하는데, 마침 상학종上學鐘 학교에서 그날의 공부 시작을 알리는 종이 울었다.

그리고 그다음 점심시간이었다. 아이들은 각기 책상 뚜껑을 열고 벤또 '도시락'의 일본어를 꺼낸다. 수만이도 책상 뚜껑을 열었다. 그러나 그가 끄집어낸 것은 벤또가 아니다. 남이 볼까 두려워하는 듯 한번 좌우를 살피고는 검정 책보冊褓 책을 싸는 보자기 밑에서 넌지시 한 덩이 고구마 같은 걸 꺼내 양복 주머니에 넣고는 슬며시 일어난다. 그걸 수만이 뒤에 앉은 아이가 보고 재빨리 인환이에게 눈짓을 한다. 그리고 인환이는 기수에게 또 눈짓을 하고 수만이는 태연히 일어서 교실 밖으로 나간다. 그가 낭하복도로 내려서자 인환이가 뒤를 쫓아 나간다. 그리고 그 뒤를 또 기수 또 누구누구 몇 아이도 따르고.

수만이는 소사실학교에서 잔심부름을 시키기 위하여 고용한 사람이 머물던 곳 뒤 언덕으로 올라간다. 그를 멀찍이 두고 아이들은 하나둘 뒤를 밟아 간다. 언덕을 올라서 다복솔가지가 탐스럽고 소복하게 많이 퍼진 어린 소나무 밭 사이를 한참 가더니, 수만이는 버드나무 앞에 이르러 두리번두리번 사방을 돌아보고 그 밑에 앉는다. 언덕 이쪽 편 풀섶 사이에 엎드려 거동擧動 몸의 움직임을 살피는 기수 눈에 돌아앉은 수만이가 무릎 사이에 들고 앉아 먹기 시작한 그것이 정녕 고구마였다. 기수는 자기 눈을 의심할 만큼 놀랐다. 그리고 알 수 없는 노여움에 몸이 떨린다. 그 수만이의 모양이 짝 없이 추하고 밉다. 기수는 자기가 먼저 앞장을 서 나갔다. 그리고 등 뒤에 가까이 이르러

"너 거기서 먹는 게 뭐냐?"

하고 갑자기 소리치자 수만이는 깜짝 놀라 무춤하더니, 얼른 먹던 걸 호

주머니에 감추고 입안에 씹던 걸 볼에 문 그대로 고개를 돌린다. 그리고 기수와 인환이 또 여러 아이들의 얼굴을 보자 다시금 놀란다.

기수는 엄한 얼굴로 그 앞에 한 발짝 다가선다.

"너 지금 먹던 거 이리 내놔라."

"……."

"먹던 거 이리 내놔."

수만이는 눈을 끔벅 입안의 걸 삼키고

"대체 뭐 말이냐."

"인마, 저 호주머니에 감춘 거 말야."

하고 인환이가 소리를 친다.

"아무리 먹고 싶어두 인마, 농업 실습으로 심은 고구말 캐 먹어?"

"뭐, 내가 언제 고구말 캐 먹었어?"

"그럼, 저 호주머니에 감춘 건 뭐야?"

"……."

"호주머니에 감춘 건 뭐야?"

"남의 호주머니에 든 게 뭐든 알아 뭐해."

"남의 호주머니?"

하고 인환이는 어이없다는 듯 한 번 웃고

"그 속에 우리가 도둑맞은 물건이 들었으니까 허는 말이다."

"내가 대체 뭘 훔쳤단 말야, 멀쩡한 사람을……."

"뭘 훔쳐? 고구마 말이다, 고구마."

"고구말 내가 훔치는 걸 네 눈으로 봤어?"

"그럼, 저 호주머니에 감춘 건 뭐야."

"……."

"호주머니에 감춘 거 냉큼 못 내놓겠니?"

"……."

"아, 못 내놓겠어?"

수만이는 여전히 입을 봉하고 섰더니, 갑자기 한마디로 딱 끊어서

"못 내놓겠다."

그리고 할 대로 해라 하는 태도로 양복 주머니를 두 손으로 움켜쥔다. 인환이는 좌우로 눈을 찡긋찡긋 군호軍號 서로 눈짓이나 말 따위로 몰래 연락함를 하더니 불시에 수만이에게로 달려들어 등 뒤로 허리를 껴안는다. 그리고 우우 대들어 팔을 붙잡고, 다리를 붙잡고, 그래도 몸을 빼치려 가만있지 않는 수만이 호주머니에 기수는 손을 넣었다. 그리고 수만이는 최후의 힘으로 붙잡힌 팔을 빼치자, 동시에 기수는 호주머니 속에 든 걸 끄집어내었다. 그러나 눈앞에 나타난 것은 딱딱하게 마른 눌은밥, 눌은밥 한 덩이였다. 묻지 않아도 수만이 어머니가 남의 집 부엌일을 해 주고 얻어 온 것이리라. 수만이는 무한 남부끄러움에 취해 고개를 들지 못하고 섰다. 그러나 그 수만이보다 갑절 부끄럽기는 인환이였다. 아이들이었다. 기수 자신이었다. 손에 든 한 덩이 눌은밥을 그대로 어찌할 줄을 몰라 멍하니 섰더니, 그걸 두 손으로 수만이 손에 쥐어 주며 다만 한마디 입안의 소리를 외고 그 앞에 깊이 머리를 숙인다.

"용서해라."

고구마

📝 작품 정리

- **작가** 현덕(153쪽 '작가 소개' 참조)
- **갈래** 성장 소설
- **성격** 사실적
- **배경** 시간 – 일제 강점기 / 공간 – 학교
- **시점** 3인칭 전지적 작가 시점
- **구성** '발단 – 전개 – 위기 – 절정 – 결말'의 5단계 구성
- **특징** 극적 반전을 통해 주제를 효과적으로 드러냄
- **주제** 가난한 소년의 비애
- **출전** 〈소년〉(1939)

📝 구성과 줄거리

- **발단** **농업 실습용 고구마가 없어지자 아이들은 수만을 의심함**

  농업 실습용 고구마가 몇 개 사라지고, 인환은 수만이 범인이라고 생각한다. 아이들은 매일 학교에 일찍 오고 가난한 수만을 의심하는 인환의 말에 동조한다. 그렇지만 기수는 수만의 결백을 주장한다.

- **전개** **수만이 주머니에 무엇인가를 넣고 나타남**

  수만이 아이들 앞에 나타나는데, 그의 주머니에 무엇인가 들어 불룩하다. 아이들은 그것이 무엇이냐고 묻고, 수만은 운동모자라고 한다. 하지만 당황해 하는 수만의 태도에 아이들의 의심은 더욱 깊어진다.

- **위기**　기수가 수만에게 실망하고, 아이들은 수만을 놀림

  기수는 수만과 대화하면서 수만이 고구마를 훔쳤다고 생각한다. 수만을 믿고 있던 기수는 실망한다. 아이들은 수만이 도둑이라고 생각하고 수만을 놀린다.

- **절정**　수만이 숨긴 것이 누룽지임이 드러남

  아이들의 눈을 피해 수만이 무엇인가를 먹는 것을 발견한 아이들은 수만의 손에서 그것을 빼앗는데, 고구마가 아닌 누룽지임을 알게 된다.

- **결말**　기수가 수만에게 사과함

  기수는 수만에게 미안하다고 말하며 고개를 숙인다.

🍪 생각해 보세요 -

1 이 작품에서 '누룽지'라는 소재의 의미와 기능은 무엇인가?

수만이는 반 친구들에게 고구마 도둑으로 몰리면서도 입을 굳게 다문다. 도시락을 싸올 수 없어 어머니가 일하고 얻어 온 누룽지로 끼니를 때우는 사정을 말하기가 싫었기 때문일 것이다. 여기서 누룽지라는 소재는 가난으로 인해 괴로움을 겪어야 하는 소년의 비애를 드러내는 소재이다. 수만을 고구마 도둑으로 생각하는 아이들의 괴롭힘은 심해져만 가고 수만은 아이들에게 둘러싸인 채 강제로 주머니를 털어 보이게 된다. 작품 속 인물들뿐만 아니라 독자들 역시 작품의 결말 직전까지 수만의 주머니에 있던 것이 고구마라고 여기게 된다. 그러나 고구마가 있어야 할 곳에서 나온 것은 다름 아닌 뻣뻣하게 마른 누룽지이다. 독자들에게 충격을 주는 이와 같은 극적 반전은 주제를 보다 효과적으로 드러낸다.

2 기수의 심리 변화 과정을 순서대로 설명해 보자.

인환의 말에 따라 아이들이 모두 수만이 고구마를 훔친 범인이라고 생각할 때에도 기수는 수만을 신뢰한다. 그러나 주머니에 무엇인가를 숨기고 당황한 모습을 보이는 수만에게 기수도 점점 의혹을 품게 되고, 떳떳하지 못한 수만의 행동을 보며 수만에게 실망한다. 그러나 아버지가 돌아가신 뒤 어려워진 집안 형편이 수만의 잘못된 행동을 낳은 원인이라고 생각하면서 수만을 동정하는 마음이 생긴다. 수만의 주머니에서 고구마 대신 누룽지가 나오자 미안함과 죄책감을 느끼며 수만에게 사과한다.

저(문기)는 고깃간에 갔다가 거스름돈을 잘못 받게 되었어요. 친구 수만과 함께 그 돈으로 사고 싶었던 물건들을 샀지요. 하지만 저를 걱정하는 작은아버지에게 꾸지람을 들었어요. 저는 산 물건들을 모두 버리고, 남은 돈은 고깃간 안마당에 던져 놓았어요. 그런데 수만이 계속 괴롭혀서 숙모 돈을 훔치고 말았어요. 교통사고를 당한 저는 정신을 차린 후 모든 사실을 고백했답니다.

하늘은 맑건만

중문 안 안반떡을 칠 때 쓰는 두껍고 넓은 나무 판 뒤에 숨기어 둔 공이 간 데가 없다. 팔을 넣어 아무리 더듬어도 빈탕이다. 문기는 가슴이 두근거리기 시작하였다.

'혹 동네 아이들이 집어 갔을까?'

도리어 그랬으면 다행이다. 만일에 그 공이 숙모 손에 들어가기나 했으면 큰일이다.

문기는 아무 일 없는 태도로 전일과 다름없이 안마당에서 화초분에 물을 준다. 그러면서 연해 숙모의 눈치를 살핀다. 숙모는 부엌에서 저녁을 짓는다. 마루로 부엌으로 오르고 내릴 때 얼굴이 마주치는 것이나 문기는 자기를 보는 숙모 눈에 별다른 것이 없다 싶었다. 문기는 차츰 생각을 고친다.

'필시必是아마도 틀림없이 공은 거지나 동네 아이들이 집어 갔기 쉽지. 그렇잖으면 작은어머니가 알고 가만있을 리 있나.'

조금 후 문기는 아랫방으로 내려갔다.

그리고 책상 서랍을 열어 보았을 때 문기는 또 좀 놀랐다. 서랍 속에 깊숙이 간직해 둔 쌍안경이 보이질 않는다. 그것뿐이 아니다. 서랍 안이 뒤죽박죽이고 누가 손을 댔음이 분명하다.

'인제 얼마 안 있으면 작은아버지가 회사에서 돌아오시겠지. 그리고 필시 일은 나고 말리라.'

문기는 책상 앞에 돌아앉아 책을 펴 들었다.

그러나 눈은 아물아물 가슴은 두근두근 도시都是 도무지 글이 읽어지질 않는다.

며칠 전 일이다. 문기는 저녁에 쓸 고기 한 근을 사 오라고 숙모에게 지전紙錢 지폐 한 장을 받았다. 언제나 그맘때면 사람이 붐비는 삼거리 고깃간이다. 한참을 기다려서 문기 차례가 왔다. 문기는 지전을 내밀었다. 뚱뚱보 고깃간 주인은 그 돈을 받아 둥구미짚으로 둥글고 울이 깊게 걸어 만든 그릇에 넣고 천천히 고기를 베어 저울에 단 후 종이에 말아 내밀었다. 그리고 그 거스름돈으로 지전 아홉 장과 그 위에 은전 몇 닢을 얹어 내주는 것이 아닌가. 문기는 어리둥절하였다. 처음 그 돈을 숙모에게 받을 때와 고깃간 주인에게 내밀 때까지도 일 원짜리로만 알았던 것이다. 문기는 돈과 주인을 의심스레 쳐다보았다. 허나 그는 다음 사람의 고기를 베느라 분주하다이리저리 바쁘고 수선스럽다. 문기는 주뼛주뼛하는 사이 사람에게 밀려 뒷줄로 나오고 말았다. 그러나 다시 생각하면 정말 숙모가 일 원짜리를 준 것인지 아닌지 모르겠다. 아니라면 도리어 큰일이 아닌가. 하여튼 먼저 숙모에게 알아볼 일이었다. 문기는 집을 향해 돌아가면서도 연해 고개를 기웃거리며 그 일을 생각하였다. 내가 잘못 본 것인가, 고깃간 주인이 잘못 본 것인가 하고.

골목 모퉁이를 꺾어 돌아섰다. 서너 간間 길이의 단위. 한 간은 약 1.8미터 앞을 서서 동무 수만이가 간다. 문기는 쫓아가 그와 나란히 서며

"너 집이 인제 가니?"

하고 어깨에 손을 걸고

"이거 이상한 일 아냐?"

"뭐가 말야?"

"고길 사러 갔는데 말야. 난 일 원짜리로 알구 냈는데 십 원으로 거슬러 주니 말야."

"정말야? 어디 봐."

문기는 손바닥을 펴 돈과 또 고기를 보였다. 수만이는 잠시 눈을 끔벅끔벅 무슨 궁리를 하는 듯 문기 얼굴을 보고 섰더니

"너 이렇게 해 봐라."

"어떻게 말야?"

"먼저 잔돈만 너이 작은어머니에게 주거든."

"그리고 어떡해."

"그리고 아무 말 없거든 내게로 나와. 헐 일이 있으니."

"무슨 헐 일?"

"글쎄, 그러구만 나와. 다 좋은 일이 있으니."

마침내 문기는 수만이가 이르는 대로 잔돈만 양복 주머니에서 꺼내 놓았다. 숙모는 그 돈을 받아 두 번 자세히 세 보고 주머니에 넣고는 아무 말 없이 돌아서 고기를 썻는다. 그래도 문기는 한동안 머뭇머뭇 눈치를 보다가 슬며시 밖으로 나갔다. 그리고 문밖엔 수만이가 이상한 웃음으로 그를 맞이하였다.

수만이가 있다던 좋은 일이란 다른 것이 아니었다. 거리에서 보고 지내던 온갖 가지고 싶고 해 보고 싶은 가지가지를 한번 모조리 돈으로 바꾸어 보자는 것이다.

그러나 문기는

"돈을 쓰면 어떻게 되니."

"염려 없어. 나 하는 대로만 해."

하고 머뭇거리는 문기 어깨에 팔을 걸고 수만이는 우쭐거리며 걸음을 옮긴다.

하긴 문기 역^{亦 또한} 돈으로 바꾸고 싶은 것이 없지 않은 터, 그리고 수만이가 시키는 대로 하기만 하면 남이 하래서 하는 것이니까 어떻게 자기 책임은 없는 듯싶었다. 그리고 수만이는 수만이대로 돈은 문기가 만든 돈, 나중에 무슨 일이 난다 하여도 자기 책임은 없으니까 또 안심이었다. 이래서 두 소년은 마침내 손이 맞고 함께 일할 때 생각이나 방법이 서로 잘 어울리고 말았다.

그래도 으슥한 골목을 걸을 때에는 알 수 없는 두려움에 가슴이 두근 거리었으나 밝은 큰 한길^{사람이나 차가 많이 다니는 넓은 길}로 나오자 차차 다른 기쁨으로 변했다. 길 좌우편 환한 상점 유리창 안의 온갖 것이 모두 제 것인 양, 손짓해 부르는 듯했다. 드디어 그들은 공을 샀다. 만년필을 샀다. 쌍안경을 샀다. 만화책을 샀다. 그리고 활동사진^{'영화'의 옛 용어} 구경도 갔다. 다니며 이것저것 군것질도 했다.

그리고 그 남저지^{'나머지'의 방언} 돈으로 또 한 가지 즐거운 계획이 있었다. 조그만 환등 기계^{그림, 사진, 실물 등에 강한 불빛을 비추어 그 반사광을 렌즈로 확대해서 영사하는 조명 기구} 한 틀을 사자는 것이다. 이것을 놀려 아이들에게 일 전씩 받고 구경을 시킨다. 그리고 여기서 나오는 것으로 두고두고 용돈에 주리지 않도록 하자는 계획이다. 하고 오늘 저녁부터 그 첫 착수^{着手 어떤 일을 시작함}를 하자는 약조^{約條 조건을 붙여 약속함}였다.

그러나 이 즐거운 계획을 앞두고 이내 올 것은 오고 말았다. 안방에서 저녁상을 받고 앉았던 삼촌은 문기를 불렀다. 두 번 세 번 문기야, 소리가 아랫방 창을 울린다. 방 안에서 문기는 못 들은 양 대답지 않는다. 그

러나 네 번째는 안방 미닫이^{옆으로 밀어서 열고 닫는 방식의 문}를 열고 삼촌은

"문기 아랫방에 없니?"

댓돌^{집의 앞뒤에 오르내릴 수 있게 놓은 돌충계} 위에 신이 놓여 있는데 없는 양 할 수는 없다. 기어이 문기는 그 삼촌 앞에 나가 무릎을 꿇고 앉지 않을 수 없었다. 삼촌은 잠잠히 식사를 계속한다. 그 상 밑에, 안반 뒤에 숨겨두었던 공이 와 있다. 상을 물릴 임시^{臨時 무렵}에 삼촌은 입을 열었다.

"너 요새 학교에 매일 갔었니?"

"네."

삼촌은 상 밑에 그 공을 굴려내며

"이거 웬 공이냐?"

"수만이가 준 공예요."

"이것두?"

하고 삼촌은 무릎 밑에서 쌍안경을 꺼내 들었다.

"네."

"수만이란 얼마나 돈을 잘 쓰는 아인지 몰라두 이 공은 오십 전은 줬겠구나. 이건 못 줘두 일 원은 넘겨 줬겠구."

그리고 삼촌은

"수만이란 뭣하는 집 아이냐?"

문기는 고개를 숙이고 앉아 말이 없다. 삼촌은 숭늉을 마시고 상을 물렸다.

"네 입으로 수만이가 줬다니 네 말이 옳겠지. 설마 늬가 날 속이기야 하겠니. 하지만 남이 준다고 아무것이고 덥적덥적 받는다는 것두 좀 생각해 볼 일이거든."

삼촌은 다시 말을 계속한다.

"말 들으니 너 요샌 저녁두 가끔 나가 먹는다더구나. 그것두 수만이에게 얻어먹는 거냐?"

문기는 벌겋게 얼굴이 달아 수그리고 앉았다. 삼촌은 잠시 묵묵히 건너다만 보고 있더니 음성을 고쳐 엄한 어조로

"어머님은 어려서 돌아가시구 아버지는 저 모양이시구, 앞으로 집안을 일으킬 사람은 너 하나야. 성실치 못한 아이들하고 얼려어울려 다니다 혹 나쁜 데 빠지거나 하면 첫째 네 꼴은 뭐구 내 모양은 뭐냐. 난 너 하나는 어디까지든지 공부도 시키구 사람을 만들어 주려구 앤데 너두 그 뜻을 받아주어야 사람이 아니냐."

그리고 삼촌은 어떻게 뒤뚝몸이 중심을 잃고 한쪽으로 기울어지는 모양 맘 한번 잘못 가졌다가 영 신세를 망치고 마는 예를 이것저것 들어 말씀하고는 이후론 절대 이런 것 받아들이지 말라는 단단한 다짐을 받은 후 문기를 내보냈다.

문기는 아랫방에 내려와 혼자 되자 삼촌 앞에서보다 갑절 얼굴이 달아올랐다. 지금까지 될 수 있는 대로 생각지 않으려고 힘을 써 오던 그편에 정면으로 제 몸을 세워 놓고 보지 않을 수 없었다. 그러자 자기라는 몸은 벌써 삼촌의 이른바 나쁜 데 빠지고 만 것이었다. 그야 자기는 수만이가 시켜서 한 일이니까 잘못이 없다는 것이지만 당초에 그것은 제 허물을 남에게 미루려는 얄미운 구실이 아니고 뭐냐. 그리고 문기는 이미 삼촌을 속이었다. 또 써서는 아니 될 돈을 쓰고 말았다. 아아, 일찍이 어머니를 여의고 아버지란 사람은 일상 천 냥 만 냥 하고 허한속이 빈 소리만 하면서 남루한옷 따위가 낡아 해지고 차림새가 너저분한 주제에 거처가 없이 시골 서울로 돌아다니는 사람이고, 어려서부터 문기를 길러낸 사람이 삼촌이었다. 그리고 조카의 장래를 자기의 그것보다 더 중히 알고 염려하며 잘되

어주기를 바라는 삼촌이었다. 문기도 그 삼촌의 기대에 어그러지지 않는 인물이 되어 보이겠다고 엊그제도 주먹을 쥐고 결심하던 문기가 아니냐. 생각할수록 낯이 뜨거워지는 일이다.

마침내 문기는 공과 쌍안경을 집어 들고 문밖으로 나갔다. 어둑어둑 저물어 가는 한길이다. 문기는 골목으로 들어섰다. 대낮에 많은 사람 가운데서 거리낌 없이 가지고 놀던 그 공이 지금은 사람이 드문 골목 안에서도 남이 볼까 두려워졌다. 컴컴해질수록 더 허옇게 드러나 보이는 커다란 공을 처치하기에 곤란해 문기는 옆으로 꼈다 뒤로 돌렸다 하며 사람의 눈을 피한다. 쌍안경이 든 불룩한 주머니가 또 성화成火 몹시 귀찮게 구는 일다. 골목 하나를 돌아서 나올 즈음 문기는 모르고 흘리는 것인 양 슬며시 쌍안경을 꺼내 길바닥에 떨어뜨리었다. 그리고 걸음을 빨리 건너편 골목으로 들어간다. 개천가 앞에 이르렀다. 거기서 문기는 커다란 공을 바지 앞에 품고 앉아서 길 가는 사람이 없기를 기다린다.

자전거가 가고 노인이 오고 동언제부터 언제까지의 동안이 뜬 그 중간을 타서 문기는 허옇게 흐르는 물 위로 공을 던져 버리었다. 이어 양복 안주머니에 간직해 두었던 남저지 돈을 꺼내 들었다. 그것도 마저 던져 버리려다가 문득 들었던 손을 멈춘다. 그리고 잠시 둥실둥실 물을 따라 떠나가는 공을 통쾌한 듯 바라보다가는 돌아서 걸음을 옮긴다.

문기는 삼거리 고깃간을 향해 갔다. 그리고 골목으로 돌아가 남저지 돈을 종이에 싸서 담 너머로 그 집 안마당을 향해 던졌다.

그제야 문기는 무거운 짐을 풀어 놓은 듯 어깨가 거뜬했다. 아까 물 위로 둥실둥실 떠가던 그 공, 지금은 벌써 십 리고 이십 리고 멀리 떠갔을 듯싶은 그 공과 함께 문기는 자기의 허물도 멀리 사라져 깨끗이 벗어난 듯 속이 후련했다. 그리고

'다시는 다시는.'

하고 문기는 두 번 다시 그런 허물을 범하지 않겠다고 백 번 다지며 집을 향해 돌아간다.

그러나 문기는 그것만으로는 도저히 자기 허물을 완전히 벗을 수 없었다. 그가 자기 집 어귀에 이르렀을 때 뜻하지 않은 것이 기다리고 있다 나타났다.

"너 어디 갔다 오니?"

하고 컴컴한 처마 밑에서 수만이가 튀어나오며 반긴다.

"지금 느이 집 다녀오는 길이다."

그리고 문기 어깨에 팔 하나를 걸고 한길을 향해 돌아서며

"어서 가자."

약조한 환등 틀을 사러 가자는 것이다. 극장 앞 장난감 가게에 있는 조그만 환등 틀을 오고 가는 길에 물건도 보고 금물건의 값도 보아 두었던 것이다. 그리고 오늘 낮에도 보고 온 것이언만 수만이는

"그새 팔리지나 않았을까?"

하고 걸음을 재촉한다. 문기는 생각 없이 몇 걸음 끌려가다가는 갑자기 그 팔을 쳐 내리며 물러선다.

"난 싫다."

수만이는 어리둥절해 쳐다본다.

"뭐 말야. 환등 틀 사기 싫단 말야?"

"난 인제 돈 가진 것 없다."

"뭐?"

하고 수만이는 의외라는 듯 눈이 둥그레지다가는 금세 능청스런 웃음을 지으며

"너 혼자 두고 쓰잔 말이지? 그러지 말구 어서 가자."

"정말 없어. 지금 고깃간집 안마당으로 던져 주고 오는 길야. 공두 쌍안경두 버리구."

하고 문기는 증거를 보이느라고 이쪽저쪽 주머니를 털어 보이는 것이나 수만이는 흥 하고 코웃음을 친다.

"누군 너만 못 약을 줄 아니?"

그리고 연신^{잇따라 자꾸} 빈정댄다.

"고깃간집 마당으로 던졌다? 아주 펑계가 됐거든."

"거짓말 아니다. 참말야."

할 뿐, 문기는 어떻게 변명할 줄을 몰라 쳐다보기만 하다가 고개를 떨어뜨리고 울상을 한다.

"오늘 작은아버지에게 막 꾸중 듣구. 그리고 나두 인젠 그런 건 안 헐 작정이다."

"그래두 나구 약조헌 건 실행해야지. 싫으면 너는 빠져도 좋아. 그럼 돈만 이리 내."

하고 턱 밑에 손을 내민다.

"정말 없대두 그래."

수만이는 내밀었던 손으로 대뜸 멱살을 잡는다.

"이게 그래두 느물거든^{능글맞거든}."

이런 때 마침 기침을 하며 이웃집 사람이 골목으로 들어서자 수만이는 슬며시 물러선다. 그러나

"낼은 안 만날 테냐. 어디 두고 보자."

하고 피해 가는 문기 등을 향해 소리쳤다.

이튿날 아침이다. 학교를 가는 길에 문기가 큰 한길로 나오자 맞은편

판장널빤지에 백묵으로 커다랗게 '김문기는' 하고 그 밑에 동그라미 셋을 쳐 '○○○ 했다' 하고 써 있다. 그리고 학교 어귀에 이르러 삼거리 잡화상 빈지판빈지. 한 짝씩 끼웠다 떼었다 할 수 있게 만든 문에도 같은 것이 쓰여 있는 것이다. 문기는 이번에도 무춤하고 보다가는 얼른 모자를 벗어서 이름자만 지워 버렸다. 그러는 것을 건너편 길모퉁이에서 수만이가 일그러진 웃음으로 보고 섰다. 그리고 문기가 앞으로 지나가자

"왜, 겁이 나니? 짓게."

하고 뒤를 오면서 작은 소리로

"그래, 정말 돈 너만 두고 쓸 테냐? 그럼 요건 약과다."

그리고 수만이는 추근추근하게끈질기게 쫓아다니며 은근히 골리었다. 철봉 틀 옆에 정신없이 선 문기를 불시에 다리오금무릎 뒤의 오목한 부분을 쳐 골탕을 먹게 하였다. 단거리경주 연습을 하는 척 달음박질을 하다가는 일부러 문기 앞으로 달려들어 몸째 부딪는다. 그리고 으슥한 곳에서 단둘이 만나는 때면 수만이는

"너, 네 맘대루만 허지. 나두 내 맘대루 헐 테다. 내 안 풍길본래 '어떤 분위기를 자아내다'는 뜻이지만 여기서는 '소문내다'는 뜻 줄 아니? 풍길 테야."

하고 손을 들어 꼽는다.

"풍기기만 하면 첫째 학교에서 쫓겨날 것이요, 둘째 너희 집에서 쫓겨날 것이요, 그리고 남의 걸 훔친 거나 일반一般마찬가지이니까 또 그런 곳으로 붙들려 갈 것이요."

하고는 또

"풍길 테다."

사실 그다음 시간 교실을 들어갔을 때 문기는 크게 놀랐다. 칠판 한가운데 '김문기는 ○○○ 했다.'가 커다랗게 쓰여 있다. 뒤미처그 뒤에 곧 잇따라

선생님이 들어왔다. 일은 간단히 선생님이 한번 쳐다보고 누구 장난이냐, 하고 쓱쓱 지워 버리고는 고만이었지만 선생님이 들어오고 그것을 지우기까지의 그동안 문기는 실로 앞이 캄캄했다.

그러나 수만이는 그것으로 고만두지 않았다. 학교를 파해^{마쳐} 거리로 나와서는 한층 심했다. 두어 간 문기를 앞세워 놓고 따라오면서 연해 수만이는

"앞에 가는 아이는 공공공했다지."

그리고 점점 더해 나중엔 도적질을 거꾸로 붙여서

"앞에 가는 아이는 질적도했다지."

하고 거리거리 외며 따라오는 것이다.

문기 집 가까이 이르렀다. 수만이는 문기 앞으로 다가서며 작은 음성으로 조졌다^{일이나 말이 허술하게 되지 않도록 단단히 단속했다}.

"너, 지금으로 가지고 나오지 않으면 낼은 가만 안 둔다. 도적질했다 하구 똑바루 써 놓을 테야."

문기는 여전히 못 들은 척 걸음만 옮긴다. 자기 집 마당엘 들어섰다. 숙모는 뒤꼍에서 화초 모종을 하는지 여기 심어라 저기 심어라 하고 아랫집 심부름하는 아이와 이야기하는 소리가 날 뿐 집 안엔 아무도 없다.

그리고 눈앞에 보이는 붙장^{부엌 벽의 안쪽이나 바깥쪽에 붙여 만든 장} 안 앞턱에 잔돈 얼마와 지전 몇 장이 놓여 있다. 그리고 문밖엔 지금 수만이가 돈을 가지고 나오기를 기다리고 섰다. 여기서 문기는 두 번째 허물을 범하고 말았다.

"진작 듣지."

하고 빙그레 웃는 수만이 얼굴에다 뺨을 때리듯 돈을 던져 주고 문기는 달아났다.

급한 걸음으로 문기는 네거리 하나를 지났다. 또 하나를 지났다.

또 하나를 지났다. 걸음은 차차 풀이 죽는다. 그리고 문기는 이런 생각을 하였다.

'자기는 몰래 작은어머니 돈을 축냈다일정한 수나 양에서 모자람이 생기게 했다. 그러나 갚으면 고만 아니냐. 그 돈 값어치만큼 밥도 덜 먹고 학용품도 아껴 쓰고 옷도 조심해 입고, 이렇게 갚으면 고만 아니냐.'

몇 번이고 이 소리를 속으로 되뇌며 문기는 떳떳이 얼굴을 들고 집으로 들어갈 수 있을 만한 뱃심염치나 두려움이 없이 제 고집대로 버티는 힘을 만들려한다. 그러나 일없이아무런 까닭이나 실속 없이 공원으로 거리로 돌며 해를 보낸다.

날이 저물어서 문기는 풀이 죽어 집 마루에 걸터앉았다. 숙모가 방에서 나오다 보고

"너 학교에서 인제 오니?"

그리고 이어

"너 혹 붙장 안의 돈 봤니?"

하다가는 채 문기가 입을 열기 전에 숙모는

"학교서 지금 오는 애가 알겠니. 참 점순이 고년 앙큼헌 년이더라. 낮에 내가 뒤꼍에서 화초 모종을 내고 있는데 집을 간다고 나가더니 글쎄 돈을 집어 갔구나."

문기는 잠잠히 듣기만 한다. 그러나 속으로는 갚으면 고만이지, 소리를 또 한 번 외어 본다.

그날 밤이었다. 아랫방 들창벽의 위쪽에 자그맣게 만든 창 밑에 훌쩍훌쩍 우는 어린아이 울음소리가 났다. 아랫집 심부름하는 아이 점순이 음성이었다. 숙모가 직접 그 집에 가서 무슨 말을 한 것은 아니로되 자연 그 말이

한 입 건너 두 입 건너 그 집에까지 들어갔고, 그리고 그 집주인 여자는 점순이를 때려 쫓아낸 것이다. 먼저는 동네 아이들이 모여 지껄지껄하더니 차차 하나 가고 둘 가고 훌쩍훌쩍 우는 그 소리만 남는다. 방 안의 문기는 그 밤을 뜬눈으로 새웠다.

이튿날 아침이다. 문기는 밥을 두어 술 뜨다가는 고만둔다. 그 돈을 갚기 위한 그것이 아니다. 도시 입맛이 나지 않았다. 학교엘 갔다. 첫 시간은 수신修身 악을 물리치고 선을 북돋아서 마음과 행실을 바르게 닦아 수양함. 지금의 '도덕' 과목에 해당 시간, 그리고 공교로이 생각지 않았거나 뜻하지 않았던 사실이나 사건과 우연히 마주치게 된 것이 기이하다고 할 만하게 제목이 '정직'이다. 선생님은 뒷짐을 지고 교단 위를 왔다 갔다 하며 거짓이라는 것이 얼마나 악한 것이고 정직이 얼마나 귀하고 중한 것인가를 누누이 말씀한다. 그리고 안경 쓴 선생님의 그 눈이 번쩍하고 문기 얼굴에 머물렀다 가고 가고 한다. 그럴 때마다 문기는 가슴이 뜨끔뜨끔해진다. 문기는 자기 한 사람에게만 들리기 위한 정직이요 수신 시간인 듯싶었다. 그만치 선생님은 제 속을 다 들여다보고하는 말인 듯싶었다.

운동장에서도 문기는 풀이 없다. 사람 없는 교실 뒤 버드나무 옆 그런 데만 찾아다니며 고개를 숙이고 깊은 생각에 잠기거나 팔짱을 찌르고 왔다 갔다 하기도 한다. 그러다 누가 등을 치면 소스라쳐 깜짝깜짝 놀란다.

언제나 다름없이 하늘은 맑고 푸르건만 문기는 어쩐지 그 하늘조차 쳐다보기가 두려워졌다. 자기는 감히 떳떳한 얼굴로 그 하늘을 쳐다볼 만한 사람이 못 된다 싶었다.

언제나 다름없이 여러 아이들은 넓은 운동장에서 마음대로 뛰고 마음대로 지껄이고 마음대로 즐기건만 문기 한 사람만은 어둠과 같이 컴컴하고 무거운 마음에 잠겨 고개를 들지 못한다. 무엇보다도 문기는 전일처럼 맑은 하늘 아래서 아무 거리낌 없이 즐길 수 있는 마음이 갖고 싶다. 떳떳이 하늘을 쳐다볼 수 있는, 떳떳이 남을 대할 수 있는 마음이 갖고 싶었다.

오후 해 저물녘이다. 문기는 책보를 흔들흔들 고개를 숙이고 담임선생님 집 앞을 왔다가는 무춤하고 섰다가 그대로 지나가고 그대로 지나가고 한다. 세 번째는 드디어 그 집 문 안을 들어서서 선생님을 찾았다. 선생님은 문기를 안방으로 맞아들이었다. 학교에서 볼 때 엄하고 딱딱하던 선생님은 의외로 부드러이 웃는 낯으로 문기를 대한다. 문기는 선생님 앞에 엎드려 모든 것을 자백할^{스스로 고백할} 결심이었다. 그런데 선생님의 부드러운 태도에 도리어 문기는 말문이 열리지 않았다. 다음은 건넌방에서 어린애가 울어 못했다. 다음은 사모님이 들락날락하고 그리고 다음엔 손님이 왔다. 기어이 문기는 입을 열지 못한 채 물러 나오고 말았다.

먼저보다 갑절 무겁고 컴컴한 마음이었다. 도저히 문기의 약한 어깨로는 지탱하지 못할 무거운 눌림이다. 걸음은 집을 향해 가는 것이지만 반대로 마음은 멀어진다. 장차 집엘 가서 대할 숙모가 두려웠고 삼촌이 두려웠고 더욱이 점순이가 두려웠다.

어느덧 걸음은 삼거리를 건너고 있었다. 문기 등 뒤에서 아주 멀리 뿡뿡 하고 자동차 소리와 비켜라 하는 사람의 소리가 나는 듯하더니 갑자기 귀밑에서 크게 울린다. 언뜻 돌아다보니 바로 눈앞에 자동차 머리가 달려든다. 그리고 문기는 으쓱하고 높은 데서 아래로 떨어져 가는 듯싶은 감과 함께 정신을 잃고 말았다.

얼마 동안을 지났는지 모른다. 문기가 어렴풋이 눈을 떴을 때 무섭게 전등불이 밝아 눈이 부시었다. 문기는 다시 눈을 감았다. 두 번째 문기는

눈을 뜨자 희미하게 삼촌의 얼굴이 나타나며 그것이 차차 똑똑해지더니 삼촌은

"너 내가 누군 줄 알겠니?"

하고 웃지도 않고 내려다본다. 문기는 이것도 꿈인가 하고 한번 웃어 주려면서 그대로 맑은 정신이 났다. 문기는 병원 침대 위에 누워 있었다. 어디 아픈 데는 없으면서도 몸을 움직일 수는 없다. 삼촌은 근심스런 얼굴로 내려다본다.

"작은아버지."

하고 문기는 입을 열었다. 그리고

"저는 마땅히 받아야 할 벌을 받은 거예요."

하고 문기는 눈을 감으며 한마디 한마디 그러나 똑똑하게 처음부터 끝까지 먼저 고깃간 주인이 일 원을 십 원으로 알고 거슬러 준 것, 그 돈을 써 버린 것, 그리고 또 붙장 안의 돈을 자기가 훔쳐낸 것, 이렇게 하나하나 숨김없이 자백을 하자 이때까지 겹겹으로 몸을 싸고 있던 허물이 한 꺼풀 한 꺼풀 벗어지면서 따라 마음속의 어둠도 차차 사라지며 맑아지는 것을 문기는 확실히 깨달을 수 있었다. 마음이 맑아지며 따라 몸도 가뜬해진다. 내일도 해는 뜨고 하늘은 맑아지리라. 그리고 문기는 그 하늘을 떳떳이 마음껏 쳐다볼 수 있을 것이다. ✏

하늘은 맑건만

🖊 작품 정리

- **작가** 현덕(153쪽 '작가 소개' 참조)
- **갈래** 성장 소설
- **성격** 사실적
- **배경** 시간 – 일제 강점기 / 공간 – 어느 마을
- **시점** 3인칭 전지적 작가 시점
- **구성** '발단 – 전개 – 위기 – 절정 – 결말'의 5단계 구성
- **특징** 쉽고 간결한 문체를 사용하여 인물의 심리를 묘사함
- **주제** 도둑질로 인한 양심의 가책과 솔직함을 통한 갈등 해소
- **출전** 〈소년〉(1938)

🖊 구성과 줄거리

- **발단** **문기는 숨겨 둔 공과 쌍안경이 없어진 것을 발견하고 놀람**

  숙모와 작은아버지의 눈을 피해 숨겨 둔 공과 쌍안경이 없어진 것을 발견한 문기는 매우 놀라고, 작은아버지가 회사에서 돌아오면 큰일이 날 것 같아 불안해 한다.

- **전개** **심부름 거스름돈을 잘못 받고 그 돈으로 물건을 삼**

  고깃간에 숙모의 심부름을 갔다가 문기는 받아야 할 거스름돈의 10배에 해당하는 돈을 받아 들게 된다. 친구 수만과 함께 그 돈으로 사고 싶었던 물건들을 사고, 환등 기계를 사서 용돈을 벌 계획을 세운다.

- **위기** 작은아버지의 꾸지람을 듣고 부끄러워함

  문기는 작은아버지에게 공과 쌍안경을 수만에게 받았다고 거짓말하고, 작은아버지는 꾸지람과 훈계를 한다. 문기는 자신의 잘못을 깨닫고 매우 괴로워한다. 결국 문기는 공과 쌍안경을 버리고, 남은 돈을 고깃간 안마당에 던진다. 수만은 문기의 말을 믿지 못한다.

- **절정** 수만이 문기를 괴롭히고, 문기는 돈을 훔쳐 수만에게 줌

  수만은 문기를 쫓아다니며 괴롭히고, 문기는 장롱에서 숙모의 돈을 훔쳐 수만에게 준다. 그로 인해 누명을 쓴 아랫집 심부름꾼 점순이 쫓겨난다. 문기의 괴로움은 더 깊어진다. 자신의 죄를 고백하기 위해 선생님께 찾아가지만, 말하지 못하고 오는 길에 자동차 사고를 당한다.

- **결말** 모든 것을 고백하고 후련해짐

  문기는 정신을 차린 뒤 그사이의 일을 모두 고백하고 마음의 평화를 얻는다.

🖊 생각해 보세요

1 **문기의 내적 갈등과 외적 갈등을 각각 정리해 보자.**

문기의 내적 갈등은 양심과 비양심의 사이에서 일어나고 있다. 잘못 거슬러진 돈을 자신의 욕심을 위해 갖는 것이 올바르지 않고 부끄러운 일이라는 마음과, 그동안 가지고 싶었던 물건을 사고 앞으로 용돈 벌이의 기회가 될 수 있다는 또 다른 마음이 충돌하며 문기의 의식 속에서 갈등 구조가 형성된다. 양심을 지키려는 문기가 결국 공과 쌍안경을 버리고 남은 돈을 고깃간 안마당으로 던졌지만, 이를 믿지 않고 계속 문기를 괴롭히는 수만과의 관계에서 외적 갈등이 표출된다. 이 외적 갈등은 작품이 전개될수록 긴장감을 더해 준다.

2 이 작품의 독자가 주인공인 문기와 같은 또래의 소년이라고 할 때, 흥미롭게 읽을 수 있는 요소는 무엇인가?

이 작품은 쉽고 간결한 문체를 사용하여 문기의 갈등 심리, 문기를 부추겨 거스름돈을 갖게 하고 나중에는 집요하게 문기를 괴롭히는 수만의 행동들이 군더더기 없이 생생하게 그려져 있다. 또한 거짓말로 인한 괴로움이라는 소재를 사용해서 이야기를 이끌어 가고 있는데, 이러한 사건은 성장 과정에서 한 번쯤 경험할 수 있는 일이기 때문에 독자들의 흥미를 끌 수 있다.

3 현덕의 작품에 등장하는 아이들의 특징은 어떠한지, 이 작품을 예로 들어 설명해 보자.

많은 동화나 소년 소설에서 아이들은 맑고, 깨끗하고, 순수한 영혼을 지닌 모습으로 그려진다. 그러나 실제 아이들은 때로는 옳지 않은 짓을 저지르기도 하고, 그 때문에 고민하고 갈등하며, 결과적으로 그 경험을 통해 성장해 간다. 아이들의 삶과 심리를 이상적으로 보여주는 것이 아니라, 사실적이고 생생하게 보여 주고 있다는 점에서 현덕의 작품은 의의가 있다.

(존경하고 따름)

(대가 없이 노래를 가르쳐 줌)

음악 선생님

(같은 반)

나

친구

저(나)의 고등학생 시절에는 노래 실력이 뛰어나고 재미있는 이야기도 많이 들려주는 음악 선생님이 있었어요.
어느 날 봄 소풍을 갔을 때 폭력계의 실력자로 알려진 한 친구가 뛰어난 노래 실력으로 모두를 놀라게 했지요.
알고 보니 대학을 가고 싶어 하는 그 친구를 위해 선생님이 대가 없이 노래 실력을 키우도록 도와준 것이었어요.
저는 간절히 바라면 밝은 미래가 찾아온다는 선생님의 말씀을 여전히 곱씹으며 살아가고 있어요.

아무도 모르라고

고등학교에 입학하고 나서 첫 번째 음악 시간에 들어온 선생님은 목소리가 정말 좋았다. 음역은 테너^{남성의 가장 높은 음역의 가수}였고 오페라 가수로도 활동하고 있다고 했다. 음악 시간은 재미있는 이야기를 많이 들려주는 선생님 덕분으로 돌아오기를 기다리는 시간이 되었다.

"베르디의 〈아이다〉를 공연할 때였던가. 기사가 말을 타고 지나가는 장면이 있어서 경마장에 가서 훈련이 잘된 말을 한 마리 빌려왔어. 그런데 이 말을 타고 무대로 나오니까 말이 픽 쓰러져버리는 거야. 말에 타고 있던 기사도 떨어져서 나자빠지고. 알고 보니까 말은 전기에 굉장히 예민하대. 무대에는 조명 때문에 전선이 아래위로 지나가고 있거든. 그러니까 감전이 된 것처럼 일으켜 세워놔도 픽 쓰러지고, 픽 쓰러지고 해서 청중들은 웃고 박수 치고 난리가 났지. 『돈키호테』의 로시난테도 아니고."

무엇보다 매력적인 것은 선생님의 노래였다. 이따금 방과후에 운동장에서 축구를 하는 중에 음악실에서 연습하는 선생님의 노랫소리를 들을 수 있었다. 청아하고 가늘면서도 단단하게, 끝없이 올라갈 듯 아슬아슬하게 이어지는 그 목소리에 발밑에 굴러온 공을 차는 것도 잊을 정도였다.

선생님은 어려운 이야기를 하는 법이 없었다. 또한 언제나 구체적이었다. 이를테면 이런 식이었다.

"좋은 목소리를 가지고 싶어? 누구든지 그렇게 될 수 있어. 방법을 이 야기해주겠다. 매일 아침, 잠에서 깨어 목이 풀리기 전에 도레미파솔라 시도를 두 옥타브씩 세 번만 불러라. 빨리 좋아지기를 바라는 사람은 세 번이 아니라 열 번쯤 부르면 된다. 매일 세 옥타브 이상을 열 번을 부르 면 유명한 가수도 될 수 있다. 중요한 건 하루도 빼먹지 말고 매일 하라 는 거야. 그렇게 변성기 지나고 목소리가 정해지는 고등학교 3년 동안만 해도 누구한테나 좋은 인상을 주는 매력적인 목소리를 가지게 된다."

선생님의 말씀을 실천하는 일은 어렵지 않을 것 같았지만 나는 단 보 름도 계속하지 못했다. 하지만 그것만으로도 목소리에 전에 없는 윤기 가 생긴 것 같았다.

같은 반에 학교 주변 폭력계의 실력자로 알려진, 학교에서는 거의 말 을 하지 않는 친구가 있었다. 그 친구와 단 한 번 마음속에 있는 이야기 를 나눈 적이 있다. 그는 대학에 꼭 가고 싶다고 했다. 학교 성적으로는 불가능하고 싸움은 자신 있지만 싸움 실력으로는 체대에도 못 가니 예 능 쪽으로 알아봐야겠다는 것이었다. 나는 그가 노래 부르는 것을 한 번 도 들어본 적이 없었다. 음악 시간에도 평소처럼 입을 열지 않았기 때문 이다.

그로부터 일 년쯤 뒤인 2학년 봄 소풍을 갔을 때였다. 장기자랑 시간에 음악 선생님이 갑자기 그 친구에게 나와서 노래를 불러보라고 하는 것 이었다. 그러자 그 친구가 망설임 없이 나오더니 독일어로 된 가곡을 유 창하게 불렀다. 아이들은 깜짝 놀랐다.

"앙코르 안 해? 니들 다 죽고 싶어?"

그가 미소를 머금고 어안이 벙벙한 우리를 향해 말했다. 그제야 박수 가 나왔다. 의아함과 두려움, 수런거림이 섞인 약한 박수였다. 그는 두

번째 노래로 우리가 음악 시간에 배운 가곡 〈아무도 모르라고〉를 선택
했다.

> 떡갈나무숲 속에 졸졸졸 흐르는
>
> 아무도 모르는 샘물이길래
>
> 아무도 모르라고 도로 덮고 내려오지요.
>
> 나 혼자 마시곤
>
> 아무도 모르라고
>
> 도로 덮고 내려오는 이 기쁨이여.

　나는 그 노래가 그토록 우아하고 기품이 있으며 위트가 들어 있는 노
래인 줄 몰랐다. 노래가 끝난 뒤 한 곡 더 하라는 아우성과 박수, 휘파람
소리가 요란했다. 그는 무대 위의 가수처럼 멋진 포즈로 사양을 하고 제
자리로 돌아갔다.

　나중에 알고 보니 그는 음악 선생님을 찾아가 대학에 가고 싶고 노래
를 잘 부르고 싶다는 자신의 바람을 말했다고 한다. 선생님은 한번 마음
먹은 것을 바꾸지 않는다, 시키는 대로 꾸준히 실천한다는 조건하에 아
무런 대가 없이 음대에 진학할 수 있는 노래 실력을 갖출 수 있게 도와주
었다.

　고등학교 2학년, 생애 마지막 음악 시간이 되어버린 그 시간에 음악 선
생님은 지금까지도 가끔 곱씹고 있는, 오래도록 여운이 남는 말씀을 해
주었다.

　"너희의 미래는 지금 너희가 되기를 열렬히, 간절하게 바라는 바로 그
것이다." ✐

아무도 모르라고

작가 소개

성석제(成碩濟, 1960~)

소설가이자 시인이다. 1986년 〈문학사상〉에서 시 부문 신인상을 수상하며 등단했으며, 1995년 〈문학동네〉 여름호에 단편 「내 인생의 마지막 4.5초」를 발표하며 본격적인 소설가의 길로 들어섰다. 해학과 풍자, 과장 등을 통해 현대 사회의 다양한 인간상을 그려 내는 작품을 주로 썼다. 저서에는 소설집 『그곳에는 어처구니들이 산다』, 『황만근은 이렇게 말했다』 등과 수필집 『쏘가리』, 『칼과 황홀』 등이 있다.

작품 정리

- **갈래**　장편 소설(掌篇 '손바닥 소설'이라고도 하며, '손바닥처럼 짧은 소설'이라는 뜻), 성장 소설, 콩트(conte)
- **성격**　자전적, 회고적, 사실적
- **배경**　시간 - 현대 / 공간 - 고등학교
- **시점**　1인칭 관찰자 시점
- **구성**　일종의 콩트 소설로 삶의 한 장면을 포착하여 서술
- **특징**　• 고등학교 때 만난 음악 선생님과 관련된 일화를 서술하여 주제 의식을 드러냄
　　　　• 이야기의 전개가 속도감 있게 펼쳐짐
- **주제**　열렬히 바라고 간절히 노력하면 밝은 미래가 찾아옴
- **출전**　『인간적이다』(2010)

✏️구성과 줄거리 -

- **도입** **고등학교 때의 음악 선생님을 떠올림**

  '나'에게는 어른이 된 지금까지도 인상 깊게 남아 있는 음악 선생님이 있다. 고등학생 때의 음악 선생님인 그는 노래를 잘하고 재미있는 이야기를 많이 들려주어 학생들에게 인기가 많았다.

- **전개** **한 친구가 아무도 몰랐던 노래 실력을 뽐냄**

  어느 날 봄 소풍에서 한 친구가 노래를 불렀는데, 실력이 무척 뛰어나 모든 학생들이 놀랐다. 그 친구는 평소에 노래보다는 폭력계의 실력자로 알려져 있던 친구였다. '나'는 이 친구가 대학에 가고 싶은 마음에 음악 선생님께 노래 실력을 키워 달라고 부탁하여 열심히 노력했음을 알게 된다.

- **결말** **음악 선생님의 말씀을 마음에 새김**

  어른이 된 '나'는 '열렬히 바라고 간절히 노력하면 밝은 미래가 찾아온다'고 말했던 음악 선생님의 말씀을 마음에 새기고 살아가고 있다.

✏️생각해 보세요 -

1 아주 짧은 분량인 이 소설을 왜 '장편 소설'이라고 하는가?

이 작품은 길다는 뜻의 장편 소설(長篇小說)이 아닌, 손바닥처럼 짧은 소설이라는 뜻의 장편 소설(掌篇小說)이다. '손바닥 소설'이라 부르기도 한다. 단편 소설(短篇小說)보다도 분량이 짧은 소설로, 삶의 인상적인 한 장면을 유머 있게 표현하여 주제를 전달하는 점이 특징이다.

2 이 작품을 통해 작가가 전하려고 한 메시지는 무엇인가?

작가는 고등학교 시절의 음악 선생님과 얽힌 이야기를 통해 간절히 바라고 꿈을 이루기 위해 노력하면 밝은 미래가 찾아온다는 주제 의식을 드러낸다.

이웃

나   에밀

저(나)는 나비 수집을 좋아했어요. 어느 날, 희귀종인 푸른 날개 나비를 잡았답니다. 이웃집에 사는 에밀에게
자랑했지만 안 좋은 소리만 들었지요. 2년 후 에밀이 점박이를 가지고 있다는 소식을 들었어요. 저는 점박이를
훔치다가 아름다운 날개를 망가뜨렸지요. 에밀에게 사실대로 말하고 용서를 구했지만 마음이 무겁네요.

나비

　여덟 살인가, 아홉 살 때 나는 처음으로 나비를 잡기 시작했다. 그다지 재미를 느낀 것은 아니어서 다른 애들이 하니까 따라 해 보는 정도였다. 그러나 열 살이 되면서 입장이 조금씩 바뀌었다. 완전히 나비 잡기에 빠져들었던 것이다. 심지어는 나비 잡는 일 때문에 다른 일을 전혀 하지 못할 정도였다. 주변 사람들은 그런 나를 걱정스럽게 바라보았다. 나는 나비 잡는 일에 미쳐서 수업 시간은 물론, 점심 먹는 일까지 깜빡 잊어버리기 일쑤였다. 학교를 쉬는 날은 빵 한 쪽을 호주머니에 넣고 아침 일찍부터 밤 늦게까지 뛰어다녔다.

　지금도 아름다운 나비를 보면, 이따금 그때의 열정이 되살아난다. 그럴 때마다 나는 어린아이만이 느낄 수 있는 황홀한 감정에 사로잡힌다. 소년 시절에 처음으로 노랑나비를 찾아냈던 그때의 기분 그대로를 느낄 수 있는 것이다. 자연스럽게 나는 어린 날의 추억 속으로 빠져든다. 풀꽃 향기가 코를 찌르는 어느 날의 정오와, 정원 속의 서늘한 아침과, 신비로운 숲 속의 저녁, 나는 마치 보물을 찾아 헤매는 사람처럼 나비를 노리고 있다. 아리따운 나비를 발견하면 숨이 막힐 지경이 되어 가만가만 다가선다. 특별히 진귀한 것이 아니라도 좋았다. 꽃 위에 앉아서 빛깔이 고운 날개를 호흡과 함께 드러내고 있는 나비를 볼 때마다 나는 가슴이 뛰었다. 반짝이는 반점의 하나하나, 날개 속에 드러난 맥줄맥이 벋어 있는 줄기의 하나하나, 가는 촉각의 갈색 잔털의 하나하나가 뚜렷이 보일 때마다 느껴지는 긴장과 환희는 이루 말할 수 없는 것이었다. 그 미묘한 기쁨과 거센 욕망의 교차는 어른이 된 이후에는 결코 느낄 수 없는 것이었다.

부모님은 내게 나비 잡는 일과 관련해서 어떠한 장비도 마련해 주지 않았다. 따라서 나는 잡은 나비들을 헌 종이 상자에다 간추려 두는 수밖에 없었다. 병마개에서 뽑은 동그란 코르크를 밑바닥에 발라 붙이고, 그 위에 핀을 꽂아 나비를 고정했다. 애써 수집한 나비들을 초라한 상자 속에 보관할 수밖에 없었던 것이다. 처음에 나는 친구들에게 곧잘 내가 잡은 나비를 보여 주었다. 그러나 친구들의 나비 상자는 내가 가진 것과 비교할 수 없는 것이었다. 친구들이 가진 것은 대개 유리 뚜껑이 달린 나무 상자에 푸른빛 거즈흔히 붕대로 사용하는, 가볍고 부드러운 무명베를 친 사육 상자로 사치스러운 것들이었다. 나는 이내 친구들에게 나비 상자 보여 주는 일을 그만두었다. 아주 가끔씩, 썩 마음에 드는 나비를 잡게 되도 친구들에게는 비밀로 하고 누이들에게만 살짝 보여 주었다.

그러던 어느 날, 나는 아주 특별한 나비 한 마리를 잡았다. 우리 고장에서 쉽게 볼 수 없는 푸른 날개의 나비였다. 기쁨에 들뜬 나는 푸른 나비를 이웃집 아이에게 보여 주고 싶어졌다. 이웃집 아이란, 뜰 건너편 집에 사는 교원의 아들 에밀이었다. 에밀은 흠 잡을 수 없을 만큼 깜찍했지만 약간 건방진 게 흠이었다. 나비 잡는 솜씨는 보잘것없었으나 수집물을 깨끗하고 정확하게 정리하는 솜씨가 뛰어났다. 게다가 그는 나비의 찢긴 날개를 풀로 이어 맞추는, 남이 잘하지 못하는 아주 어려운 기술을 가지고 있었다. 어쨌든 모든 점에서 그는 모범 소년이었다. 그 때문에 나는 열등감을 느끼며 그를 미워했다. 나는 그에게 내가 잡은 진귀한 나비를 보여 줌으로써 코를 납작하게 해 줄 생각이었던 것이다.

에밀은 천천히 푸른 날개의 나비를 뜯어보았다. 마치 대단한 전문가라도 되는 듯한 태도였다. 그는 아주 귀한 나비임을 인정하며 십 전짜리 가치는 되겠다고 중얼거렸다. 하지만 이내 눈을 빛내며 트집을 잡기 시작했다. 날개를 편 방식이 나쁘다느니, 오른쪽 촉각이 비틀어졌다느니, 왼쪽 촉각이 뻗어 있다느니, 그 위에 다리가 두 개 떨어졌다느니 하며 이죽거렸다 자꾸 밉살스럽게 지껄이며 짓궂게 빈정거렸다. 녀석의 혹평酷評 가혹하게 비평함 때문에 나는 좋았던 기분이 형편없이 나빠졌다. 그날 이후, 나는 두 번 다시 에밀에게 내가 수집한 나비를 보여 주지 않았다.

그로부터 2년이 흘렀다. 제법 머리가 굵은 소년이 되었지만 나는 여전히 나비 잡는 일에 몰두하고 있었다. 그때 놀라운 소문 하나가 친구들 사이에 퍼졌다. 이웃집 에밀이 점박이를 번데기에서 직접 길러 냈다는 얘기였다. 그건 대단한 사건이었다. 친구들 중에는 그 누구도 아직 점박이를 잡은 아이가 없었다. 나 또한 낡은 책에서 그림으로나 겨우 보았을 뿐이었다. 때문에 나는 누구보다 점박이에 애착을 느끼고 있던 터였다. 몇 번이나 그림책을 들여다보며 언젠가 점박이를 잡고 말겠다고 다짐하곤 했던 것이다. 나무둥치나 바위에 앉아 있기를 좋아하는 갈색의 점박이는, 새가 자신을 잡아먹기 위해 다가올 때마다 아름다운 뒷날개를 드러내 보인다고 했다. 그때마다 새들은 겁을 먹고 함부로 덤비지 못한다는 것이었다. 그 점박이를 에밀 녀석이 떡하니 길러 낸 것이다.

에밀이 점박이를 가졌다는 소문을 듣고부터 나는 흥분에 휩싸였다. 그것을 꼭 한 번 보고 싶어 견딜 수 없었다. 어느 날, 나는 식사를 마친 뒤 몰래 이웃집 4층으로 올라갔다. 에밀은 자신의 공부방을 가지고 있었는데 나는 늘 그것이 부러웠다. 나는 발뒤축을 들고 조심스럽게 에밀의 방으로 접근했다. 다행인지 도중에 나는 아무도 만나지 않았다. 문을 두드려 보았지만 아무런 대답이 없었다. 손잡이를 돌려 보니 문은 잠겨 있지 않았다. 나는 조심스럽게 방으로 들어섰다. 실물을 내 두 눈으로 확인하고 싶은 마음이 간절했다.

방에 놓인 두 개의 나비 상자를 열어 보았다. 그러나 어떻게 된 일인지 점박이는 들어 있지 않았다. 나는 고개를 들어 날개 판을 살펴보았다. 그 순간 숨이 멎는 듯한 기분에 사로잡혔다. 갈색 벨벳거죽에 곱고 짧은 털이 촘촘히 돋게 짠 비단 날개가 길쭉한 종이쪽 위에 펼쳐진 채 날개 판에 걸려 있었던 것이다. 나는 날개 판을 끌어 내려 털이 돋친 적갈색의 촉각과, 그지없이 아름다운 빛깔을 띤 날개의 선, 양털 같은 털을 가진 점박이를 살피기 시작했다. 나는 이내 점박이를 좀 더 자세히 살피고 싶다는 유혹에 사로잡혔다. 종이쪽을 떼어 내고, 꽂혀 있는 핀을 살짝 뽑았다. 그러자 네 개의 커다란 무늬가 그림에서보다도 훨씬 더 아름답게, 찬란한 빛으로 나의 눈앞에 드러났다. 가슴이 빠르게 두근거렸다. 나는 점박이를 손에 넣고 싶은 강한 욕망에 사로잡혔다. 결국 그날 나는 태어나서 난생 처음으로 도둑질을 했다. 점박이를 떼어 내어 손바닥에 올린 후 급히 에밀의 방을 나왔던 것이다.

나비를 오른손에 감추고 조용히 층계를 내려왔다. 그때 아래편에서 누군가 위로 올라오는 발소리가 났다. 나비에만 정신이 팔려 있던 나는 그제야 비로소 양심의 눈을 떴다. 동시에 온몸으로 불안감이 엄습했다. 들키면 끝장이었다. 나는 나비를 쥔 손을 허겁지겁 저고리 속에 집어넣었다. 부끄러운 생각에 가슴이 서늘해졌다. 계단을 올라온 것은 그 집의 하녀였다. 나는 태연하게 하녀와 엇갈려 현관을 나섰다. 얼굴이 홍시처럼 달아오른 가운데 팔다리가 덜덜 떨렸다. 등에서는 식은땀이 흘렀다. 양심의 소리가 나비를 가져가서는 안 된다고 속삭였다. 괴로운 심정으로 나는 잠시 망설였다. 결국 나는 다시 발길을 돌려 에밀의 방으로 들어섰다. 주머니에서 손을 뽑아 나비를 책상 위에 꺼내 놓았다. 점박이는 앞날개 하나와 촉각 하나가 떨어져 있었다. 나는 울고 싶어졌다. 떨어진 날개를 조심스레 주머니 속에서 끄집어내리려고 하니까, 그나마 산산이 바스러져서 이어 붙일 수조차 없게 되었다. 도둑질보다도, 아름답고 찬란한 나비를 내 손으로 망가뜨렸다는 사실이 나를 더 괴롭게 했다. 나는 멍한 얼굴로 손과 책상을 번갈아 바라보았다. 날개의 갈색 분이 손끝에 잔뜩 묻어 있었다. 책상 위에는 날개의 바스러진 조각들이 이리저리 흩어져 있었다. 나비를 완전히 원형대로 돌려놓을 수만 있다면 무엇이라도 할 수 있을 것 같았다.

나는 어깨를 늘어뜨린 채 집으로 돌아왔다. 하루 종일 뜰 안에 주저앉아 아무것도 하지 못했다. 양심의 가책阿責 잘못에 대하여 꾸짖음이 나를 수시로 괴롭혔다. 결국 나는 용기를 내어 모든 일을 어머니에게 말씀드렸다. 어머니는 슬픔에 잠겨 내게 충고했다.

"에밀을 찾아가서 사실을 고백하고 용서를 빌어라. 그것밖에는 아무런 길이 없다. 정 안 되면 네가 가진 것 중에서 하나를 주겠다고 해 보렴."

만약 그 상대가 에밀이 아니었다면 나는 서슴지 않고 찾아가 용서를 빌었으리라. 하지만 에밀에겐 그러고 싶지 않았다. 그가 나의 사과를 받아 주지 않을 것이라는 걸 잘 알고 있었기 때문이다. 저녁이 될 때까지도 나는 용기를 내지 못하고 머뭇거렸다. 어머니가 재차 말했다.

"오늘 중으로 찾아가야 한다."

결국 나는 에밀을 찾아갔다. 에밀은 나를 보자마자 점박이에 관한 말부터 꺼냈다. 누가 그랬는지 점박이를 아주 못쓰게 만들어 놓았다는 것이었다. 사람의 소행인지 고양이의 소행인지 알 수 없다고 했다. 나는 나비를 좀 보여 달라고 청했다. 그는 나를 방으로 안내한 뒤 촛불을 켰다. 못쓰게 된 나비가 날개 판 위에 올려져 있었다. 그는 부서진 날개를 정성껏 주워 모아서 작은 압지押紙 잉크나 먹물로 쓴 것이 번지지 아니하도록 위에서 눌러 물기를 빨아들이는 종이 위에 펴 놓았다. 날개를 손질하느라고 무척 고심한 흔적이 엿보였다. 나는 담담한 얼굴로 모든 게 내가 저지른 일임을 밝혔다. 에밀은 격분하거나몹시 노여워하거나 큰 소리로 나를 꾸짖지 않았다. 한동안 나를 지켜보다가 혀를 끌끌 차며 말했다.

"이제 너란 놈의 실체를 알겠어."

나는 에밀에게 내 장난감을 모두 주겠다고 약속했다. 에밀은 반응하지 않았다. 고개를 돌리고 앉아 비웃는 눈으로 이따금씩 나를 쳐다보았다. 이번에는 내가 수집한 나비를 전부 주겠다고 말했다.

"그렇게까지 할 필요는 없어. 나는 네가 모은 것들이 어떤 것인지 잘 알고 있으니까. 게다가 네가 나비를 다루는 솜씨 또한 잘 알고 있으니까."

그 순간, 나는 녀석의 멱살을 움켜쥐고 싶은 충동에 시달렸다. 어차피 일은 저질러졌다. 나는 친구의 나비를 못쓰게 만든 나쁜 놈이 되었고 에밀은 천하의 정직한 소년으로 내 앞에 당당히 군림하게 된 것이다. 그날, 나는 한번 저지른 일은 어떻게도 바로잡을 도리가 없다는 것을 알게 되었다. 무엇보다 두 번 다시 그런 실수를 하지 않는 게 중요했다.

집으로 돌아왔지만 마음은 여전히 무거웠다. 어머니는 경과를 묻지 않은 채 조용히 내 볼에 키스를 해 주었다. 잠들기 전, 나는 그동안 애써 수집한 나비 상자를 가져와 뚜껑을 열었다. 그런 다음, 핀으로 눌러 놓은 나비들을 하나하나 끄집어내었다. 나는 손으로 나비들을 비벼서 죄다 가루로 만들었다. 🖊

나비

✏️ 작가 소개

헤르만 헤세(Hermann Hesse, 1877~1962)

독일 뷔르템베르크의 칼프에서 태어났다. 시집 『낭만적인 노래』로 등단했다. 괴테상과 노벨 문학상을 수상했다. 그는 한때 낭만주의 문학에 경도되어 있었다. 그 후 점차 현실과 대결하는 영혼의 모습을 담은 작품들을 발표했다. 전쟁의 야만성, 나치즘에 대한 저항 정신, 동양에 대한 관심 등을 작품 속에 담아 내면서 자신만의 작품 세계를 구축해 나갔다. 주요 작품으로 「데미안」, 「싯다르타」, 「황야의 이리」, 「유리알 유희」 등이 있다.

✏️ 작품 정리

- **갈래** 성장 소설
- **성격** 고백적, 회고적
- **배경** 시간 – 주인공의 유년 시절 / 공간 – 작은 시골 마을
- **시점** 1인칭 주인공 시점
- **구성** '발단 – 전개 – 위기 – 절정 – 결말'의 5단계 구성
- **특징** • 욕망과 양심 사이에서 갈등하는 주인공의 심리를 섬세하게 표현함
  • 정신적으로 성숙하는 모습을 그림
- **주제** 소년의 나비에 대한 집착과 내적 갈등을 통한 성숙

✏️ 구성과 줄거리

- **발단** **'나'는 나비 수집에 몰두함**

  '나'의 취미는 나비 수집으로 '나'는 그 취미에 몰두해 있다.

- **전개** 에밀이 푸른 날개 나비에 대해 혹평을 함

  '나'는 희귀종인 푸른 날개 나비를 잡아 이웃인 에밀에게 보여주지만 혹평을 듣는다.

- **위기** 에밀이 점박이를 가지고 있다는 소문이 퍼짐

  '나'는 그 이후 에밀에게 나비를 보여 주지 않는다. 어느 날 '나'는 에밀이 점박이를 가지고 있다는 소문을 듣게 된다.

- **절정** 에밀이 가지고 있던 점박이를 못쓰게 만듦

  '나'는 몰래 에밀의 방에 들어가 점박이를 훔쳐서 나오지만, 나비가 망가져 버린다.

- **결말** 에밀에게 사과하지만 실수는 돌이킬 수 없다는 사실을 깨달음

  양심의 가책에 시달리던 '나'는 에밀에게 고백하고 사과하지만, 에밀은 차가운 반응을 보인다. '나'는 내 나비들을 모두 가루로 만들어 버린다.

✐ 생각해 보세요 -

1 이 작품에서 주인공이 겪는 내적 갈등에 대해 설명하시오.

작가는 주인공의 내면을 섬세하게 기술하고 있다. 에밀의 방에서 '나'는 에밀의 점박이를 훔치고 싶은 욕망과 잘못된 행동을 하면 안 된다는 양심 사이에서 갈등하다가 결국 나비를 훔치게 된다. 나비를 몰래 훔쳐서 계단을 내려오다가 하녀의 발걸음 소리를 들은 뒤에는 도둑질을 했다는 죄책감과 도둑질이 들통날지도 모른다는 공포로 몹시 괴로워한다. 어머니의 조언을 듣고 에밀에게 고백을 하지만 에밀이 냉랭한 반응을 보이자 '나'는 수치심과 허망함을 느끼며 집착했던 대상인 나비 표본을 모두 부스러뜨려 버린다.

2 이 작품의 성장 소설로서의 특징을 설명하시오.

성장 소설이란 주인공이 자아를 형성해 나가는 과정을 그린 소설이다. 성장 소설의 주인공들은 여러 가지 경험을 통해 정신적·육체적으로 성장해 나가는 모습을 보여준다. 이 작품의 주인공인 '나'는 나비를 훔친 일, 망가진 나비를 몰래 돌려놓고 말을 하지 않은 일로 양심의 가책을 겪으며 괴로워한다. 결국 고백하고 사과함으로써 내적 갈등에서 벗어나게 되며, 자신이 맹목적으로 집착했던 대상을 스스로 파괴함으로써 이전과는 다른 세계로 진입하게 된다.

혼신을 바친 인생, 장인 정신

일본에는 '모노즈쿠리'라는 단어가 있습니다. 사전적 의미는 '물건을 만든다'이지만 여기에는 혼신의 힘을 다해 최고의 제품을 만든다는 뜻이 담겨 있어 '장인 정신'의 상징으로 사용됩니다. 이와 함께, '쇼쿠닌職人 정신'은 자신의 분야에서 최고를 지향하는 태도를 일컫습니다. 자신의 일에서 최고가 된다는 것은 무엇을 의미할까요?

· 광화사 · 코르니유 영감의 비밀

인물관계도

솔거
(미녀상 그림)

소경 처녀

여 (솔거 이야기를 만듦)

저(여)는 인왕산에 올라 화공 솔거의 이야기를 만들었어요. 미녀상을 그리고 싶었던 솔거는 소경 처녀를 만났어요.
그는 눈동자만 그리면 되는 상태로 그림을 남겨 두고 처녀를 아내로 맞이했습니다. 그러나 처녀의 아름다움은 사라져
버렸고 솔거는 광인이 되어 처녀를 죽이고 말았어요. 그때 먹물이 튀어 그림 속 미인의 눈동자가 되었답니다.

광화사

인왕仁王.

바위 위에 잔솔^{어린 소나무}이 서고 아래는 이끼가 빛을 자랑한다.

굽어보니 바위 아래는 몇 포기 난초가 노란 꽃을 벌리고 있다. 바위에 부딪치는 잔바람에 너울거리는 난초 잎.

여余는 허리를 굽히고 스틱으로 아래를 휘저어 보았다. 그러나 아직 난에서는 사오 척의 거리가 있다. 눈을 옮기면 계곡.

전면이 소나무의 잎으로 덮인 계곡이다. 틈틈이는 철색鐵色 ^{검푸르고 약간 흰빛이 도는 빛깔}의 바위도 보이기도 하나 나무 밑의 땅은 볼 길이 없다. 만약 그 자리에 한 번 넘어지면 소나무의 잎 위로 굴러서 저편 어디인지 모를 골짜기까지 떨어질 듯하다.

여의 등 뒤에도 이십삼 장丈 ^{한 장은 약 3미터에 해당}이 넘는 바위다. 그 바위에 올라서면 무학舞鶴재로 통한 커다란 골짜기가 나타날 것이다. 여의 발 아래도 장여丈餘 ^{한 길 남짓한 길이. 한 길은 약 2.4미터 또는 3미터에 해당}의 바위다.

아래는 몇 포기 난초, 또 그 아래는 두세 그루의 잔솔, 잔솔 넘어서는 또 바위, 바위 위에는 도라지꽃. 그 바위 아래로부터는 가파른 계곡이다.

그 계곡이 끝나는 곳에는 소나무 위로 비로소 경성 시가의 한편 모퉁이가 보인다. 길에는 자동차의 왕래도 가맣게^{헤아릴 수 없이 많게} 보이기는 한다. 여전한 분요紛擾 어수선하고 소란스러움와 소란의 세계는 그곳에 역시 전개되어 있기는 할 것이다.

그러나 여가 지금 서 있는 곳은 심산이다. 심산이 가져야 할 온갖 조건을 구비하였다. 바람이 있고 암굴이 있고 산초 산화가 있고 계곡이 있고 생물이 있고 절벽이 있고 난송亂松이 있고…… 말하자면 심산이 가져야할 유수미幽邃味그윽하고 깊은 맛를 다 구비하였다.

본시는 이 도회는 심산 중의 한 계곡이었다. 그것을 오백 년간을 닦고 갈고 지어서 오늘날의 경성부를 이룬 것이다.

이러한 협곡에 국도國都 수도를 창건한 이태조의 본의가 어디 있었는지는 알 길이 없다. 그러나 오늘날의 한 산보객의 자리에서 보자면 서울은 세계에 유례가 없는 미도美都일 것이다.

도회에 거주하며 식후의 산보로서 풀대님바지나 고의를 입고서 대님을 매지 않고 그대로 터놓음 채로 이러한 유수한그윽하고 깊숙한 심산에 들어갈 수 있다는 점으로 보아서 서울에 비길 도회가 세계에 어디 다시 있으랴.

회흑색灰黑色의 지붕 아래 고요히 누워 있는 오백 년의 도시를 눈 아래 굽어보는 여의 사위四圍 사방의 둘레에는 온갖 고산 식물이 난성亂盛 어지럽게 무성함하고, 계곡에 흐르는 물소리와 눈 아래 날아드는 기조奇鳥들은 완연히 여로 하여금 등산객의 정취를 느끼게 한다.

여는 스틱을 바위틈에 꽂아 놓았다. 그리고 굴러떨어지기를 면키 위하여 바위와 잔솔의 새에 자리 잡고 비스듬히 앉았다. 담배를 피우고 싶었으나 잠시의 산보로 여기고 담배도 안 가지고 나온 발이 더듬더듬 여기까지 미쳤으므로 담배도 없다.

시야視野의 한편에는 이삼 장丈의 바위, 다른 한편에는 푸르른 하늘, 그 끝으로는 솔잎이 서너 개 어렴풋이 보인다. 그윽이 코로 몰려 들어오는 송진 내음새. 소나무에 불리는 바람 소리.

유수키 짝이 없다. 여가 지금 앉아 있는 자리는 개벽 이래로 과연 몇 사람이나 밟아 보았을까. 이 바위 생긴 이래로 혹은 여가 맨 처음 발 대어 본 것이 아닐까. 아까 바위를 기어서 이곳까지 올라오느라고 애쓰던 그런 맹랑한 노력을 하여 본 바보가 여 이외에 몇 사람이나 있었을까. 그런 모험을 맛보기 위하여 심산을 찾는 용사는 많을 것이로되 결사적 인왕 등산을 한 사람은 그리 많으리라고 생각되지 않는다.

등 뒤 바위에는 암굴이 있다. 뱀이라도 있을까 무서워서 들어가 보지는 않았지만 스틱으로 휘저어 본 결과로 두세 사람은 넉넉히 들어가 앉아 있음직하다. 이 암굴은 무엇에 이용할 수가 없을까. 음모陰謀의 도시 한양은 그새 오백 년간 별별 음흉한 사건이 연출되었다. 시가 끝에서 반 시간 미만에 넉넉히 올 수 있는 이런 가까운 거리에 뚫린 암굴은, 있는 줄 알기만 하였으면 혹은 음모에 이용되지 않았을까.

공상!

유수한 맛에 젖어 있던 여는 이 암굴 때문에 차차 불쾌한 공상에 빠지기 시작하려 한다. 온갖 음모, 그 뒤를 잇는 살육, 모함, 방축放逐 자리에서 쫓아냄, 이조 오백 년간의 추악한 모양이 여로 하여금 불쾌한 공상에 빠지게 하려 한다. 여는 황망히 이런 불쾌한 공상에서 벗어나려고 또 주머니에 담배를 뒤적이었다. 그러나 담배는 여전히 있을 까닭이 없었다.

다시 눈을 들어서 안하眼下 눈 아래를 굽어보면 일면에 깔린 송초松梢!

반짝!

보매 한 줄기의 샘이다. 소나무 틈으로 보이는 그 샘은 아마 바위틈을 흐르는 샘물인 듯. 똘똘똘똘 들리는 것은 아마 바람 소리겠지. 저렇듯 멀리 아래 있는 샘의 소리가 이곳까지 들릴 리가 없다.

샘물!

저 샘물을 두고 한 개 이야기를 꾸미어 볼 수가 없을까. 흐르는 모양도 아름답거니와 흐르는 소리도 아름답고 그 맛도 아름다운 샘물을 두고 한 개 재미있는 이야기가 여의 머리에 생겨나지 않을까. 암굴을 두고 생겨나려던 음모 살육의 불쾌한 공상보다 좀 더 아름다운 다른 이야기가 꾸미어지지 않을까.

여는 바위틈에 꽂았던 스틱을 도로 뽑았다. 그 스틱으로써 여의 발아래 바위를 가볍게 두드리면서 한 개 이야기를 꾸미어 보았다.

한 화공畵工이 있다.

화공의 이름은? 지어내기가 귀찮으니 신라 때의 화성畵聖의 이름을 차용借用 물건을 빌리거나 돈을 꾸어 씀하여 솔거率居라 하여 두자.

시대는? 시대는 이 안하에 보이는 도시가 가장 활기 있고 아름답던 시절인 세종 성주聖主 성군(聖君)의 대쯤으로 하여 둘까.

백악이 흘러내리다가 맺힌 곳. 거기는 한양의 정기를 한 몸에 지닌 경복궁 대궐이 있다. 이 대궐의 북문인 신무문神武門 밖 우거진 뽕밭 새에 한 중로中老 중늙은이의 사나이가 오뇌懊惱 뉘우쳐 한탄하고 번뇌함스러운 얼굴을 하고 숨어 있다.

화공 솔거였다.

무르익은 여름 뜨거운 볕은 뽕잎이 가려 준다 하나 훈훈한 기운은 머리 위 뽕잎과 땅에서 우러나서 꽤 무더운 이 뽕밭 속에 숨어 있는 화공.

자그마한 보따리에는 점심까지 싸 가지고 온 것으로 보아서 저녁까지 이곳에 있을 셈인 모양이다.

그러나 무얼 하는지. 단지 땀을 평평 흘리며 오뇌 어린 얼굴로 앉아 있을 뿐이다.

왕후 친잠王后親蠶 양잠업을 장려하는 의미로 왕후가 몸소 누에를 치던 일에 쓰이는 이 뽕밭은 잡인들이 다니지 못할 곳이다. 하루 종일을 사람의 그림자 하나 얼씬하지 않는다.

때때로 바람이 우수수하니 통나무 위로 불기는 하나 솔거가 숨어 있는 곳에는 한 점의 바람도 들어오지 않는다. 이 무더운 속에 솔거는 바람이 불 적마다 몸을 흠칫흠칫 놀라며 그러면서도 무엇을 기다리는 듯이 뽕나무 그루 아래로 저편 앞을 주시하곤 한다.

이윽고 석양이 무악을 넘고 이 도시도 황혼이 들었다.

날이 어둡기를 기다려서 이 화공은 몸을 숨겨 가지고 거기서 나왔다.

"오늘은 헛길, 내일이나 다시 볼까."

한숨을 쉬면서 제 오막살이를 찾아 돌아가는 화공. 날이 벌써 꽤 어두웠지만 그래도 아직 저녁빛이 약간 남은 곳에 내어놓은 이 화공은 세상에 보기 드문 추악한 얼굴의 주인이었다. 코가 질병질흙으로 구워 만든 병 자루 같다. 눈이 퉁방울품질이 낮은 놋쇠로 만든 방울 같다. 귀가 박죽'밥주걱'의 방언 같다. 입이 나발통나발 같다. 얼굴이 두꺼비 같다. 소위 추한 얼굴을 형용하는 온갖 형용사를 한 얼굴에 지닌 흉한 얼굴의 주인으로서 그 얼굴이 또한 굉장히도 커서 멀리서 볼지라도 그 존재가 완연하리만 하다.

이 얼굴을 가지고는 백주白晝 대낮에는 나다니기가 스스로 부끄러울 것이다.

아닌 게 아니라 솔거는 철이 든 아래 아직껏 백주에 사람 틈에 나다닌

일이 없었다.

일찍이 열여섯 살에 스승의 중매로써 어떤 양가 처녀와 결혼을 하였지만 그 처녀는 솔거의 얼굴을 보고 기절을 하고 기절에서 깨어나서는 그냥 집으로 도망쳐 버리고, 그다음에 또 한 번 장가를 들어 보았지만 그 색시 역시 첫날밤만 정신 모르고 치른 뒤에는 이튿날은 무서워서 죽어도 같이 못 살겠노라고 부모에게 떼를 써서 두 번째의 비극을 겪고,

이러한 두 가지의 사변을 겪고 난 뒤에는 솔거는 차차 여인이라는 것을 보기를 피하여 오다가 그 괴벽이 점점 자라서 나중에는 일체로 사람이란 것의 얼굴을 대하기가 싫어졌다.

사람을 피하기 위하여— 그리고 또한 일방으로는 화도畵道 그림을 그리는 올바른 도리에 정진하기 위하여 인가를 떠나서 백악의 숲속에 조그만 오막살이를 하나 틀고 거기 숨은 지 근 삼십 년, 생활에 필요한 물건 혹은 그림에 필요한 물건을 구하기 위하여 부득이 거리에 나가야 할 필요가 있을 때는 반드시 밤을 택하였다. 피할 수 없이 낮에 나갈 때는 방립方笠 방갓. 예전에 상제(喪制)가 밖에 나갈 때 쓰던 갓을 쓰고 그 위에 얼굴을 베로 가리었다.

화도에 발을 들여놓은 지 근 사십 년, 부득이한 금욕 생활 부득이한 은둔생활을 경영한 지 삼십 년, 여인에게로 소모되지 못한 정력은 머리로 모이고 머리로 모인 정력은 손끝으로 벋어서 종이에 비단에 갈겨 던진 그림이 벌써 수천 점. 처음에는 그 그림에 대하여 아무 불만도 느껴 보지 않았다.

하늘에서 타고난 천분과 스승에게서 얻은 훈련과 저축된 정력의 소산인 한 장의 그림이 생겨날 때마다 그것을 보면서 스스로 만족히 여기고 스스로 자랑스레 여기던 그였다.

그러나 그런 과정을 밟기 이십 년에 차차 그의 마음에 움 돋은 불만, 그

것은 어떻게 보자면 화도에는 이단적인 생각일는지도 모를 것이다.

좀 다른 것은 그릴 수가 없는가.

산이다. 바다다. 나무다. 시내다. 지팡이 잡은 노인이다. 다리다. 혹은 돛단배다. 꽃이다. 과즉 달이다. 소다. 목동이다.

이 밖에 그가 아직 그려 본 것이 무엇이었던가.

유원幽遠 심오하여 아득함한 맛, 단 한 가지밖에 없는 전통적 그림보다 좀 더 다른 것을 그려 보고 싶다. 아직껏 스승에게 배운 바의 백발 백념의 노옹이나 피리 부는 목동 이외에 좀 더 얼굴에 움직임이 있는 사람을 그려 보고 싶다. 표정이 있는 얼굴을 그려 보고 싶다.

이리하여 재래의 수법을 아낌없이 내어 던진 솔거는 그로부터 십 년간을 사람의 표정을 그리느라고 세월을 보냈다.

그러나 사람의 세상을 멀리 떠나서 따로 사는 이 화공에게는 사람의 표정이 기억에 가맣다.

상인商人들의 간특奸慝 보기에 간사하고 사악함한 얼굴, 행인들의 무표정한 얼굴, 새꾼'나무꾼'의 방언들의 싱거운 얼굴. 그새 보고 지금도 대할 수 있는 얼굴은 이런 따위뿐이다. 좀 더 색채 다른 표정은 없느냐.

색채 다른 표정!

색채 다른 표정!

이 욕망이 화공의 마음에 익고 커 가는 동안 화공의 머리에 솟아오르는 몽롱한 기억이 있다.

이 화공의 어머니의 표정이다.

지금은 거의 그의 기억에서 사라졌지만 어린 시절에 자기를 품에 안고 눈물 글썽글썽한 눈으로 굽어보던 어머니의 표정이 가끔 한순간씩 그의 기억의 표면까지 뛰어올랐다.

그의 어머니는 희세稀世 세상에 드묾의 미녀였다. 대대로 이후의 자손의 미까지 모두 미리 빼앗았던지 세상에 드문 미인이었다.

화공은 이 미녀의 유복자였다.

아비 없는 자식을 가슴에 붙안고두 팔로 부둥켜 안고 눈물 머금은 눈으로 굽어보던 표정.

철이 든 이래로 자기를 보는 얼굴에서는 모두 경악과 공포밖에는 발견하지 못한 이 화공에게는 사십여 년 전의 어머니의 사랑의 아름다운 얼굴이 때때로 몸서리치도록 그리웠다.

그것을 그려 보고 싶었다.

커다란 눈에 그득히 담긴 눈물. 그러면서도 동경과 애무로서 빛나던 눈. 입가에 떠오르던 미소.

번개와 같이 순간적으로 심안心眼 사물을 살펴 분별하는 마음의 작용에 나타났다가는 사라지는 이 환영을 화공은 그려 보고 싶었다.

세상을 피하고 세상에서 숨어 살기 때문에 차차 비뚤어진 이 화공의 괴벽乖僻 성격 따위가 이상야릇하고 까다로움한 마음에는 세상을 그리는 정열이 또한 그만치 컸다. 그리고 그것이 크면 크니만치 마음속으로 늘 울분과 분만憤懣 억울하고 원통한 마음이 가득함이 차 있었다.

지금도 세상에서는 한창 계집 사내들이 서로 부둥켜안고 좋다고 야단할 것을 생각하고는 음울한 얼굴로 화필을 뿌리는 화공.

이러한 가운데서 나날이 괴벽하여 가는 이 화공은 한 개 미녀상을 그려 보고자 노심하였다.

처음에는 단지 아름다운 표정을 가진 미녀를 그려 보고자 하였다.

그러나 미녀를 가까이 본 일이 없는 이 화공이 마음대로 되지 않는 붓끝에 역정을 내며 애쓰는 동안 차차 어느덧 미녀상에 대한 관념이 달라져 갔다.

자기의 아내로서의 미녀상을 그려 보고 싶어졌다.

세상은 자기에게 아내를 주지 않는다.

보면 한 마리의 곤충 한 마리의 날짐승도 각기 짝을 찾아 즐기고 짝을 찾아 좋아하거늘 만물의 영장인 사람이 짝 없이 오십 년을 보냈다 하는 데 대한 분만이 일어났다.

세상 놈들은 자기에게 한 짝을 주지 않고 세상 계집들은 자기에게 오려는 자가 없이 홀몸으로 일생을 보내다가 언제 죽는지도 모르게 이 산골에서 죽어 버릴 생각을 하면 한심하기보다 도리어 이렇듯 박정한 사람의 세상이 미웠다.

세상이 주지 않는 아내를 자기는 자기의 붓끝으로 만들어서 세상을 비웃어 주리라.

이 세상에 존재한 가장 아름다운 계집보다도 더 아름다운 계집을 자기 붓끝으로 그리어서 못나고도 아름다운 체하는 세상 계집들을 웃어 주리라.

덜난 계집을 아내로 맞아 가지고 천하의 절색이라 믿고 있는 사내놈들도 깔보아 주리라.

사오 명의 처첩을 거느리고 좋다구나고 춤추는 헌놈들도 굽어보아 주리라.

미녀! 미녀!

눈을 감고 생각하고 눈을 뜨고 생각하고 머리를 움켜쥐고 생각해 보나 미녀의 얼굴이 어떤 것인지 알 수가 없었다.

무론無論 물론 얼굴에 철요凸凹 요철. 오목함과 볼록함가 없고 이목구비가 제대로 놓였으면 세상 보통의 미인이라 한다. 그런 얼굴에 연지나 그리고 눈에 미소나 그려 놓으면 더 아름다워지기는 할 것이다. 이만 것은 상상의 눈으로도 볼 수가 있는 자며 붓끝으로 그릴 수도 없는 바가 아니다.

그러나 가만 어린 시절의 어머니의 얼굴을 순영瞬影 순간적으로 떠오른 모습적으로나마 기억하는 이 화공으로서는 그런 미녀로는 만족할 수가 없었다.

오뇌와 분만 중에서 흐르는 세월은 일 년 또 일 년 무위無爲 아무 것도 하는 일이 없음히 흘러간다.

미녀의 아랫동아리는 그려진 지 벌써 수년. 그 아랫동아리 위에 올려 놓일 얼굴은 어떻게 하여야 할지 짐작도 가지 않았다.

화공의 오막살이 방 안에 들어서면 맞은편에 걸려 있는 한 폭 그림은 언제든 어서 목과 얼굴을 그려 주기를 기다리듯이 화공을 힐책한다.

화공은 이것을 보기가 거북하였다.

특별한 일이라도 있기 전에는 낮에 거리에 다니지를 않던 이 화공이 흔히 얼굴을 싸매고 장안을 돌아다녔다.

행여나 길에서라도 미녀를 만날까 하는 요행심으로였다. 길에서 순간적으로라도 마음에 드는 미녀를 볼 수만 있으면 그것을 머리에 똑똑히 캐치하여 그 기억으로써 화상을 그릴까 하는 요행심으로……

그러나 내외內外 외간 남녀 간에 얼굴을 바로 대하지 않고 피함 법이 심한 이 도회에서 대낮에 양가의 부녀가 얼굴을 내놓고 길을 다니지 않았다. 계집이라는 것은 하인배나 하류배뿐이었다.

하인배 하류배에도 때때로 미녀라 일컬을 자가 있기는 있었다. 그러나 아무리 산뜻한 미를 갖기는 했다 하나 얼굴에 흐르는 표정이 더럽고 비열하여 캐치할 만한 자가 없었다.

얼굴을 싸매고 거리로 방황하며 혹은 계집들이 많이 모이는 우물가며

저자를 비슬비슬 방황하며 어찌어찌하여 약간 예쁜 듯한 계집이라도 보이면 따라가면서 얼굴을 연구해 보고 했으나 마음에 드는 미녀를 지금껏 얻어내지를 못하였다.

혹은 심규深閨 여자가 거처하는, 깊숙이 들어앉은 집이나 방에는 마음에 드는 계집이라도 있을까. 심규! 심규! 한번 심규의 계집들을 모조리 눈앞에 벌여 세우고 얼굴 검사를 하여 보았으면……

초조하고 성가신 가운데서 날을 보내고 날을 맞으면서 미녀를 구하던 화공은 마지막 수단으로 친잠 상원蠶園 뽕밭에 들어가서 채상採桑 뽕을 땀하는 궁녀의 얼굴을 얻어보려 '찾다'의 방언 하였다. 그러나 불행히도 화공의 모험도 헛길로 돌아가고 그날은 채상을 하러 오지도 않았다.

그러나 때 바야흐로 누에 시절이라 견딜성 있게 기다리노라면 궁녀가 오는 날도 있을 것이다. 미녀—아내의 얼굴을 그리려는 욕망에 열이 오르고 독이 난 이 화공은 그 이튿날도 또 뽕밭에 들어가 숨었다. 숨어 기다리지 않을 수가 없었다.

그로부터 한 달, 화공은 나날이 점심을 싸 가지고 상원으로 갔다. 그러나 저녁때 제 오막살이로 돌아올 때는 언제든 그의 입에서는 기다란 탄식성이 나왔다.

궁녀를 못 본 바가 아니었다.

마치 여기 숨어 있는 화공에게 선보이려는 듯이 나날이 궁녀들은 번갈아 왔다. 한 떼씩 밀려와서는 옷소매 치맛자락을 펄럭이며 뽕을 따 갔다. 한 달 동안에 합계 사오십 명의 궁녀를 보았다.

모두 일률로한결같이 미녀들이었다. 그리고 길가 우물가에서 허투루 볼 수 있는 미녀들보다 고아高雅 고상하고 우아한한 얼굴에는 틀림이 없었다.

그러나 그 눈. 화공이 보는 바는 눈이었다.

그 눈에 나타난 애무와 동경이었다. 철철 넘어 흐르는 사랑이었다. 그것이 궁녀에게는 없었다. 말하자면 세상 보통의 미녀였다.

자기에게 계집을 주지 않는 고약한 세상에게 보복하는 의미로 절세의 미녀를 차지하고자 하는 이 화공의 커다란 야심으로서는 그만 따위의 미녀로 만족할 수가 없었다.

오막살이로 돌아올 때마다 그의 입에서 나오는 기다란 한숨, 이런 한숨을 쉬기 한 달—그는 다시 상원에 가지 않았다.

가을 하늘 맑고 푸르른 어떤 날이었다.

마음속에 분만과 동경을 가득히 담은 이 화공은 저녁쌀을 씻으러 소쿠리를 옆에 끼고 시내로 더듬어 갔다.

가다가 문득 발을 멈추었다.

우거진 소나무 틈으로 보이는 시냇가 바위 위에 웬 처녀가 하나 앉아 있다. 솔가지 틈으로 내리비추이는 얼룩지는 석양을 받고 망연히 앉아서 흐르는 시냇물을 내려다보고 있다.

웬 처녀일까.

인가에서 꽤 떨어진 이곳. 사람의 동리보다 꽤 높은 이곳. 길도 없는 이곳—아직껏 삼십 년간을 때때로 초부나 목동의 방문은 받아 본 일이 있지만 다른 사람의 자취를 받아 보지 못한 이곳에 웬 처녀일까.

화공도 망연히 서서 바라보았다. 바라볼 동안 가슴에 차차 무거운 긴장을 느꼈다.

한 걸음 두 걸음 화공은 발소리를 감추고 나아갔다. 차차 그 상거相距 떨어져 있는 두 곳의 거리가 가까워 감을 따라서 분명하여 가는 처녀의 얼굴.

화공의 얼굴에는 피가 떠올랐다.

세상에 드문 미녀였다. 나이는 열일여덟열일고여덟. 그 얼굴 생김이 아름답다기보다 얼굴 전면에 나타난 표정이 놀랄 만치 아름다웠다.

흐르는 시내에 눈을 부었는지 귀를 기울였는지 하여간 처녀의 온 주의력은 시내에 모여 있다. 커다랗게 뜨인 눈은 깜박일 줄도 잊은 듯이 황홀한 눈으로 시내를 굽어보고 있다.

남벽藍碧 남빛을 띤 짙은 푸른색의 시냇물에는 용궁龍宮이 보이는가. 소나무 그루에 부딪쳐서 튀어나는 바람에 앞머리를 약간 날리면서 처녀가 굽어보고 있는 것은 무엇인가.

처녀의 공상과 정열과 환희가 한꺼번에 모인 절묘한 미소를 눈과 입에 띠고 일심불란히한 가지에 마음을 집중해 혼란스럽지 아니하게 처녀가 굽어보는 것은 무엇인가.

아아.

화공은 드디어 발견하였다. 그새 십 년간을 여항閭巷 여염(閭閻). 인가가 모여 있는 곳의 길거리에서 혹은 우물가에서 내지는 친잠 상원에서 발견하여 보려고 애쓰다가 종내 달하지 못한 놀랄 만한 아름다운 표정을 화공은 뜻 안 한 여기서 발견하였다.

화공은 걸음을 빨리하였다. 자기의 얼굴이 얼마나 더럽게 생겼는지 이 처녀가 자기를 쳐다보면 얼마나 놀랄지 이 점을 온전히 잊고 걸음을 빨리하여 처녀의 쪽으로 갔다.

처녀는 화공의 발소리에 머리를 번쩍 들었다. 화공을 바라보았다. 그 무한히 먼 곳을 바라보는 듯한 기묘한 눈을 들어서.

"아."

가슴이 무득하여 무슨 말을 하여야 할지 망설이며 화공이 반벙어리 같은 소리를 할 때에 처녀가 먼저 입을 열었다.

"여기가 어디오니까."

여기가 어디?

"여기는 인왕산록 이름도 없는 곳이지만 너는 웬 색시냐?"

"네……."

문득 떠오르는 적적한 표정.

"더듬더듬 시내를 따라왔습니다."

화공은 머리를 기울였다. 몸을 움직여 보았다. 무한히 먼 곳을 바라보는 듯한 처녀의 눈은 그냥 움직임 없이 커다랗게 뜨여 있기는 하지만 어디를 보는지 무엇을 보는지 알 수가 없다. 드디어 화공은 부르짖었다.

"너 앞이 보이느냐?"

"소경 시각 장애인을 낮잡아 이르는 말이올시다."

소경이었다. 눈물 머금은 소리로 하는 이 대답을 듣고 화공은 좀 더 가까이 갔다.

"앞도 못 보면서 어떻게 무얼 하려 예까지 왔느냐?"

처녀는 머리를 푹 수그렸다. 무슨 대답을 하는 듯하였으나 화공은 알아듣지 못하였다. 그러나 화공으로 하여금 적이 호기심을 잃게 한 것은 처녀의 얼굴에 아까와 같은 놀라운 매력 있는 표정이 없어진 것이었다.

그만하면 보기 드문 미인임에는 틀림이 없다. 그러나 아까 화공이 그렇듯 놀란 것은 단지 미인인 탓이 아니었다. 그 얼굴에 나타난 놀라운 매력에 끌린 것이었다.

"불쌍도 하지. 저녁도 가까워 오는데 어둡기 전에 집으로 내려가거라."

이만치 하여 화공은 처녀를 포기하려 하였다. 이 말에 처녀가 응하였다.

"어두운 것은 탓하지 않습니다마는 황혼이 매우 아름답다지요?"

"그럼. 아름답구말구."

"어떻게 아름답습니까."

"황금빛이 서산에서 줄기줄기 비추이는 구나. 거기 새빨갛게 물든 천하…… 푸른 소나무도 남빛 바위도 검붉은 나무그루도 모두 황금빛에 잠겨서……."

"황금빛은 어떤 것이고 새빨간 빛과 붉은빛이며 남빛은 모두 어떤 빛이 오니까? 밝은 세상이라지만 밝은 빛과 붉은빛이 어떻게 다릅니까? 이 산 경치가 아름답다는 소문을 듣고 더듬어 왔습니다마는 바람 소리 돌물_{일정한 곳에서 소용돌이치는 물의 흐름} 소리 귀로 들리는 소리밖에는 어디가 아름다운지 알 수가 없습니다."

차차 다시 나타나는 미묘한 표정. 커다랗게 뜨인 눈에 비치는 동경의 물결. 일단 사라졌던 아름다운 표정은 다시 생기가 비롯하였다.

화공은 드디어 처녀의 맞은편에 가 앉았다.

"이 샘 줄기를 따라 내려가면 바다가 있구 바닷속에는 용궁이 있구나. 칠색 비단을 감은 기둥과 비취를 아로새긴 댓돌이며 황금으로 만든 풍경. 진주로 꾸민 문설주……."

마주 앉아서 엮어 내리는 이 화공의 이야기에 각일각_{시간이 지나갈수록} 더욱 황홀하여 가는 처녀의 눈이었다. 화공은 드디어 이 처녀를 자기의 오막살이로 데리고 돌아갈 궁리를 하였다.

"내 용궁 이야기를 들려주마. 너의 집에서 걱정만 안 하실 것 같으면."

화공이 이렇게 꼬일 때에 처녀는 그의 커다란 눈을 들어서 유원히 하늘을 우러러보면서 자기네 부모는 병신 딸 따위는 없어져도 근심을 안 한다고 쾌히 화공의 뒤를 따랐다.

일사천리로 여기까지 밀려오던 여의 공상은 문득 중단되었다.

이야기를 어떻게 진전시키나?

잡념이 일어난다. 동시에 여의 귀에 들리어 오는 한 절의 유행가.

여는 머리를 들었다. 저편 뒤 어디 잡인들이 온 모양이다. 그 분요가 무의식중에 귀로 들어와서 여의 집중되었던 머리를 헤쳐 놓는다.

귀찮은 가사歌師들이여. 저주 받을 가사들이여.

이 저주 받을 가사들 때문에 중단된 이야기는 좀체 다시 모이지 않았다.

그러나 결말 없는 이야기가 어디 있으랴. 되었던 결말은 지어야 할 것이 아닌가.

그러면 그 화공은 처녀를 데리고 제 오막살이로 돌아와서 용궁 이야기를 들려주면서 그동안에 처녀의 얼굴을 그대로 그려서 십 년래의 숙망宿望 오랫동안 품은 소망을 성취하였다는 결말로 맺어 버릴까?

그러나 이런 싱거운 결말이 어디 있으랴? 결말이 되기는 되었지만 이따위 결말을 짓기 위하여 그런 서두는 무의미한 것이다.

그러면?

그럼 다르게 결말을 맺어 볼까?

화공은 처녀를 제 오막살이로 데리고 돌아왔다. 그리고 처녀에게 용궁 이야기를 들려주었다. 그러나 아까 용궁 이야기로 초벌 들은 처녀는 이번은 그렇듯 큰 감흥도 느끼지 않는 모양으로 그다지 신통한 표정도 보이지 않았다. 화공의 계획은 수포로 돌아갔다. 화공은 그 그림을 영 미완품 채로 남기지 않을 수 없었다.

역시 마음에 들지 않는 결말이다.

그럼 또다시……

화공은 처녀를 데리고 돌아왔다. 돌아와서 처녀를 보면 볼수록 탐스러워서 그림은 집어던지고 처녀를 아내로 삼아 버렸다. 앞을 못 보는 처녀는 이 추하게 생긴 화공에게도 아무 불만이 없이 일생을 즐겁게 보냈다. 그림으로나 아내를 얻으려던 화공은 절세의 미녀를 아내로 얻게 되었다.

역시 불만이다.

귀찮고 성가시다. 저주받을 유행 가사여.

여는 일어났다. 감흥을 잃은 이 자리에 그냥 앉아 있기가 싫었다. 그냥 들리는 유행가. 그것이 안 들리는 곳으로 자리를 옮기자.

굽어보매 저 멀리 소나무 틈으로 한 줄기 번득이는 것은 아까의 샘물이다.

그 샘물로, 가장 이 이야기의 원천이 된 그 샘으로 내려가자.

벼랑을 내려가기는 올라가기보다 더 힘들었다. 올라가는 것은 올라가다가 실수하여 떨어지면 과즉'기껏해야'를 예스럽게 이르는 말 제자리에 내린다. 그러나 내려가다가 발을 실수하면 어디까지 굴러갈지 예측할 길이 없다. 잘못하다가는 청운동清雲洞 어구까지 굴러갈는지도 모를 일이다. 게다가 올라갈 때에는 도움이 되던 스틱조차 내려갈 때에는 귀찮기 짝이 없다.

반각시간의 단위. 1각은 약 15분 동안이나 걸려서 여는 드디어 그 샘가에 도달하였다.

샘가에는 과연 한 개의 바위가 사람 하나 앉기 좋을 만한 자리가 있다. 이 바위가 화공이 쌀 씻던 바위일까. 처녀가 앉아서 공상하던 바위일까. 그 아래를 깊은 남벽으로 알았더니 겨우 한 뼘 미만의 얕은 물로서 바위

위를 기운 없이 뚤뚤 흐르고 있다.

그러나 이 골짜기는 고요하기 짝이 없었다. 바람 소리도 멀리 위에서만 들린다. 그리고 소나무와 바위에 둘러싸여서 꽤 음침한 이 골짜기는 옛날 세상을 피한 화공이 즐겨 하였음직하다.

자, 그러면 이 골짜기에서 아까 그 이야기의 꼬리를 마저 지을까.

화공은 처녀를 데리고 오막살이로 돌아왔다.

그의 마음은 너무도 긴장되고 또한 기뻐서 저녁도 짓기 싫었다. 들어와보매 벌써 여러 해를 멀리 달리기를 기다리는 족자의 여인의 몸집조차 흔연히 화공을 맞는 듯하였다.

"자, 거기 앉아라."

수년간 화공을 힐책하던 머리 없는 그림이 화공의 앞에 펴졌다. 단청도 준비되었다.

터질 듯 울렁거리는 마음으로 폭 앞에 자리를 잡은 화공은 빛이 비치도록 남향하여 처녀를 앉히고 손으로는 붓을 적시며 이야기를 꺼내었다.

벌써 황혼은 인제 얼마 남지 않은 오늘 해로써 숙망을 달하려 하는 것이었다. 십 년간을 벼르기만 하면서 착수를 못 하기 때문에 저축되었던 화공의 힘은 손으로 모였다.

"그러구— 알겠지?"

눈으로는 처녀의 얼굴을 보며 입으로는 용궁 이야기를 하며 손은 번개같이 붓을 둘렀다.

"용궁에는 여의주如意珠라는 구슬이 있구나. 이 여의주라는 구슬은 마음에 있는 바는 다 달할 수 있는 보물로서 그 구슬을 네 눈 위에 한 번 굴리면 너도 광명한 일월을 보게 된다."

"네? 그런 구슬이 있습니까?"

"있구말구. 네가 내 말을 잘 듣고 있기만 하면 수일 내로 너를 데리고 용궁에 가서 여의주를 빌려서 네 눈도 고쳐 주마."

"그러면 저도 광명한 일월을 볼 수가 있겠습니까."

"그럼. 광명한 일월, 무지개라는 칠색이 영롱한 기묘한 것, 아름다운 수풀, 유수한 골짜기 무엇인들 못 보랴."

"아이구, 어서 그 여의주를 구해서."

아아. 놀라운 아름다운 표정이었다. 화공은 처녀의 얼굴에 나타나 넘치는 이 놀라운 표정을 하나도 잃지 않고 화폭 위에 옮겼다.

황혼은 어느덧 밤으로 변하였다. 이때는 그림의 여인에게는 단지 눈동자가 그려지지 않을 뿐 그 밖의 것은 죄 완성이 되었다.

동자까지 그리고 싶었다. 그러나 이 그림의 생명을 좌우할 눈동자를 그리기에는 날은 너무도 어두웠다.

눈동자 하나쯤이야 밝은 날로 남겨 둔들 어떠랴. 하여간 십 년 숙망을 겨우 달한 화공의 심사는 무엇에 비기지 못하도록 기뻤다.

"아—아."

이 탄성은 오래 벼르던 일이 끝난 때에 나는 기쁨의 소리였다.

이 일단의 안심과 함께 화공의 마음에는 또 다른 긴장과 정열이 솟아올랐다.

꽤 어두운 가운데서 처녀의 얼굴을 유심히 보기 위하여 화공이 잡은 자리는 처녀의 무릎과 서로 닿을 만치 가까웠다. 그림에 대한 일단의 안심과 함께 화공의 코로 몰려들어 오는 강렬한 처녀의 체취와 전신으로 느끼는 처녀의 접근 때문에 화공의 신경은 거의 마비될 듯싶었다. 차차 각일각刻—刻 각각(刻刻)으로. 시간이 지남에 따라 점점 몸까지 떨리기 시작하였다.

어두움 가운데서 황홀하게 빛나는 처녀의 커다란 눈과 정열로 들먹거리는 입술은 화공의 정신까지 혼미하게 하였다.

밝는 날 화공과 소경 처녀의 두 사람은 벌써 남이 아니었다.

"오늘은 동자를 완성시키리라."

삼십 년의 독신 생활을 벗어 버린 화공은 삼십 년간을 혼자 먹던 조반을 소경 처녀와 같이 먹고 다시 그림 폭 앞에 앉았다.

"용궁은?"

기쁨으로 빛나는 처녀의 눈.

그러나 화공의 심미안審美眼에 비친 그 눈은 어제의 눈이 아니었다.

아름답기는 다시없는 아름다운 눈이었다. 그러나 그 눈은 사내의 사랑을 구하는 '여인의 눈'이었다. 병신이라 수모받던 전생을 벗어 버리고 어젯밤 처음으로 인생의 봄을 맛본 처녀는 인제는 한 개의 그 지어미의 눈이요 한 개의 애욕의 눈이었다.

"용궁은?"

"용궁에 어서 가서 여의주를 얻어서 제 눈을 뜨게 해 주세요. 밝은 천지도 천지려니와 당신이 어서 눈 뜨고 보고 싶어."

어젯밤 잠자리에서 자기는 스물네 살 난 풍신 좋은 사내라고 자랑한 화공의 말을 그대로 믿는 소경 처녀였다.

"응, 얻어 주지. 그 칠색이 영롱한!"

"그 칠색도 어서 보고 싶어요."

"그래그래, 좌우간 지금 머리로 생각해 보란 말이야."

"네, 참 어서 보고 싶어서."

굽어보면 무릎 앞의 그림은 어서 한 점 동자를 찍어 주기를 기다리고 있다.

그러나 소경의 눈에 나타난 것은 아름답기는 아름다우나 그것은 애욕의 표정에 지나지 못하였다. 그런 눈을 그리려고 십 년을 고심한 것이 아니었다.

"자, 용궁을 생각해 봐"

"생각이나 하면 뭘 합니까? 어서 이 눈으로 보아야지."

"생각이라도 해 보란 말이야."

"짐작이 가야 생각도 하지요."

"어제 생각하던 대로 생각을 해 봐."

"네……."

화공은 드디어 역정을 내었다.

"자 용궁, 용궁!"

"네……."

"용궁을 생각해 봐! 그래 용궁이 어때?"

"칠색이 영롱하구요."

"그래 또."

"또 황금 기둥, 아니 비단으로 싼 기둥이 있구요. 또 푸른 진주가……."

"푸른 진주가 아냐! 푸른 비취지."

"비취 추녀던가 문이던가."

"에익! 바보!"

화공은 커다란 양손으로 칵 소경의 어깨를 잡았다. 잡고 흔들었다.

"자 다시 곰곰이. 용궁은."

"용궁은 바닷속에……."

겁에 띄어서 어릿거리는 소경의 양에 화공은 손으로 소경의 따귀를 갈기지 않을 수가 없었다.

"바보!"

이런 바보가 어디 있으랴. 보매 그 병신 눈은 깜박일 줄도 모르고 허공을 바라보고 있다. 그 천치 같은 눈을 보매 화공의 노염은 더욱 커졌다. 화공은 양손으로 소경의 멱을 잡았다.

"에이 바보야. 천치야. 병신아."

생각나는 저주의 말을 연하여 퍼부으면서 소경의 멱을 잡고 흔들었다. 그리고 병신답게 멀겋게 뜨인 눈자위에 원망의 빛깔이 나타나는 것을 보고 더욱 힘 있게 흔들었다.

흔들다가 화공은 탁 그 손을 놓았다. 소경의 몸이 너무도 무거워졌으므로.

화공의 손에서 놓인 소경의 몸은 손을 뒤솟은'뒤어쓰다'의 방언. 눈알이 위쪽으로 몰려서 흰자위만 나타나게 뜬 채 번뜻 나가넘어졌다. 넘어지는 서슬에 벼루가 전복되었다. 뒤집어진 벼루에서 튀어난 먹 방울이 소경의 얼굴에 덮였다.

깜짝 놀라서 흔들어 보매 소경은 벌써 이 세상의 사람이 아니었다.

화공은 어찌할 줄을 몰랐다. 망지소조罔知所措 너무 당황하거나 급해 어찌할 바를 모르고 갈팡질팡함하여 허든거리던다리에 힘이 없어 중심을 잃고 이리저리 헛디디던 화공은 눈을 뜻 없이 자기의 그림 위에 던지다가 소리를 내며 자빠졌다.

그 그림의 얼굴에는 어느덧 동자가 찍히었다. 자빠졌던 화공이 좀 정신을 가다듬어 가지고 몸을 겨우 일으켜서 다시 그림을 보매 두 눈에는 완연히 동자가 그려진 것이었다.

그 동자의 모양이 또한 화공으로 하여금 다시 덜썩 엉덩이를 붙이게 하였다. 아까 소경 처녀가 화공에게 멱을 잡혔을 때에 그의 얼굴에 나타났던 원망의 눈! 그림의 동자는 완연히 그것이었다.

소경이 넘어지는 서슬에 벼루를 엎는다는 것은 기이할 것도 없고 벼루가 엎어질 때에 먹 방울이 튄다는 것도 기이하달 수도 없지만 그 먹 방울이 어떻게 그렇게도 기묘하게 떨어졌을까? 먹이 떨어진 동자로부터 먹물이 번진 홍채에 이르기까지 어찌도 그렇게 기묘하게 되었을까?

한편에는 송장, 한편에는 송장의 화상을 놓고 망연히 앉아 있는 화공의 몸은 스스로 멈출 수 없이 와들와들 떨었다.

수일 후부터 한양성 내에는 괴상한 여인의 화상을 들고 음울한 얼굴로 돌아다니는 늙은 광인狂人 하나가 생겼다. 그의 내력을 아는 사람이 없었고 그의 근본을 아는 사람이 없었다. 그 괴상한 화상을 너무도 소중히 여기므로 사람들이 보고자 하면 그는 기를 써서 보이지 않고 도망하여 버리고 한다. 이렇게 수년간을 방황하다가 어떤 눈보라 치는 날 돌베개를 베고 그의 일생을 마감하였다. 죽을 때도 그는 그 족자는 깊이 품에 품고 죽었다.

늙은 화공이여. 그대의 쓸쓸한 일생을 여는 조상하노라명복을 비노라.

여는 지팡이로써 물을 두어 번 저어 보고 고즈넉이 몸을 일으켰다.

우러러보매 여름의 석양은 벌써 백악 위에서 춤추고, 이 천고의 계곡을 산새가 남북으로 건넌다. 🖊

광화사

작가 소개

김동인(金東仁, 1900~1951)

평안남도 평양에서 태어났다. 1919년 최초의 문학 동인지 〈창조〉를 발간하고, 창간호에 최초의 자연주의 작품으로 알려진 「약한 자의 슬픔」을 발표했다. 김동인은 순수 문학 정신과 근대 사실주의에 근거하여 작품 활동을 전개했다. 근대적 문예 비평을 개척하는 등 한국 문학사에 큰 공적을 남겼다는 평가를 받는다. 주요 작품으로는 「감자」(1925), 「광염소나타」(1930), 「발가락이 닮았다」(1932), 「광화사」(1935) 등이 있다.

작품 정리

- **갈래**　순수 소설, 액자 소설
- **성격**　유미주의적, 예술 지상주의적
- **배경**　• 바깥 이야기: 시간 – 일제 강점기 / 공간 – 인왕산
  - 안 이야기: 시간 – 조선 세종 때 / 공간 – 인왕산. 아름다움을 추구할 수 있는 탈속의 자연환경
- **시점**　• 바깥 이야기 – 1인칭 관찰자 시점
  - 안 이야기 – 3인칭 전지적 작가 시점
- **구성**　• 바깥 이야기 – '프롤로그 – 에필로그'의 구성
  - 안 이야기 – '발단 – 전개 – 위기 – 절정·결말'의 4단계 구성
- **특징**　서술자는 관찰자로서 부수적인 인물에 그치고 주인공이 사건을 이끌어 감
- **주제**　한 화공의 일생을 통해 나타난 현실(세속)과 이상(예술) 세계의 괴리
- **출전**　〈야담〉(1935)

📝 구성과 줄거리 -

- **프롤 로그** '여(余)'는 인왕산에 올라 한 편의 이야기를 꾸며 봄

  '여'는 인왕산에 올라 골짜기와 흐르는 물을 감상하면서 감흥에 젖는 다. '여'는 암굴 하나 때문에 불쾌한 공상에 빠지기 시작한다. '여'는 불 쾌한 공상보다 좀 더 아름다운 이야기가 꾸며지지 않을까 하고 이야 기 한 편을 꾸민다.

- **발단** 추한 얼굴을 가진 화공 솔거는 사람을 피해 그림 그리기에 몰두함

  솔거라는 화공은 얼굴이 매우 흉해 대낮에는 다니지 않는다. 솔거는 열여섯 살에 장가를 들었지만 처녀는 솔거의 흉한 얼굴을 보고 놀라 서 달아났다. 다시 장가를 들었지만 두 번째 처녀도 마찬가지였다. 이 후 여인에게 소모되지 않은 정력이 솔거의 머리로 모이게 되고, 다시 손끝으로 가서 마침내 수천 점의 그림을 완성한다.

- **전개** 솔거는 생동하는 얼굴을 그리기 위해 미인을 찾아 나섬

  솔거는 기존의 그림에 만족하지 않고 색다른 표정의 얼굴을 그리고 싶어한다. 솔거는 세상에서 가장 아름다운 얼굴을 그리리라 다짐한 다. 솔거는 장안을 쏘다니기도 하고 뽕밭에서 궁녀의 얼굴을 훔쳐보 기도 하지만 자신이 바라던 얼굴을 찾지 못하자 점차 괴팍해져 간다.

- **위기** 솔거는 소경 처녀의 표정에서 자신이 찾던 아름다움을 발견함

  어느 가을 솔거는 물가에 앉은 소경 처녀를 본다. 온갖 공상과 정열과 환희가 담긴 처녀의 절묘한 미소를 보고 솔거는 자신이 찾던 미녀를 발견했다고 생각한다. 처녀를 오두막으로 데려온 솔거는 용궁 이야 기를 들려 주면서 그림을 그린다. 그는 그림의 눈동자만 남겨둔 채 처 녀와 하룻밤을 보낸다.

- **절정** 그림을 완성한 솔거는 광인이 되어 죽음을 맞이함

- **결말** 다음 날 솔거는 눈동자를 그리려고 하지만 처녀의 눈에는 자신이 바라던 아름다운 눈빛이 나타나지 않는다. 화가 난 솔거가 처녀를 다그치며 먹살을 잡고 흔드는 바람에 처녀는 넘어지면서 목숨을 잃는다. 순간 벼루에서 먹물이 튀고, 그림 속에 원망의 빛을 담은 눈동자가 찍힌다. 수일 후에 한양 성내에 여인의 화상을 들고 음울한 얼굴로 돌아다니는 광인이 나타난다. 솔거는 수년 동안 방황하다가 돌베개를 베고 죽는다.

- **에필로그** 저녁 무렵 '여'는 몸을 일으켜 멀리 산의 모습을 바라봄

'여'는 지팡이를 짚고 일어선다. 석양이 비치는 천고의 계곡 위로 산새가 날고 있다.

🖊 생각해 보세요

1 '솔거'라는 이름에서 보이는 작가의 의식은 어떠한가?

'솔거'라는 이름은 화가의 범칭(두루 쓰이는 이름)으로 쓰였다. 따라서 현대 소설의 관점에서 보면 '솔거'라는 이름은 화공의 개성을 드러내지는 못한다. 즉, 작가는 한 화가의 기묘하고 천재적인 예술 행각에 초점을 두었을 뿐 인물의 개성 창조에는 큰 관심을 두지 않았다.

2 솔거의 내면 심리를 어머니와 소녀에 대한 애정과 어떻게 연관 지을 수 있는가?

이 작품의 주제는 화공으로서의 열정이다. 솔거의 내면 의식을 추적해 볼 때 그의 열정은 오이디푸스 콤플렉스에서 연유한다. 유복자로 태어난 솔거는 어려서 어머니를 잃는 바람에 어머니의 영상만 마음에 남아 있다. 이러한 모성의 결핍은 솔거에게 무의식적으로 고착되었다. 아름답고 황홀한 어머니의 눈

빛을 처녀가 계속 지녀 주기를 갈망하는 것은 모성에 대한 갈망으로 설명할 수 있다. 솔거는 처녀와 하룻밤을 보낸 후에는 처녀로부터 더 이상 이상적인 모습을 찾지 못한다. 이 작품에서 제시된 아름다움은 쾌락이 아닌 순수함에서 나온다.

3 솔거가 미녀의 얼굴을 그리는 것에 집착하는 이유는 무엇인가?

솔거는 흉한 외모 때문에 두 번이나 결혼하고도 모두 여자로부터 버림을 받는다. 여자와 함께하는 것이 불가능하다고 생각한 솔거는 세상에 대해 반발심을 느낀다. 세상 사람들에 대한 적개심은 솔거가 이 세상의 모든 아름다움을 비웃을 수 있을 만한 아름다움을 표현하는 원동력이 된다.

4 솔거를 통해 드러나는 김동인의 예술가상에 대해 말해 보자.

「광화사」는 「광염소나타」와 함께 작가 김동인의 유미주의적 경향이 짙게 나타난 작품이다. 솔거의 예술에 대한 열정, 예술적 대상에 대한 그의 심미안, 밤을 함께 지내고 난 후 소경 처녀의 눈빛에 일어난 변화, 처녀에 대한 안타깝고 절망적인 분노 등은 작가의 유미주의적 경향을 극명하게 보여 준다. 소경 처녀가 죽으면서 엎은 벼루의 먹 방울이 튀어 그림의 눈동자를 이루고, 그 눈동자가 죽은 처녀의 원망의 눈으로 나타난다. 화공이 미치게 되는 작품의 마지막 부분은 거의 악마적인 분위기를 느끼게 한다. 「광화사」는 모든 것의 희생 위에서 희귀한 예술이 완성된다는, 즉 예술적 완성은 모든 가치에 우선한다는 작가의 예술 지상주의적 경향을 반영한다. 서구의 유미주의자들이 완벽한 형식미를 작품에 구현하고자 한 데 반해, 김동인은 개연성과 같은 소설의 필수 요소조차 무시하는 경향을 보인다. 절세 미녀인 어머니를 둔 솔거가 추남이라는 설정, 먹이 튀어 눈동자가 완성되는 등 비상식적인 설정이 그것이다.

인물관계도

코르니유 영감

(푸대접) →

← (방문)

프랑세 마마이

↑ 손녀딸

비베트

큰아들

마을에 증기 제분소가 세워지면서 방앗간이 하나씩 사라졌어요. 하지만 코르니유 영감의 풍차는 쉬지 않고
돌아갔지요. 사람들이 궁금해했지만 영감은 아무도 방앗간 안에 들이지 않았어요. 저(프랑세 마마이)의 큰아들과
영감의 손녀딸이 사랑에 빠졌다고 해서 영감을 찾아갔지만 저 역시 방앗간에 들어갈 수 없었지요.
영감의 비밀은 무엇이었을까요?

코르니유 영감의 비밀

함께 달콤한 포도주를 마시려고 가끔 나를 찾아오는 프랑세 마마이. 그
는 늙은 피리 연주자입니다. 며칠 전 그는 나의 방앗간에서 20년 전쯤에
일어난 일에 대해 이야기해 주었습니다. 프랑세 마마이의 이야기는 감동
적이었습니다. 저는 그에게 들은 이야기 그대로 여러분에게 전합니다.

친애하는 여러분, 아주 잠깐이라도 좋습니다. 여러분도 향긋한 포도주
가 담긴 술통을 앞에 놓고 앉아서 피리 부는 연주자의 이야기를 듣는다
고 상상해 보세요.

여보게, 옛날에 우리 마을은 지금처럼 황량한^{황폐하여 거칠고 쓸쓸한} 곳이
아니었다네. 그때는 밀가루 거래가 번성해서 농부들이 사방 백 리 근처
에서 밀을 갈기 위해 이곳으로 오곤 했지. 마을 어느 쪽을 바라보아도 방
앗간이 보일 정도였어. 소나무 숲에서 불어오는 북풍에 돌아가는 풍차風
車^{바람의 힘을 기계적인 힘으로 바꾸는 장치} 날개와, 언덕 비탈길 위 밀가루 자루를
싣고 다니는 당나귀들의 긴 행렬을 곧잘 볼 수 있었지. 참 즐거운 일이었
네. 월요일부터 토요일까지 산꼭대기에서 들리는 채찍 소리와 풍차 날
개 소리, 그리고 방앗간에서 일하는 사람들의 소리를 듣는 일 말일세.

사람들은 일요일이 되면 삼삼오오^{三三伍伍 서너 사람 또는 대여섯 사람이 떼를 지}

어 모여서 방앗간으로 놀러갔다네. 그러면 방앗간 주인들은 사람들에게 백포도주를 한 잔씩 돌렸지. 방앗간 주인의 아내들은 레이스 달린 숄을 두르거나 금으로 만든 십자가로 치장하기도 했어. 마치 그 모습은 여왕과도 같았다네. 나는 방앗간에 갈 때마다 항상 피리를 들고 갔고, 사람들은 밤이 깊도록 파랑돌^{프랑스의 프로방스 지방에서 비롯된 춤곡}을 추곤 했지. 이해할 수 있겠나? 그때 마을의 방앗간들은 마을의 재산이자 우리의 행복이었네.

그런데 불행한 일이지. 파리에서 온 몇몇 프랑스인들이 타라스콩 거리에 증기 제분기^{製粉機 곡식이나 약재를 가루로 만드는 기계}를 설치하려고 했다네. 들리는 소문에 의하면, 사람들은 새로 생긴 근사한 제분소^{製粉所 곡식이나 약재를 가루로 만드는 일을 전문으로 하는 곳}로 밀을 보내기 시작했다고 하더군. 사람들이 제분소로 밀을 보내는데 방앗간이 뭘 할 수 있었겠나. 아니 한동안 방앗간들이 제분소에 맞서기는 했지. 하지만 방앗간이 증기 기관^{蒸氣機關 증기의 팽창과 응축을 이용하여 피스톤을 왕복 운동시킴으로써 동력을 얻는 기관}을 당해 낼 수는 없었어. 그래, 슬픈 일이지. 그때부터 방앗간이 하나둘씩 문을 닫았다네.

이제 더 이상 작은 당나귀들의 모습은 보이지 않았어. 여왕처럼 보였던 방앗간 주인의 아내들은 금으로 만든 십자가를 팔았다네. 심지어 이제는 백포도주도, 음악에 맞춰 춤을 추는 사람도 없었어! 풍차 날개는 세게 부는 바람에도 꿈쩍하지 않았다네……. 그런데 어느 화창한 날, 관리들이 폐허가 된 방앗간을 모두 부수고 말았어. 그리고 방앗간이 있던 곳에 포도나무와 올리브를 심어 버렸지 뭔가.

하지만 그때 한 방앗간만은 증기의 힘으로 돌아가는 제분소에 맞서 꿋꿋하게 풍차를 돌렸네. 바로 코르니유 영감의 방앗간이었네. 그렇다네. 나는 지금 이 밤에 이렇게 달콤한 포도주를 마시면서 코르니유 영감의 방앗간 이야기를 하려고 하는 것일세.

코르니유 영감은 장장 60년 동안 방앗간 일을 해 왔어. 그는 그 사실을 아주 자랑스럽게 생각했네. 그래서 코르니유 영감은 마을에 제분소가 들어서자 사람들에게 부당함을 알렸어. 그는 일주일 동안 마을을 돌아다니며 자신과 뜻을 같이할 사람을 구했어. 그러고는 증기 제분소에서 만든 밀가루는 곧 프로방스_{프랑스 동남부, 이탈리아와의 경계에 있는 지방} 전체를 독살할 것이라고 외치고 다녔다네.

"여보게들, 저놈들 근처에는 절대 가지 말게."

영감은 사람들에게 이렇게 말했어.

"그놈들은 증기를 이용해 빵을 만들어. 그것은 저 악당 같은 놈들이 만든 악마의 발명품이야. 내가 이용하는 북서풍과 북풍은 바로 하느님의 숨결이지."

코르니유 영감은 방앗간과 풍차를 찬양하는 노래를 불렀어.

하지만 그의 말에 귀를 기울이는 사람은 아무도 없었다네. 더욱 화가 난 영감은 자신의 방앗간에 틀어박혀 혼자 지냈지. 영감은 하나밖에 없는 손녀딸 비베트와도 함께 살지 않았다네. 손녀딸은 그때 겨우 열다섯 살이었고, 부모님이 모두 돌아가셔서 피붙이라고는 할아버지밖에 없었는데도 말일세. 비베트는 생계를 스스로 해결해야 했지. 그래서 농장의 추수를 거들고, 누에를 치고, 올리브 열매를 따야 했어. 사실 비베트의 할아버지는 어린 손녀를 지극히 사랑했어. 농장에서 일하는 손녀를 보기 위해 뜨겁게 태양이 내리쬐는 날에도 먼 길을 걸어왔으니까. 영감은 손녀와 함께 있을 때는 몇 시간 동안이나 손녀를 바라보았다네.

사람들은 늙은 방앗간 주인 영감이 돈을 아끼기 위해서 손녀와 같이 살지 않는다고 생각했어. 또 손녀가 여러 농장을 다니면서 그 나이 때에

겪지 않아도 될 온갖 비참한 일을 겪는데도 가만히 있는다고 나쁘게 생각했지. 체면을 중시하던 코르니유 영감이 구멍 난 모자를 쓴 채 낡은 허리띠에 맨발로 거리를 돌아다니는 것을 보는 것도 민망하게 생각했지.

사실 우리처럼 나이가 든 사람들은 미사가톨릭에서, 예수의 최후의 만찬을 기념하여 행하는 제사 의식에 참석하기 위해 마을로 들어오는 그의 보잘것없는 행색을 보고 꽤나 수치스러워 했네. 코르니유 영감 자신도 그 사실을 잘 알고 있었지. 그래서인지 우리와 같은 의자에 앉을 생각을 더 이상 하지 않더군. 그때부터 그는 언제나 가난한 사람이 모여 있는 뒤쪽에 가서 앉았다네.

하지만 무엇보다 많은 사람이 이해할 수 없는 점이 한 가지 있었어. 아무도 영감의 방앗간으로 곡식을 가져가지 않았는데, 풍차는 계속 돌아간다는 사실 말이야……. 게다가 저녁때면 밀가루 자루를 실은 당나귀를 앞세우고 오솔길을 걸어가는 영감을 보기도 했다네.

"코르니유 영감님, 안녕하세요."

영감과 마주친 농부들은 큰 소리로 인사했지.

"방앗간이 아직도 돌아가는 모양이네요?"

"내 방앗간의 풍차는 결코 멈추는 법이 없다네."

영감은 매우 유쾌하게 대답했어.

"하느님께 감사할 일이야. 일거리가 떨어지는 경우가 없으니까."

하지만 많은 일감을 도대체 어디서 얻어 오냐고 누가 물어보기라도 하면, 영감은 엄숙한 말투로 대답했지.

"떠들어서는 안 되네! 난 지금 수출 쪽 일을 하고 있어."

어느 누구도 더 이상은 알아낼 수 없었지. 만약 어떤 용감한 사람이 방앗간 안을 훔쳐볼 생각을 했다 하더라도 말일세. 손녀인 비베트조차 방

앗간 안으로 들어갈 수는 없었다네⋯⋯.

코르니유 영감의 방앗간 문은 항상 닫혀 있었고, 커다란 풍차 날개는 여전히 돌아가고 있었다네. 영감의 당나귀는 한가롭게 풀을 뜯고, 야윈 고양이도 창틀 위에서 햇볕을 쬐고 있었지. 고양이는 가끔 심술궂은 표정을 짓기도 했어.

이런 모습들이 사람들에게 신비롭게 다가왔다네. 사람들은 영감의 방앗간에 대해 이야기하기 바빴어. 사람들은 방앗간 안에 밀가루 부대보다 더 많은 돈 자루가 있을 거라는 등 제멋대로 생각하기 시작했지.

그리고 모든 것은 곧 밝혀졌지. 어느 날, 내가 부는 피리 소리에 맞춰 마을 젊은이들이 춤을 추고 있을 때였네. 나는 그때 내 큰아들과 영감의 손녀 비베트가 서로 사랑하는 사이라는 걸 알게 되었네.

솔직히 말하자면 난 싫지 않았어. 어쨌든 코르니유 집안은 명문名門 훌륭한 집안이었으니까. 더군다나 예쁘고 어린 비베트가 집 안에서 귀엽게 종종거리며 돌아다니는 모습을 보게 된다고 생각하니 나는 즐거웠다네. 나는 두 아이가 자주 만나 혹시라도 사고라도 칠까 봐 일을 당장 매듭지어야겠다고 결심했지.

나는 영감의 집으로 갔어. 아, 자네도 봤어야 했는데 말이야. 그 늙은이가 나를 어떻게 대했는지 아는가? 문도 열어 주지 않아서 조그만 열쇠 구멍을 사이로 내가 왜 이곳까지 올라왔는지 설명해야 했다네. 내 머리 위 창틀에서는 고양이가 악마처럼 숨을 할딱거리고 있었지. 코르니유는 내 말을 끝까지 듣지도 않았어. 영감은 나더러 돌아가서 피리나 불라고 말했어. 여기엔 왜 왔느냐, 그렇게 아들 혼사가 급하면 제분소 여자들한테나 가 봐라, 하면서 아주 고함을 지르더군. 이런 말을 듣고 가만히 있을 사람은 없지. 하지만 나는 분별력 있는 사람일세. 매우 화가 났지만 그런 바보 같은 늙은이는 내버려 두고 집으로 돌아왔다네. 그리고 내가 어떤 대접을 받았는지 아이들에게 이야기했어.

아이들은 도저히 믿을 수 없다는 눈치였어. 직접 방앗간으로 가서 영감과 얘기를 해 보겠다고 하는 거야. 아, 나는 아이들의 청을 차마 거절하지 못했어. 내 허락이 떨어지자 아이들은 밖으로 뛰어나갔네.

아이들이 방앗간에 도착했을 때 코르니유 영감은 마침 외출 중이었지. 문에 자물쇠가 채워져 있었지만, 영감이 밖에 사다리를 놔두고 외출했기 때문에 아이들은 창문을 통해 안을 들여다보려고 했어. 아이들은 방앗간의 비밀을 알고 싶었던 거야.

그런데 창문을 통해 들어간 아이들은 더욱 의문을 가졌다네. 밀가루 부대는 어디에도 없었고, 밀알 한 톨도 보이지 않았다네. 벽 구석구석이나 거미줄에도 밀가루의 흔적은 찾을 수 없었지……. 심지어 밀을 갈 때 풍기는 향긋한 냄새도 없었어. 심지어 맷돌에는 먼지가 쌓여 있었다네. 그 위에서 비쩍 야윈 고양이가 잠을 자고 있었어.

황량하기는 아래층도 마찬가지였네. 정리가 안 된 흐트러진 침대, 누더기 옷 몇 벌, 계단 위에 아무렇게나 널브러져 있는 빵 한 조각. 그런데 구석에 서너 개 정도의 자루가 열린 채 놓여 있었어. 그 자루 안에는 깨진 **회벽**^{灰壁 석회를 반죽하여 바른 벽} 조각과 다른 방앗간에서 가져온 잡동사니들이 가득 들어 있었다네.

아, 그 자루 안의 것들이 코르니유 영감의 비밀이었어! 영감은 방앗간에서 계속 밀을 갈아 밀가루를 만드는 것처럼 보이려고 밤마다 회벽 조각, 벽돌, 폐기물들을 오솔길을 오르내리며 날랐던 거야.

아, 불쌍한 영감! 하지만 코르니유 영감의 방앗간은 이미 오래전에 손님을 제분소에 뺏겨 버렸지. 풍차는 계속 돌았지만 그의 맷돌은 아무것도 갈지 않았던 거야.

눈물을 흘리며 아이들이 나에게 돌아왔다네. 그러고는 자신들의 눈으로 본 내용을 알려 줬지. 슬픔과 안타까움을 느낀 나는 마을 사람들에게 달려가 코르니유 영감의 비밀을 말해 주었다네. 우리는 밀을 가능한 한 많이 모아서 영감에게 가져다주자고 의견을 모았다네. 우리는 진짜 밀을 실은 당나귀들과 함께 영감의 방앗간에 도착했네.

그런데 방앗간 문이 열려 있지 뭔가! 방앗간 안을 들여다보니 코르니유 영감이 주저앉은 채 손에 얼굴을 묻고 눈물을 흘리고 있었다네. 영감은 자신의 슬픈 비밀이 파헤쳐진 사실을 알아 버린 거야.

"아, 이런 불쌍한 꼴이라니!"

그는 이렇게 말했다네.

"이제 죽는 일밖에 남지 않았어. 수치스러운 일이야. 너도 이제 끝이구나."

그러고는 방앗간과 풍차에게 말을 걸면서 흐느꼈네.

바로 그때 당나귀들이 방앗간에 도착했다네. 우리는 모두 영감에게 목청껏 소리를 질렀지.

"영감님! 여기! 방앗간! 이봐요, 코르니유 씨!"

우리는 영감님을 소리쳐 부르고는 방앗간 문 앞에 자루를 쌓아 올렸네. 바닥에는 황금빛이 도는 밀알이 흘러넘쳤지. 눈을 휘둥그레 뜬 코르니유 영감은 우리를 멍하니 바라보았네. 영감은 밀알을 한 움큼 움켜쥐고 우는 것도 아닌 웃는 것도 아닌 채 말했어.

"오, 하느님! 밀이에요! 여보게들! 이게 진짜 밀인가?"

그러고는 우리를 향해 말했지.

"아! 난 자네들이 조만간 다시 올 거라는 걸 알고 있었네! 저 제분소 놈들은, 저 증기로 빵을 만드는 놈들은 모두 도둑놈들이야!"

승리감에 들뜬 우리는 영감을 어깨에 태우고 마을 중심까지 가고 싶었네.

"아니야, 여보게들. 난 내 방앗간에게 먹을 걸 좀 줘야겠어. 지금 당장 말일세! 그렇지 않나? 너무 오랫동안 저놈은 아무것도 먹지 못했어!"

영감은 바쁘게 움직이면서 자루를 열었다네. 영감은 밀을 갈아 고운 밀가루들을 천장까지 날려 보내는 동안 한 번도 눈을 떼지 않았어. 그 모습을 본 우리는 눈물을 글썽였지.

우리는 그날 이후로 코르니유 영감의 방앗간에 일감이 떨어지지 않게 했네. 하지만 어느 날 아침 코르니유 영감이 세상을 떠났고, 그 후 우리 마을 풍차 방앗간의 역사도 끝나 버렸다네. 영원히 말일세. 코르니유 영감이 떠난 뒤 그 뒤를 아무도 잇지 않았지. 어쩔 수 없는 일이야. 세상의 모든 것에는 끝이 있게 마련이니까. 론 강을 나룻배와 꽃 장식이 달린 코트의 유행이 지난 것처럼, 영감의 풍차 방앗간도 시간 속으로 흘러간 거지⋯⋯.

코르니유 영감의 비밀

🖊 작가 소개

알퐁스 도데(Alphonse Daudet, 1840~1879)

프랑스 님에서 태어났다. 시집 『연인들』로 등단했다. 특유의 감수성과 서정성을 바탕으로 사람들에 대한 연민과 애정, 고향 프로방스 지방에 대한 향수를 그린 작품들을 발표했다. 플로베르, 졸라, 투르게네프 등과 사귀었고 자연주의 파에 속했다. 주요 작품으로 「별 – 프로방스의 어느 목동 이야기」, 「아를의 여인」, 「황금 뇌의 사나이」, 「꼬마 철학자」, 「마지막 수업」, 「알자스! 알자스!」 등이 있다.

🖊 작품 정리

- **갈래**   단편 소설
- **성격**   회상적, 감상적
- **배경**   시간 – 19세기 / 공간 – 프랑스의 프로방스 지방
- **시점**   1인칭 관찰자 시점
- **구성**   '발단 – 전개 – 위기 – 절정 – 결말'의 5단계 구성
- **특징**   • 액자 소설 구조로 과거의 사건을 회상함
  - • '비밀'이라는 문학적 장치를 통해 호기심과 긴장감을 강화함
- **주제**   산업화로 인한 전통의 쇠퇴와 상실
- **출전**   『풍차 방앗간 편지』(1866)

- **발단**   **피리 부는 할아버지가 코르니유 영감의 이야기를 들려줌**

  프랑세 마마이라는 피리 부는 할아버지가 20년전 코르니유 영감에 얽힌 이야기를 들려준다.

- **전개**   **풍차 방앗간은 프로방스 마을 사람들의 행복이자 삶의 활력소임**

  20년 전 프로방스 마을에서 풍차 방앗간은 마을의 상징이자 마을 사람들의 행복한 일상의 공간이었다.

- **위기**   **마을에 증기 제분소가 세워지자 방앗간이 사라지기 시작함**

  마을에 증기 제분소가 들어오면서 풍차 방앗간은 사라지기 시작하고 코르니유 영감의 풍차 방앗간만 남게 된다.

- **절정**   **코르니유 영감이 외출한 사이에 아이들이 방앗간 안을 몰래 들여다봄**

  코르니유 영감의 풍차 방앗간이 정상적으로 돌아가는 것을 보고 마을 사람들은 의아해 한다. 어느 날, 코르니유 영감이 외출한 사이에 아이들이 방앗간 안을 몰래 들여다본다. 결국 코르니유 영감이 밀을 빻는 것처럼 보이게 하기 위해 백토 등을 실어 날랐다는 비밀이 밝혀지게 된다.

- **결말**   **마을 사람들이 밀을 모아 코르니유 영감에게 가져감**

  비밀을 알게 된 마을 사람들은 코르니유 영감의 풍차 방앗간에 밀을 맡긴다. 코르니유 영감은 기뻐하지만 얼마 후 세상을 떠나고 그의 풍차 방앗간도 사라진다.

🖋 생각해 보세요 -

1 이 작품에서 풍차 방앗간이 상징하는 것은 무엇인가?

예전에는 사람들이 풍차 방앗간에서 밀을 빻았지만, 산업화가 진행되면서 증기 제분소가 밀을 빻는 곳이 된다. 그 결과 풍차 방앗간은 점점 일감을 잃고 결국 사라지게 된다. 코르니유 영감이 고집스럽게 풍차 방앗간을 지키지만, 코르니유 영감의 풍차 방앗간도 시간의 흐름은 거스를 수 없기 때문에 결국 사라지게 된다. 시간이 흘러 운명적으로 사라질 수밖에 없는 것들에 대한 쓸쓸한 향수와 연민의 태도를 드러내기 위해 풍차 방앗간을 소재로 삼았다고 할 수 있다.

2 이 작품에서 '비밀'이라는 장치가 하는 역할을 설명하시오.

증기 제분소가 들어온 뒤 마을 사람들은 코르니유 영감에게 일을 맡기지 않지만, 그의 풍차 방앗간은 계속 돌아간다. 그 많은 일감이 어디에서 오는지 마을 사람들은 궁금해 하지만 코르니유 영감은 그것을 비밀에 부친다. 마을 사람들의 궁금증은 더 커져 간다. 결국 밀가루를 만드는 것처럼 보이고 싶어서 밤마다 코르니유 영감이 회벽 조각, 벽돌, 폐기물들을 나른 것임이 밝혀지면서 비밀은 풀리게 된다. '비밀-비밀의 해소'라는 문학적 장치를 사용함으로써 독자의 호기심을 유발하고 긴장감을 강화하여 재미를 더한다. 뿐만 아니라, '사라지는 옛 것에 대한 연민과 향수'라는 이 작품의 주제를 부각시키는 역할도 한다.

자연과 생명의 어우러짐

「아마존의 눈물」이라는 다큐멘터리가 회자되고 많은 인기를 끌었던 이유는 무엇일까요? 무엇보다 오래전에 잃어버린 원시의 생태계가 살아 숨 쉬는 모습에 현대 도시인들이 매혹되었기 때문일 것입니다. 원시적인 생명의 모습은 자연 속에서 더욱 빛나게 되는데, 인간이 본래의 모습을 찾기 위해서는 자연 속으로 돌아가야 하는 걸까요?

·배따라기 ·산

인물관계도

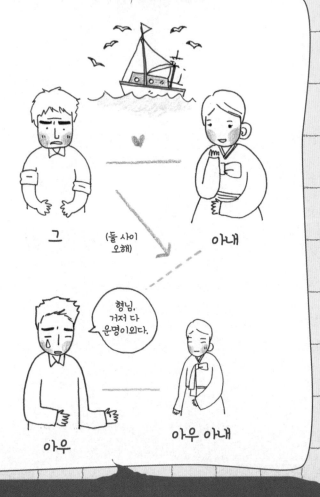

부모님이 돌아가시고 남은 사람이라고는 아내와 아우 부부뿐이었어요. 저(그)는 아우에게 친절한 아내를 보면 질투심이 났지요. 어느 날, 아우와 아내가 쥐 잡는 것을 보고 오해한 저는 둘을 내쫓았어요. 다음 날 아내는 시체로 발견되었지요. 10년 뒤 아우를 만났지만 아우는 "형님, 그저 다 운명이외다." 라는 말만 남기고 떠났답니다.

배따라기

좋은 일기日氣 날씨이다.

좋은 일기라도, 하늘에 구름 한 점 없는 — 우리 '사람'으로서는 감히 접근 못 할 위엄威嚴 존경할 만한 위세가 있어 점잖고 엄숙함을 가지고, 높아서 우리 조고만 '사람'을 비웃는 듯이 내려다보는, 그런 교만한 하늘은 아니고, 가장 우리 '사람'의 이해자인 듯이 낮추아래로 뭉글뭉글 엉기는 분홍빛 구름으로서 우리와 서로 손목을 잡자는 — 그런 하늘이다. 사랑의 하늘이다.

나는, 잠시도 멎지 않고 푸른 물을 황해로 부어내리는 대동강을 향한, 모란봉 기슭 새파랗게 돋아나는 풀 위에 뒹굴고 있었다.

이날은 삼월 삼질음력 삼월 초사흗날. 강남 갔던 제비가 돌아온다는 따뜻한 날, 대동강에 첫 뱃놀이하는 날이다. 까맣게 내려다보이는 물 위에는, 결결이 반짝이는 물결을 푸른 놀잇배들이 타고 넘으며, 거기서는 봄 향기에 취한 형형색색形形色色 형상과 빛깔 따위가 서로 다른 여러 가지의 선율이, 우단벨벳. 거죽에 곱고 짧은 털이 촘촘히 돋게 짠 비단보다도 부드러운 봄 공기를 흔들면서 날아온다. 그러고 거기서 기생들의 노래와 함께 날아오는 조선 아악雅樂 예전에 우리나라에서 의식 등에 정식으로 쓰던 음악은 느리게, 길게, 유창하게, 부드럽게, 그러고 또 애처롭게, 모든 봄의 정다움과 끝까지 조화하지 않고는 안 두겠다는 듯이, 대동강에 흐르는 시커먼 봄물, 청류벽에 돋아나는 푸른 풀어음, 심지어 사람의 가슴속에 봄에 뛰노는 불붙는 핏줄기까지라도, 습기 많은 봄 공기를 다리 놓고 떨리지 않고는 두지 않는다.

봄이다. 봄이 왔다.

부드럽게 부는 조고만 바람이, 시커먼 조선 솔소나무을 꿰며, 또는 돋아나는 풀을 스치고 지나갈 때의 그 음악은, 다른 데서는 듣지 못할 아름다운 음악이다.

아아, 사람을 취케 하는 푸른 봄의 아름다움이여! 열다섯 살부터의 동경東京 '도쿄'를 우리 한자음으로 읽은 이름 생활에, 마음껏 이런 봄을 보지 못하였던 나는, 늘 이것을 보는 사람보다 곱 이상의 감명을 여기서 받지 않을 수 없다.

평양성 내에는, 겨우 툭툭 터진 땅을 헤치면 파릇파릇 돋아나는 나무 새기와 돋아나려는 버들의 어음으로 봄이 온 줄 알 뿐 아직 완전히 봄이 안 이르렀지만, 이 모란봉 일대와 대동강을 넘어 보이는 가나안 옥토沃土 기름진 땅를 연상시키는 장림長林 길게 뻗쳐 있는 숲에는 마음껏 봄의 정다움이 이르렀다.

그러고 또 꽤 자란 밀보리들로 새파랗게 장식한 장림의 그 푸른빛! 만족한 웃음을 띠고 그 벌에 서서 내다보는 농부의 모양은, 보지 않아도 생각할 수가 있다.

구름은 자꾸 하늘을 날아다니는 모양이다. 그 밀 위에 비치었던 구름의 그림자는 그 구름과 함께 저편으로 물러가며, 거기는 세계를 아까 만들어 놓은 것 같은 새로운 녹빛이 퍼져 나간다. 바람이나 조금 부는 때는 그 잘 자란 밀들은 물결같이 누웠다 일어났다 일록일청一綠一靑 한 번은 녹색, 한 번은 청색으로 춤을 춘다. 그러고 봄의 한가함을 찬송하는 솔개들은, 높은 하늘에서 동그라미를 그리면서 더욱더 아름다운 봄에 향기로운 정취를 더한다.

"다스한 봄 정에 솟아나리다. 다스한 봄 정에 솟아나리다."

나는 두어 번 소리 나게 읊은 뒤에 담배를 붙여 물었다. 담뱃내는 무럭무럭 하늘로 올라간다.

하늘에도 봄이 왔다.

하늘은 낮았다. 모란봉 꼭대기에 올라가면 넉넉히 만질 수가 있으리만큼 하늘은 낮다. 그리고 그 낮은 하늘보다는 오히려 더 높이 있는 듯한 분홍빛 구름은 뭉글뭉글 엉기면서 이리저리 날아다닌다.

나는 이러한 아름다운 봄 경치에 이렇게 마음껏 봄의 속삭임을 들을 때는 언제든 유토피아^{이상향}를 아니 생각할 수 없다. 우리가 시시각각^{時時刻刻 각각의 시각}으로 애를 쓰며 수고하는 것은, 그 목적은 무엇인가? 역시 유토피아 건설에 있지 않을까? 유토피아를 생각할 때는 언제든 그 '위대한 인격의 소유자'며 '사람의 위대함을 끝까지 즐긴' 진나라 시황^{始皇 만리장성 증축, 분서갱유 등으로 위세를 떨쳤던 중국 진(秦)의 제1대 황제}을 생각지 않을 수 없다.

우리가 어찌하면 죽지를 아니할까 하여, 소년 삼백을 배에 태워 불사약^{不死藥 먹으면 죽지 아니하고 오래 살 수 있다는 약}을 구하러 떠나보내며, 예술의 사치를 다하여 아방궁을 짓고, 매일 신하 몇천 명과 잔치로써 즐기며, 이리하여 여기 한 유토피아를 세우려던 시황은, 몇 만의 역사가가 어떻다고 욕을 하든, 그는 참말로 인생의 향락자이며 역사 이후의 제일 큰 위인이라고 할 수가 있다. 그만한 순전한 용기 있는 사람이 있고야 우리 인류의 역사는 끝이 날지라도 한 '사람'을 가졌었다고 할 수 있다.

"큰사람이었었다."

하면서 나는 머리를 흔들었다.

이때다. 기자묘 근처에서 무슨 슬픈 음률이 봄 공기를 진동시키며 날아오는 것이 들렸다.

나는 무심코 귀를 기울였다.

'영유 배따라기'다. 그것도 웬만한 광대나 기생은 발꿈치에도 미치지 못하리만큼, 그만큼 그 배따라기의 주인은 잘 부르는 사람이었다.

> 비나이다, 비나이다.
> 산천후토山天后土 하늘과 산의 신령 일월성신日月星辰 해와 달과 별 하나님전 비나이다.
> 실낱 같은 우리 목숨 살려 달라 비나이다.
> 에—야, 어그여지야.

여기까지 이르렀을 때에 저편 아래 물에서 장고杖鼓 장구 소리와 함께 기생의 노래가 울리어 오며 배따라기는 그만 안 들리게 되었다.

나는 이 년 전 한여름을 영유서 지내 본 일이 있다. 배따라기의 본고장인 영유를 몇 달 있어 본 사람은 그 배따라기에 대하여 언제든 한 속절없는 애처로움을 깨달을 것이다.

영유, 이름은 모르지만 ×산에 올라가서 내다보면 앞은 망망한넓고 먼 황해이니, 그곳 저녁때의 경치는 한 번 본 사람은 영구히 잊을 수가 없으리라. 불덩이 같은 커다란 시뻘건 해가 남실남실 넘치는 바다에 도로 빠질 듯 도로 솟아오를 듯 춤을 추며, 거기서 때때로 보이지 않는 배에서 '배따라기'만 슬프게 날아오는 것을 들을 때엔 눈물 많은 나는 때때로 눈물을 흘렸다. 이로 보아서, 어떤 원員 수령의 아내가 자기의 모든 영화榮華 몸이 귀하게 되어 이름이 세상에 빛남를 낡은 신같이 내어던지고 뱃사람과 정처 없는 물길을 떠났다 함도 믿지 못할 말이랄 수가 없다.

　영유서 돌아온 뒤에도 그 '배따라기'는 내 마음에 깊이 새기어져 잊으려야 잊을 수가 없었고, 언제 한번 다시 영유를 가서 그 노래를 한 번 더 들어 보고 그 경치를 다시 한 번 보고 싶은 생각이 늘 떠나지를 않았다.

　장고 소리와 기생의 노래는 멎고 배따라기만 구슬프게 날아온다. 결결이 부는 바람으로 말미암아 때때로는 들을 수가 없으되, 나의 기억과 곡조를 종합하여 들은 배따라기는 이 대목이다.

　　강변에 나왔다가

　　나를 보더니만

　　혼비백산魂飛魄散 혼백이 어지러이 흩어진다는 뜻으로, 몹시 놀라 넋을 잃음을 이르는 말하여

　　꿈인지 생시인지

　　와르륵 달려들어

　　섬섬옥수纖纖玉手 가냘프고 고운 여자의 손로 부쳐잡고

　　호천망극昊天罔極 어버이의 은혜가 넓고 큰 하늘과 같이 다함이 없음을 이르는 말하는 말이

　　'하늘로서 떨어지며

　　땅으로서 솟아났나

　　바람결에 묻어 오고

　　구름길에 쌔여 왔나'

　　이리 서로 붙들고 울음 울 제

　　인리제인隣里諸人 이웃 마을 모든 사람이며

　　일가친척이 모두 모여

여기까지 들은 나는 마침내 참지 못하고 벌떡 일어서서 소나무 가지에 걸었던 모자를 내려 쓰고, 그곳을 찾으러 모란봉 꼭대기에 올라섰다. 꼭대기는 좀 더 노랫소리가 잘 들린다. 그는, 배따라기의 맨 마지막, 여기를 부른다.

밥을 빌어서
죽을 쑬지라도
제발 덕분에
뱃놈 노릇은 하지 마라.
에— 야, 어그여지야.

그의 소리로써 방향을 찾으려던 나는 그만 그 자리에 섰다.
"어딘가? 기자묘? 혹은 을밀대?"
그러나 나는 오래 서 있을 수가 없었다. 어떻든 찾아보자 하고, 현무문으로 가서 문밖에 썩 나섰다. 기자묘의 깊은 솔밭은 눈앞에 쫙 퍼진다.
"어딘가?"
나는 또 물어 보았다.
이때에 그는 또다시 배따라기를 시초始初 맨 처음부터 부른다. 그 소리는 왼편에서 온다.
왼편이구나 하면서, 소리 나는 곳을 더듬어서 소나무 틈으로 한참 돌다가, 겨우, 기자묘치고는 그중 하늘이 넓고 밝은 곳에 혼자서 뒹굴고 있는 그를 찾아내었다. 나의 생각한 바와 같은 얼굴이다. 얼굴, 코, 입, 눈, 몸집이 모두 네모나고 그의 이마의 굵은 주름살과 시커먼 눈썹은 고생 많이 함과 순진한 성격을 나타낸다.

그는 어떤 신사가 자기를 들여다보는 것을 보고 노래를 그치고 일어나 앉는다.

"왜? 그냥 하지요."

하면서 나는 그의 곁에 가 앉았다.

"머……."

할 뿐 그는 눈을 들어서 터진 하늘을 쳐다본다.

좋은 눈이었다. 바다의 넓고 큼이 유감없이 그의 눈에 나타나 있다. 그는 뱃사람이라 나는 짐작하였다.

"고향이 영유요?"

"예, 머, 영유서 나기는 했디만 한 이십 년 영윤 가 보디두 않았시오."

"왜, 이십 년씩 고향엘 안 가요?"

"사람의 일이라니 마음대로 됩데까?"

그는, 왜 그러는지, 한숨을 짓는다.

"거저, 운명이 데일 힘셉디다."

운명의 힘이 제일 세다는 그의 소리는 삭이지 못할 원한과 뉘우침이 섞여 있다.

"그래요?"

나는 다만 그를 건너다볼 뿐이다.

한참 잠잠하니 있다가 나는 다시 말하였다.

"자, 노형老兄 남자 어른이 자기보다 나이를 더 먹은 비슷한 지위의 남자를 높여 이르는 이인칭 대명사의 경험담이나 한번 들어 봅시다. 감출 일이 아니면 한번 이야기해 보소."

"머, 감출 일은……."

"그럼, 어디 들어 봅시다그려."

그는 다시 하늘을 쳐다보았다. 그러나 좀 있다가,

"하디요."

하면서 내가 담배를 붙이는 것을 보고 자기도 담배를 붙여 물고 이야기를 꺼낸다.

"십구 년 전 팔월 열하룻날 일인데요."

하면서 그가 이야기한 바는 대략 이와 같은 것이다.

　

그의 살던 마을은 영유 고을서 한 이십 리 떠나 있는, 바다를 향한 조고만 어촌이다. 그의 살던 조고만(서른 집쯤 되는) 마을에서 그는 꽤 유명한 사람이었다.

그의 부모는 모두 열댓에 났을 때 돌아갔고, 남은 사람이라고는 곁집^이웃하여 붙어 있는 집에 딴살림하는 그의 아우 부처夫妻 부부와 그 자기 부처뿐이었다. 그들 형제가 그 마을에서 제일 부자이고 또 제일 고기잡이를 잘하였으며 그중 글이 있었고 배따라기도 그 마을에서 빼나게 잘 불렀다. 말하자면 그 형제가 그 동네의 대표적 사람이었다.

팔월 보름은 추석 명절이다. 팔월 열하룻날 그는 명절에 쓸 장도 볼 겸, 그의 아내가 늘 부러워하는 거울도 하나 사 올 겸, 장으로 향하였다.

"당손네 집에 있는 것보다 큰 것이요. 잊디 말구요."

그의 아내는 길까지 따라 나오면서 잊지 않도록 부탁하였다.

"안 잊어."

하면서 그는 떠오르는 새빨간 햇빛을 앞으로 받으면서 자기 마을을 나섰다.

이렇게 말하기는 우습지만 그는 아내를 고와했다^{'예뻐하다'의 방언}. 그의 아내는 촌에는 드물도록 연연하고도^{산뜻하며 곱고도} 예쁘게 생겼다. 그는 나에게 이렇게 말하였다.

"성내^{평양} 덴줏골^{창녀촌}을 가두 그만한 거 쉽디 않갔시요."

그러니까 촌에서는, 그리고 그 당시에는 남에게 우습게 보이도록 그 내외^{內外 부부}의 새사이는 좋았다. 늙은이들은 계집에게 혹하지 말라고 흔히 그에게 권고하였다.

부처의 새는 좋았지만, 아니 오히려 좋으므로 그는 아내에게 샘을 많이 하였다. 그리고 그의 아내는 시기를 받을 일을 많이 하였다. 품행이 나쁘다는 것이 아니라, 그의 아내는 대단히 천진스럽고 쾌활한 성질로서 아무에게나 말 잘하고 애교를 잘 부렸다.

그 동네에서는 무슨 명절이나 되면, 집이 그중 정결함^{매우 깨끗하고 깔끔함}을 핑계삼아 젊은이들은 모두 그의 집에 모이고 하였다. 그 젊은이들은 모두 그의 아내에게 '아즈마니'라 부르고, 그의 아내는 '아즈바니, 아즈바니' 하며 그들과 지껄이고 즐기며, 그 웃기 잘하는 입에는 늘 웃음을 흘리고 있었다. 그럴 때마다 그는 한편 구석에서 눈만 힐근거리며 있다가 젊은이들이 돌아간 뒤에는 불문곡직^{不問曲直 옳은지 그른지를 묻지 않음}하고 아내에게 덤벼들어 발길로 차고 때리며, 이전에 사다 주었던 것을 모두 걷어올린다. 싸움을 할 때에는 언제든 곁집에 있는 아우 부처가 말리러 오며, 그렇게 되면 언제든 그는 아우 부처까지 때려 주었다.

그가 아우에게 그렇게 구는 데는 이유가 있었다. 그의 아우는, 시골 사람에게는 쉽지 않도록 늠름한 위엄이 있었고, 맨날 바닷바람을 쏘였지만 얼굴이 희었다. 이것뿐으로도 시기가 된다 하면 되지만, 특별히 아내가 그의 아우에게 친절히 하는 데는, 그는 속이 끓어 못 견디었다.

그가 영유를 떠나기 반 년 전쯤, 다시 말하자면 그가 거울을 사러 장에 갈 때부터 반 년 전쯤, 그의 생일날이었다. 그의 집에서는 음식을 차려서 잘 먹었는데, 그에게는 괴상한 버릇이 있었으니, 맛있는 음식은 남겨 두었다가 좀 있다 먹고 하는 것이 습관이었다. 그의 아내도 이 버릇은 잘 알 터인데 그의 아우가 점심때쯤 오니까, 아까 그가 아껴서 남겨 두었던 그 음식을 아우에게 주려 하였다. 그는 눈을 부릅뜨고 '못 주리라'고 암호하였지만 아내는 그것을 보았는지 못 보았는지 그의 아우에게 주어 버렸다. 그는 마음속이 자못 편치 못하였다. '트집만 있으면 이년을……' 하고 그는 마음먹었다.

그의 아내는 시아우^{남편의 남동생을 이르는 북한 말}에게 상을 준 뒤에 물러오다가 그만 그의 발을 조금 밟았다.

"이년!"

그는 힘껏 발을 들어서 아내를 냅다 찼다. 그의 아내는 상 위에 거꾸러졌다가 일어난다.

"이년, 사나이 발을 짓밟는 년이 어디 있어!"

"거 좀 밟아서 발이 부러졌쉐까?"

아내는 낯이 새빨개져서 울음 섞인 소리로 고함친다.

"이년! 말대답이……."

그는 일어서서 아내의 머리채를 휘어잡았다.

"형님! 왜 이리십니까."

아우가 일어서면서 그를 붙잡았다.

"가만있거라, 이놈의 자식."

하며 그는 아우를 밀친 뒤에 아내를 되는대로 내리찧었다.

"죽일 년, 이년! 나가거라!"

"죽에라, 죽에라! 난, 죽어도 이 집에선 못 나가!"

"못 나가?"

"못 나가디 않구. 뉘 집이게……."

이때다. 그의 마음에는 그 '못 나가겠다'는 아내의 마음이 푹 들이박혔다. 그 이상 때리기가 싫었다. 우두커니 눈만 흘기고 있다가 그는,

"망할 년, 그럼 내가 나갈라."

하고 그만 문밖으로 뛰어나와서,

"형님, 어디 갑니까?"

하는 아우의 말에는 대답도 안 하고, 곁동네 탁주濁酒 막걸리집으로 뒤도 안 돌아보고 가서, 거기 있는 술 파는 계집과 술상 앞에 마주 앉았다.

그날 저녁 얼근히 취한 그는 아내를 위하여 떡을 한 돈어치 사 가지고 집으로 돌아왔다.

이리하여 또 서너 달은 평화가 이르렀다. 그러나 이 평화가 언제까지든 계속될 수가 없었다. 그의 아우로 말미암아 또 평화는 쪼개져 나갔다.

오월 초승음력으로 그달 초하루부터 처음 며칠 동안부터 영유 고을 출입이 잦던 그의 아우, 오월 그믐음력으로 그달의 마지막 날께부터는 고을서 며칠씩 묵어 오는 일이 많았다. 함께, 고을에 첩을 얻어 두었다는 소문이 퍼졌다. 이 소문이 있은 뒤 아내는 그의 아우가 고을 들어가는 것을 벌레보다도 더 싫어하고, 며칠 묵어나 오는 때면 곧 아우의 집으로 가서 그와 담판을 하며 심지어 동서 되는 아우의 처에게까지 못 가게 하지 않는다고 싸우는 일이 있었다. 칠월 초승께 그의 아우는 고을에 들어가서 열흘쯤 묵어 온 일이 있었다. 이때도 전과 같이 그의 아내는 그의 아우며 제수弟嫂 남자 형제 사이에서 동생의 아내를 이르는 말와 싸우다 못하여, 마침내 그에게까지 와서 아우가 그런 못된 데를 다니는 것을 그냥 둔다고, 해 보자 한다. 그 꼴을 곱게 보지 않았던 그는 첫마디로 고함을 쳤다.

"네게 상관이 무에가? 듣기 싫다."

"못난둥이. 아우가 그런 델 댕기는 걸 말리디두 못하구!"

분김에분한 마음이 왈칵 일어난 바람에 이렇게 그의 아내는 고함쳤다.

"이년, 무얼?"

그는 벌떡 일어섰다.

"못난둥이!"

그 말이 채 끝나기 전에 그의 아내는 악 소리와 함께 그 자리에 거꾸러졌다.

"이년! 사나이에게 그따윗 말버릇 어디서 배완!"

"에미네 때리는 건 어디서 배왔노! 못난둥이."

그의 아내는 울음소리로 부르짖었다.

"샹년 그냥? 나갈, 우리 집에 있디 말구 나갈."

그는 내리찧으면서 부르짖었다. 그리고 문을 열고 아내를 밀쳤다.

"나가디 않으리!"

하고 그의 아내는 울면서 뛰어나갔다.

"망할 년!"

토하는 듯이 중얼거리고 그는 그 자리에 주저앉았다.

그의 아내는 해가 져서 어두워져도 돌아오지 않았다. 일단 내어 쫓기는 하였지만 그는 아내의 돌아옴을 기다리고 있었다. 어두워져서도 그는 불도 안 켜고 성이 나서 우들우들 떨면서 아내의 돌아오기를 기다렸다. 그러나 그의 아내의 참 기쁜 듯이 웃는 소리가 그의 아우의 집에서 밤새도록 울리었다. 그는 움쩍도 안 하고 그 자리에 앉아서 밤을 새운 뒤에, 새벽 동터 올 때 아내와 아우를 죽이려고 부엌에 가서 식칼을 가지고 들어와서 문을 벌컥 열었다.

그의 아내로서 만약 근심스러운 얼굴을 하고 그 문밖에 우두커니 서서 문을 들여다보고 있지 않았다면, 그는 아내와 아우를 죽이고야 말았으리라.

그는 아내를 보는 순간 마음에 가득 차는 사랑을 깨달으면서, 칼을 내던지고 뛰어나가서 아내의 머리채를 휘어잡고, 이년 하면서 들어와서 뺨을 물어뜯으면서 함께 이리저리 자빠져서 뒹굴었다.

그런 이야기를 다 하려면 끝이 없으되 다만 '그', '그의 아내', '그의 아우' 세 사람의 삼각관계는 대략 이와 같았다.

각설 화제를 돌릴 때 말 첫머리에 쓰는 접속 부사 ──

거울은 마침 장에 마음에 맞는 것이 있었다. 지금 것과 대 보면 어떤 때는 코도 크게 보이고 입이 작게도 보이는 것이지만, 그 당시에는, 그리고 그런 촌에서는 둘도 없는 귀물貴物 드물어서 얻기 어려운 물건이었다.

거울을 사 가지고 장을 본 뒤에 그는 이 거울을 아내에게 주면 그 기뻐할 모양을 생각하며, 새빨간 저녁 햇빛을 받는 넘치는 듯한 바다를 안고, 자기 집으로, 늘 들러 오던 탁주집에도 안 들러서 돌아왔다.

그러나 그가 그의 집 방 안에 들어설 때에는 뜻도 안 하였던 광경이 그의 눈에 벌리어 있었다.

방 가운데는 떡상이 있고, 그의 아우는 수건이 벗어져서 목 뒤로 늘어지고 저고리 고름이 모두 풀어져 가지고 한편 모퉁이에 서 있고, 아내도 머리채가 모두 뒤로 늘어지고 치마가 배꼽 아래 늘어지도록 되어 있으며, 그의 아내와 아우는 그를 보고 어찌할 줄을 모르는 듯이 움쩍도 안 하고 서 있었다.

세 사람은 한참 동안 어이가 없어서 서 있었다. 그러나 좀 있다가 마침내 그의 아우가 겨우 말했다.

"그놈의 쥐 어디 갔니?"

"흥! 쥐? 훌륭한 쥐 잡댔구나!"

그는 말을 끝내지도 않고 짐을 벗어던지고 뛰어가서 아우의 먹살을 끌어 잡았다.

"형님! 정말 쥐가……."

"쥐? 이놈! 형수하고 그런 쥐 잡는 놈이 어디 있니?"

그는 아우를 따귀를 몇 대 때린 뒤에 등을 밀어서 문밖에 내어던졌다. 그런 뒤에 이제 자기에게 이를 매를 생각하고 우들우들 떨면서 아랫목에 서 있는 아내에게 달려들었다.

"이년! 시아우와 그런 쥐 잡는 년이 어디 있어!"

그는 아내를 거꾸러뜨리고 함부로 내리쪘었다.

"정말 쥐가……. 아이 죽겠다."

"이년! 너두 쥐? 죽어라!"

그의 팔다리는 함부로 아내의 몸 위에 오르내렸다.

"아이, 죽갔다. 정말 아까 적은이가 왔기에 떡 먹으라구 내놓았더니……."

"듣기 싫다! 시아우와 붙은 년이 무슨 잔소릴……."

"아이, 아이, 정말이야요. 쥐가 한 마리 나……."

"그냥 쥐?"

"쥐 잡을래다가……."

"샹년! 죽어라! 물에래두 빠데 죽얼!"

그는 실컷 때린 뒤에, 아내도 아우처럼 등을 밀어 내어 쫓았다. 그 뒤에 그의 등으로,

"고기 배때기에 장사해라!"

하고 토하였다.

분풀이는 실컷 하였지만, 그래도 마음속이 자못 편치 못하였다. 그는 아랫목으로 가서 바람벽방의 옆을 둘러막은 둘레의 벽을 의지하고 실신한 사람같이 우두커니 서서 떡상만 들여다보고 있었다.

한 시간……, 두 시간…….

서편으로 바다를 향한 마을이라 다른 곳보다는 늦게 어둡지만, 그래도 술시戌時 십이시의 열한째 시. 오후 일곱 시부터 아홉 시까지쯤 되어서는 깜깜하니 어두웠다. 그는 불을 켜려고 바람벽에서 떠나서 성냥을 찾으러 돌아갔다.

성냥은 늘 있던 자리에 있지 않았다. 그래서 여기저기 뒤적이노라니까, 어떤 낡은 옷뭉치를 들칠 때에 문득 쥐 소리가 나면서 무엇이 후덕덕 뛰어나온다. 그리하여 저편으로 기어서 도망간다.

"역시 쥐댔구나!"

그는 조그만 소리로 부르짖었다. 그리고 그만 그 자리에 맥없이 덜썩 주저앉았다.

아까 그가 보지 못한 때의 광경이 활동사진'영화'의 옛 용어과 같이 그의 머리에 지나갔다.

아우가 집에를 온다. 아우에게 친절한 아내는 떡을 먹으라고 아우에게 떡상을 내놓는다. 그때에 어디선가 쥐가 한 마리 뛰어나온다. 둘이서는 쥐를 잡노라고 돌아간다. 한참 성화시키던귀찮게 굴던 쥐는 어느 구석에 숨어 버린다. 그들은 쥐를 찾느라고 뒤룩거린다'두리번거리다'의 방언. 그럴 때에 그가 집에 들어선 것이다.

"샹년, 좀 있으믄 안 들어오리……."

그는 억지로 마음먹고 그 자리에 드러누웠다.

그러나 아내는 밤이 가고 날이 밝기는커녕 해가 중천에 올라도 돌아오지를 않았다. 그는 차차 걱정이 나서 찾아보러 나섰다.

아우의 집에도 없었다. 동네를 모두 찾아보아도 본 사람도 없다 한다.

그리하여, 낮쯤 한 삼사 리 내려가서 바닷가에서 겨우 아내를 찾기는 찾았지만 그 아내는 이전 같은 생기로 찬 산 아내가 아니요, 몸은 물에 불어서 곱이나 크게 되고, 이전에 늘 웃음을 흘리던 예쁜 입에는 거품을 잔뜩 문, 죽은 아내였다.

그는 아내를 업고 집으로 돌아오기까지 정신이 없었다.

이튿날 간단하게 장사를 하였다. 뒤에 따라오는 아우의 얼굴에는,

"형님, 이게 웬일이오니까."

하는 듯한 원망이 있었다.

장사를 지낸 이튿날부터 아우는 그 조그만 마을에서 없어졌다. 하루 이틀은 심상히^{대수롭지 않게} 지냈지만, 닷새 엿새가 지나도 아우는 돌아오지 않았다. 그래서 알아보니까, 꼭 그의 아우같이 생긴 사람이 오륙 일 전에 멧산자^{'山(뫼 산)' 모양의} 보따리를 하여 진 뒤에 시뻘건 저녁 해를 등으로 받고 더벅더벅 동쪽으로 가더라 한다. 그리하여 열흘이 지나고 스무 날이 지났지만 한 번 떠난 그의 아우는 돌아올 길이 없고, 혼자 남은 아우의 아내는 매일 한숨으로 세월을 보내게 되었다.

그도 이것을 잠자코 보고 있을 수가 없었다. 그 불행의 모든 죄는 죄다 그에게 있었다.

그도 마침내 뱃사람이 되어, 적으나마 아내를 삼킨 바다와 늘 접근하며 가는 곳마다 아우의 소식을 알아보려고, 어떤 배를 얻어 타고 물길을 나섰다.

그는 가는 곳마다 아우의 이름과 모습을 말하여 물었으나, 아우의 소식은 알 수가 없었다.

이리하여 꿈결같이 십 년을 지내서 구 년 전 가을, 탁탁히 낀 안개를 꿰

며 연안延安 황해도에 있는 읍 바다를 지나가던 그의 배는, 몹시 부는 바람으로 말미암아 파선破船 배가 파괴됨을 하여, 벗 몇 사람은 죽고, 그는 정신을 잃고 물 위에 떠돌고 있었다.

그가 겨우 정신을 차린 때는 밤이었었다. 그리고 어느덧 그는 뭍땅에 올라와 있었고 그를 말리느라고 새빨갛게 피워 놓은 불빛으로 자기를 간호하는 아우를 보았다.

그는 이상히도 놀라지도 않고 천연하게 물었다.

"너, 어떻게 여기 완?"

아우는 잠자코 한참 있다가 겨우 대답하였다.

"형님, 거저 다 운명이외다."

따뜻한 불기운에 깜빡 잠이 들려다가 그는 화닥닥 깨면서 또 말했다.

"십 년 동안에 되게 파랬구나 '파리하다'의 방언. 몸이 마르고 낯빛이나 살색이 핏기가 전혀 없구나."

"형님, 나두 변했거니와 형님두 몹시 늙으셨쉐다."

이 말을 꿈결같이 들으면서 그는 또 혼혼히 정신이 아뜩하여 가물가물한 모양 잠이 들었다. 그리하여 두어 시간, 꿀보다도 단 잠을 잔 뒤에 깨어 보니, 아까같이 새빨간 불은 피어 있지만 아우는 어디로 갔는지 없어졌다. 곁엣사람에게 물어 보니까, 아우는 형의 얼굴을 물끄러미 한참 들여다보고 있다가 새빨간 불빛을 등으로 받으면서 터벅터벅 아무 말 없이 어둠 가운데로 스러졌다 한다.

이튿날 아무리 알아보아야 그의 아우는 종적이 없어지고 알 수 없으므로 그는 하릴없이 어떻게 할 도리가 없이 다른 배를 얻어 타고 또 물길을 떠났다. 그리하여 그의 배가 해주에 이르렀을 때, 그는 해주 장에 들어가서 무엇을 사려다가 저편 맞은편 가게에 얼핏 그의 아우 같은 사람이 있으므로 뛰어가서 보니 그는 벌써 없어졌다. 배가 해주에는 오래 머물지 않으므로 그의 마음은 해주에 남겨 두고 또다시 바닷길을 떠났다.

그 뒤 삼 년을 이리저리 돌아다녔어도 아우는 다시 볼 수가 없었다.

그리하여 삼 년을 지내서 지금부터 육 년 전에, 그가 탄 배가 강화도를 지날 때에, 바다를 향한 가파른 뫼^{무덤}켠에서 바다를 향하여 날아오는 '배따라기'를 들었다. 그것도 어떤 구절과 곡조는 그의 아우 특식으로 변경된, 그의 아우가 아니면 부를 사람이 없는, 그 '배따라기'였다.

배가 강화도에는 머무르지 않아서 그저 지나갔으나, 인천서 열흘쯤 머무르게 되었으므로, 그는 곧 내려서 강화도로 건너가 보았다. 거기서 이리저리 찾아다니다가 어떤 조그만 객줏집^{나그네들에게 술이나 음식을 팔고 손님을 재우는 영업을 하던 집}에서 물어 보니, 이름도 그의 아우요 생긴 모습도 그의 아우인 사람이 묵어 있기는 하였으나, 사나흘 전에 도로 인천으로 갔다 한다. 그는 곧 돌아서서 인천으로 건너와 찾아보았지만, 그 조그만 인천서도 그의 아우를 찾을 바가 없었다.

그 뒤에 눈 오고 비 오며 육 년이 지났지만, 그는 다시 아우를 만나 보지 못하고 아우의 생사까지도 알 수가 없다.

말을 끝낸 그의 눈에는 저녁 해에 반사하여 몇 방울의 눈물이 반득인다.

나는 한참 있다가 겨우 물었다.

"노형 계수^{季嫂 제수. 동생의 아내}는?"

"모르디요. 이십 년을 영유는 안 가 봤으니깐요."

"노형은 이제 어디루 갈 테요?"

"것두 모르디요. 덩처^{정처(定處). 정한 곳}가 있나요? 바람 부는 대로 몰려댕기디요."

그는 다시 한 번 나를 위하여 배따라기를 불렀다. 아아, 그 속에 잠겨 있는 삭이지 못할 뉘우침, 바다에 대한 애처로운 그리움!

노래를 끝낸 다음에 그는 일어서서 시뻘건 저녁 해를 잔뜩 등으로 받고 을밀대로 향하여 더벅더벅 걸어간다. 나는 그를 말릴 힘이 없어서 멀거니 그의 등만 바라보고 앉아 있었다.

그날 밤, 집에 돌아와서도 그 배따라기와 그의 숙명적 경험담이 귀에 쟁쟁히 울리어서 잠을 못 이루고, 이튿날 아침 깨어서 조반朝飯 아침밥도 안 먹고 기자묘로 뛰어가서 또다시 그를 찾아보았다. 그가 어제 깔고 앉았던, 풀은 모두 한편으로 누워서 그가 다녀감을 기념하되, 그는 그 근처에 보이지 않았다. 그러나, 그러나 배따라기는 어디선가 쟁쟁히 울리어서 모든 소나무들을 떨리지 않고는 안 두겠다는 듯이 날아온다.

"모란봉이다. 모란봉에 있다."

하고 나는 한숨에 모란봉으로 뛰어갔다. 모란봉에는 사람이 하나도 없다. 부벽루에도 없다.

"을밀대다."

하고 나는 다시 을밀대로 갔다. 을밀대에서 부벽루를 연한, 지옥까지 연한 듯한 골짜기에 물 한 방울을 안 새이리라고 빽빽이 난 소나무의 그 모든 잎잎은 떨리는 배따라기를 부르고 있지만, 그는 여기도 있지 않다. 기자묘의, 하늘을 향하여 퍼져 나간 그 모든 소나무의 천만의 잎잎도, 그 아래쪽 퍼진 천만의 풀들도, 모두 그 배따라기를 슬프게 부르고 있지만, 그는 이 조고만 모란봉 일대에서 찾을 수가 없었다.

강가에 나가서 알아보니 그의 배는 오늘 새벽에 떠났다 한다.

그 뒤에 여름과 가을이 가고 일 년이 지나서 다시 봄이 이르렀으되, 잠깐 평양을 다녀간 그는 그 숙명적 경험담과 슬픈 배따라기를 남겨 두었을 뿐, 다시 조고만 모란봉에 나타나지 않는다.

　모란봉과 기자묘에 다시 봄이 이르러서, 작년에 그가 깔고 앉아서 부러졌던 풀들도 다시 곧게 대^{줄기}가 나서 자줏빛 꽃이 피려 하지만, 끝없는 뉘우침을 다만 한낱 '배따라기'로 하소연하는 그는, 이 조고만 모란봉과 기자묘에서 다시 볼 수가 없었다. 다만 그가 남기고 간 '배따라기'만 추억하는 듯이, 기념하는 듯이 모든 잎잎이 속삭이고 있을 따름이다. ✎

배따라기

✐ 작품 정리

- **작가** 김동인(341쪽 '작가 소개' 참조)
- **갈래** 액자 소설
- **성격** 낭만적, 유미주의적, 자연주의적
- **배경** 시간 – 일제 강점기 / 공간 – 평양과 영유
- **시점** • 바깥 이야기 – 1인칭 관찰자 시점
  • 안 이야기 – 3인칭 전지적 작가 시점
- **구성** • 바깥 이야기 – '프롤로그 – 에필로그'의 구성
  • 안 이야기 – '발단 – 전개 – 위기 – 절정 – 결말'의 5단계 구성
- **특징** 등장인물의 야수성, 성격 결함에 따른 비극적 파국, 근친상간
  이라는 비도덕적 모티브 등 자연주의의 특징이 드러남
- **주제** 오해와 질투가 빚은 비극적 운명
- **출전** 〈창조〉(1921)

✐ 구성과 줄거리

- **프롤 로그** **'배따라기'를 부르는 그를 만나 사연을 듣게 됨**
  어느 화창한 봄날, '나'는 대동강으로 봄 경치를 구경 갔다가 유토피아의 꿈에 젖는다. 그때 영유 배따라기의 애절한 가락이 들려온다. 노랫소리가 들리는 곳으로 가 보니 어떤 사내가 있었다. 그는 '나'에게 고향에 가지 않고 떠도는 사연을 이야기한다.

- **발단**　**그에게는 예쁜 아내와 착한 아우가 있었음**

　　그의 부모는 모두 돌아가셨고 남은 사람이라곤 곁집에 딴살림하는
　　아우 부처와 아내뿐이었다. 그의 아내는 촌에서는 드물도록 예쁘게
　　생겼다. 그는 내심 아내를 뿌듯해했다.

- **전개**　**그는 아우에게 질투심을 느낌**

　　그는 아내와 사이가 좋았지만 질투심이 강했다. 아내의 성격이 쾌활
　　해 아무에게나 말 잘하고 애교를 잘 부렸기 때문이다. 아내는 아우에
　　게도 친절했다. 그럴 때마다 그는 질투심에 못 이겨 아내를 때리거나
　　사다 준 물건을 빼앗았다.

- **위기**　**그는 아우와 아내가 쥐 잡는 것을 보고 오해함**

　　아내에게 줄 거울을 사 들고 집에 온 그는 놀라운 광경을 목격한다. 아
　　내는 옷매무새가 흐트러져 있었고, 아우는 옷고름이 풀려 있었던 것
　　이다. 아우가 쥐를 잡느라고 그렇게 됐다고 말했지만 그는 아내를 때
　　리고 동생과 함께 내쫓는다.

- **절정**　**아내는 스스로 목숨을 끊고 아우는 집을 나감**

　　저녁때 방에 들어와 불을 켜려고 성냥을 찾던 그는 옷 뭉치에서 쥐가
　　튀어나오는 것을 보게 된다. 그는 자신이 옹졸한 행동을 했다는 것을
　　깨닫는다. 집을 나간 아내는 그다음 날 시체로 발견된다. 아내의 장사
　　를 지낸 이튿날 동생은 집을 나가 자취를 감춘다.

- **결말**　**그는 10년 후 아우를 보게 되지만 아우는 다시 떠남**

　　그는 뱃사람이 되어 유랑하는 동생을 찾아 나선다. 10년 뒤 어느 날,
　　그는 배가 난파하는 바람에 물 위에 떠돌고 있었다. 그가 밤에 정신을

차려 보니 곁에서 아우가 자신을 간호하고 있었다. 아우는 "형님, 그저 다 운명이외다."라고 말한 뒤 떠난다. 그 후 그는 동생을 만나지 못한다.

- **에필로그** **그는 다시 배따라기를 불러 줌**

  그는 다시 한 번 '나'를 위해 배따라기를 불렀다. 그날 밤 집에 와서도 그의 숙명적인 경험담이 귀에 쟁쟁했다. 배따라기가 들릴 때마다 그곳으로 가 보았지만 그는 없었다.

생각해 보세요

1 이 작품의 서사 구조는 어떻게 이루어져 있는가?

내용은 자연주의적 특징을 보이고, 형식은 액자 소설의 구조를 갖추고 있다. 액자 형식을 취하면서도 외화인 '나'의 이야기와 내화인 그의 이야기가 동시에 존재한다. 서술자는 '나'이며 그의 이야기 역시 '나'의 시점을 통해 전달되고 있다.

2 '배따라기'라는 민요는 어떤 역할을 하고 있는가?

'배떠나기'의 방언으로 알려져 있는 '배따라기'는 평안도 민요의 하나다. 뱃사람들의 고달픈 생활을 노래한 배따라기는 외화와 내화를 매개해 주는 역할을 하고 있다.

인물관계도

최 서기   둥글개첩
(도망감)

(둘 사이 의심)

(함께 머슴살)

김 영감

종실   이웃집 용녀

저(종실)는 김 영감의 첩을 건드렸다는 의심을 받아 머슴살이 7년 만에 쫓겨났어요. 마을 사람들도 싫어져 산으로 들어갔지요. 마을에 내려갔다가 김 영감의 첩과 최 서기가 도망쳤다는 말을 들었어요. 김 영감이 측은했지만 다시 산으로 올라왔지요. 해가 지니 이웃집 용녀가 생각나네요. 산으로 데리고 와 알콩달콩 같이 살고 싶어요.

산

　나무하던 손을 쉬고 중실은 발밑의 깨금'개암'의 방언나무 포기를 들췄다. 지천至賤 매우 흔함으로 떨어지는 깨금알이 손안에 오르르 들었다. 익을 대로 익은 제철의 열매가 어금니 사이에서 오도독 두 쪽으로 갈라졌다.

　돌을 집어던지면 깨금알같이 오도독 깨어질 듯한 맑은 하늘, 물고기 등같이 푸르다. 높게 뜬 조각구름 떼가 해변에 뿌려진 조개껍질같이 유난스럽게도 한편에 옹졸봉졸올망졸망 몰려들 있다. 높은 산등이라 하늘이 가까우련만 마을에서 볼 때와 일반으로 멀다. 구만 리일까, 십만 리일까? 골짜기에서의 생각으로는 산기슭에만 오르면 만져질 듯하던 것이 산허리에 나서면 단번에 구만 리를 내빼는 가을 하늘.

　산속의 아침나절은 졸고 있는 짐승같이 막막은 하나 숨결이 은근하다. 휘엿한 산등은 누워 있는 황소의 등어리요, 바람결도 없는데, 쉴 새 없이 파르르 나부끼는 사시나무 잎새는 산의 숨소리다. 첫눈에 띄는 하아얗게 분장한 자작나무는 산속의 일색. 아무리 단장한 대야 사람의 살결이 그렇게 흴 수 있을까? 수북 들어선 나무는 마을의 인총人叢 사람의 무리보다도 많고 사람의 성보다도 종자가 흔하다. 고요하게 무럭무럭 걱정 없이 잘들 자란다. 산오리나무, 물오리나무, 가락나무, 참나무, 졸참나무, 박달나무, 사스레나무, 떡갈나무, 무치나무, 물가리나무, 싸리나무, 고로쇠

나무. 골짜기에는 신나무, 아그배나무, 갈매나무, 개옻나무, 엄나무. 산등에 간간이 섞여 어느 때나 푸르고 향기로운 소나무, 잣나무, 전나무, 노간주나무 — 걱정 없이 무럭무럭 잘들 자라는 — 산속은 고요하나 웅성한 아름다운 세상이다. 과실같이 싱싱한 기운과 향기, 나무 향기, 흙냄새, 하늘 향기, 마을에서는 찾아볼 수 없는 향기다.

낙엽 속에 파묻혀 앉아 깨금을 알뜰히 바수는여러 조각이 나게 두드려 잘게 깨뜨리는 중실은, 이제 새삼스럽게 그 향기를 생각하고 나무를 살피고 하늘을 바라보는 것이 아니었다. 그런 것은 한데 합쳐 몸에 함빡 젖어 들어 전신을 가지고 모르는 결에 그것을 느낄 뿐이다. 산과 몸이 빈틈없이 한데 얼린어울린 것이다. 눈에는 어느 결엔지 푸른 하늘이 물들었고 피부에는 산 냄새가 배었다. 바심할타작할 때의 짚북데기얼크러진 볏짚의 뭉텅이보다도 부드러운 나뭇잎 — 여러 자 깊이로 쌓이고 쌓인 깨금잎, 가락잎, 떡갈잎의 부드러운 보료앉는 자리에 깔아 두는 두툼하게 만든 요 — 속에 몸을 파묻고 있으면 몸뚱어리가 마치 땅에서 솟아난 한 포기의 나무와도 같은 느낌이다. 소나무, 참나무, 총중叢中 한 떼의 가운데의 한 대의 나무다. 두 발은 뿌리요, 두 팔은 가지다. 살을 베면 피 대신에 나뭇진나무에서 분비하는 점도가 높은 액체이 흐를 듯하다. 잠자코 섰는 나무들의 주고받은 은근한 말을, 나뭇가지의 고갯짓하는 뜻을, 나뭇잎의 소곤거리는 속심을 총중의 한 포기로서 넉넉히 짐작할 수 있다. 해가 뜰 때에 즐거워하고, 바람 불 때에 농탕치고 놀아나고, 날 흐릴 때 얼굴을 찡그리는 나무들의 풍속과 비밀을 역력히 번역해 낼 수 있다. 몸은 한 포기의 나무다. 별안간 부드득 솟아오르는 힘을 느끼고 중실은 벌떡 뛰어 일어났다. 쭉 펴는 네 활개사람의 어깨에서 팔까지의 양쪽 부분에 힘이 뻗쳐 금시에 그대로 하늘에라도 오를 듯싶었다. 넘치는 힘을 보낼 곳 없어 할 수 없이 입을 크게 벌리고 하늘이 울려라 고함을 쳤다. 땅에서 솟는 산정기山精氣 산에 서려 있는, 생기 있는 기운의 힘찬 단순한 목소리다. 산이 대답하고 나뭇가지가 고갯짓한다. 또 하나 그 소리에 대답한 것은 맞은편 산허리에서 불시에 푸드덕 날아 뜨는 한 자웅雌雄 암수의 꿩이었다. 살찐 까투리의 꽁지를 물고 나는 장끼의 오색 날개가 맑은 하늘에 찬란하게 빛났다.

살찐 꿩을 보고 중실은 문득 배가 허출함허기가 지고 출출함을 깨달았다. 아래편 골짜기 개울 옆에 간직하여 둔 노루 고기와 가랑잎 새에 싸 둔 개꿀벌집에 들어 있는 상태의 꿀이 있음을 생각하고 다시 낫을 집어 들었다. 첫 참그날 들어서 처음 먹는 참 때까지는 한 점은 채워 놓아야 파장罷場 시장이 끝남되기 전에 읍내에 다다르겠고, 팔아 가지고는 어둡기 전에 다시 산으로 돌아와야 할 것이다. 한참 쉰 뒤라 팔에는 기운이 남았다. 버스럭거리는 나뭇잎 소리가 품 안에 요란하고 맑은 기운이 몸을 한바탕 멱물에 들어가 몸을 담그고 씻거나 노는 일 감긴 것 같다. 산은 마을보다 몇 곱절 살기가 좋은가. 산에 들어오기를 잘했다고 중실은 생각하였다.

세상에 머슴살이같이 잇속이익이 되는 실속 적은 생업은 없다.

싸우려고 싸운 것이 아니라 김 영감 편에서 투정을 건 셈이다. 지금 와 보면 처음부터 쫓아낼 의사였던 것이 확실하다. 중실은 머슴 산 지 칠 년에 아무것도 쥔 것 없이 맨주먹으로 살던 집을 쫓겨났다. 원통은 하였으나 애통하지는 않았다.

해마다 사경私耕 주인이 머슴에게 한 해 동안 일한 대가로 주는 돈이나 물건을 또박또박 받아 본 일 없다. 옷 한 벌 버젓하게 얻어 입은 적 없다. 명절에는 놀이할 돈도 푼푼이 없이 늘 개 보름 쇠듯남들은 다 잘 먹고 지내는 명절에 제대로 먹지도 못하고 지냄 하였다. 장가들이고 집 사고 살림을 내준다는 것도 헛소리였다. 첩

을 건드렸다는 생뚱 같은 다짐이었으나, 그것은 처음부터 계책한^{어떤 일을}

_{이루기 위하여 꾀나 방법을 생각해 낸} 억지요, 졸색拙色_{아주 못생김}의 등글개_{늙은이가 데리}

_{고 사는 첩을 등글개첩이라고 함} 따위에는 손댈 염念_{생각}도 없었던 것이다. 빨래하

러 갔던 첩과 동구 밖에서 마주쳐 나뭇짐을 지고 앞서고 뒤서서 돌아왔

다고 의심받을 법은 없다. 첩과 수상한 놈팡이는 도리어 다른 곳에 있는

것을, 애매한 중실에게 엉뚱한 분풀이가 돌아온 셈이었다. 가살스러운_되

_{바라진 데가 있는} 첩의 행실을 휘어잡지 못하고 늘그막 판에 속 태우는 영감

의 신세가 하기는 가엾기는 하다. 더욱 엉클어질 앞일을 생각하고 중실

은 차라리 하직下直_{무슨 일을 그만둠을 이르는 말}하고 나온 것이었다. 넓은 하늘

밑에서도 갈 곳이 없다. 제일 친한 곳이 늘 나무하러 가던 산이었다. 짚

북데기보다도 부드러운 두툼한 나뭇잎의 맛이 생각났다. 그 넓은 세상

은 사람을 배반할 것 같지는 않았다. 빈 지게만을 걸머지고 산으로 들어

갔다. 그 속에서 얼마 동안이나 견딜 수 있을까가 한 시험도 되었다.

박중골에서도 오 리나 들어간, 마을과 사람과는 인연이 먼 산협山峽_{산속}

_{의 골짜기}이다. 산등이 펑퍼짐하고 양지쪽_{볕이 잘 드는 쪽}에 해가 잘 쬐고, 골짜

기에 개울이 흐르고, 개울가에 나무 열매가 지천으로 열려 있는 곳이다.

양지쪽에서는 나무하러 왔다 낮잠을 잔 적도 여러 번이었다. 개울가에

불을 피우고 밭에서 뜯어 온 옥수수 이삭을 구웠다. 수풀 속에서 찾은 으

름과 나뭇가지에 익어 시든 아그배와 산사로 배가 불렀다. 나뭇잎을 모

아 그 속에 푹 파고 든 잠자리도 그다지 춥지는 않았다.

이튿날 산을 헤매다가 공교롭게도 주영나무 가지에 야트막하게 달린

벌집을 찾아냈다. 담배 연기를 피워 벌떼를 이지러뜨리고 감쪽같이 집

을 들어냈다. 속에는 맑은 꿀이 차 있었다. 사람은 살라고 마련인 듯싶

다. 꿀은 조금으로도 요기療飢_{시장기를 겨우 면할 정도로 조금 먹음}가 되었다. 개와

함께 여러 날 양식이 되었다.

꿀이 다 떨어지지도 않은 그저께 밤에는 맞은편 심산深山 깊은 산에 산불이 보였다. 백일홍같이 새빨간 불꽃이 어둠 속에 가깝게 솟아올랐다. 낮부터 타기 시작한 것이 밤에 들어가서 겨우 알려진 것이다. 누에에게 먹히는 뽕잎같이 아물아물 헤어지는 것 같으나, 기실은사실은 한자리에서 아롱아롱 타는 것이었다. 아귀의 혀끝같이 널름거리는 불꽃이 세상에도 아름다웠다. 울 밑의 꽃보다도, 비단결보다도, 무지개보다도, 맨드라미보다도 곱고 장하다. 중실은 알 수 없이 신이 나서 몽둥이를 들고 산등을 따라 오르고 골짜기를 건너 불붙은 곳으로 끌려 들어갔다. 가깝게 보이던 것과는 딴판으로 꽤 멀었다. 불은 산등에서 산등으로 둘러붙어 골짜기로 타 내려갔다. 화기가 확확 튀어 가까이 갈 수 없었다. 후끈후끈 무더웠다. 나무뿌리가 탁탁 튀며 땅이 쩽쩽 울렸다. 민출한미끈하고 밋밋한 자작나무는 가지가지에 불이 피어올라 한 포기의 산호수 같은 불나무로 변하였다. 헛되이 타는 모두가 아까웠다. 중실은 어쩌는 수 없이 몽둥이를 쓸데없이 휘두르며 불 테두리를 빙빙 돌 뿐이었다. 불은 힘에 부치는 것이었다. 확실히 간 보람은 있었다. 그을린 노루 한 마리를 얻은 것이었다. 불 테두리를 뚫고 나오지 못한 노루는 산골짜기에서 뱅뱅 돌아 결국 불벼락을 맞은 것이다. 물론 그것을 얻을 때는 불도 거의 다 탄 새벽이었으나, 외로운 짐승이 몹시 가엾었다. 그러나 이미 죽은 후의 고기라 중실은 그것을 짊어지고 산으로 돌아갔다. 사람을 살리자는 신의 뜻이라고 비위 좋게 생각하면 그만이었다. 여러 날 동안의 흐뭇한 양식이 되었다. 다만 한 가지 그리운 것이 있었다. 짠맛 — 소금이었다. 사람은 그립지 않으나 소금이 그리웠다. 그것을 얻자는 생각으로만 마음이 그리웠다.

힘자라는 데까지 지었다.

이십 리 길을 부지런히 걸으려니 잔등에 땀이 내배었다. 걸음을 따라 나뭇짐이 휘청휘청 앞으로 휘었다.

간신히 파장 전에 대었다.

나무를 판 때의 마음이 이날같이 즐거운 적은 없었다.

물건을 산 때의 마음도 이날같이 즐거운 적은 없었다.

그것은 짜장^{과연 정말로} 필요한 물건이기 때문이다.

나무 판 돈으로 중실은 감자 말과 좁쌀 되와 소금과 남비^{냄비}를 샀다.

산속의 호젓한 살림에는 이것으로써 족하리라고 생각되었다.

목숨을 이어 가는 데 해어^{海魚 바닷물고기}쯤이 없으면 어떨까도 생각되었다.

올 때보다 짐이 단출하여 지게가 가벼웠다.

술집 골방에서 와자지껄하고 싸우는 것도 전과 다름없이 어수선하고 지지부레하였다^{보잘것없었다}.

이상스러운 것은 그런 거리의 살림살이가 도무지 마음을 당기지 않는 것이다. 앙상한 사람들의 얼굴이 그다지 그리운 것이 아니었다.

무슨 까닭으로 산이 이렇게도 그리울까? 편벽된^{한쪽으로 치우쳐 공평하지 못한} 마음을 의심도 하여 보았다. 그러나 별로 이치도 없었다. 덮어놓고 양지쪽이 좋고, 자작나무가 눈에 들고, 떡갈잎이 마음을 끄는 것이다. 평생산에서 살도록 태어났는지도 모른다.

김 영감의 그 후의 소식은 물어 낼 필요도 없었으나, 거리에서 만난 박서방 입에서 우연히 한 구절 얻어듣게 되었다.

병든 등글개첩은 기어코 김 영감의 눈을 감춰 최 서기와 줄행랑을 놓았다. 종적을 수색 중이나 아직도 오리무중^{伍里霧中 오 리나 되는 짙은 안개 속에 있}

다는 뜻으로, 무슨 일에 대하여 방향이나 갈피를 잡을 수 없음을 이르는 말이라 한다.

사랑방에서 고시랑고시랑^{'불안한 마음으로 좀스럽게 자꾸 몸을 뒤척이는 모양'을 나타내}는 북한 말 잠을 못 이룰 육십 노인의 꼴이 측은하게 눈에 떠올랐다. 애매한 머슴을 내쫓았음을 뉘우치리라고 생각되었다. 그러나 중실에게는 물론 다시 살러 들어갈 뜻도, 노인을 위로하고 싶은 친절도 가지기 싫었다.

다만 거리의 살림이라는 것이 더한층 어수선하게 여겨질 뿐이었다.

산으로 향하는 저녁 길이 한결 개운하다.

개울가에 냄비를 걸고 서투른 솜씨로 지은 저녁을 마쳤을 때에는 밤이 적이께 어두웠다.

깊은 하늘에 별이 총총 돋고 초승달이 나뭇가지를 올가미 지웠다.

새들도 깃들이고 바람도 자고 개울물만이 쫄쫄쫄쫄 숨 쉰다. 검은 산 등은 잠든 황소다.

등걸불^{타다가 남은 불}이 탁탁 튄다. 나뭇잎 타는 냄새가 몸을 휩싸며 구수하다. 불을 쬐며 담배를 피우니 몸이 훈훈하다. 더 바랄 것 없이 마음이 만족스럽다.

한 가지 욕심이 솟아올랐다.

밥 짓는 일이란 머슴에 할 일이 못 된다. 사내자식은 역시 밭 갈고 나무하는 것이 옳은 것이다. 장가를 들려면 이웃집 용녀만 한 색시는 없다. 용녀를 데려다 밥 일을 맡길 수밖에는 없다고 생각하였다.

용녀를 생각만 하여도 즐겁다. 궁리가 차례차례로 솔솔 풀렸다.

굵은 나무를 베어다 껍질째 토막을 내 양지쪽에 쌓아 올려 단칸의 조촐한 오두막을 짓겠다. 평퍼짐한 산허리를 일궈 밭을 만들고 봄부터 감자와 귀리를 갈 작정이다. 오랍뜰^{'오래뜰'의 방언. 대문 안에 있는 뜰}에 우리를 세우고 염소와 돼지와 닭을 칠 터. 산에서 노루를 산 채로 붙들면 우리 속에 같이 기르고 용녀가 집일을 하는 동안에 밭을 가꾸고 나무를 할 것이며, 아이를 낳으면 소같이 산같이 튼튼하게 자라렷다. 용녀가 만약 말을 안 들으면 밤중에 내려가 가만히 업어 올걸.

한번 산에만 들어오면 별수 없지.

불이 거의거의 아스러지고 물소리가 더한층 맑다.

별들이 어지럽게 깜박거린다.

달이 다른 나뭇가지에 걸렸다.

나머지 등걸불을 발로 비벼 끄니 골짜기는 더한층 막막하다.

어느만 때인지 산속에서는 때도 분별할 수 없다.

자기가 이른지 늦은지도 모르면서 나무 밑^밑 잠자리로 향하였다.

낟가리^{나무, 풀, 짚 따위를 쌓은 더미}같이 두두룩하게 쌓인 낙엽 속에 몸을 송두리째 파묻고 얼굴만을 빠끔히 내놓았다.

몸이 차차 푸근하여 온다.

하늘의 별이 와르르 얼굴 위에 쏟아질 듯싶게 가까웠다 멀어졌다 한다.

별 하나 나 하나, 별 둘 나 둘, 별 셋 나 셋…….

세는 동안에 중실은 제 몸이 스스로 별이 됨을 느꼈다. 🖉

산

작품 정리

- **작가** 이효석(85쪽 '작가 소개' 참조)
- **갈래** 서정 소설, 순수 소설
- **성격** 서정적, 낭만적, 묘사적
- **배경** 시간 – 1930년대 가을 / 공간 – 산
- **시점** 3인칭 전지적 작가 시점
- **구성** '발단 – 전개 – 절정 – 결말'의 4단계 구성
- **특징** • 세련된 시적 언어를 사용하여 산속 풍경을 묘사함
  - 간결하고 압축적인 문장을 사용함
- **주제** 자연과 더불어 사는 소박한 삶의 추구
- **출전** 〈삼천리〉(1936)

구성과 줄거리

- **발단** **자연의 아름다움에 빠진 중실은 산 생활에 만족함**

  머슴살이를 하다 쫓겨난 중실은 온갖 잡목에 묻혀 자기 자신이 나무가 된 것 같은 느낌을 받는다.

- **전개** **의심을 받아 쫓겨난 중실은 산으로 들어감**

  중실은 김 영감의 첩을 건드렸다는 의심을 받아 머슴살이 7년 만에 쫓겨나게 된다. 아무 잘못도 없는데 쫓겨난 그는 마을 사람들이 싫어져 빈 지게를 지고 산으로 들어간다. 산은 자신을 배반할 것 같지 않았기 때문이다. 그는 벌꿀과 불에 타 죽은 노루를 먹으며 여러 날을 견딘다.

- **절정** 　마을에 내려온 중실은 자연이 그리워 다시 산으로 향함

　　　　중실은 장에 내려왔다가 김 영감의 첩이 최 서기와 줄행랑을 쳤다는
　　　　소식을 듣는다. 그는 김 영감을 측은하게 생각하였으나 자연이 그리
　　　　워 다시 산으로 올라간다.

- **결말** 　이웃집 용녀를 생각하며 잠을 청함

　　　　중실은 이웃집 용녀를 산으로 데리고 와 오두막집을 짓고 감자밭을
　　　　일구며 염소, 돼지, 닭을 치는 모습을 상상한다. 중실은 별을 헤면서
　　　　스스로 별이 됨을 느낀다.

🖋 생각해 보세요 -

1 '산'은 이 작품에서 어떤 의미를 지니는가?

　머슴살이를 하다가 쫓겨난 중실은 사람이 사람을 불신하고 속이며 배신하는
마을을 떠나 산에서 살기로 결심한다. 그는 자신의 삶에 만족하지만 산은 사
람이 살아갈 수 있는 공간이 아니다. 이 작품에서 산은 현실 도피의 공간이다.
마을로 내려와 생필품을 구하고, 이웃집 용녀를 그리워하는 중실의 모습을
통해 결국 '사람은 사람과 더불어 살아갈 수밖에 없는 존재'라는 사실을 확인
할 수 있다.

2 이 작품을 본격적인 의미의 소설이라고 보기 힘든 까닭은 무엇인가?

　이효석의 소설에는 "돌을 집어던지면 깨금알같이 오도독 깨어질 듯한 맑은
하늘"처럼 참신한 비유가 많다. 이 때문에 '시적인 소설'이라는 평가를 받는
다. 다만 이효석의 소설에는 일반적인 소설과 달리 긴박한 사건이 없고 인물
간의 갈등도 표출되지 않는다. 무엇보다 서사성이 약하다는 것이 가장 큰 문
제점으로 지적된다. 이런 점에서 본격적인 의미의 소설이라고 보기에는
무리가 있다.